공포의 제국
II

STATE OF FEAR

STATE OF FEAR

공포의 제국

마이클 크라이튼 | 김진준 옮김

II

김영사

공포의 제국 Ⅱ

저자_ 마이클 크라이튼
역자_ 김진준

1판 1쇄 인쇄_ 2008. 3. 27.
1판 4쇄 발행_ 2010. 12. 27.

발행처_ 김영사
발행인_ 박은주

등록번호_ 제406-2003-036호
등록일자_ 1979. 5. 17.

경기도 파주시 교하읍 문발리 출판단지 515-1 우편번호 413-756
마케팅부 031)955-3100, 편집부 031)955-3250, 팩시밀리 031)955-3111

이 책의 한국어판 저작권은 Imprima Korea Agency를 통해
Michael Crichton c/o Janklow & Nesbit Associates와의 독점계약으로 김영사에 있습니다.
저작권법에 의해 한국 내에서 보호를 받는 저작물이므로 무단전재와 무단복제를 금합니다.

값은 표지에 있습니다.
ISBN 978-89-349-2909-3-03840
      978-89-349-2910-9-03840(세트)

독자의견 전화_ 031)955-3200
홈페이지_ http://www.gimmyoung.com
이메일_ bestbook@gimmyoung.com

좋은 독자가 좋은 책을 만듭니다.
김영사는 독자 여러분의 의견에 항상 귀 기울이고 있습니다.

4 플래시 FLASH

5 스네이크 SNAKE

블루 BLUE

레절루션 RESOLUTION

"지구 온난화라면 지긋지긋해. 아주 신물이 난단 말이야. 이건 완전히 실패작이야."

그러자 헨리가 담담하게 말했다.

"그건 기정사실이지. 몇 년 전부터 그랬어. 어쨌든 우리가 해야 할 작업이 바로 그거잖아."

"작업이라구? '작업'이 통해야 말이지. 내 말이 바로 그거야. 이걸로는 한 푼도 모금할 수가 없어. 특히 겨울철엔 더더욱. 눈이 내릴 때마다 다들 지구 온난화 따위는 까맣게 잊어버린 단 말이야. 아니면 지구가 좀 따뜻해지는 것도 괜찮겠다고 생각하거나. 존, 이건 공해 문제 와는 전혀 달라. 공해는 '작업'이 통했지. 아직도 통하고. 공해 문제만 들먹이면 다들 무서 워서 벌벌 떠니까. 공해가 암을 유발한다고 한마디만 하면 돈이 다발로 굴러 들어오지. 그 런데 날씨가 좀 따뜻해진다고 겁먹는 사람은 아무도 없단 말이야. 더군다나 그게 100년 뒤 에나 일어날 일이니 더더욱."

4

플래시

FLASH

STATE OF FEAR

시티오브커머스

10월 9일 토요일
12:13 PM

실험실 안의 공기가 폭풍우 직전처럼 전기를 띠고 지글거렸다. 사라는 팔에 난 털이 일제히 곤두서는 것을 보았다. 정전기 때문에 옷이 몸에 찰싹 달라붙었다.

케너가 입을 열었다.

"허리띠 있어?"

"아뇨……"

"머리핀은?"

"없어요."

"쇠붙이로 된 게 아무것도 없어?"

"없어요! 젠장, 없다구요!"

케너는 유리벽에 몸을 던져보았지만 그대로 튕겨나올 뿐이었다. 발꿈치로 벽을 걷어차도 역시 소용없었다. 온 체중을 실어 힘껏 문에 부딪쳤지만 자물쇠는 튼튼하기만 했다.

컴퓨터 음성이 말했다.

"곧 실험이 시작됩니다…… 10초 전."

사라는 겁에 질리고 말았다.

"우리 어떡해요?"

"옷을 벗어."

"뭐라구요?"

"지금 당장. 어서 벗어."

그는 황급히 셔츠를 벗었다. 옷이 찢어지면서 단추가 사방으로 날아갔다.

"빨리, 사라. 특히 그 스웨터."

그녀는 폭신폭신한 앙고라 스웨터를 입고 있었는데, 하필 이런 순간에 그 옷이 애인의 선물이었다는 생각이 떠오르다니 별일이었다. 아무튼 그것은 그녀의 애인이 처음 사주었던 몇 가지 물건 중 하나였다. 사라는 재빨리 스웨터와 그 속의 티셔츠를 벗어던졌다.

케너가 말했다.

"스커트도."

그는 사각팬티 바람으로 서서 양말을 벗고 있었다.

"도대체 이게 무슨……"

"스커트엔 지퍼가 달렸잖아!"

사라는 허둥지둥 더듬거리며 스커트를 벗었다. 이제 남은 것은 스포츠 브라와 팬티뿐이었다. 그녀는 부르르 몸을 떨었다. 컴퓨터 음성이 카운트다운을 시작했다.

"10…… 9…… 8……"

케너가 옷들을 엔진 위에 널어놓고 있었다. 그는 사라의 스커트도 그 위에 올려놓았다. 그리고 맨 위에 앙고라 스웨터를 얹었다.

"뭐하는 거예요?"

"엎드려. 바닥에 엎드려 몸을 최대한 납작하게 해. 그리고 움직이지 마."

사라는 차가운 콘크리트 바닥에 몸을 밀착시켰다. 심장이 마구 두근거렸다. 공기가 바스락거렸다. 등골이 오싹했다.

"3…… 2…… 1……"

케너가 사라 곁의 바닥에 몸을 던지자마자 첫 번째 벼락줄기가 방 안을 가로질렀다. 충격적일 만큼 격렬했다. 돌풍이 사라의 몸을 휩쓸고 지나갔다. 머리카락이 허공으로 둥실 떠올랐고, 사라는 목덜미에 놓였던 머리카락의 무게가 사라지는 것을 느낄 수 있었다. 벼락은 계속 이어졌다. 그때마다 무시무시한 굉음이 터져나왔고, 두 눈을 질끈 감았는데도 훤히 보일 만큼 강렬한 빛이 번쩍거렸다. 사라는 바닥에 몸을 찰싹 붙이고 숨을 내뱉어 몸을 더 납작하게 만들려고 애쓰면서 이런 생각을 했다. '지금이야말로 기도가 필요할 때야.'

그러나 그때 문득 방 안에 다른 빛이 나타났다. 그것은 좀더 누르스름하고 가물거리는 빛이었고, 그와 동시에 매캐한 냄새가 나기 시작했다.

'불이야.'

불붙은 스웨터 한 조각이 사라의 어깨에 떨어졌다. 그녀는 화끈한 통증을 느꼈다.

"불이 났……"

그러자 케너가 고함을 질렀다.

"움직이지 마!"

벼락은 간격이 점점 더 짧아지면서 여전히 방 안을 휩쓸고 있었지만 사라는 지금 방 안에 연기가 자욱하고 엔진 위에 쌓인 옷들이 활활 타오르는 것을 곁눈질로 볼 수 있었다.

'내 머리도 타고 있어.'

그렇게 생각하자마자 갑자기 목덜미와 두피에서 뜨거운 열기가 느껴지고……

그 순간 방 안에 물이 쏟아지기 시작하면서 벼락이 멈추었다. 천장의 스프링클러들이 치익치익 물을 뿜어내고 있었다. 사라는 한기를 느꼈다. 불은 꺼졌고 콘크리트는 젖어 있었다.

"이제 일어나도 돼요?"

"그래, 일어나도 돼."

케너는 그때부터 몇 분 동안 다시 유리벽을 부수려 했지만 성공하지 못했다. 그는 마침내 동작을 멈추고 멍하니 서 있었다. 쏟아지는 물줄기에 젖어 머리가 엉망이었다.

"이해할 수가 없군. 이런 방에는 반드시 안전장치를 만들어두게 마련인데. 사람이 빠져나갈 수 있게 말이야."

"그놈들이 문을 잠가버리는 거 보셨잖아요."

"맞아. 밖에서 맹꽁이자물쇠를 채웠지. 그 자물쇠는 이 시설을 쓰지 않을 때 아무도 바깥에서 이 방에 들어가지 못하게 하려고 준비해뒀을 거야. 그렇지만 '안에서 밖으로' 나가는 방법도 따로 있어야 한다구."

"그런 게 있는지 몰라도 내 눈엔 안 보이는데요."

사라는 바들바들 떨고 있었다. 불에 덴 어깨가 아파왔다. 속옷은 흠뻑 젖어 있었다. 부끄럼을 타는 성격은 아니지만 지금 추워서 쩔쩔매고 있는데 케너는 계속 중얼거리기만 하고……

케너가 천천히 주위를 둘러보며 말했다.

"빠져나갈 방법이 분명히 있을 텐데."

"유리를 깨뜨릴 수는 없고……"

"그래. 그건 아니야."

그러나 그녀의 말을 듣고 케너에게 무슨 생각이 떠오른 모양이었다. 그는 허리를 굽히고 유리와 벽이 만나는 이음매 부분의 창틀을 꼼꼼히 살펴보았다. 손가락으로 쓸어보기도 했다.

사라는 그를 지켜보며 바들바들 떨었다. 스프링클러가 아직도 물을 뿜어내고 있었다. 그녀는 지금 3인치 깊이의 물속에 서 있었다. 이런 상황에서 케너는 어떻게 저토록 정신을 집중하여 한 가지 일에만 전념할 수 있는지……

그때 케너가 말했다.

"이럴 수가."

창틀과 똑같은 높이로 만들어져 눈에 띄지 않았던 작은 걸쇠 하나가 손끝에 만져졌던 것이다. 그는 창틀의 반대쪽에서도 걸쇠를 찾아내고 그것을 열어젖혔다. 그러고는 유리창을 밀어보았더니 가운데 부분을 중심으로 유리창이 회전하면서 열리는 것이었다.

그는 곧 바깥방으로 건너갔다.

"간단하군."

케너가 손을 내밀었다.

"마른 옷 좀 구해줄까?"

"고마워요."

사라는 그의 손을 잡았다.

LTSI의 화장실은 대단찮은 곳이었지만 사라와 케너는 그곳에서 종이 타월로 몸을 닦고 따뜻한 작업복을 찾아낼 수 있었다. 이제야 사라도 기분이 좀 나아졌다. 그녀는 거울을 보다가 왼쪽 머리카락이 2인치쯤 줄어든 것을 발견했다. 끄트머리가 까맣게 타서 들쭉날쭉하고 꼬불꼬불했다.

"이 정도로 끝난 게 천만다행이네요."

그렇게 말하면서 이런 생각을 했다. '당분간은 머리를 묶어야겠군.'

케너가 그녀의 어깨를 돌봐주었는데, 1도 화상이라서 물집 몇 개가 생겼을 뿐이라고 했다. 화상 부위에 얼음을 대주면서 그가 설명했다. 화상이라는 것은 사실 열에 의한 손상이 아니라 체내에서 일어나는 신경 반응이다. 처음 10분 이내에 얼음찜질로 신경을 마비시키면 그 반응을 억제하여 화상의 심각성을 줄일 수 있다. 물집이 더 생길 상황이더라도 얼음찜질을 하면 예방할 수 있는 것이다.

그러나 사라는 그의 말을 귀담아듣지 않았다. 그녀는 차마 화상 부위를 볼 수 없었고, 따라서 그의 말을 믿는 수밖에 없었다. 상처가 쑤시기 시작했다. 케너가 구급상자를 찾아 아스피린을 가지고 돌아왔다.

"아스피린?"

"이거라도 없는 것보다는 낫잖아."

그는 그녀의 손에 아스피린 두 알을 떨어뜨렸다.

"사람들이 잘 몰라서 그렇지, 사실 아스피린이야말로 진짜 만병통치약이라구. 진통 효과는 모르핀보다 강하고, 소염 효과에, 해열 효과에……"

"지금은 좀 그만하세요. 부탁이에요."

그녀는 케너의 장광설을 더는 참을 수 없었던 것이다.

케너는 아무 말도 하지 않고 붕대를 감아주었다. 이런 일에도 솜씨가 제법 좋은 것 같았다.

"교수님이 잘 못하는 일도 있나요?"

"물론 있지."

"어떤 건데요? 춤추는 거?"

"아니, 춤은 좀 추지. 그런데 언어 쪽은 젬병이야."

"이제야 마음이 놓이네요."

사라는 언어 능력이 탁월했다. 그녀는 대학 3학년 때 이탈리아에서 한 해를 보냈고, 이탈리아어와 프랑스어를 꽤 능숙하게 구사할 수 있었다. 그리고 중국어를 공부한 적도 있었다.

"자넨 어때? 잘 못하는 게 뭐지?"

"인간 관계죠."

그렇게 대답하고 사라는 거울을 들여다보면서 타버린 머리카락을 쥐어뜯었다.

비벌리힐스
10월 9일 토요일
1:13 PM

아파트 계단을 오르면서 에번스는 자기 집에서 흘러나오는 시끄러운 텔레비전 소리를 들을 수 있었다. 그 소리는 아까보다 훨씬 더 커진 것 같았다. 그는 환호성과 웃음소리를 들었다. 방청객이 모인 스튜디오에서 진행되는 프로그램인 듯싶었다.

그는 문을 열고 거실로 들어갔다. 안뜰에서 보았던 사립탐정이 소파에 앉아 있었는데, 텔레비전을 보느라고 에번스를 등지고 있는 상태였다. 그의 재킷이 가까운 의자에 걸려 있었다. 그는 한쪽 팔을 소파 등받이에 걸쳐놓고 초조한 듯이 손가락으로 등받이를 타닥타닥 두드렸다.

"댁에 계신 것처럼 편하게 계셨군요. 그런데 좀 시끄러운 거 아닙니까? 소리 좀 줄여주시겠어요?"

그러나 사내는 대꾸도 없이 텔레비전만 보고 있었다.

"제 얘기 못 들으셨어요? 소리 좀 줄여주실래요?"

사내는 꿈쩍도 하지 않았다. 소파 등받이를 두드리는 손가락들만 끊임없이 움직일 뿐이었다.

에번스는 사내를 마주 볼 수 있는 곳으로 걸어갔다.

"죄송한데요, 제가 성함도 모르긴 하지만……"

그러다가 말을 뚝 끊었다. 사립탐정은 에번스를 향해 고개를 돌리지도 않고 텔레비전만 뚫어지게 보고 있었다. 그의 몸은 조금도 움직이지 않았다. 뻣뻣하게 굳은 채 미동도 하지 않았다. 눈도 움직이지 않았고, 하다못해 깜박거리는 일도 없었다. 그의 몸에서 움직이는 부분이라고는 소파 등받이의 윗부분을 두드리는 그 손가락들뿐이었고, 그나마도 움찔거리는 것처럼 보였다. 마치 경련이라도 하듯이.

에번스는 사내의 정면으로 다가갔다.

"괜찮으신 겁니까?"

사내의 얼굴은 무표정했다. 그의 두 눈은 에번스의 등 뒤 어딘가를 바라보는 듯 똑바로 앞을 응시하고 있었다.

"선생님?"

사립탐정은 얕은 숨을 쉬고 있었다. 가슴이 거의 움직이지 않을 정도였다. 안색이 잿빛을 띠고 있었다.

"전혀 움직일 수 없는 겁니까? 이게 무슨 일이죠?"

묵묵부답. 사내는 꼼짝도 하지 않았다.

에번스는 생각했다. '마고도 이런 증상이었다고 했어.' 똑같은 경직 상태, 무표정한 얼굴. 에번스는 수화기를 집어들고 911번을 눌러 구급차를 불렀다.

"괜찮아요. 구조대가 오는 중이에요."

사립탐정은 외견상 아무런 반응도 보이지 않았지만 에번스는 왠지 그가 자기 말을 들은 것 같다는 인상을 받았다. 비록 몸은 굳어버렸지만 의식은 아직 말짱한 것 같았다. 그러나 확신할 수는 없었다.

에번스는 이 사내에게 대체 무슨 일이 일어난 것인지 단서를 찾으려고 거실 안을 둘러보았다. 그러나 달라진 것은 아무것도 없는 듯했다. 다만 구석에 놓인 의자 하나가 조금 움직인 것 같았다. 그리고 불쾌한 냄새를 풍기는 사내의 시가가 한 구석에 떨어져 있었는데, 양탄자 가장자리가 조금 타버린 것으로 보아 어쩌다가 그곳으로 굴러간 모양이었다.

에번스는 시가를 집어들었다.

그는 그것을 부엌으로 가져가서 수돗물로 적신 후 쓰레기통에 던져 넣었다. 그 순간 어떤 생각이 떠올랐다. 그는 사내 곁으로 돌아갔다.

"저한테 뭘 갖다주겠다고 하셨는데……"

사내는 여전히 움직임이 없었다. 그저 손가락으로 소파를 두드릴 뿐이었다.

"그게 여기 있습니까?"

손가락들이 멈추었다. 아니, 거의 멈추었다. 여전히 조금씩 움직이고 있었지만 의식적인 노력을 기울이고 있는 것이 분명했다.

"손가락은 뜻대로 움직일 수 있는 겁니까?"

손가락들이 움직이기 시작했다가 다시 멈추었다.

"가능하군요. 알겠습니다. 자, 그럼, 저한테 보여주시려던 그 물건이 여기 있습니까?"

손가락들이 움직였다.

그러고는 멈추었다.

"그렇다는 뜻으로 받아들이죠. 좋습니다."

에번스는 뒤로 물러났다. 그때 멀리서 다가오는 사이렌 소리가 들렸다. 몇 분 이내로 구급차가 도착할 터였다.

"이제 제가 한쪽으로 움직일 텐데요, 그 방향이 맞는다면 손가락을 움직이세요."

손가락들이 '알았다'는 표시를 하듯이 움직이기 시작했다가 멈추었다.

"좋아요."

에번스는 돌아서서 부엌이 있는 오른쪽으로 몇 걸음을 떼어놓은 후 뒤를 돌아보았다.

사내의 손가락은 움직이지 않았다.

"그럼 이쪽은 아니군요."

이번에는 텔레비전이 있는 쪽, 즉 사내가 바라보는 정면 쪽으로 움직였다.

손가락은 움직이지 않았다.

"좋아요, 그럼."

에번스는 왼쪽으로 돌아서서 전망창 쪽으로 걸어갔다. 손가락은 여전히 움직이지 않았다. 이제 남은 방향은 하나뿐이었다. 그는 사내의 등 뒤에 있는 문 쪽으로 걸어갔다. 이제 사내가 그를 볼 수 없었으므로 말로 설명해주었다.

"저는 지금 문 쪽으로 점점 멀어지는 중인데요……"

그러나 손가락은 움직이지 않았다.

"제 말을 못 알아들으신 모양인데, 제가 옳은 방향으로 가면 손가락을 움직이시고……"

손가락이 움직였다. 소파를 긁고 있었다.

"네, 좋은데요, 어느 쪽이라는 거죠? 제가 벌써 동서남북 사방을 다 가봤는데……"

그때 초인종이 울렸다. 에번스가 문을 열자 두 명의 구급대원이 들 것을 들고 뛰어들었고, 그때부터 대소동이 벌어졌다. 그들은 에번스에게 속사포처럼 질문을 퍼부으며 사내를 들것 위로 옮겼고, 잠시 후에는 경찰도 도착하여 다시 질문을 퍼붓기 시작했다. 비벌리힐스 경찰이라서 예절은 깍듯한 편이었지만 집요하기 짝이 없었다. 이 사내가 에번스의 집에서 몸이 마비되었는데도 정작 에번스 자신은 그 일에 대해 아무것도 모르는 듯했기 때문이다.

마침내 형사 한 명이 들어왔다. 갈색 양복을 입은 이 형사는 이름이 론 페리라고 했다. 그는 에번스에게 명함을 주었고, 에번스도 그에게 명함을 건넸다. 페리가 에번스의 명함을 들여다보더니 에번스를 쳐다보며 이렇게 말했다.

"혹시 제가 이 명함을 본 적이 있었나요? 어쩐지 낯익은데. 아, 그래, 생각났습니다. 윌셔 코리더에 있는 아파트에서였죠. 그 여자 분이 마비됐던."

"제 의뢰인입니다."

"그런데 똑같은 전신마비 사건이 또 일어났군요. 이거 우연이라고 봐야 합니까?"

"모르겠습니다. 저는 여기 없었거든요. 뭐가 어떻게 된 건지 몰라요."

"그럼 선생이 가는 곳마다 사람들이 그냥 뻣뻣해진다는 겁니까?"

"아뇨. 말씀드렸다시피 무슨 영문인지 저도 모른다는 겁니다."

"이 사람도 의뢰인인가요?"

"아뇨."

"그럼 누구죠?"

"누군지는 몰라요."

"그래요? 그럼 이 집엔 어떻게 들어왔죠?"

에번스는 자기가 사내를 위해 문을 열어놓았다고 말하려 했지만, 그러자니 얘기가 너무 길어지겠고 설명하기도 여간 까다로운 문제가 아니었다.

"몰라요. 저는, 저어…… 가끔 문을 안 잠그고 나가거든요."

"에번스 씨, 문은 항상 잠가두셔야죠. 그건 상식입니다."

"물론 그렇죠."

"그런데 저 문은 사람이 나갈 때마다 저절로 잠기는 거 아닙니까?"

에번스는 형사의 눈을 똑바로 바라보면서 이렇게 말했다.

"말씀드렸듯이 저는 그 사람이 어떻게 들어왔는지 몰라요."

형사도 똑같이 에번스의 눈을 마주보았다.

"머리의 그 실밥은 어쩌다 생긴 거죠?"

"넘어졌어요."

"꽤 심하게 넘어지셨나 보네요."

"그랬죠."

형사는 천천히 고개를 끄덕였다.

"에번스 씨, 그 사람이 누군지 속 시원하게 말씀해주시면 우리 둘 다 귀찮은 일을 덜게 됩니다. 지금 누가 집 안에 들어왔는데도 선생은 그게 누군지도 모르고 어떻게 들어왔는지도 모른다고 하셨습니다. 죄송하지만 어쩐지 선생이 뭔가 감추고 있다는 느낌이 드는군요."

"감추는 거 맞아요."

"좋습니다."

페리는 수첩을 꺼냈다.

"말씀하시죠."

"그 사람은 사립탐정이에요."

"저도 압니다."

"아신다구요?"

"아까 구급대원들이 호주머니를 뒤질 때 지갑에서 면허증을 찾았거든요. 계속하세요."

"그 사람은 제 의뢰인의 일을 맡았다고 했어요."

"흐음. 그 의뢰인이 누구죠?"

페리는 필기를 하고 있었다.

"그건 말씀드릴 수 없습니다."

그러자 페리가 수첩에서 고개를 들었다.

"에번스 씨……"

"죄송하지만 이건 증언거부권에 해당하는 내용입니다."

그러자 페리는 긴 한숨을 내쉬었다.

"좋습니다. 그러니까 이 사람은 선생의 의뢰인이 고용한 사립탐정이라는 거죠?"

"맞아요. 그 탐정이 저를 찾아오더니 따로 만나서 줄 게 있다고 했습니다."

"줄 게 있다구요?"

"그래요."

"의뢰인한테 직접 주지 않구요?"

"그럴 수가 없거든요."

"왜죠?"

"의뢰인은, 저어, 만날 수 없는 상황이라서요."

"알겠습니다. 그래서 선생을 대신 찾아왔군요?"

"네. 그런데 피해망상증이 좀 있는지 제 아파트에서 다시 만나자고 하더라구요."

"그래서 아파트 문을 열어놓으셨군요."

"네."

"한 번도 본 적이 없는 사람인데요?"

"네, 그게, 제 의뢰인의 일을 맡았다는 건 알고 있었거든요."

"그걸 어떻게 아셨습니까?"

에번스는 고개를 가로저었다.

"증언거부권에 해당합니다."

"알겠습니다. 아무튼 그래서 그 사람이 댁에 들어왔다. 그때 선생은 어디 계셨죠?"

"회사에 있었습니다."

에번스는 중간의 두 시간 동안 자기가 움직인 경로를 간략하게 설명했다.

"회사 사람들이 선생을 봤습니까?"

"네."

"말씀도 나누셨나요?"

"네."

"한 명 이상입니까?"

"네."

"법률회사 사람들 말고 다른 사람도 만나셨나요?"

"차에 기름을 한 번 넣었죠."

"점원이 선생의 얼굴을 알아볼 수 있겠습니까?"

"네. 신용카드를 쓰느라고 사무실에 들어갔으니까요."

"어느 주유소였죠?"

"피코 대로의 셸 주유소였어요."

"좋습니다. 그러니까 선생이 두 시간 동안 나가 있다가 돌아와보니 저 사람은……"

"보신 그대로였어요. 마비 상태였죠."

"그 사람이 선생께 드리겠다던 물건은 뭐였습니까?"

"그건 저도 몰라요."

"집 안에서 못 보셨나요?"

"네."

"저한테 더 하실 말씀은 없습니까?"

"네."

다시 긴 한숨.

"이거 보세요, 에번스 씨. 만약에 제가 아는 사람이 두 명이나 원인 모를 마비 상태에 빠진다면 저는 좀 걱정스럽게 생각할 겁니다. 그런데 선생은 전혀 걱정하시는 것 같지 않군요."

"사실은 저도 걱정하고 있습니다."

그러자 형사는 에번스를 바라보며 얼굴을 찡그렸다. 그러고는 마침내 이렇게 말했다.

"선생은 의뢰인에 대한 증언거부권을 행사하셨습니다. 그런데 지난번 전신마비 사건으로 제가 UCLA 병원뿐만 아니라 CDC[질병통제센터(Centers for Disease Control and Prevention), 미국 보건부 공중위생국의 한 부서]에서도 연락을 받았다는 사실을 말씀드려야겠군요. 이제 두 번째 사건이 발생했으니 또 여기저기서 연락이 올 겁니다."

형사는 수첩을 접었다.

"선생께선 우리 경찰서로 오셔서 자술서를 작성하고 서명해주셔야 합니다. 오늘 내로 해주실 수 있겠습니까?"

"아마 가능할 겁니다."

"네 시쯤 어떨까요?"

"네. 좋아요."

"주소는 제 명함에 있습니다. 접수대에서 저를 찾으세요. 주차장은 건물 지하에 있어요."

"알겠습니다."

"그럼 그때 뵙죠."

형사는 그 말을 남기고 돌아섰다.

에번스는 등 뒤로 문을 닫고 문짝에 몸을 기댔다. 드디어 혼자 있게 되어 기뻤다. 그는 집 안을 천천히 돌아다니며 생각을 정리하려고 노력했다. 텔레비전이 여전히 켜진 상태였지만 소리는 무음으로 되어 있었다. 에번스는 사립탐정이 앉아 있던 소파를 바라보았다. 그가 앉았던 자리가 아직도 눈에 띄게 움푹 꺼져 있었다.

드레이크와 만나기로 한 시각까지는 아직 반시간 정도가 남아 있었다. 에번스는 그 전에 사립탐정이 가져온 물건이 무엇인지 알고 싶었다. 어디쯤에 있을까? 아까 에번스가 사방으로 움직여보았지만 그때마다 사립탐정은 손가락으로 방향이 틀렸다는 표시를 했다.

그건 무슨 뜻일까? 물건을 가져오지 않았다? 어딘가 다른 곳에 놓아두었다? 그것도 아니라면 그를 마비시킨 자들이 가져가버려 지금은 없다?

에번스는 한숨을 쉬었다. 사립탐정에게 결정적인 질문 하나를 빠뜨렸던 것이다. '지금 여기 있습니까?' 그는 그 물건이 여기 있을 거라고 그냥 믿어버렸을 뿐이었다.

그래도 혹시 여기 있다면? 그게 어디쯤일까?

동쪽, 서쪽, 남쪽, 북쪽. 다 틀렸다.

그렇다면 그건……

도대체 뭐야?

그는 머리를 절레절레 흔들었다. 정신을 집중하기가 힘들었다. 사실 그는 사립탐정이 마비된 것을 보고 내심 적잖이 놀랐던 것이다. 에번스는 소파를, 그리고 그 움푹 꺼진 자리를 바라보았다. 사내는 몸을 움직일 수 없었다. 그것은 아주 무시무시한 경험이었을 것이다. 게다가 구급대원들은 마치 감자 포대를 들어올리듯이 그의 몸을 번쩍 들어 들것에 눕혔다. 소파 위의 쿠션들이 마구 흐트러진 것도 그들이 그렇게 힘을 쓰는 과정에서 생긴 일이었다.

에번스는 부질없이 소파의 주름을 펴고 쿠션들을 툭툭 두드려가며 가지런히 정리하기 시작했는데……

문득 뭔가 만져졌다. 쿠션들 중 하나의 아가리 속이었다. 에번스는 쿠션 패드 속으로 깊숙이 손을 밀어넣었다.

"이런."

돌이켜 생각해보니 너무도 뻔한 일이었다. 에번스가 사방으로 걸어다녔는데도 사립탐정이 모두 틀렸다고 한 것은 결국 자기 쪽으로 오라는 뜻이었다. 그는 그 물건을 감춰둔 소파 쿠션을 깔고 앉아 있었던 것이다.

그것은 반짝거리는 DVD 한 장이었다.

에번스는 그것을 DVD 플레이어에 집어넣었다. 시일별로 정리한 메뉴가 떴다. 모두 지난 몇 주 사이의 날짜였다.

에번스는 제일 앞선 시일을 선택했다.

NERF의 회의실이 나타났다. 구석 쪽에서 대각선 방향으로, 허리 정도의 높이에서 촬영한 영상이었다. 에번스는 아마 강연대쯤에 숨겨놓은 카메라였을 거라고 생각했다. 사립탐정은 에번스가 NERF의 회의실에서 그를 보았던 바로 그날 이 카메라를 설치한 것이 분명했다.

화면 하단에 숫자가 깜박거리면서 촬영 시각을 표시하고 있었다. 그러나 에번스는 그것보다 동영상 자체에 주목했다. 니콜라스 드레이크가 홍보부장 존 헨리와 이야기하는 중이었다. 드레이크는 답답하다는 듯이 두 손을 번쩍 들었다. 그리고는 고함을 지르다시피 이렇게 말했다.

"지구 온난화라면 지긋지긋해. 아주 신물이 난단 말이야. 이건 완전히 실패작이야."

그러자 헨리가 담담하게 말했다.

"그건 기정사실이지. 벌써 몇 년 전부터 그랬어. 어쨌든 우리가 해야 할 작업이 바로 그거잖아."

"작업이라구? '작업'이 통해야 말이지. 내 말이 바로 그거야. 이걸로는 한 푼도 모금할 수가 없어. 특히 겨울철엔 더더욱. 눈이 내릴 때마다 다들 지구 온난화 따위는 까맣게 잊어버린단 말이야. 아니면 지구가 좀 따뜻해지는 것도 괜찮겠다고 생각하거나. 존, 이건 공해 문제와는 전혀 달라. 공해는 '작업'이 통했지. 아직도 통하고. 공해 문제만 들먹이면 다들 무서워서 벌벌 떠니까. 공해가 암을 유발한다고 한마디만 하면 돈이 다발로 굴러 들어오지. 그런데 날씨가 좀 따뜻해진다고 겁먹는 사람은 아무도 없단 말이야. 더군다나 그게 100년 뒤에나 일어날 일이니 더더욱."

"그래도 잘 요리하면 되잖나."

"이젠 틀렸어. 우린 온갖 수단을 다 써봤잖아. 지구 온난화 때문에 동식물이 멸종한다? 아무도 신경 안 써. 멸종하는 건 대부분 곤충들이라는 말을 다들 들었으니까. 존, 곤충들이 멸종한다는 것만 갖고는 돈을 끌어모을 수가 없어. 그리고 지구 온난화 때문에 신종 질병이 발생한다? 아무도 곧이듣지 않아. 그런 일은 없었으니까. 작년에 우린 에볼라 바이러스와 한타 바이러스가 지구 온난화 때문이라는 홍보 캠페인을 벌였지만 아무도 안 믿었어. 그런데 이번엔 지구 온난화 때문에 해수면이 상승한다? 거기서 어떤 결과가 나올지는 자네도 나도 알고 있잖아. 젠장, 바누투 소송건은 완전히 실패작이야. 다들 해수면이 상승한 곳은 어디에도 없다고 할 거야. 그리고 그 스칸디나비아 놈, 그 해수면 전문가 말이야. 그 작자가 지금 골칫거리가 돼버렸어. 하다못해 IPCC까지 무능한 집단으로 몰아붙이는 중이라구."

그러자 헨리가 참을성 있게 말했다.

"그래, 다 맞는 말인데……"

"그러니까 어디 말해봐. 이런 판국에 내가 지구 온난화를 어떻게 '요리' 해야 하는지 말이야. NERF를 유지하려면 얼마를 거둬들여야 하는지 자네도 잘 알잖아. 존, 우린 매년 자그마치 4,200만 달러가 필요하단 말이야. 그런데 재단들이 금년에 주겠다는 돈은 그 액수의 4분의 1밖에 안 돼. 유명인사들은 모금 운동에 참여하면서도 정작 자기들은 땡전 한 푼도 안 내놓지. 워낙 저 잘난 맛에 사는 인간들이라 모금 파티에 얼굴을 내밀기만 하는 것도 큰 선심을 쓴 거라고 생각하거든. 물론 해마다 환경보호청을 제소하면 3~400만 정도는 토해내겠지. 환경보호청의 지원금을 합치면 모두 500만쯤 될 테고. 그래도 한참 모자란단 말일세. 존, 지구 온난화로는 도저히 해결할 수가 없어. 염병할, 지금 나한테 필요한 건 '대의명분' 이라구. '작업' 이 통하는 대의명분 말이야!"

그러나 헨리는 여전히 침착했다.

"알겠네. 그런데 자넨 이번 회의를 잊고 있군."

"아, 젠장, 그 회의. 이 얼간이들은 포스터 한 장도 제대로 만들지 못한다구. 그리고 우리가 확보한 강연자들 중에서 으뜸가는 인물이 벤딕스인데 지금 집안에 문제가 생겼지. 마누라가 항암 치료를 받는다는 거야. 고든도 예정이 잡혀 있지만 그 작자는 연구 때문에 무슨 소송에 말려들었고…… 게다가 연구 기록도 날조된 것 같고……"

"니콜라스, 그건 다 사소한 일들이야. 자넨 그저 전체적인 상황만 잘 끌어가면……"

바로 그때 전화벨이 울렸다. 드레이크가 받더니 잠시 귀를 기울였다. 그러다가 수화기를 손으로 가리며 헨리를 돌아보았다.

"존, 나중에 다시 얘기해야겠네. 급한 일이 생겼어."

헨리는 곧 자리에서 일어나 회의실을 나섰다.

동영상은 거기서 끝났다.

화면이 검은색으로 바뀌었다.

에번스는 그 텅 빈 화면을 멍하니 바라보았다. 당장에라도 쓰러질 것만 같았다. 어지럼증이 밀려왔다. 속이 느글거렸다. 리모컨을 들고 있었지만 단추를 누를 여유도 없었다.

그 순간은 곧 지나갔다. 그는 숨을 들이마셨다. 다시 생각해보니 방금 본 그 장면은 별로 놀라운 것도 아니었다. 어쩌면 드레이크는 누군가와 단둘이 있을 때 평소보다 좀더 솔직하게 말하는 버릇이 있는지도 모른다. 그건 누구나 마찬가지다. 그리고 요즘 모금 문제로 압박감에 시달리는 것도 분명하다. 어쨌든 그가 그렇게 좌절감을 표현한 것은 충분히 이해할 수 있는 일이었다. 환경운동은 처음부터 일반 대중의 무관심과 싸워야 했다. 인간은 장기적인 안목을 가지고 생각하지 못한다. 환경이 서서히 망가져가는 것을 알아차리지도 못한다. 그런 대중을 움직여 어떤 일에 동참하게 만드는 것은—자기들에게 정말 이로운 일이더라도—예나 지금이나 힘겨운 투쟁이 아닐 수 없다.

그 투쟁이 끝나려면 아직 멀었다. 아니, 이제 시작에 불과하다고 해야 옳을 것이다.

그리고 지구 온난화를 가지고 돈을 끌어모으기가 쉽지 않다는 말도 아마 사실일 것이다. 그래서 니콜라스 드레이크 같은 사람이 필요한 게 아닌가.

그리고 각종 환경단체는 실제로 아주 적은 자금으로 활동하고 있다.

NERF는 4,400만 달러, NRDC[천연자원 보호협의회(Natural Resources Defense Council). 1970년 창설된 미국의 대표적 환경단체]도 그 정도, 그리고 시에라 클럽은 아마 5천만 달러쯤 될 것이다. 자연보호협회(Nature Conservancy, 1951년 미국에서 창설되어 세계 30여개 국에서 활동하는 환경단체) 같은 거대 조직은 7억 5천만 달러의 예산을 주무르기도 한다. 그러나 기업들이 동원할 수 있는 수백, 수천억 달러에 비하면 얼마나 보잘것없는 액수인가? 이것은 다윗과 골리앗의 싸움이다. 드레이크는 다윗이다. 드레이크 자신도 기회가 있을 때마다 입버릇처럼 그렇게 말하곤 했다.

에번스는 손목시계를 보았다. 어쨌든 지금은 드레이크를 만나러 갈 시간이었다.

그는 DVD를 플레이어에서 꺼내 호주머니에 넣고 집을 나섰다. 가는 길에 드레이크에게 할 말을 다시 검토했고, 완벽하게 해내기 위해 몇 번이나 연습을 되풀이했다. 물샐틈없는 준비가 필요했다. 케너가 드레이크에게 말하라고 지시한 내용은 모두 거짓이었기 때문이다.

비벌리힐스

10월 9일 토요일
11:12 AM

니콜라스 드레이크는 따뜻한 악수로 에번스를 맞이했다.

"피터, 피터. 드디어 만나게 돼서 정말 반갑네. 자넨 부재 중이더군."

"그랬죠."

"그래도 내 부탁을 잊진 않았겠지."

"그럼요, 닉."

"어서 앉게나."

에번스는 의자에 앉았고 드레이크는 책상 건너편에 자리 잡았다.

"말해보게."

"그 조항의 출처를 더듬어봤습니다."

"그랬더니?"

"네. 이사장님 말씀이 맞던데요. 회장님이 아니라 어느 변호사가 생각해낸 거였어요."

"내 그럴 줄 알았지! 그게 누구야?"

에번스는 케너가 시킨 말만 하면서 신중하게 대답했다.

"우리 회사가 아니라 외부 변호사였어요."

"누군데?"

"안타까운 일인데요, 닉, 증빙 문건이 있더라구요. 회장님이 빨간 줄까지 그어가며 친필로 지시 사항을 적어놓으신 초안이에요."

"아, 젠장. 언제 작성한 거지?"

"6개월 전에요."

"6개월!"

"아무래도 회장님은 꽤 오래전부터 그…… 여러 가지 일로 좀 걱정하셨던 모양이에요. 당신이 지원하시는 단체들에 대해서 말예요."

"나한테는 그런 말 없었는데."

"제게도 마찬가지예요. 회장님은 외부 변호사를 고용하셨잖아요."

"나도 그 편지를 보고 싶어."

에번스는 고개를 가로저었다.

"그 변호사가 절대로 허락하지 않을 겁니다."

"모턴 회장은 죽었잖아."

"증언거부권은 의뢰인이 죽은 뒤에도 유효해요. '스윈들러와 벌린대 미합중국 사건'(변호사와 의뢰인 사이의 비밀 편지에 대하여 의뢰인 사후에도 변호사의 증언거부권이 소멸하지 않는다고 판결한 1998년 연방대법원 판례)."

"그건 고지식한 소리야. 자네도 알잖아."

에번스는 어깨를 으쓱거렸다.

"그렇지만 이 변호사는 교과서대로만 하는 사람이라구요. 그리고 방금 이사장님께 말씀드린 내용만 갖고도 제가 적절한 선을 넘었다고 꼬투리를 잡을 가능성이 있단 말입니다."

그러자 드레이크는 손가락으로 책상 위를 타다닥 두드렸다.

"피터, 바누투 소송엔 돈이 아주 절실한 상황이야."

"그 소송은 취소될지도 모른다는 말이 자꾸 들리던데요."

"헛소리야."

"자료를 아무리 뒤져봐도 태평양 해수면이 상승했다는 증거가 없다고 하더라구요."

"그런 소리 함부로 하지 말게. 어디서 그런 말을 들은 거야? 피터, 그건 기업들이 흘려보낸 허위 정보라구. 전 세계에서 해수면이 상승하고 있다는 건 그야말로 '의문의 여지도 없는' 사실이야. 과학적으로 벌써 수없이 입증된 사실이라구. 아니, 바로 엊그제만 해도 해수면을 측정한 인공위성 자료를 내 눈으로 직접 봤단 말이야. 이건 비교적 최근에 사용하고 있는 측정 방법인데, 그 위성 자료는 바로 작년만 하더라도 해수면이 몇 밀리미터나 상승했다고 했어."

"정식으로 발표된 자료예요?"

그러자 드레이크가 이상하다는 표정으로 에번스를 바라보았다.

"얼른 기억이 안 나는군. 요약 보고서에서 읽어봤거든."

사실 이런 질문들은 미리 준비한 내용이 아니었다. 그런데 웬일인지 에번스 자신도 모르게 불쑥 입 밖으로 나오고 말았던 것이다. 그리고 그는 자기가 방금 미심쩍다는 어조로 말했음을 깨닫고 몹시 난감했다. 드레이크가 이상하다는 듯이 바라본 것도 무리가 아니었다.

에번스는 재빨리 뒷수습에 나섰다.

"별다른 뜻은 없구요, 그냥 요즘 제가 들은 소문들이……"

드레이크가 고개를 끄덕였다.

"그래서 사실인지 확인하고 싶었단 말이군. 그건 당연한 생각이겠지. 이 문제를 일깨워줘서 고맙네, 피터. 헨리한테 연락해서 어떤 소문이 나도는지 알아봐야겠어. 자네도 알다시피 우린 경쟁기업 연구소 [Competitive Enterprise Institute (CEI), 시장경제 관련 싱크탱크로 알려진 미국 비영리 공공정책기구], 후버 재단, 마셜 연구소 같은 곳에서 날뛰는 그 야만인 같은 놈들을 상대해야 한단 말이야. 주로 우익계 과격파나 골이 빈 근본주의자들에게 재정 지원을 받는 단체들인데, 불행하게도 그놈들은 엄청난 거액을 펑펑 쓰고 있거든."

"네, 저도 압니다."

에번스는 이제 나가보려고 몸을 돌렸다.

"또 시키실 일은 없습니까?"

그러자 드레이크가 이렇게 말했다.

"내 솔직하게 얘기하지. 난 지금 기분이 아주 별로야. 우린 결국 주당 5만 달러밖에 못 받는 거지?"

"지금 상황에선 어쩔 수 없을 것 같습니다."

"그렇다면 그걸로 어떻게든 꾸려가는 수밖에. 그건 그렇고, 그 소송 건은 순조롭게 진행 중일세. 지금 당장은 내가 이번 회의에 온힘을 기울여야 하겠지만."

"아, 맞다. 그게 언제 시작이죠?"

"수요일. 나흘 남았지. 자, 그럼 난 이만……"

"물론이죠."

에번스는 드레이크의 책상 맞은편에 있는 탁자 위에 휴대폰을 놓아두고 사무실을 빠져나왔다.

에번스는 계단을 다 내려가 일층에 도착한 다음에야 비로소 드레이크가 꿰맨 자국에 대해 아무것도 묻지 않았다는 사실을 깨달았다. 그날 만난 사람들은 모두 한결같이 그 실밥에 대해 한마디씩 했는데 드레이크만 예외였던 것이다.

그러나 물론 드레이크는 회의 준비 때문에 머리가 복잡한 상황이었다. 에번스는 정면에 있는 일층 회의실에서 사람들이 바삐 일하고 있는 것을 볼 수 있었다. 벽에는 현수막이 걸려 있었다. '기후급변: 다가오는 재앙.' 그리고 대형 테이블에 스무 명가량의 청년들이 둘러앉았는데, 그 테이블 위에는 어느 강당의 내부와 건물 주위의 주차장을 묘사한 축소 모형이 놓여 있었다. 에번스는 걸음을 멈추고 잠시 지켜보았다.

청년 하나가 자동차를 의미하는 나무 블록들을 주차장에 내려놓고 있었다.

그때 다른 청년이 말했다.

"이사장님이 싫어하실 텐데. 건물에서 제일 가까운 주차 공간은 언론사 취재차량에 배정해주라고 하셨어. 버스가 아니고."

"취재차 전용으로 세 칸을 비워놨어. 그 정도면 충분한 거 아니야?"

"이사장님은 열 칸이랬어."

"열 칸이나? 이런 행사에 취재팀이 얼마나 모일 거라고 생각하시는 거지?"

"나도 몰라. 어쨌든 열 칸을 비워두고 전력선과 전화선도 추가로 준비하라고 하셨어."

"기후급변에 대한 학술회의를 위해서? 도무지 이해할 수가 없네. 허리케인이나 가뭄 따위에 대해서 할 얘기가 많으면 얼마나 많겠어? 취재팀이 세 팀만 와줘도 다행일 텐데."

"야, 이사장님이 두목이잖아. 빨리 열 칸 비워버리고 끝내자구."

"그러려면 버스들을 건물 뒤쪽으로 보내야 한단 말이야."

"열 칸이야, 제이크."

"알았어, 알았다구."

"건물 바로 앞자리를 잡아놔야 돼. 연장선들은 아주 비싸니까. 강당 측에서 추가 비품 사용료로 바가지를 씌우려 한다구."

그때 테이블의 반대쪽 끄트머리에 앉아 있던 한 아가씨가 입을 열었다.

"영상실은 얼마나 어둡게 할 수 있지? 영사기를 쓸 수 있을 만큼 어두울까?"

"아니, 거긴 평판 텔레비전밖에 못 써."

"영상 담당자들 중에 복합식 영사기를 쓰는 사람들도 있던데."

"아, 그거라면 괜찮을 거야."

에번스가 회의실을 들여다보고 있을 때 젊은 여자 하나가 다가왔다.

"도와드릴까요?"

접수 직원인 듯했다. 예쁘장하지만 개성이 없는 얼굴.

에번스는 회의실을 향해 턱짓을 하며 이렇게 대답했다.

"그래요. 이 회의에 참석하려면 어떻게 해야 하는지 궁금한데요."

"죄송하지만 이 회의엔 초대권이 필요합니다. 학술회의라서 일반인들에겐 공개되지 않거든요."

"방금 드레이크 이사장님 집무실에서 나오는 길인데요, 이사장님께 부탁드리는 걸 깜박 잊어서……"

"아. 그런 거라면 접수대에 입장권이 몇 장 있습니다. 어느 날짜에 참석하실 건지 정해두셨나요?"

"날마다 올 겁니다."

그러자 여자는 미소를 떠올렸다.

"열의가 대단하시네요. 그럼 이쪽으로 와주시면……"

NERF에서 회의 진행본부가 설치된 샌타모니카 중심가까지는 자동차로 얼마 안 걸리는 거리였다. 인부들이 이동식 크레인 꼭대기에서 거대한 간판에 글자들을 붙이고 있었다. 아직 미완성이었다. '기후

'그', 그리고 그 밑에는, '다가오는 ス.'

에번스의 차는 한낮의 햇볕을 받아 후끈후끈했다. 그는 카폰으로 사라에게 전화를 걸었다.

"해냈어. 그 사무실에 휴대폰을 두고 나왔지."

"알았어. 그런데 네가 좀더 일찍 연락해주길 바랐는데. 이제 그런 일은 필요 없을 것 같아서 말야."

"그래? 어째서?"

"케너 교수님이 벌써 필요한 정보를 알아내신 것 같아."

"그래?"

"자, 직접 통화해봐."

에번스는 이런 생각을 했다. '사라가 케너와 함께 있었어?'

"케너일세."

"피터예요."

"지금 어디 있나?"

"샌타모니카요."

"자네 집으로 가서 등산복을 챙겨두게. 그냥 거기서 기다려."

"무슨 일인데요?"

"지금 입고 있는 옷들은 모조리 갈아입고. 지금 입고 있는 옷들은 아무것도 가져가지 말라구."

"왜요?"

"나중에."

전화가 끊어져버렸다.

집으로 돌아온 에번스는 급히 가방을 꾸렸다. 그러고는 거실로 갔다. 기다리는 동안 DVD를 플레이어에 넣고 날짜 메뉴가 뜨기를 기다렸다.

그는 목록의 두 번째 일시를 선택했다.

화면에 드레이크와 헨리의 모습이 다시 나타났다. 옷차림이 둘 다 그대로인 것으로 보아 지난번과 같은 날이 분명했지만 시간적으로 좀 더 나중이었다. 드레이크가 벗어놓은 웃옷이 의자에 걸려 있었다.

드레이크가 원망스러운 어조로 말했다.

"자네 말대로 해봤지만 소용없었어."

그러자 의자에 기대앉아 양손을 텐트 모양으로 모으고 있던 헨리가 천장을 쳐다보며 말했다.

"체계적으로 생각해."

"그건 또 무슨 소리야?"

"체계적으로 생각하란 말이야, 니콜라스. 정보의 기능을 잘 생각해 봐. 정보가 무엇을 지탱하는지, 무엇이 정보를 지탱하는지."

"홍보부에서나 통하는 헛소리는 집어치워."

그러자 헨리가 날카롭게 쏘아붙였다.

"니콜라스, 난 지금 자넬 도와주려는 거야."

"미안해."

드레이크는 야단맞은 표정이었다. 고개를 조금 숙이기까지 했다.

동영상을 보면서 에번스는 이런 생각을 했다. '둘 중에서 오히려 헨리 쪽이 상전인 것 같잖아?' 적어도 그 순간만은 분명히 그렇게 보였다.

"자, 그럼 자네 골칫거리를 해결할 방법을 설명해주지. 해결책은 아주 간단해. 방금 자네가 말했듯이……"

그때 누군가 에번스의 문을 요란하게 두드리기 시작했다. 에번스는 DVD를 정지시키고 만일의 경우에 대비하여 플레이어에서 DVD를 꺼내 호주머니에 넣었다. 쾅쾅거리는 소리는 그가 문 쪽으로 걸어가는 동안에도 계속되었다.

　산종 타파였다. 몹시 심각한 표정이었다.

　"빨리 가야 해요. 지금 당장."

"죽었다구요. 사라가 죽었어요. 벽돌에 맞아 쓰러졌는데 그때 벼락이 사라의 몸에 정통으로
떨어지는 바람에 죽어버렸어요. 지금 바로 제 앞에 있어요. 사라가 죽다니, 젠장, 사라가 죽
다니……"

"인공호흡을 해봐. 맙소사…… 얼굴이 시퍼렇고……"

"그건 아직 살아 있다는 뜻이야, 피터. 내 말 좀 들어."

그러나 에번스는 아무 말도 듣지 못했다. 그 얼간이가 아직도 무전기 송신 단추를 누르고
있는 것이다. 케너는 하도 답답해서 욕설을 내뱉었다. 바로 그때 갑자기 다시 잡음이 시작
되었다. 케너는 그 소리가 무엇을 의미하는지 알고 있었다.

또다시 벼락이 떨어진 것이었다. 아주 강력한 벼락이.

5

스네이크

S N A K E

STATE OF FEAR

디아블로

10월 10일 일요일
2:43 PM

헬리콥터는 애리조나 사막 위를 날고 있었다. 플래그스태프로부터 동쪽으로 20마일, 디아블로 협곡이 그리 멀지 않은 곳이었다. 뒷좌석에서 산종이 에번스에게 몇 장의 사진과 컴퓨터 출력물을 건네주었다. 그리고 환경해방전선(ELF)에 대해 이렇게 말했다.

"우린 놈들의 네트워크가 지금 가동 중이라고 보고 있어요. 그렇지만 우리 쪽도 마찬가지죠. 우리 네트워크도 풀가동하고 있는데, 그중 하나에서 뜻밖의 단서를 찾아냈어요. 다른 것도 아니고 남서부 공원관리협회였죠."

"그게 뭔데요?"

"서부 각주에서 근무하는 주립공원 관리직원들의 모임이에요. 그 사람들이 아주 이상한 현상을 발견한 거죠."

유타, 애리조나, 뉴멕시코 일대의 주립공원들 중에서 상당수가 이번 주말에 행사 장소로 사전 예약이 되어 있었고 이미 사용료 지불도 끝난 상태였다. 행사는 회사 야유회, 학교 축제, 단체 창립 기념일 따위였는데, 그 모두가 부모와 자녀, 더러는 조부모까지 참석하는 가족 모임이었다.

물론 이번 주말은 사흘간의 연휴라서 충분히 있을 수 있는 일이었다. 그러나 이상한 것은 예약된 날짜가 거의 다 월요일이라는 점이었다. 토요일이나 일요일을 선택한 경우는 몇 건에 불과했다. 공원 관리소장들도 이런 일은 한 번도 본 적이 없다고 했다.

　　에번스가 말했다.

　　"이해할 수가 없네요."

　　"관리직원들도 마찬가지였어요. 그래서 아마 무슨 종교 행사일 거라고 생각했죠. 그런데 공원을 종교적 목적으로 이용하는 건 금지돼 있으니까 그중 몇몇 단체에 연락해본 거예요. 그런데 그때마다 그쪽에선 그 날짜에 행사 비용을 지원한다는 내용의 특별 기부금을 받았다고 하더라 이겁니다."

　　"누가 기부한 거죠?"

　　"자선 단체들이죠. 상황이 모두 똑같았어요. 행사를 하는 단체는 전부 이런 편지를 받은 거예요. '최근 신청하신 자금 지원 건에 대해 감사드립니다. 저희는 오는 10월 11일 월요일에 이러저러한 공원에서 귀사의 모임을 지원할 수 있게 된 것을 기쁘게 생각합니다. 귀사 명목으로 이미 수표가 발송되었습니다. 즐거운 모임을 기원합니다.'"

　　"그럼 행사 단체들이 직접 예약한 게 아니었다는 거예요?"

　　"그렇죠. 그래서 그 자선 단체에 연락해봤더니 그쪽에선 뭔가 착오가 생긴 것 같다고 하더랍니다. 어쨌든 수표는 이미 발송됐으니까 그냥 그 날짜에 공원을 이용하라면서 말예요. 그래서 많은 단체가 그대로 진행하기로 결정했죠."

　　"그 자선 단체들은 어떤 것들인데요?"

　　"아무도 못 들어본 단체들이죠. 에이미 로시터 기금. 뉴 아메리카 기금. 로저 V.와 엘리너 T. 맬킨 재단. 조이너 기념 재단. 자선 단체는 모두 여남은 개였어요."

"진짜 자선 단체가 맞긴 맞아요?"

산종은 어깨를 으쓱거렸다.

"아마 아닐 거라고 생각하는데, 지금 확인해보는 중이에요."

"아직도 뭐가 뭔지 모르겠네요."

"이번 연휴 때 그쪽 공원에 사람들이 모이길 바라는 자들이 있는 거죠."

"네, 그런데 왜죠?"

그러자 산종이 사진 한 장을 내밀었다. 어느 숲을 찍은 적외선 항공사진이었는데, 배경은 암청색이었고 나무는 선홍색이었다. 산종이 사진 한복판을 톡톡 두드렸다. 숲 속의 공터였는데, 땅바닥에 거미줄 같은 것이 깔려 있었다. 수많은 점을 연결한 선들이 중앙으로 집중되어 마치 거미줄처럼 보였다.

"이게 뭐예요?"

"로켓 배열망이죠. 이 점들은 로켓 발사대, 이 선들은 발사 동작을 제어하는 동력 케이블이에요."

산종은 사진 이곳저곳을 손가락으로 짚어가며 설명했다.

"그리고 보다시피 이쪽에도 로켓 배열망이 하나 더 있어요. 여기도 하나 있구요. 이 세 개의 배열망은 각 변의 길이가 5마일쯤 되는 삼각형 모양을 하고 있죠."

에번스도 그것을 보았다. 숲 속의 공터에 따로따로 쳐놓은 세 개의 거미줄.

"로켓 배열망이 세 개라……"

"그래요. 놈들은 고체 연료식 로켓 500개를 구입했죠. 로켓 자체는 아주 작아요. 이 사진의 사물들을 자세히 살펴보면 발사대의 직경이 4인치 내지 6인치쯤 된다는 걸 알 수 있는데, 그렇다면 이 로켓들은 천 피트쯤 상승할 수 있다는 뜻이죠. 그 이상은 못 올라갈 거예요. 각각의 배열망은 50개 정도의 로켓이 서로 연결돼 있지만 아마 동시에 발사되게 해놓진 않았을 거예요. 그리고 보다시피 발사대와 발사대 사이의 간격이 꽤 넓어서……"

"그런데 목적이 뭐죠? 이것들은 아무것도 없는 숲 속에 설치돼 있잖아요. 천 피트쯤 솟구쳤다가 도로 떨어진다구요? 그뿐이에요? 무엇 때문에 그런 짓을 하죠?"

"그건 우리도 몰라요. 하지만 한 가지 단서가 더 있어요. 지금 피터가 들고 있는 그 사진은 어제 찍은 거예요. 그리고 저공비행을 하던 군용기가 촬영한 이 사진은 오늘 아침에 찍은 거구요."

그는 같은 지역을 촬영한 또 한 장의 사진을 에번스에게 건네주었다.

거미줄이 없었다.

"어떻게 된 거죠?"

"놈들이 거둬가버렸어요. 첫 번째 사진을 보면 공터 가장자리에 승합차가 서 있었죠. 아마 그 차에 전부 때려 싣고 가버렸을 겁니다."

"발각됐기 때문인가요?"

"발각됐다는 사실을 놈들이 알 리가 없죠."

"그럼 뭡니까?"

"우린 놈들이 더 좋은 장소로 이동했을 거라고 생각해요."

"뭘 하기에 더 좋은 장소라는 거죠? 도대체 이게 다 무슨 일이에요?"

"놈들이 로켓을 구입할 때 미세섬유 유도선 150킬로미터를 함께 구입했다는 사실에 어떤 의미가 있을지도 몰라요."

산종은 그 말 한마디로 모든 것이 설명된다는 듯이 에번스를 바라보며 고개를 끄덕거렸다.

"150킬로미터라면……"

그러자 산종은 헬리콥터 조종사 쪽을 힐끔 바라보며 고개를 저었다.

"피터, 이 얘기는 나중에 더 자세히 하기로 합시다."

그러면서 창밖으로 고개를 돌리는 것이었다.

에번스는 반대쪽 창밖을 내다보았다. 끝없이 펼쳐진 황량한 사막, 군데군데 주황색과 빨간색의 줄무늬가 그려진 갈색 절벽들. 헬리콥터는 타타타 소리를 내며 북쪽으로 날아갔다. 에번스는 모래 위를 질주하는 헬리콥터의 그림자를 내려다보았다. 그림자는 일그러지고 찌그러졌다가 다시 알아볼 수 있는 형태를 되찾곤 했다.

'로켓이라……' 이 정보를 말해줄 때 산종은 에번스에게 스스로 답을 찾아보라고 종용하는 듯한 태도였다. 500개의 로켓. 띄엄띄엄 배치한 50개의 발사대. 미세섬유 유도선 150킬로미터.

거기에 무슨 의미가 있는 모양인데, 피터 에번스로서는 도대체 그게 뭔지 짐작조차 할 수 없었다. 수많은 소형 로켓들. 용도가 뭘까?

미세섬유 유도선의 용도는 또 뭘까?

물론 이 유도선을 로켓에 장착한다면 각각의 로켓에 붙일 수 있는 길이가 약 3분의 1킬로미터라는 것쯤은 암산으로도 간단히 알 수 있었다. 그리고 3분의 1킬로미터라면 대략 1천 피트쯤이다.

산종의 말에 의하면 어차피 로켓이 날아오를 수 있는 거리도 그 정도에 불과했다.

그렇다면 이 로켓들은 미세섬유 유도선을 끌고 공중으로 1천 피트쯤 솟구치도록 되어 있다는 뜻인가? 왜 그런 짓을 할까? 혹시 나중에 그 로켓들을 회수하기 위해 유도선을 장착한 것일까? 아니, 그럴 리가 없다. 로켓들은 숲 속으로 떨어져 내릴 텐데, 미세섬유 유도선쯤은 모조리 끊어지고 말 것이다.

그런데 로켓과 로켓 사이의 간격은 왜 그렇게 멀리 잡았을까? 직경이 몇 인치에 불과하다면 좀더 촘촘하게 배치해도 되지 않았을까?

그는 군대에서 사용하는 로켓 발사기에 로켓들이 서로 꼬리 날개가 맞닿을 만큼 빽빽이 꽂혀 있는 장면을 어디선가 본 듯싶었다. 그렇다면 이 로켓들은 어째서 그렇게 띄엄띄엄 배치했을까?

로켓들이 날아오르는데…… 가느다란 유도선을 끌고…… 1천 피트 높이까지 솟구쳤다가…… 그 다음엔……

'그 다음엔 뭐지?'

어쩌면 로켓의 탄두에 어떤 장치가 있을지도 모른다는 생각이 들었다. 그렇다면 유도선은 정보를 지상에 전송하기 위한 것이겠다. 그런데 그게 어떤 장치일까?

도대체 무슨 목적으로 이런 짓을 하고 있을까?

산종 쪽을 돌아보니 그는 또 한 장의 사진을 들여다보고 있었다.

"지금 뭐해요?"

"놈들이 어디로 갔는지 알아내려구요."

에번스는 산종이 들고 있는 사진을 보고 얼굴을 찡그렸다. 그것은 인공위성에서 촬영한 기상 사진이었다.

산종은 기상도를 보고 있었다.

'혹시 이 모든 일이 날씨와 관계가 있는 것일까?'

플래그스태프

10월 10일 일요일
8:31 PM

"맞았어."

식당 부스에서 케너가 테이블 너머로 몸을 숙이며 말했다. 그들은 플래그스태프에 있는 어느 스테이크 전문점의 안쪽 자리에 앉아 있었다. 바 옆의 주크박스에서 엘비스 프레슬리의 옛 노래가 흘러나왔다. 〈매정하게 굴지 말아요(Don't Be Cruel)〉. 케너와 사라가 나타난 것은 불과 몇 분 전이었다. 에번스는 사라의 안색이 좀 어둡고 수심이 가득하다고 생각했다. 평소처럼 명랑한 표정이 아니었다.

케너가 말했다.

"우린 이게 다 날씨와 관련된 일이라고 생각하고 있어. 아니, 확신이라고 해야 옳겠지."

그는 웨이트리스가 샐러드를 갖다놓는 동안 잠시 중단했다가 다시 말을 이었다.

"그렇게 믿는 데는 두 가지 이유가 있어. 첫째, ELF가 값비싼 첨단기술 제품을 잔뜩 사들였는데, 그게 날씨를 변화시키는 것 말고는 공통적인 용도가 없는 제품들이라는 점. 그리고 둘째……"

그때 에번스가 케너의 말을 가로막았다.

"잠깐, 잠깐. 방금 날씨를 변화시킨다고 하셨어요?"

"그랬지."

"어떻게 변화시킨다는 거죠?"

그러자 산종이 대신 대답했다.

"조종하는 거죠."

에번스는 좌석에 등을 기댔다.

"웃기는 소리 말아요. 아니, 지금 그놈들이 날씨를 조종할 수 있다고 믿는다는 거예요?"

그러자 사라가 말했다.

"실제로 조종할 수 있으니까."

"어떻게? 어떻게 그런 일을 할 수 있지?"

"그 부분에 대한 연구 내용은 대부분 기밀 사항이야."

"그렇다면 놈들이 그걸 어떻게 빼냈지?"

그러자 케너가 말했다.

"좋은 질문일세. 우리도 그 문제의 답을 알고 싶어. 그런데 중요한 건, 우리 짐작엔 이 로켓 배열망이 큰 폭풍우를 일으키거나 기존의 폭풍우를 더 증폭시킬 목적으로 고안된 것 같다는 점이야."

"어떻게 그런 일이 가능하죠?"

"그것들이 적운내층(積雲內層)의 전위(電位)를 변화시키는 거지."

"하, 물어본 내가 대견스럽네요. 아주 이해하기 쉬운 설명이군요."

"자세한 내용은 우리도 잘 몰라. 아마 곧 알게 될 테지만."

이번에는 산종이 입을 열었다.

"제일 중요한 단서는 공원 이용권을 예약한 방식이에요. 그놈들은 많은 단체가 넓은 지역에 흩어져 야유회를 갖도록 일을 꾸몄어요. 즉 3개 주 전역에 분산시킨 거죠. 이건 아마 놈들이 기존의 날씨 여건에 따라

마지막 순간에 실행 장소를 결정하려 한다는 뜻일 거예요."

"실행 장소라구요? 놈들이 무슨 짓을 하려는 건데요?"

그러나 아무도 대답하지 않았다.

에번스는 세 사람을 번갈아 바라보았다.

"뭐죠?"

마침내 케너가 말했다.

"한 가지는 확실해. 놈들은 그 일이 기사화되길 바란다는 거지. 가족과 아이들을 동반하는 학교 소풍이나 회사 야유회에 어김없이 등장하는 것들이 있다면 바로 수많은 카메라일세. 수많은 비디오카메라, 스틸 카메라."

산종이 덧붙였다.

"물론 취재팀도 올 겁니다."

"그래요? 왜요?"

케너가 대답했다.

"피는 카메라를 부르는 법이니까."

"놈들이 사람들을 해치려 한다는 거예요?"

"그게 놈들의 의도라는 건 확실한 것 같아."

한 시간 후 그들은 모두 울퉁불퉁한 모텔 침대에 앉아 있었다. 산종이 방 안의 텔레비전에 휴대용 DVD 플레이어를 연결했다. 지금 그들이 있는 곳은 플래그스태프에서 북쪽으로 20마일쯤 떨어진 애리조나 주 쇼쇼니의 어느 허름한 모텔 방이었다.

에번스는 헨리와 드레이크가 이야기하는 장면이 다시 화면에 나타나는 것을 보았다.

드레이크가 원망스러운 어조로 말했다.

"자네 말대로 해봤지만 소용없었어."

그러자 헨리가 말했다.

"체계적으로 생각해."

그는 의자에 기대고 앉아 양손을 텐트 모양으로 맞대고 천장을 쳐다보고 있었다.

"그건 또 무슨 소리야?"

"체계적으로 생각하란 말이야, 니콜라스. 정보의 기능을 잘 생각해봐. 정보가 무엇을 지탱하는지, 무엇이 정보를 지탱하는지."

"홍보부에서나 통하는 헛소리는 집어치워."

그러자 헨리가 날카롭게 쏘아붙였다.

"니콜라스, 난 지금 자넬 도와주려는 거야."

"미안해."

드레이크는 야단맞은 표정이었다. 고개를 조금 숙이기까지 했다.

화면을 보면서 에번스가 말했다.

"둘 중에서 오히려 헨리 쪽이 상전인 것 같지 않아요?"

그러자 케너가 말했다.

"처음부터 헨리가 상전이었어. 자넨 몰랐나?"

화면 속에서는 헨리가 이렇게 말하고 있었다.

"그러니까 자네가 할 일은 정보를 체계화해서 나중에 어떤 날씨가 오더라도 자네 말을 뒷받침하도록 만드는 거라구. 기후 급변에 초점을 맞추는 게 그래서 좋은 거지. 무슨 일이 생기든지 무조건 써먹을 수 있으니까. 홍수, 진눈깨비, 회오리바람, 허리케인, 그런 사건들은 세계 각지에서 끊임없이 발생하고 있어. 신문이나 방송에서도 끊임없이 다뤄주고. 그럴 때마다 자네는 그 사건들이 바로 지구 온난화 때문에 생긴 기후 급변 현상이라고 말하기만 하면 되는 거야. 그렇게 해서 자네 말에 무게를 실어주고 긴박감을 더해주는 거지."

그러나 드레이크는 못 미덥다는 태도였다.

"글쎄…… 그것도 지난 몇 년간 써먹은 방법인데."

"그래, 이따금 개인적으로 써먹긴 했지. 개별적인 정치가들이 개별적인 폭풍우나 홍수에 대해 여러 주장들을 내놓은 거야. 클린턴도 그랬고, 고어도 그랬고, 헛소리만 늘어놓는 영국의 그 과학부 장관도 그랬지. 하지만 우린 지금 개별적인 정치가들에 대해 얘기하고 있는 게 아니잖아. 니콜라스, 우린 지금 각종 기상 이변이 결국 지구 온난화 때문이라는 걸 전 세계 사람들에게 알리는 조직적인 홍보 캠페인에 대해 얘기하고 있는 거야."

그러나 드레이크는 머리를 가로저었다.

"기상 이변이 증가하지 않았다는 연구 결과가 얼마나 많이 나왔는지 자네도 잘 알잖아."

그러자 헨리가 코웃음을 쳤다.

"회의론자들이 내세우는 허위 정보일 뿐이야."

"그런 말은 안 통해. 연구 결과가 너무 많아서……"

"그게 무슨 소리야, 니콜라스? 이건 식은 죽 먹기라구. 안 그래도 벌써 일반인들은 반대 의견이 나올 때마다 기업들이 배후에서 조종하는 거라고 생각한단 말이야."

헨리는 한숨을 푹 쉬고 다시 말을 이었다.

"아무튼 내가 장담하는데, 조만간 기상 이변의 증가 추세를 말해주는 컴퓨터 모델이 더 많아질 걸세. 과학자들이 손을 써서 우리한테 필요한 자료를 내놓을 거라구. 자네도 알잖아."

드레이크는 안절부절못하고 서성거렸다. 우울한 표정이었다.

"그래도 도무지 앞뒤가 맞질 않아. 지구 온난화 때문에 강추위가 온다는 말은 논리적으로 모순이잖아."

"논리 따위가 무슨 상관이야? 우린 그저 언론이 그렇게 보도해주기만 하면 되는 거야. 누가 뭐래도 대부분의 미국인은 이 나라에서 범죄가 증가하는 중이라고 믿는다구. 실제로는 벌써 '12년째' 감소 추세인데도 말이야. 미국의 살인 사건 발생률은 1970년대 초반 수준으로 낮아졌지만 미국인들은 그 어느 때보다도 겁에 질려 있어. 방송에서 범죄에 대해서 하도 떠들어대니까 자연히 실제로도 범죄가 많아졌다고 믿게 되는 거지."

헨리는 의자에서 몸을 일으켜 똑바로 앉았다.

"니콜라스, 방금 내가 한 얘기를 잘 생각해봐. 이건 12년 동안이나 계속된 추세인데 사람들은 아직도 안 믿는 거야. 모든 현실은 언론이 만들어낸 현실이라는 걸 이보다 잘 보여주는 사례는 없을 걸세."

"유럽인들은 그렇게 순진하지 않아서……"

"걱정 말게. 기후 급변을 팔아먹기는 미국보다 유럽이 더 쉬울 테니까. 자넨 그저 브뤼셀(벨기에의 수도이며 유럽 연합 본부가 있는 곳)만 잘 요리하면 돼. 관료들이 다 알아서 해줄 테니까. 기후 급변을 강조하는 게 여러 모로 유익하다는 걸 금방 알아차릴 거라구."

드레이크는 대꾸하지 않았다. 그저 두 손을 호주머니에 찔러넣고 방바닥을 내려다보며 이리저리 서성거릴 뿐이었다.

헨리가 다시 말했다.

"우리가 얼마나 고생해서 여기까지 왔는지 생각해봐! 1970년대만 하더라도 모든 기후학자들이 곧 빙하기가 온다고 믿었어. 세계가 점점 추워진다고 생각했단 말이야. 그런데 지구 '온난화'라는 개념이 등장하자마자 학자들은 그게 더 유익하다는 걸 당장에 알아차린 거야. 지구 온난화는 위기를 낳고, 따라서 대책이 필요하니까. 위기가 다가오면 연구가 필요하고, 연구를 하려면 자금이 필요하고, 전 세계의 정치적, 관료적 뒷받침이 필요하니까. 그래서 순식간에 엄청난 수의 기상학자, 지질학자, 해양학자들이 '기후학자'로 돌변해서 이 위기를 해결하는 일에 몰두한 거지. 이번 경우도 마찬가지일 거야, 니콜라스."

"기후 급변에 대해서는 예전에도 논의가 있었지만 별로 인기를 얻지 못했어."

그러자 헨리가 참을성 있게 말했다.

"바로 그것 때문에 자네가 회의를 개최하는 거잖아. 자네는 이번 회의를 널리 알리고, 회의에 때맞춰 우연찮게 기후 급변의 위험성을 말해주는 극적인 사건이 일어나는 거야. 그렇게만 된다면 이번 회의가 끝날 때쯤엔 기후 급변이 심각한 문제로 확실하게 자리를 잡는 거라구."

"글쎄……"

"그만 좀 징징거려. 니콜라스, 핵겨울(핵전쟁이 일어나면 나타나게 될 것이라는 추위 현상. 대량의 먼지와 연기가 햇볕을 흡수하여 지면에 도달하는 일사량이 줄면서 기온이 내려간다고 함)이 세계적인 위협으로 자리 잡기까지 얼마나 걸렸는지 잊어버렸나? 겨우 닷새 걸렸어. 1983년 어느 토요일까지만 하더라도 핵겨울이라는 말을 들어본 사람은 전 세계에 아무도 없었지. 그런데 그날 대규모 기자 회견이 있었고, 그 다음 수요일쯤에는 전 세계가 핵겨울을 걱정하게 된 거야. 지구에 닥쳐올 진정한 위기로 확고하게 자리 잡은 거지. 과학적인 논문은 단 한 편도 발표되지 않았는데도 말이야."

드레이크가 기나긴 한숨을 내쉬었다.

"겨우 닷새였어, 니콜라스. 그 사람들이 해냈으면 자네도 할 수 있어. 이번 회의는 기후에 대한 기본 원칙마저 바꿔놓을 거야."

화면이 까맣게 어두워졌다.

사라가 말했다.

"맙소사."

에번스는 아무 말도 하지 않았다. 그냥 멍하니 화면만 바라볼 뿐이었다.

산종은 몇 분 전부터 화면을 보지 않고 있었다. 그는 노트북 컴퓨터로 작업 중이었다.

케너가 에번스를 돌아보았다.

"방금 그 부분이 언제 녹화된 거지?"

"저도 몰라요."

에번스는 서서히 정신을 차렸다. 그러고는 어리둥절한 눈으로 방 안을 둘러보았다.

"언제 녹화된 건지는 저도 몰라요. 왜요?"

"자네가 리모컨을 갖고 있잖아."

"아, 죄송해요."

에번스는 단추를 눌러 메뉴를 띄워놓고 날짜를 보았다.

"2주 전인데요."

"그렇다면 모턴 회장님이 2주 전부터 드레이크의 근무지에 몰래카메라를 설치하셨다는 뜻이군."

"그런 것 같네요."

방금 본 동영상이 다시 시작되었다. 이번에는 소리를 꺼놓았다. 에번스는 두 남자를 뚫어져라 노려보았다. 드레이크는 걱정스러운 표정으로 서성거렸고, 헨리는 자신만만한 표정으로 앉아 있을 뿐이었다. 에번스는 방금 들은 내용을 소화하려고 안간힘을 쓰는 중이었다. 첫 번째 동영상의 내용은 충분히 이해할 만하다고 생각했다. 그때까지만 하더라도 드레이크는 진정한 환경 문제인 지구 온난화를 널리 알리는 것이 여러 가지로 너무 어려운 일이라고 하소연을 늘어놓고 있었다. 눈보라가 몰아치는 상황에서는 누구나 지구 온난화 문제에 대한 관심을 잃어버리는 것이 당연하다. 거기까지는 에번스도 충분히 납득할 수 있었다.

그러나 지금 이 대화는…… 에번스는 고개를 절레절레 흔들었다. 이 대화는 아무래도 걱정스러웠다.

그때 산종이 손뼉을 치면서 소리쳤다.

"찾았어요! 위치를 알아냈어요!"

그는 모두가 화면을 볼 수 있도록 노트북 컴퓨터를 돌려놓았다.

"이건 플래그스태프 풀리엄 공항에 있는 NEXRAD 레이더(차기 기상 레이더. 미국의 새로운 항공 관제 시스템의 하나)예요. 페이슨 북동쪽에 비구름대가 형성돼 있는 게 보이죠? 내일 정오쯤엔 거기서 폭우가 쏟아질 거예요."

사라가 물었다.

"여기서 거리가 얼마나 되죠?"

"90마일쯤."

그러자 케너가 말했다.

"빨리 헬리콥터를 타는 게 좋겠어."

에번스가 물었다.

"그래서 어쩌려구요? 젠장, 지금 밤 열 시란 말예요."

"그럼 옷이나 따뜻하게 입으라구."

세상이 온통 녹색과 검정색이었다. 렌즈를 통해 보이는 나무들은 윤곽이 좀 흐릿했다. 야간 투시경이 에번스의 이마를 묵직하게 짓누르고 있었다. 끈에 문제가 있는 모양이었다. 그 끈이 자꾸 파고들어 귀가 아팠다. 그러나 다들 투시경을 착용하고 창밖에 펼쳐진 드넓은 숲을 살펴보고 있었다.

그들은 숲 속의 공터를 찾는 중이었다. 벌써 여남은 군데를 지나왔는데, 그중에는 사람이 살고 있는 곳도 있어서 환하게 빛나는 창문과 검은 직사각형 같은 집들이 보였다. 그리고 두 군데의 공터는 건물 전체가 검정색이었다. 사람들이 떠나버린 광산촌이었다.

그러나 그들이 찾고 있는 것은 아직 발견되지 않고 있었다.

"저쪽에 하나 있네요."

산종이 손가락으로 가리키며 말했다.

에번스가 왼쪽을 돌아보자 그곳에 넓은 공터가 있었다. 발사대와 유도선으로 이루어진 낯익은 거미줄 모양이 눈에 띄었다. 길게 자란 풀들이 거미줄의 일부를 가려주고 있었다. 그리고 한쪽 옆에는 슈퍼마켓에 식료품을 배달할 때 흔히 사용하는 대형 트레일러 트럭이 서 있었다. 아니나 다를까, 트레일러 측면에 'A&P'(미국 슈퍼마켓 체인)라는 검정색 글자가 보였다.

"식품 테러범들이군요."

사라가 말했지만 아무도 웃지 않았다.

그 순간 공터가 휙 지나가버렸고 헬리콥터는 계속 앞으로 날아갔다. 조종사에게 공터 위에서 속력을 줄이거나 선회하지 말라고 미리 단단히 일러두었기 때문이다.

에번스가 말했다.

"방금 거기가 확실해요. 여기가 어디쯤이죠?"

조종사가 대답했다.

"프레스콧 서쪽에 있는 톤토 숲입니다. 좌표를 표시해놨어요."

그러자 산종이 말했다.

"두 군데 더 찾아야 해요. 각각 5마일씩 떨어진 삼각형 형태일 거예요."

헬리콥터는 어둠을 뚫고 날아갔다. 그들이 나머지 거미줄을 모두 찾아낸 것은 그로부터 한 시간이 더 지난 뒤였고, 헬리콥터는 비로소 출발 지점으로 되돌아갔다.

매킨리 주립공원

북쪽 하늘에 먹구름이 끼어 있었지만 따뜻하고 화창한 아침이었다. 매킨리 주립공원에는 링컨 중학교가 연례 소풍을 나와 있었다. 피크닉 테이블마다 풍선이 매달려 있었고, 바비큐 그릴마다 연기가 모락모락 피어올랐고, 폭포 주변의 풀밭에는 300명가량의 아이들과 그 가족들이 프리스비나 야구공을 던지며 놀고 있었다. 거기서 가까운 카벤더 강의 기슭에도 행락객들이 있었다. 강물은 공원을 가로질러 구불구불 유유히 흘러갔다. 지금은 수위가 낮아 양쪽 기슭의 모래땅이 드러났고, 군데군데 고여 있는 작은 바위 웅덩이마다 좀더 어린 아이들이 놀고 있었다.

케너 일행은 멀찌감치 차를 세워놓고 사람들을 바라보았다.

케너가 말했다.

"저 강물이 범람하면 공원 전체를 휩쓸고 사람들까지 모조리 삼켜버릴 거야."

에번스가 말했다.

"여긴 꽤 넓은 공원이에요. 정말 그렇게 엄청난 홍수가 날까요?"

"규모는 작아도 상관없어. 강물은 흙탕물일 테고 게다가 유속도 빠를 거라구. 급류는 깊이가 6인치 정도만 되어도 사람을 쓰러뜨릴 정도야. 그 다음엔 미끄러지면서 쓸려 내려가는 거지. 흙탕물은 미끌미끌해서 다시 일어설 수가 없으니까. 물속엔 바위나 온갖 파편들이 수두룩한데 흙탕물 때문에 앞은 안 보이고, 그러다가 여기저기 부딪쳐 의식을 잃고 말지. 대부분의 익사 사고는 사람들이 아주 얕은 물을 건너가려고 하다가 발생하는 거라구."

"그래도 겨우 6인치 정도에……"

"흙탕물은 막강한 힘을 갖고 있어. 깊이 6인치의 흙탕물은 자동차도 거뜬히 쓸어갈 정도란 말이야. 도로에서도 바퀴가 헛돌다가 결국엔 쓸려 내려가버린다구. 자주 있는 일이야."

에번스는 그 말이 얼른 믿어지지 않았다. 그러나 케너는 이제 콜로라도의 빅톰슨 강에서 발생했던 유명한 홍수에 대해 이야기하고 있었다. 그곳에서 불과 몇 분 만에 140명이 사망했다는 것이었다.

"자동차들이 맥주 깡통처럼 찌그러졌어. 흙탕물 때문에 사람들이 입고 있는 옷이 홀렁홀렁 벗겨졌고. 그러니 얕잡아보지 말라구."

에번스는 공원 쪽을 가리켰다.

"하지만 여기서는 수위가 높아지더라도 빠져나갈 시간이 충분할 텐데……"

"돌발홍수(flash flood, 호우로 인해 산간 계곡 등에 발생하는 기습적 홍수)라면 어림도 없어. 여기 있는 사람들이 알아차렸을 때는 이미 늦은 거라구. 그래서 지금 우리가 돌발홍수를 막으려는 거지."

케너는 손목시계를 확인하고 점점 어두워져가는 하늘을 쳐다본 후 차를 세워둔 곳으로 걸음을 옮겼다. 그곳에는 SUV 세 대가 나란히 주차되어 있었다. 케너가 한 대, 산종이 한 대, 피터와 사라가 나머지 한 대를 운전했다.

케너가 자기 차의 뒷문을 열었다. 그러고는 피터에게 물었다.

"총은 가져왔나?"

"아뇨."

"하나 줄까?"

"총이 필요할까요?"

"그럴지도 몰라. 마지막으로 사격장에 가본 게 언제였지?"

"음, 꽤 됐어요."

그러나 사실 에번스는 평생 단 한 번도 총을 쏘아본 적이 없었다. 그리고 지금 이 순간까지 그 사실을 자랑스럽게 생각했다. 그는 고개를 저었다.

"총을 별로 좋아하지 않아서요."

케너는 리볼버 한 자루를 쥐고 있었다. 그는 둥그렇게 생긴 탄창인지 뭔지를 열어젖혀 내부를 확인했다. 산종도 자기 차 옆에서 아주 무시무시하게 생긴 소총을 점검하고 있었다. 무광 처리한 검정색 총신에 망원 조준경이 달려 있었다. 산종의 동작은 신속하고 능숙했다. 군인의 모습이었다. 에번스는 불안감을 느꼈다. '이게 뭐야? O.K. 목장의 결투?'

그때 사라가 케너에게 말했다.

"우린 걱정 마세요. 총이라면 저도 갖고 있어요."

"쓸 줄도 알고?"

"알아요."

"종류가 뭔데?"

"9밀리미터 베레타."

그러자 케너는 고개를 저었다.

"38구경도 다룰 수 있겠어?"

"그럼요."

케너는 그녀에게 총과 총집을 건네주었다. 사라가 총집을 청바지 허리띠에 척 걸었다. 머뭇거리는 기색도 없는 익숙한 동작이었다.

에번스가 말했다.

"우리가 정말 사람을 쏠 일이 있을 거라고 생각하시는 거예요?"

"꼭 필요한 경우가 아니라면 그러지 말아야겠지. 그렇지만 정당방위가 필요할 수도 있어."

"놈들이 총을 가졌을 거라고 생각하세요?"

"그럴지도 몰라. 그래."

"맙소사."

그러자 사라가 말했다.

"문제없어요. 저도 그 망할 자식들을 쏴버리고 싶으니까요."

사납고 성난 목소리였다.

"그럼 됐어. 대충 준비가 끝난 것 같군. 전원 승마."

에번스는 이런 생각을 했다. '전원 승마? 맙소사. 이거 정말 O.K. 목장의 결투잖아?'

케너는 공원 건너편으로 차를 몰고 가서 어느 주 경찰관과 잠시 이야기를 나누었다. 공터 가장자리에 경찰관이 몰고 온 흑백 순찰차가 서 있었다. 케너는 이 경찰관과 무전 교신을 약속한 터였다. 사실 일행 모두가 무전 교신을 계속하기로 되어 있었다. 이번 계획에는 고도의 협동 작전이 필수적이었다. 세 개의 거미줄을 동시에 기습해야 하기 때문이다.

케너의 설명에 의하면 그 로켓들의 용도는 이른바 폭풍우의 '전하 증폭'이라고 했다. 그것은 사람들이 처음으로 현장에서, 즉 실제로 폭풍우 속에서 낙뢰 현상을 연구하기 시작했던 지난 10년 사이에 발전된 개념이었다. 초기에는 벼락이 떨어질 때마다 구름과 지면 사이의 전하 차이가 줄어들면서 폭풍우의 강도도 감소될 거라고 생각했다. 그러나 일부 학자들은 낙뢰가 오히려 정반대의 효과를 낸다는 결론을 내렸다. 낙뢰가 폭풍우의 힘을 파격적으로 증가시킨다는 것이었다. 이 같은 현상의 구체적인 메커니즘은 아직 밝혀지지 않았고, 다만 번개가 칠 때마다 발생하는 갑작스러운 열기 또는 충격파가 안 그래도 불안정한 폭풍우의 중심을 더욱 불안정하게 만들기 때문일 거라고 추정할 뿐이었다. 어쨌든 번개가 더 자주 치도록 만들 수 있다면 폭풍우가 더 심해진다는 것이 현재의 가설이었다.

에번스가 물었다.

"그럼 그 거미줄은 뭐죠?"

"미세섬유를 부착한 작은 로켓들이지. 그것들이 천 피트 상공으로 날아올라 구름층을 뚫고 들어가면 그 유도선들이 저(低)저항 전도체가 되어 낙뢰를 발생시키는 거야."

"그러니까 그 로켓들이 번개를 만들어낸다는 거죠? 용도가 그거였어요?"

"그래. 어쨌든 놈들의 의도는 바로 그거야."

그러나 에번스는 아직도 미심쩍기만 했다.

"이런 연구는 다 어디서 지원하는 거죠? 보험회사?"

케너는 고개를 저었다.

"전부 기밀이야."

"군부 쪽이라는 거예요?"

"맞았어."

"군부가 날씨 연구에 자금을 댄다구요?"

"잘 생각해봐."

그러나 에번스는 생각하기도 싫었다. 그는 군부와 관련된 모든 것에 대하여 깊은 회의를 품고 있었다. 군부가 날씨 연구를 위해 자금을 지원하다니, 이거야말로 한때 악명이 높았던 600달러짜리 변기 시트와 1천 달러짜리 렌치만큼이나 어처구니없는 국고 낭비라는 생각이 들었다.

"제가 보기엔 전부 돈지랄인 것 같네요."

"ELF는 그렇게 생각하지 않아."

그때 산종이 입을 열었다. 몹시 격한 어조였다. 에번스는 산종이 군인이라는 사실을 잠시 망각하고 있었던 것이다. 산종은 날씨를 다스릴 수 있는 자가 전쟁터를 다스린다고 말했다. 그것이야말로 유사 이래 지금까지 이어져온 군인들의 오랜 꿈이다. 군부가 그 일에 돈을 쏟아 붓는 것은 당연한 일이다.

"그 방법이 정말 효과가 있다는 거예요?"

"그래요. 아니면 우리가 왜 여기까지 왔겠어요?"

SUV는 매킨리 주립공원 북쪽의 울창한 언덕길을 구불구불 달려갔다. 빽빽한 숲과 탁 트인 풀밭이 번갈아 나타났다. 사라는 조수석에 앉아 피터를 바라보았다. 그는 미남이었고 체격도 운동선수처럼 강인해 보였다. 그런데도 가끔 겁쟁이처럼 굴어서 문제다.

"너도 운동을 하기는 해?"

"물론이지."

"뭔데?"

"스쿼시. 축구도 조금."

"아."

"이봐. 내가 총을 안 쏜다고 해서 그게 꼭…… 젠장, 난 변호사라 구."

사라는 피터에게 실망했지만 이유가 무엇인지조차 알 수 없었다. 어쩌면 자신이 지금 불안한 상태라서 능력 있는 사람이 곁에 있어주기를 바라는 것인지도 모른다고 생각했다. 그녀는 케너와 함께 있는 것이 좋았다. 케너는 대단히 해박하고 능수능란했다. 그는 모든 상황을 정확히 파악하고 있었다. 그리고 어떤 상황에서도 반응이 신속했다.

반면에 피터는 착하기는 하지만 아무래도……

사라는 운전대를 쥐고 있는 그의 손을 지켜보았다. 그는 운전을 잘 했다. 오늘은 운전 솜씨가 중요했다.

날씨가 더는 화창하지 않았다. 먹구름에 가까워진 탓이었다. 어두컴컴하고 찌푸린 하늘, 음산한 날씨였다. 숲 사이로 구불구불 이어진 앞길에는 아무도 없었다. 공원을 떠나온 이후로 두 사람은 지금까지 다른 자동차를 한 대도 보지 못했다.

피터가 물었다.

"얼마나 더 가야 하지?"

사라는 GPS를 확인했다.

"5마일쯤 더 가야 할 것 같아."

피터는 고개를 끄덕였다. 사라는 좌석에서 몸을 움직여 총집 속의 권총이 엉덩이를 압박하지 않도록 했다. 그러고는 조수석 쪽의 거울을 힐끔 바라보았다.

"이런."

"왜?"

낡아빠진 파란색 픽업트럭 한 대가 따라오고 있었다. 애리조나 번호판을 달고 있었다.

오로라빌

10월 11일 월요일
10:22 AM

사라가 말했다.

"문제가 생겼어."

"뭔데?"

에번스는 백미러를 보고 트럭을 발견했다.

"왜 그래?"

사라는 무전기를 쥐고 있었다.

"케너. 놈들이 우릴 봤어요."

에번스가 말했다.

"누가 봤다는 거야? 저게 누군데?"

무전기에서 찰카닥 소리가 났다.

"지금 어디 있나?"

케너였다.

"95번 고속도로예요. 4마일 거리까지 접근했어요."

"알았어. 계획대로 진행해. 최선을 다하라구."

에번스가 거울을 보면서 다시 물었다.

"저게 누군데 그래?"

파란색 픽업트럭이 빠르게 다가왔다. 굉장히 빨랐다. 그리고 다음 순간, 두 사람이 타고 있는 차를 트럭이 뒤에서 들이받았다. 에번스는 깜짝 놀라 운전대를 꺾었다가 다시 방향을 바로잡았다.

"빌어먹을!"

"운전이나 해, 피터."

사라는 총집에서 리볼버를 뽑았다. 그러고는 총을 무릎에 내려놓고 사이드미러를 내다보았다.

파란 트럭이 잠시 물러났다가 다시 돌진해오고 있었다.

"또 온다……"

피터가 가속 페달을 밟았는지 뜻밖에도 이번에는 충격이 아주 약해서 슬쩍 건드리는 정도에 불과했다. 피터는 차가 기우뚱할 만큼 빠른 속력으로 커브를 돌면서 백미러를 보았다.

파란 트럭이 다시 뒤처졌다. 그때부터 반 마일쯤 갈 때까지 계속 따라오고 있었지만 자동차 대여섯 대만큼의 거리보다 더 가까이 접근하는 일은 없었다.

피터가 말했다.

"뭐가 뭔지 모르겠네. 지금 우리를 들이받겠다는 거야, 뭐야?"

"그건 아닌 것 같은데. 속력을 줄이면 어떻게 나오는지 한번 보자."

피터는 SUV의 속력을 시속 40마일까지 떨어뜨렸다.

파란 트럭도 속력을 줄여 더 멀리 뒤처졌다.

사라가 말했다.

"그냥 우릴 따라오고 있을 뿐이야."

'이유가 뭐지?'

최초의 빗방울들이 앞 유리에 후두둑 떨어졌다. 앞길이 얼룩덜룩 젖어 있었지만 아직 본격적으로 쏟아지는 것은 아니었다.

이제 파란 트럭이 더 멀리 뒤처지고 있었다.

두 사람이 커브를 돌자 바로 앞에 은색의 대형 트레일러 트럭이 나타났다. 트럭은 부르릉거리면서 시속 30마일 이하로 느릿느릿 주행하고 있었다. 뒷문에 이런 글자가 보였다. 'A&P.'

에번스가 말했다.

"젠장."

백미러를 보니 파란 트럭이 여전히 따라오고 있었다.

"놈들이 우릴 앞뒤로 가둬버렸어."

그는 운전대를 틀어 대형 트레일러를 추월하려 했지만 그 즉시 트레일러가 중앙선 쪽으로 이동했다. 에번스는 재빨리 뒤로 물러났다.

"꼼짝없이 갇혔군."

그러자 사라가 말했다.

"글쎄, 이해할 수가 없네."

트레일러는 앞을 가로막고 있었지만 파란색 트럭은 아까보다 더 멀어져 몇백 미터 뒤쪽에서 따라오고 있었다.

사라가 아직 상황을 이해하지 못하고 어리둥절해 있을 때였다. 두 사람이 지나가자마자 길가에 벼락이 떨어졌다. 거리는 10야드 정도에 불과했다. 새하얗게 달아오른 눈부신 빛과 엄청난 폭음이었다. 둘 다 화들짝 놀랐다.

에번스가 말했다.

"맙소사, 정말 아슬아슬했다."

"그래……"

"벼락이 그렇게 가까이 떨어지는 건 처음 봤어."

사라가 미처 대꾸하기도 전에 두 번째 벼락이 떨어졌다. 이번에는 바로 앞쪽이었다. 마치 폭탄이 터지는 듯한 소리가 났다. 벼락은 이미 사라진 뒤였지만 에번스는 무의식적으로 운전대를 꺾어 피하려 했다.

"제기랄."

사라가 뭔가 좀 미심쩍다는 생각을 하는 순간, 세 번째 벼락이 두 사람의 차를 강타했다. 귀청이 찢어질 듯한 폭음과 함께 갑작스러운 압력이 밀려왔고, 사라는 귓속을 칼로 후벼 파는 듯한 고통을 느꼈다. 새하얀 빛이 차를 뒤덮는 순간 에번스가 놀라 외마디 소리를 지르며 운전대를 놓아버렸다. 사라는 재빨리 운전대를 붙잡아 차가 도로를 벗어나지 않도록 했다.

네 번째 벼락은 운전석 옆에 떨어졌다. 차에서 겨우 몇 인치 거리였다. 운전석 유리창이 산산이 부서졌다.

피터가 말했다.

"제기랄. 제기랄! 이게 어떻게 된 거야?"

그러나 사라는 너무도 명백한 일이라고 생각했다.

'우리가 벼락을 끌어당기고 있는 거야.'

다시 벼락이 떨어졌고, 곧바로 다음 것이 떨어지면서 엔진 뚜껑을 강타하더니 구불구불하고 새하얀 손가락 같은 것들이 순식간에 차체를 할퀴고 사라져버렸다. 엔진 뚜껑에는 커다랗게 움푹 꺼져 까맣게 타버린 자국이 남았다.

피터가 중얼거렸다.

"못하겠어. 난 못해. 못하겠어."

사라는 그의 팔을 힘껏 움켜쥐면서 이렇게 말했다.

"운전해, 피터. 운전하라구."

다시 벼락이 떨어지면서 두 번이나 연달아 차를 강타했다. 사라는 뭔가 타는 냄새를 맡았지만 무엇인지는 알 수 없었다. 그러나 그녀는 이제야 놈들이 그렇게 가볍게 추돌했던 이유를 알아차릴 수 있었다.

파란색 픽업트럭이 두 사람의 차에 뭔가를 붙여놓은 것이 분명했다. 아마 전기를 이용한 물건이었을 것이다. 그리고 그것이 벼락을 그들에게 유도하고 있는 것이다.

피터가 울먹이듯이 말했다.

"어떡하지? 어떡하지?"

그는 벼락이 떨어질 때마다 비명을 질렀다.

그러나 두 사람은 꼼짝없이 갇힌 채 비좁은 도로 위를 달리고 있었다. 도로 양쪽은 빽빽한 소나무 숲으로 막혀 있고……

'뭔지 내가 알고 있는 게 있었는데.'

숲…… 숲에 대한 것?

벼락 한 줄기가 폭발적인 힘으로 뒤쪽 유리를 깨뜨렸다. 그 다음에 떨어진 벼락은 어찌나 강력했던지 차가 마치 망치로 얻어맞은 것처럼 도로 위에서 텅 튀어오를 정도였다.

"도저히 못 참겠다."

피터가 그렇게 말하더니 운전대를 확 꺾으면서 고속도로를 벗어나 숲 속의 흙길로 접어들었다. 사라는 낡아빠진 말뚝에 마을 이름을 적어놓은 표지판 하나가 휙 지나가는 것을 보았다. 푸르고 거대한 소나무들 때문에 갑자기 한밤중 같은 어둠이 찾아왔다. 그러나 벼락은 즉시 멈추었다.

'바로 그거였어. 나무들.'

두 사람의 자동차가 벼락을 끌어당기고 있더라도 벼락은 키가 큰 나무들을 먼저 때리게 될 것이다.

잠시 후 실제로 그런 일이 벌어졌다. 바로 뒤에서 따당 하는 날카로운 굉음이 들려왔고, 벼락이 키 큰 소나무 한 그루의 측면을 타고 내려오면서 나무줄기를 둘로 쪼개버렸다. 자욱한 수증기 같은 것이 피어오르더니 나무에 불이 붙었다.

"우리 때문에 산불 나겠어."

그러자 피터가 대꾸했다.

"알 게 뭐야."

그는 고속으로 달리고 있었다. 차는 덜컹거리며 흙길 위를 질주했지만 차종이 SUV였고 차체가 높아서 별문제는 없을 터였다.

무전기에서 케너의 목소리가 들려왔다.

"사라, 어떻게 됐어?"

"도로를 벗어날 수밖에 없었어요. 우린 벼락에 두들겨맞고 있어요."

그러자 피터가 소리쳤다.

"한두 번이 아니에요! 쉴새없이 떨어진다구요!"

케너가 말했다.

"유도기를 찾아봐."

"아마 차에 붙여놓은 것 같아요."

사라가 그렇게 대답하는 순간 바로 앞의 길바닥에 벼락이 떨어졌다. 그 눈부신 빛 때문에 사라는 눈앞에 녹색 줄무늬들이 어른거리는 것을 보았다.

"그럼 차를 포기해. 최대한 몸을 낮추고 빠져나가."

케너가 교신을 찰칵 끊었다. 피터는 계속 빠르게 차를 몰았다. SUV가 길에 파인 바퀴 자국을 따라 달리며 텅텅 뛰어올랐다.

피터가 말했다.

"차에서 내리긴 싫어. 차 안이 더 안전할 거야. 방송에서도 차 안이 더 안전하니까 내리지 말라고 하잖아. 고무 타이어가 절연물 역할을 한다구."

사라가 코를 킁킁거리며 말했다.

"하지만 뭐가 타는 것 같단 말이야."

차는 마구 덜컹거리며 텅텅 튀었다. 사라는 문의 금속 부분을 건드리지 않으려고 좌석만 붙잡은 채 균형을 유지하려고 애썼다.

"상관없어. 어쨌든 차 안에 있어야 할 거 같아."

"연료통이 폭발할지도 모르는데……"

"난 내리기 싫어. 안 내릴 거야."

운전대를 힘껏 움켜쥔 피터의 손가락 관절이 핏기 없이 새하얬다. 사라는 앞쪽에 공터가 있는 것을 보았다. 꽤 넓은 공터였고 누렇고 키가 큰 풀들이 무성했다.

무시무시한 폭음과 함께 벼락이 떨어져 사이드미러를 부숴버렸다. 거울이 폭탄처럼 터져나갔다. 다음 순간 나지막하게 퍽 하는 소리가 났다. 차가 한쪽으로 기울어졌다.

피터가 말했다.

"젠장. 타이어가 터졌어."

"절연물치고는 별 볼일 없네."

이제 차는 삐걱거리며 달리고 있었다. 밑바닥이 흙길을 긁고 지나가면서 날카로운 쇳소리를 냈다.

"피터."

"알았어, 알았으니까, 일단 저 공터까지만 가자구."

"기다릴 여유가 없을 것 같아."

그러나 곧 바퀴 자국이 끝나면서 길이 평탄해졌고 에번스는 땅바닥을 긁으며 계속 차를 몰아 공터로 들어섰다. 앞 유리에 빗방울이 후두둑 떨어졌다. 사라는 풀줄기 너머로 햇볕에 하얗게 바랜 목조 건물들의 지붕을 볼 수 있었다. 잠시 후 그녀는 그곳이 버려진 마을이나 광산촌이라는 것을 깨달았다.

정면에 표지판이 있었다. '오로라빌, 주민 82명.' 다시 벼락이 떨어지는 순간 에번스가 표지판을 들이받아 쓰러뜨렸다.

"피터, 이제 다 왔잖아."

"그래, 알았어, 조금만 더 가까이 가서⋯⋯"

"빨리 세워, 피터!"

그는 차를 멈추었고, 두 사람은 동시에 문을 열었다. 사라는 다짜고짜 땅바닥에 몸을 던졌고, 그 순간 벼락줄기가 아슬아슬하게 스쳐 지나가더니 측면에서 뜨거운 돌풍이 밀려와 사라의 몸을 데굴데굴 굴려버렸다. 천둥소리 때문에 귀가 멀어버릴 것 같았다.

그녀는 네 발로 엎드린 채 자동차 뒤쪽으로 허둥지둥 기어갔다. SUV 건너편에서 에번스가 뭐라고 소리쳤지만 알아들을 수가 없었다. 그녀는 뒤쪽 범퍼를 살펴보았다. 아무 장치도 붙어 있지 않았다.

'여긴 아무것도 없잖아.'

그러나 생각할 겨를도 없이 또 하나의 벼락이 떨어져 SUV의 뒷부분을 강타했다. 차체가 마구 흔들렸고, 뒤쪽 유리가 산산이 부서지면서 사라의 몸에 유리 파편들이 우수수 쏟아졌다. 사라는 몸을 낮춘 채 공포와 싸우며 SUV를 끼고 돌았다. 그러고는 풀밭을 헤치고 제일 가까운 건물 쪽으로 엉금엉금 기어갔다.

피터가 앞쪽 어딘가에서 그녀에게 고함을 지르고 있었다. 그러나 요란한 천둥소리 때문에 알아들을 수가 없었다. 지금 또 벼락이 떨어진다면 끝장이었다. 이제 몇 초만 더 가면⋯⋯

손바닥에 나무가 만져졌다. 널빤지였다.

'디딤판이다.'

사라는 풀줄기를 옆으로 밀어젖히며 빠르게 기어갔다. 이제 그녀는 무너져가는 건물과 현관을 볼 수 있었다. 지붕에 매달려 흔들거리는 간판도 보였지만 색이 너무 바래서 글자를 읽을 수가 없었다. 피터는 벌써 건물 안에 들어가 있었다. 그녀는 손바닥에 가시가 박히는 것도 무시하면서 마구 기어갔고, 에번스는 고래고래 고함을 질렀다.

마침내 그녀도 피터의 말을 알아들을 수 있었다.

"전갈 조심해!"

나무 현관이 온통 전갈투성이였다. 연황색의 작은 전갈들이 독침을 잔뜩 치켜들고 있었다. 적어도 이삼십 마리는 되어 보였다. 그들은 게처럼 옆걸음질을 치면서 놀라운 속도로 움직였다.

"빨리 일어나!"

그녀는 허둥지둥 일어나 달리면서 전갈들이 발에 밟혀 으스러지는 감촉을 느꼈다. 또 하나의 벼락줄기가 건물 지붕을 후려갈겼다. 간판이 떨어지는 바람에 현관에서 흙먼지가 자욱하게 날아올랐다.

그러나 다음 순간 사라는 건물 안에 들어와 있었다. 피터가 우뚝 서서 두 주먹을 번쩍 들며 소리쳤다.

"그래! 그래! 우린 해냈어!"

사라는 두근거리는 가슴을 안고 가쁜 숨을 몰아쉬며 말했다.

"그나마 뱀이 아니라서 다행이었지."

"뭐라구?"

"이렇게 오래된 건물엔 반드시 방울뱀이 있단 말이야."

"맙소사."

바깥에서 천둥소리가 울려퍼졌다.

그리고 다시 벼락이 떨어지기 시작했다.

깨지고 지저분한 유리창 너머로 SUV를 내다보면서 사라는 이런 생각을 했다. '우리가 차에서 내리고 나니까 더 이상 벼락이 차에 떨어지지 않는구나…… 이건…… 범퍼엔 아무것도 없었는데…… 그럼 그 픽업트럭이 왜 우리 차를 추돌한 거지? 목적이 뭐였을까? 그녀는 혹시 피터도 눈치챘는지 물어보려고 돌아섰다.

그 순간 벼락줄기가 지붕을 뚫고 내려와 방금 그녀가 서 있던 자리에 떨어졌다. 캄캄한 하늘이 훤히 내다보였고 널빤지들이 사방으로 쏟아졌다. 마룻바닥에는 가시덤불의 그림자처럼 비뚤비뚤한 줄무늬 모양으로 까맣게 타버린 자국이 남아 있었다. 오존 냄새가 코를 찔렀다. 잘 마른 마루판에서 가느다란 연기가 피어올랐다.

피터가 말했다.

"건물이 통째로 무너지겠어."

그는 벌써 옆문을 열어젖히고 밖으로 나가는 참이었다.

"몸을 낮춰."

그렇게 말하면서 사라도 따라나갔다.

비가 더 많이 내리고 있었다. 옆 건물로 달려가는 사라의 어깨와 등에 굵직굵직한 빗방울들이 후둑후둑 떨어졌다. 이번 건물에는 벽돌 굴뚝이 있었고 전체적으로 더 튼튼하게 지어진 것 같았다. 그러나 창문마다 유리가 깨지거나 먼지와 때가 덕지덕지 끼어 있기는 이쪽도 마찬가지였다.

두 사람은 제일 가까운 문을 열려고 했지만 문짝이 문틀에 끼어 꼼짝도 하지 않았다. 그래서 건물 앞쪽으로 달려가보니 다행히 그 문은 활짝 열려 있었다. 사라는 건물 안으로 뛰어들었다. 바로 뒤에서 벼락이 치더니 현관 지붕이 주춤 내려앉았고, 벼락줄기가 기둥을 타고 땅바닥으로 파고드는 바람에 기둥이 쩍 갈라져버렸다. 충격파 때문에 건물 정면의 유리창이 산산이 부서지면서 더러운 유리 조각들이 소나기처럼 쏟아졌다. 사라는 얼른 돌아서서 얼굴을 가렸고, 다시 고개를 드는 순간 그곳이 대장간이라는 사실을 깨달았다. 실내 한복판에 커다란 화구가 있었고, 그 위의 천장에는 온갖 철제 연장들이 주렁주렁 매달려 있었다.

사방의 벽에도 편자, 집게 등등 쇠붙이가 즐비했다.

'이 집은 온통 쇠붙이투성이잖아.'

꽈르릉거리며 기분 나쁜 천둥소리가 들려왔다. 피터가 소리쳤다.

"빨리 나가야 돼! 잘못 들어왔……"

그는 미처 말을 끝맺지 못했다. 이번 벼락은 천장을 뚫고 들어와 단번에 피터를 쓰러뜨렸고, 철제 연장들을 핑핑 돌렸고, 곧바로 화구에 떨어져 벽돌을 사방으로 날려 보냈다. 사라는 얼른 허리를 꺾고 머리와 귀를 가렸다. 그러나 벽돌이 어깨와 등과 다리를 마구 때려 결국 그녀를 쓰러뜨렸고, 다음 순간 이마를 강타하는 무서운 통증과 함께 눈앞에 잠깐 별이 보이는가 싶더니 곧 캄캄한 어둠이 내려앉았다. 천둥소리가 희미해지고 끝없는 적막이 찾아왔다.

케너는 그곳에서 15마일 떨어진 47번 도로를 타고 동쪽으로 달려가면서 사라의 무전기 소리에 귀를 기울였다. 그녀가 허리띠에 차고 있는 무전기가 아직 송신 상태로 되어 있는 모양이었다. 그러나 그쪽의 상황을 정확히 파악하기는 쉽지 않았다. 벼락이 칠 때마다 잡음이 터져나와 15초쯤 계속되었기 때문이다. 그래도 가장 중요한 사실 하나만은 이해할 수 있었다. 에번스와 사라가 SUV에서 빠져나왔는데도 벼락이 멈추지 않은 것이다. 벼락은 두 사람을 따라다니는 것 같았다.

케너는 사라의 주의를 끌기 위해 자신의 무전기에 대고 줄곧 고함을 질렀지만 아마 그녀가 무전기의 음량을 줄여놓았거나 그 버려진 마을에서 일어나고 있는 일 때문에 미처 대답할 겨를도 없는 것이 분명했다. 그래도 케너는 끊임없이 되풀이하여 고함을 질렀다.

"자네들을 따라다닌다구!"

그러나 사라는 대답하지 않았다.

이윽고 잡음이 한참 동안 계속되더니 곧 정적이 흘렀다. 케너는 채널을 돌렸다.

"산종?"

"네, 교수님."

"자네도 듣고 있었나?"

"네."

"지금 어디 있지?"

"190번 도로에서 북쪽으로 가는 중입니다. 거미줄까지 3마일쯤 남았을 거예요."

"벼락은 아직 안 떨어졌고?"

"네. 그런데 여기도 이제 막 비가 오기 시작했어요. 앞 유리에 몇 방울 떨어지는데요."

"알았어. 기다려봐."

그는 다시 사라의 채널로 바꿨다. 여전히 잡음만 들렸지만 차츰 희미해지고 있었다.

"사라! 거기 있는 거야? 사라! 사라!"

그때 콜록거리는 소리가 들려왔다. 소리가 좀 멀었다.

"사라!"

찰칵. 텅. 누군가 무전기를 놓칠 뻔했다가 허둥지둥 받아내는 소리. 기침 소리.

"여기는 피터. 피터 에번스."

"거기 무슨 일인가?"

"……죽었어요."

"뭐라구?"

"죽었다구요. 사라가 죽었어요. 벽돌에 맞아 쓰러졌는데 그때 벼락이 사라의 몸에 정통으로 떨어지는 바람에 죽어버렸어요. 지금 바로 제 앞에 있어요. 사라가 죽다니, 젠장, 사라가 죽다니……"

"인공호흡을 해봐."

"벌써 죽었다니까요."

"피터, 인공호흡."

"맙소사…… 얼굴이 시퍼렇고……"

"그건 아직 살아 있다는 뜻이야, 피터."

"……꼭 시체처럼, 시, 시체처럼……"

"피터, 내 말 좀 들어."

그러나 에번스는 아무 말도 듣지 못했다. 그 얼간이가 아직도 무전기 송신 단추를 누르고 있는 것이다. 케너는 하도 답답해서 욕설을 내뱉었다. 바로 그때 갑자기 다시 잡음이 시작되었다. 케너는 그 소리가 무엇을 의미하는지 알고 있었다.

또다시 벼락이 떨어진 것이었다. 아주 강력한 벼락이.

"산종?"

이제 산종의 채널에서도 잡음만 들렸다. 그 소리는 10초, 15초 동안 계속되었다. 산종도 벼락에 쫓기고 있는 것이다. 케너는 그제야 비로소 이 상황의 원인을 깨달았다.

산종이 다시 연결되었다. 그 역시 콜록거리고 있었다.

"자네 괜찮아?"

"벼락이 떨어졌습니다. 제 차 바로 옆이에요. 간이 철렁할 만큼 가까웠다구요."

"산종, 내 생각엔 무전기 때문이야."

"그럴까요?"

"이거 어디서 구한 거지?"

"제가 워싱턴 DC에서 패더럴 익스프레스로 받은 건데요."

"소포가 자네한테 직접 배달됐나?"

"아뇨. 모텔로 왔어요. 제가 체크인할 때 모텔 주인이 전해줬는데…… 하지만 상자는 밀봉된 상태였고……"

"무전기를 던져버려."

"여긴 이동 통신망이 불완전해서 서로 연락할 방법……"

거기까지였다. 그 다음엔 잡음만 터져나왔다.

"피터."

대답이 없었다. 무전기에서는 아무 소리도 들리지 않았다. 이젠 잡음조차 없었다.

"피터. 대답해봐. 피터. 거기 있는 거야?"

묵묵부답.

케너는 몇 분 더 기다려보았다. 에번스는 대답하지 않았다.

케너의 앞 유리에도 빗방울이 떨어지기 시작했다. 그는 차창을 내리고 무전기를 내던졌다. 무전기는 길바닥에서 한 번 튀어올랐다가 건너편 풀숲 속으로 떨어졌다.

그리고 케너가 백 야드쯤 더 갔을 때였다. 멀리 뒤쪽의 반대편 차선에 벼락이 떨어졌다.

역시 무전기였다.

누군가 무전기에 손을 댔던 것이다. 워싱턴 DC에서? 아니면 애리조나에서? 확실한 답은 알 수 없었고 어차피 지금은 아무래도 상관없는 문제였다. 치밀하게 계획한 협공 작전이 수포로 돌아갔다. 갑자기 몹시 위험한 상황이 되어버린 것이다. 그들은 세 군데의 로켓 배열망을 동시에 공격할 계획이었다. 그러나 이젠 불가능한 일이었다. 물론 아직도 케너는 예정대로 자기 몫의 배열망을 공격할 수 있다. 그리고 산종이 살아 있다면 두 번째 배열망을 공격할 수도 있다. 그러나 두 곳을 동시에 기습할 수는 없었다. 둘 중에서 한 사람이 다른 사람보다 늦게 도착할 경우, 두 번째 로켓 팀은 이미 무전 연락을 받고 전투태세로 기다리고 있을 것이다. 그 점에 대해서는 의문의 여지도 없었다.

그리고 사라와 에번스는 이미 죽었거나 임무를 수행할 수 없는 상태였다. 게다가 자동차도 주저앉았다. 그들은 자기들 몫의 배열망에 도착하지 못할 것이 분명했다.

결국 세 개의 로켓 배열망 중에서 한 개, 아니면 두 개를 제거하는 정도가 고작일 것이다.

과연 그것으로 충분할까?

케너는 그럴지도 모른다고 생각했다.

그는 어둑어둑한 하늘 아래 허연 띠처럼 뻗어나간 도로를 바라보았다. 그는 친구들이 살았는지 죽었는지에 대해 생각하지 않았다. 어쩌면 셋 다 죽었을지도 모른다. 그러나 케너 자신이 이 폭풍우를 막지 못한다면 수백 명이 죽게 될 것이다. 아이들, 가족들. 진창 속에 여기저기 종이접시들이 박혀 있을 테고 수색대가 시체들을 찾아다니게 될 것이다.

어떻게든 막아야 한다.

그는 폭풍우를 향해 차를 몰았다.

매킨리

10월 11일 월요일
11:29 AM

"엄마! 엄마! 브래드 오빠가 때렸어! 엄마! 그러지 말라고 해줘!"

"자, 애들아……"

"브래들리? 도대체 몇 번이나 말해야 되니? 동생 좀 괴롭히지 말란 말이야!"

애리조나 고속도로 순찰대의 미겔 로드리게스 경관은 매킨리 주립 공원의 한쪽 구석에 주차한 자신의 순찰차 옆에 서서 행락객들의 동태를 지켜보고 있었다. 벌써 아침 열한 시 반이었고 아이들은 차츰 시장기를 느꼈다. 공원 전역에서 바비큐 요리가 한창이었고, 점점 어두워져가는 하늘로 연기가 모락모락 피어올랐다. 부모들 중에는 걱정스러운 눈으로 하늘을 올려다보는 사람도 더러 있었지만 공원을 떠나려는 사람은 아무도 없었다. 그리고 이곳에는 아직 비가 내리지 않았다. 다만 몇 마일쯤 북쪽에서 간간이 벼락이 떨어지고 천둥이 우르릉거리는 소리가 들려올 뿐이었다.

로드리게스는 좌석에 놓인 확성기를 내려다보았다. 지난 반시간 동안 그는 케너 요원에게서 공원을 비우라는 무전 연락이 오기를 초조하게 기다리고 있었다.

그러나 아직 아무 연락도 없었다.

그리고 케너 요원의 요구 사항은 명료했다. 지시가 떨어지기 전에는 매킨리 공원에서 사람들을 대피시키지 말라는 것이었다.

로드리게스 경관은 도대체 왜 기다려야 한다는 것인지 납득할 수 없었지만 케너의 태도는 단호했다. 국가 안보가 걸린 일이라는 것이었다. 로드리게스는 그 말도 이해할 수가 없었다. 공원 야유회 따위에 국가 안보가 걸렸다고?

그러나 명령은 명령이었다. 그래서 로드리게스는 불안해서 안절부절못하면서도 어쩔 수 없이 기다렸다. 케이엔타에서부터 투건스와 캠프페이슨에 이르는 동부의 여러 군에 돌발홍수 주의보를 발령한다는 기상 통보를 들었지만, 그리고 매킨리 공원도 그 일대에 포함되었지만 로드리게스는 그냥 기다리는 수밖에 없었다.

그가 기다리고 있는 무전 연락이 영영 오지 않으리라는 사실을 로드리게스로서는 짐작조차 할 수 없었다.

돌이켜 생각해보면 피터 에번스가 목숨을 건진 것은 땀에 젖은 손으로 무전기를 쥐고 있을 때 손이 조금 저려오는 느낌을 받은 덕분이었다. 몇 분 전부터 그는 두 사람이 가는 곳마다 벼락이 따라다니게 만드는 무엇인가가 있다는 사실을 깨닫고 있었다. 에번스는 과학에 대해서는 아무것도 몰랐지만 틀림없이 금속이나 전자 제품일 거라고 생각했다. 그런데 케너와 교신하다가 무전기에서 희미한 전기 자극을 느꼈고, 그 순간 충동적으로 그것을 건너편으로 던져버렸다. 무전기는 곰 덫처럼 생긴 커다란 바이스 모양의 기구 위에 떨어졌다.

다음 순간 눈부신 섬광과 폭음을 내면서 벼락줄기가 떨어졌고, 에번스는 사라의 시신 위로 납작 엎드렸다. 폭음 때문에 귓속이 윙윙 울렸다. 넋이 나갈 만큼 겁에 질려 그렇게 엎드려 있을 때 문득 사라의 몸이 조금 움직인 것 같았다.

그는 후다닥 일어나 콜록거리기 시작했다. 방 안에 연기가 가득했다. 반대쪽 벽에 불이 붙은 것이었다. 아직은 작은 불길에 불과했지만 벌써 벽면을 따라 번져가고 있었다. 그는 다시 사라를 내려다보았다. 그녀의 몸은 푸르딩딩하고 차가웠다. 그는 그녀가 분명히 죽었다고 생각했다. 방금 그 움직임은 착각이었을 것이다. 그렇지만……

그는 그녀의 코를 쥐고 인공호흡을 시작했다. 그녀의 입술도 차가웠다. 그는 두려움을 느꼈다. 틀림없이 죽은 거라고 생각했다. 그는 연기가 자욱한 방 안에 뜨거운 불똥과 재가루가 날아다니는 것을 보았다. 건물 전체가 무너져버리기 전에 이곳을 빠져나가야 했다. 그녀의 허파에 공기를 불어넣은 것이 몇 번이었는지 기억이 가물가물했다.

어차피 소용없는 일이었다. 그는 불길이 사방으로 번져 타닥거리며 타오르는 소리를 들었다. 고개를 들어보니 천장에도 불이 옮겨 붙고 있었다.

에번스는 공포를 느꼈다. 벌떡 일어나 달려가서 문을 열어젖히고 바깥으로 나갔다.

억수로 퍼붓는 폭우가 그를 놀라게 했다. 세찬 빗줄기가 순식간에 온몸을 흠뻑 적셔버렸다. 그러자 정신이 번쩍 들었다. 뒤를 돌아보니 마룻바닥에 누워 있는 사라가 보였다. 그녀를 그대로 버려둘 수는 없었다.

그는 다시 안으로 뛰어들어 그녀의 두 팔을 붙잡고 그녀를 밖으로 끌어냈다. 사라의 축 늘어진 몸은 놀랄 만큼 무거웠다. 머리가 뒤로 젖혀진 상태였는데, 눈은 감고 입은 딱 벌린 모습이었다. 역시 죽은 것이 분명했다.

다시 빗속으로 빠져나온 그는 누런 풀밭에 그녀를 내려놓은 후 무릎을 꿇고 다시 인공호흡을 시작했다. 그렇게 단조로운 반복 동작을 얼마나 오래 계속했는지 에번스 자신도 알지 못했다. 1분, 2분, 어쩌면 5분. 헛된 노력이 분명했지만 이성적 한계를 넘어선 뒤에도 그는 한참 동안 인공호흡을 계속했다. 신기하게도 이 반복 동작이 에번스 자신의 공포감을 덜어주었기 때문이다. 다른 뭔가에 정신을 집중할 수 있어서 좋았다. 어차피 그가 있는 이곳은 불길에 휩싸인 텅 빈 마을이고, 비는 이렇게 억수로 퍼붓고, 게다가……

그 순간 사라가 구역질을 했다. 그녀가 갑자기 몸을 일으키는 바람에 에번스는 깜짝 놀라 그녀를 놓아버렸다. 사라는 한 차례 헛구역질을 하다가 이내 발작적인 기침을 터뜨렸다.

"사라……"

그녀가 신음 소리를 내며 기우뚱 쓰러졌다. 에번스는 얼른 그녀의 두 팔을 붙잡았다. 사라는 숨을 쉬고 있었다. 그러나 두 눈은 실룩거리며 제멋대로 움직였다. 아직 의식이 돌아오지 않은 것 같았다.

"사라, 정신 차려……"

그녀는 콜록거리며 부들부들 떨고 있었다. 에번스는 그녀가 숨이 막혀 죽어가는 중인지도 모른다고 생각했다.

"사라……"

그녀는 정신을 차리려는 듯이 머리를 흔들었다. 그러더니 눈을 뜨고 에번스를 보면서 말했다.

"맙소사. 골치 아파 죽겠다."

에번스는 울음이 터져나올 것 같다고 생각했다.

산종은 손목시계를 보았다. 이제 비가 더 심해져 와이퍼가 쉴새없이 오락가락하고 있었다. 날이 몹시 어두워 전조등을 켜야 했다.

그는 이미 한참 전에 무전기를 내던졌고, 그때부터 벼락이 차 주변에 떨어지는 일은 없었다. 그러나 다른 곳에서는 여전히 번개가 치고 있었다. 멀리서 천둥소리가 들려왔다. 그는 GPS를 확인해보고 자기가 제거하기로 한 배열망이 불과 몇백 미터 앞에 있다는 사실을 알았다.

그는 도로에서 갈라져나가는 길을 찾으려고 전방을 유심히 살펴보았다. 그러다가 최초의 로켓 한 무리가 하늘로 날아오르는 장면을 보게 되었다. 마치 소용돌이치는 먹구름을 향해 일직선으로 솟구치는 검은 새떼 같았다.

그리고 다음 순간, 유도선을 타고 수많은 벼락이 한꺼번에 떨어져 내렸다.

북쪽으로 10마일쯤 떨어진 곳에서는 케너가 자기 몫의 배열망에서 발사된 로켓들을 보고 있었다. 그는 이번에 발사된 로켓의 숫자가 50개 정도에 불과하다고 생각했다. 그렇다면 아직도 100여 개의 로켓이 지상에 남아 있는 것이다.

케너가 샛길을 발견하고 우회전을 하자 곧바로 공터가 나타났다. 한쪽 옆에 대형 트레일러 트럭이 있었다. 운전실 옆에는 노란 비옷을 입은 두 남자가 서 있었다. 그중 한 명은 상자 하나를 두 손으로 들고 있었다. 기폭장치였다.

케너는 머뭇거리지 않았다. 당장 SUV의 운전대를 꺾어 트럭 운전실을 향해 돌진했다. 남자들은 깜짝 놀라 순간적으로 굳어버렸지만 아슬아슬하게 몸을 던져 피했고, 케너는 쇠붙이가 갈리는 소리와 함께 운전실 측면만 한 차례 긁은 후 곧장 로켓 발사장으로 뛰어들었다.

백미러를 보니 두 남자가 허둥지둥 일어나고 있었지만 케너는 이미 거미줄 같은 배열망 속에서 유도선을 따라 달리며 발사대를 모조리 깔아뭉개려 하고 있었다. 발사대가 바퀴에 깔릴 때마다 소리가 났다. '텅! 텅! 텅!' 그는 이런 방법으로 발사 패턴을 차단할 수 있기를 바랐지만 그 생각이 틀린 모양이었다.

정면 쪽에서 다시 50여 개의 로켓이 불꽃을 뿜어내며 하늘로 솟아올랐다.

산종은 두 번째 공터에 들어와 있었다. 오른쪽에 목조 오두막집 한 채가 있고 그 옆에 대형 트럭이 서 있는 것이 보였다. 오두막집 내부에 불을 켜놓아서 유리창에 그림자들이 어른거렸다. 그 안에 사람들이 있는 것이다. 오두막집 앞문에서 빠져나온 전선들이 풀밭 속으로 이어져 있었다.

그는 오두막집을 향해 돌진하면서 운전대의 단추를 눌러 속도 유지 장치를 작동시켰다.

앞문에서 기관총을 든 남자가 나오는 것이 보였다. 총구가 불을 뿜더니 앞 유리가 박살나버렸다. 산종은 벌컥 차문을 연 후 소총의 총구가 외부를 향하게 하고 SUV에서 뛰어내려 풀밭 위로 몸을 굴렸다.

고개를 들어보니 때마침 SUV가 오두막집에 충돌하고 있었다. 엄청난 연기가 피어오르고 고함 소리가 터져나왔다. 산종이 있는 곳에서 오두막집까지는 20야드 정도에 불과했다. 그는 기다렸다. 잠시 후 기관총을 든 남자가 SUV 옆으로 달려와 운전자를 찾았다. 남자는 몹시 흥분하여 소리치고 있었다.

산종은 한 발을 쏘았다. 남자가 뒤로 벌렁 쓰러졌다.

산종은 기다렸다. 두 번째 남자가 나오더니 빗속에 서서 고함을 질렀다. 그러다가 쓰러진 남자를 보더니 펄쩍 뛰어 물러나면서 SUV의 앞 범퍼 뒤로 몸을 숨겼다. 그러고는 상체를 숙이면서 쓰러져 있는 남자를 불렀다.

산종은 그에게 총을 쏘았다. 남자의 모습이 사라졌지만 반드시 명중했다고 확신할 수는 없었다.

이젠 위치를 옮겨야 했다. 비 때문에 풀들이 누워 있어 충분한 은폐물이 되어주지 못했다. 그는 신속하게 몸을 굴려 옆으로 10야드쯤 이동한 후 조심스럽게 앞으로 기어가면서 오두막집 내부를 더 잘 볼 수 있는 위치를 찾아보았다. 그러나 SUV가 앞문을 들이받은 후 그 자리에 서 있었고, 이젠 실내조명도 모두 꺼진 뒤였다. 그는 오두막집 안에 사람들이 더 있을 거라고 생각했지만 지금은 아무도 보이지 않았다. 고함 소리도 그쳤다. 들리는 소리라고는 우르릉거리는 천둥소리, 그리고 쏴아 퍼붓는 빗소리뿐이었다.

산종은 긴장을 늦추지 않고 귀를 기울였다. 무전기가 치직거리는 소리가 들렸다. 그리고 목소리들.

역시 오두막집 안에는 아직 사람들이 남아 있었다.

그는 풀숲 속에서 기다렸다.

에번스가 SUV 앞바퀴의 너트를 렌치로 조이는 동안 빗물이 자꾸 눈으로 흘러들었다. 마침내 스페어 타이어가 제자리에 튼튼하게 고정되었다. 그는 눈가를 문지르며 각각의 너트를 한 번 더 조여주었다. 정말 잘 조여졌는지 확인하기 위해서였다. 다시 고속도로까지 나가려면 험한 길을 지나가야 했고, 더구나 이런 빗속에서는 길바닥이 온통 진흙탕으로 변했을 터였다. 도중에 바퀴가 빠져버리면 난감한 일이었다.

사라는 조수석에 앉아 기다리고 있었다. 그가 안고 끌고 하면서 차로 데려가 앉혀놓은 것이었다. 그녀는 아직도 얼떨떨하여 제정신이 아니었고, 그래서 빗소리를 뚫고 그녀의 고함 소리가 들려왔을 때 에번스는 깜짝 놀랐다.

그는 고개를 들었다.

저 멀리 전조등 불빛이 보였다. 공터 반대쪽이었다.

그는 눈을 가늘게 떴다.

파란색 픽업트럭이었다.

"피터!"

그는 렌치를 팽개치고 운전석으로 달려갔다. 사라가 이미 시동을 걸어놓은 뒤였다. 에번스는 운전석에 앉자마자 기어를 넣었다. 파란 트럭이 공터를 가로질러 점점 가까워졌다.

사라가 말했다.

"빨리 가."

에번스는 가속 페달을 밟으며 방향을 돌려 숲 속으로 차를 몰았다. 아까 왔던 길로 되돌아가려는 것이었다. 뒤쪽을 보니 불타고 있던 건물은 어느새 빗물로 진화된 뒤였다. 지금은 타다 남은 잔해가 연기와 함께 수증기를 구름처럼 뿜어내고 있었다.

파란 픽업트럭이 건물을 지나쳐 계속 달려왔다. 그리고 도로 위까지 그들을 추격했다.

케너는 차를 돌려 다시 대형 트럭 쪽으로 달려갔다. 그곳에는 기폭장치를 가진 남자들이 서 있었다. 한 명이 권총을 꺼내 케너를 쏘기 시작했다. 케너는 가속 페달을 힘껏 밟으며 일직선으로 그들을 향해 차를 몰았다. 그리고 권총을 가진 남자를 차로 들이받았다. 남자는 공중으로 튀어올랐다가 SUV의 지붕 너머로 날아가버렸다. 두 번째 남자는 어찌어찌 몸을 피한 모양이었다. 케너는 운전대를 휘리릭 돌렸다.

트럭 쪽으로 되돌아가면서 보니 방금 들이받은 남자가 풀밭 위에서 비틀비틀 일어나고 있었다. 다른 남자는 어디에도 보이지 않았다. 비틀거리는 남자가 권총을 들어올리는 순간 케너가 다시 들이받았다. 남자는 벌렁 넘어졌고 SUV가 텅 튀면서 그의 몸을 짓밟고 넘어갔다. 케너는 다른 남자를 찾고 있었다. 기폭장치를 가진 남자.

그러나 그는 보이지 않았다.

케너는 다시 운전대를 꺾었다. 남자가 숨을 곳은 한 군데밖에 없었다.

케너는 곧장 트럭 쪽으로 달려갔다.

산종이 풀밭에서 기다리고 있을 때 트럭의 엔진 소리가 들려왔다. 그러나 부서진 SUV가 시야를 가로막고 있었다. 트럭은 SUV 너머에 있었다. 이윽고 트럭에 기어를 넣고 후진하는 소리가 들렸다.

산종은 일어나서 뛰기 시작했다. 총알 한 발이 핑 지나갔다. 그는 다시 땅으로 몸을 던졌다.

놈들이 오두막집 안에 누군가를 남겨놓은 것이다.

산종은 풀밭에 엎드린 채 트럭 쪽으로 기어갔다. 사방에 총알이 빗발쳤다. 풀숲에 몸을 숨겼는데도 그의 위치를 정확히 파악하고 있는 것이다. 그렇다면……

산종은 몸을 틀어 건물 쪽을 향했다. 눈에 흘러든 빗물을 닦아내고 소총 조준경을 들여다보았다.

남자는 오두막집 지붕에 올라가 있었다. 사격하기 위해 몸을 일으킬 때를 제외하면 거의 눈에 띄지 않았다.

산종은 지붕의 윤곽선 바로 아래를 겨냥하고 발사했다. 총알이 목재를 뚫어버릴 수 있다는 것을 알고 있었기 때문이다. 그 남자는 다시 나타나지 않았다. 그러나 그의 소총이 지붕 위에서 주르르 미끄러져 내려오는 것이 보였다.

산종은 벌떡 일어나 트럭 쪽으로 달려갔지만 트럭은 이미 공터를 빠져나가고 있었다. 빗속에서 한 쌍의 붉은 미등이 도로 쪽으로 사라져갔다.

케너는 SUV에서 지면으로 내려와 있었다. 대형 트럭 밑에 숨어 있는 나머지 한 녀석의 윤곽이 보였다.

녀석은 고함을 지르고 있었다.

"쏘지 마세요, 쏘지 마세요!"

케너가 소리쳤다.

"빈손으로 천천히 나와라. 두 손이 잘 보이게 하고."

"제발 쏘지만 말고……"

"나오라니까. 아주 천천히……"

느닷없이 기관총이 드르륵 불을 토했다. 젖은 풀들이 사방에서 우수수 잘려나갔다.

케너는 젖은 땅에 얼굴을 처박고 기다렸다.

사라가 어깨 너머로 뒤를 돌아보며 말했다.

"더 빨리!"

두 사람의 SUV는 마구 덜컹거리며 진창길을 달려갔다. 전조등 불빛이 정신없이 춤을 추었다.

에번스가 말했다.

"더 이상은 도저히……"

"점점 가까워진다구! 더 빨리 가야 해!"

그들은 이제 숲에서 빠져나오기 직전이었다. 에번스는 겨우 몇백 야드 앞쪽에 있는 고속도로를 볼 수 있었다. 그는 이 흙길의 마지막 구간에서 지면 상태가 한결 나았던 것을 기억하고 속력을 높였다.

그리고 마침내 고속도로로 접어들어 남쪽으로 달려갔다.

사라가 말했다.

"지금 뭐 하는 거야? 우린 로켓 발사장으로 가야 한다구."

"이젠 너무 늦었어. 우리는 공원으로 돌아가는 거야."

"하지만 케너한테 약속했는데……"

"늦었다니까. 이 폭풍우를 좀 봐. 벌써 커질 대로 커졌어. 우린 공원으로 돌아가서 거기 있는 가족들을 구해줘야 해."

그는 앞 유리 와이퍼를 최고 속도로 작동시킨 채 폭우를 뚫고 질주했다.

뒤쪽에서는 픽업트럭이 방향을 꺾어 따라오고 있었다.

미겔 로드리게스 경관은 폭포를 주시했다. 한 시간 전만 하더라도 절벽 끝에서 맑은 물이 안개처럼 흘러내리고 있었다. 그러나 지금은 갈색으로 변했고 수량도 많아졌다. 강물의 수위도 차츰 높아지고 있었다. 유속도 더 빨랐고, 시시각각 흙탕물 같은 갈색으로 변해갔다.

그러나 아직도 공원에는 비가 내리지 않았다. 공기가 뚜렷하게 눅눅해졌고 몇 분 동안 빗방울이 산발적으로 떨어지기도 했지만 그것마저 금방 지나가버렸다. 몇몇 가족은 바비큐를 포기했고, 대여섯 가족은 다가오는 폭풍우를 예상하고 물건들을 차에 싣고 있었다. 그러나 대부분은 날씨를 무시해버렸다. 교장이 사람들 사이를 돌아다니면서 곧 날씨가 좋아질 테니까 가지 말라고 종용하고 있었다.

로드리게스는 몹시 초조했다. 그는 경찰 제복의 목깃을 잡아당겼다. 습기 때문에 목이 거북했다. 그는 차문을 열어놓은 채 이리저리 서성거렸다. 경찰 무전기가 클레이튼 군 전역에 돌발홍수 경보가 발령되었다고 알려왔다. 바로 매킨리 공원이 있는 지역이었다. 그는 더 기다리기 싫었지만 아직도 망설이고 있었다.

도대체 케너는 왜 여태 연락이 없는지 이해할 수가 없었다. 이 공원은 협곡 안에 있었고, 벌써 돌발홍수가 발생할 조짐이 확연했다. 로드리게스는 한평생 애리조나 북부에서 살아왔다. 그래서 당장 공원을 비워야 한다는 것을 알고 있었다.

케너가 왜 빨리 연락하지 않을까?

그는 손가락으로 차문을 타닥타닥 두드렸다.

5분만 더 기다려보기로 했다.

딱 5분. 그 이상은 못 기다린다.

지금 그가 제일 걱정하고 있는 것은 폭포였다. 사람들은 폭포의 갈색 빛깔에 실망하여 대부분 그곳을 떠났지만 십대 몇 명은 아직도 폭포 밑의 웅덩이에 들어가 놀고 있었다. 로드리게스는 이제 절벽 위에서 돌이 굴러떨어질 수도 있다는 것을 알고 있었다. 작은 조약돌이라도 폭포 밑에 있는 사람을 단번에 때려죽일 만한 위력을 지니고 있을 터였다.

로드리게스는 폭포 부근에 있는 사람들을 다른 곳으로 보내야겠다고 생각하다가 문득 이상한 것을 발견했다. 절벽 꼭대기, 즉 폭포수가 절벽 아래로 떨어지는 가장자리 근처에 안테나를 설치한 승합차 한 대가 서 있는 것이었다. 방송사 취재 차량처럼 생긴 차였다. 측면에는 아무 글자도 없었고 다만 일종의 로고 같은 것이 그려져 있을 뿐이었다. 그러나 너무 멀어서 어떤 로고인지는 알아볼 수 없었다. 로드리게스는 촬영 기사 한 명이 승합차에서 내려 폭포 근처에 자리 잡는 것을 보았다. 기사는 카메라를 어깨 위에 올려놓은 채 쭈그리고 앉아 공원을 내려다보았다. 그 옆에는 스커트와 블라우스 차림의 여자가 서서 이곳저곳을 손으로 가리키고 있었다. 아마 촬영할 곳을 지시하는 모양이었다. 여자가 손가락으로 가리킬 때마다 기사는 카메라를 그쪽으로 돌렸다.

뉴스 취재팀이 틀림없었다.

'학교 소풍에 취재팀이 뭐 하러 왔지?'

로드리게스는 승합차의 로고를 확인하려고 눈을 가늘게 떴다. 그것은 노란색과 파란색으로 되어 있었고 몇 개의 원이 서로 맞물려 회전하는 듯한 형태였다. 아무튼 이 근방에서 활동하는 지역 방송사는 아니었다. 그러나 이 취재팀은 확실히 좀 으스스한 구석이 있었다. 하필이면 폭풍우가 공원을 덮치려는 찰나에 나타나다니. 그는 그쪽으로 올라가서 얘기를 좀 해보기로 마음먹었다.

케너는 지금 트레일러 밑에 웅크리고 있는 남자를 죽이고 싶지 않았다. ELF의 회원들은 좀처럼 붙잡히지 않았는데, 이 녀석이라면 가능할 듯싶었기 때문이다. 케너는 녀석의 목소리에서 겁에 질린 음색을 알아차렸다. 그리고 젊은 목소리였다. 대충 이십대쯤인 것 같았다. 아마도 친구의 죽음에 동요하고 있을 터였다. 아무튼 기관총을 능숙하게 다루지 못하는 것만은 확실했다.

지금 이 남자는 자기도 죽게 될까봐 두려워하고 있었다. 자신이 믿었던 대의명분에 대해 회의가 생겼는지도 모를 일이었다.

케너는 그에게 소리쳤다.

"그만하고 나와라. 나오기만 하면 별일 없을 테니까."

녀석이 대꾸했다.

"개수작 마. 그런데 당신 누구야? 도대체 왜 이러는 거야? 아직도 모르겠어? 우린 지구를 구하려는 거라구."

"넌 법을 위반하고 있어."

그러자 녀석이 경멸조로 말했다.

"법 좋아하네. 법은 환경을 오염시키고 인류의 삶을 파괴하는 기업들이 꽉 틀어쥐고 있단 말이야."

"사람을 죽이는 건 바로 네놈들이야."

시꺼먼 먹구름 속에서 번개가 희미하게 번쩍거리고 천둥이 우르릉거렸다. 이 폭풍우 속에서 이런 대화를 하고 있다니 정말 어처구니없는 일이었다.

그러나 이 녀석을 생포하려면 참아야 했다.

"이봐, 난 아무도 안 죽였어. 당신도 안 죽였잖아."

"너희들은 공원에 있는 어린애들을 죽이려 하고 있어. 소풍 나온 가족들을 몰살시키려고 하지."

"사회 개혁을 달성하자면 희생이 불가피한 거야. 역사가 말해주잖아."

케너는 녀석이 대학에서 그런 교육을 받고 실제로 그렇게 믿게 되었는지, 아니면 공포에 질려 제정신이 아닌 것인지 판가름할 수가 없었다. 어쩌면 방심하게 만들려는 수작일 수도 있겠는데……

그는 자신의 차 밑으로 오른쪽을 보았다. 그러고는 SUV를 끼고 돌아 자기 쪽으로 다가오는 한 쌍의 발을 발견했다.

'아, 젠장.' 실망스러운 일이었다. 그는 신중히 겨냥하고 한 발을 쏘아 SUV 뒤에 있는 남자의 발목을 명중시켰다. 남자는 고통의 비명을 지르며 뒤로 넘어졌다. 케너는 차 밑으로 그 남자를 볼 수 있었다. 젊은이가 아니라 마흔 살이나 마흔다섯 살쯤 되어 보였다. 턱수염을 기르고 있었다. 기관총을 들고 있었는데 이제 막 쏘려고 몸을 돌리는 찰나……

케너는 두 발을 발사했다. 남자의 머리가 홱 젖혀졌다. 그러고는 기관총을 떨어뜨리더니 더는 움직이지 않았다. 그의 몸뚱이는 풀숲 속에 꼴사납게 널브러져 있었다.

그때 트레일러 밑의 남자가 기관총을 쏘기 시작했다. 총알이 사방으로 날았다. 케너는 자신의 SUV에 총알이 텅텅 박히는 소리를 몇 번 들었다. 케너는 머리를 낮추고 풀숲에 누워 있었다.

사격이 멈추자 그는 이렇게 소리쳤다.

"마지막 기회다!"

"개수작 마라!"

케너는 기다렸다. 한참 동안 아무 일도 없었다. 그는 빗소리를 듣고 있었다. 이제 비는 아주 굉장한 기세로 쏟아지고 있었다.

그는 기다렸다.

마침내 녀석이 소리쳤다.

"내 말 들었냐, 이 망할 자식아?"

"들었다."

그렇게 말하면서 케너는 딱 한 발을 쏘았다.

에번스는 이거야말로 본격적인 사막의 집중호우라고 생각하며 운전대를 잡은 손에 힘을 주었다. 퍼붓듯이 쏟아지는 폭우였다. 와이퍼가 최고 속도로 작동하고 있는데도 앞길이 거의 안 보일 정도였다. 속력을 시속 50마일로 내렸다가 다시 40마일로 내렸는데, 지금은 30마일 정도가 고작이었다. 뒤에서 따라오는 픽업트럭도 속력을 줄이고 있었다. 사실상 선택의 여지가 없었기 때문이다.

에번스는 다른 차도 한두 대쯤 보았지만 모두 갓길에 서 있는 차들이었다. 지금의 상황에서는 그것이 현명한 행동이었다.

도로는 온통 물바다였다. 길바닥이 조금 기울어진 곳은 어김없이 물웅덩이로 변하거나 개울처럼 물이 철철 흐르고 있었다. 때로는 수심이 얼마나 깊은지조차 가늠할 수 없었다. 에번스는 점화장치가 젖을까봐 엔진을 고속회전시켜 물기를 말렸다.

도로 표지판은 아예 보이지도 않았다. 거의 한밤중처럼 캄캄해서 전조등을 켰지만 아무 소용도 없었다. 빗줄기 때문에 몇 야드 전방까지만 겨우 보일 뿐이었다.

그는 사라를 힐끔 돌아보았다. 그녀는 정면을 응시하고 있었다. 움직임도 없었고 말도 없었다. 무슨 이상은 없는 건지 궁금했다.

백미러를 보니 뒤따라오는 픽업트럭의 불빛이 때에 따라 보이기도 하고 안 보이기도 했다. 그 정도로 많은 비가 내리고 있었다.

에번스가 말했다.

"공원에 거의 다 온 것 같아. 확실하진 않지만."

앞 유리 안쪽에 김이 서려 뿌옇게 흐려지고 있었다. 팔뚝과 팔꿈치로 유리를 문지르니 삑삑거리는 소리가 났다. 이제야 시야가 조금 맑아졌다. 그들이 있는 곳은 완만한 언덕의 정상이었고, 거기서 좀더 내려가면……

"이런 젠장."

"왜?"

"저기 봐."

언덕 밑에는 넓이 15피트 가량의 수로가 있었다. 작은 시냇물에 대형 도관 몇 개를 놓아 물이 통과하게 하고 그 위에 길을 낸 것이었다. 아까까지만 하더라도 이 시냇물은 암반 위로 졸졸 흐르는 은빛 실개울에 지나지 않았다. 그런데 지금은 훨씬 더 넓어지고 수량도 불어나 도로 위로 흘러넘치는 급류로 변해 있었다.

에번스는 그곳의 수심이 얼마나 되는지 판단할 수 없었다. 그리 깊진 않을 것 같았다.

사라가 말했다.

"피터, 차를 세웠잖아."

"알아."

"서 있을 여유가 없어."

"지나갈 수 있을지 몰라서 그래. 저게 얼마나 깊은지……"

'수심이 6인치만 되어도 차가 떠내려간다.'

"선택의 여지가 없어."

에번스는 백미러로 픽업트럭의 불빛을 보았다. 그는 수로를 향해 언덕을 내려갔다. 그러면서 트럭이 어떻게 나오는지 보려고 백미러를 주시했다. 트럭도 속력을 줄였지만 여전히 그들을 따라 언덕을 내려오고 있었다.

에번스가 말했다.

"무사히 통과하게 해달라고 빌어."

"열과 성을 다해서 빌고 있어."

그는 곧 물속으로 들어갔다. 양쪽에서 물줄기가 차창 높이만큼 솟구쳤고 바닥 쪽에서도 쿨렁거리는 소리가 났다. 시동이 꺼질까봐 조마조마했지만 아직은 별일 없었다.

그는 한숨을 쉬었다. 이제 급류 한복판에 가까워졌지만 수심은 별로 깊지 않았다. 기껏해야 2피트, 아니면 2피트 반 정도였다. 무사히 지나갈 수 있을 것 같았다.

"피터……"

사라가 앞쪽을 가리켰다.

도로 저쪽에서 대형 트레일러 트럭이 그들 쪽으로 내려오고 있었다. 전조등 불빛이 눈부시게 번쩍거렸다. 트럭은 속력을 전혀 줄이지 않았다.

에번스가 말했다.

"저런 멍청한 놈."

그는 물속에서 천천히 움직이며 오른쪽으로 방향을 틀어 도로를 좀 더 비워주려고 했다.

그러자 트럭은 기다렸다는 듯이 곧장 에번스의 차선으로 넘어왔다.

트럭은 속력을 줄이지 않았다.

그 순간 에번스는 트럭의 운전실 위에 그려진 로고를 발견했다.

빨간 글자로 'A&P'라고 적혀 있었다.

"피터, 어떻게 좀 해봐!"

"어떻게?"

"뭐든지!"

몇 톤이 넘는 쇳덩어리가 부르릉거리며 에번스를 향해 똑바로 돌진해오고 있었다. 그는 백미러를 보았다. 파란색 픽업트럭도 점점 다가오고 있었다.

놈들은 앞뒤에서 두 사람을 막고 있었다.

그들을 도로에서 밀어내려는 것이었다.

대형 트럭은 이제 더 깊은 물속에 들어서서 요란하게 달려왔다. 트럭의 양쪽으로 물줄기가 날개처럼 높이 솟구쳤다.

"피이터!"

선택의 여지가 없었다.

에번스는 운전대를 꺾으며 도로를 벗어나 급류 속으로 뛰어들었다.

SUV가 물속에 코를 처박으면서 엔진 뚜껑 위로 앞 유리까지 물이 차올랐고, 에번스는 그 자리에서 당장 차가 가라앉고 말 거라고 생각했다. 그러나 다음 순간 범퍼가 바닥의 바위에 우지끈 부딪히더니 바퀴가 바닥에 닿으면서 차는 다시 균형을 되찾았다.

그 감격적인 찰나에 에번스는 시냇물 바닥을 따라 차를 몰고 갈 수도 있겠다고 생각했다. 강물이 생각보다 깊지 않았기 때문이다. 그러나 그런 생각을 하기가 무섭게 엔진이 꺼져버렸고, 에번스는 차의 뒷부분이 살짝 들리면서 빙글 도는 것을 느꼈다.

그리고 차는 곧 강물에 휩쓸려 속절없이 떠내려가기 시작했다.

에번스는 엔진을 다시 켜려고 점화 스위치를 돌려보았지만 허사였다. SUV는 둥실둥실 흔들리다가 간혹 바위에 쿵쿵 부딪히기도 하면서 천천히 움직이고 있었다. 이따금 차가 멈출 때마다 탈출할 생각도 해보았지만 곧 다시 떠내려갔다.

에번스는 어깨 너머로 뒤를 돌아보았다. 도로가 벌써 놀랄 만큼 멀어져 있었다. 엔진이 꺼져버리자 차 안에 금방 김이 서렸다. 밖을 내다보려면 일일이 차창을 닦아야 했다.

사라는 말이 없었다. 그저 좌석 팔걸이를 힘껏 움켜쥐고 있을 뿐이었다.

그때 차가 바위에 부딪혀 다시 멈춰 섰다. 사라가 말했다.

"탈출해야 하지 않을까?"

"난 반대야."

에번스는 흐르는 물속에서 차가 부르르 진동하는 것을 느낄 수 있었다.

사라가 말했다.

"내 생각엔 탈출해야 할 것 같아."

차가 다시 움직이기 시작했다. 에번스는 점화 스위치를 다시 돌려보았지만 역시 소용없는 일이었다. 발전기가 윙윙거리다가 따다닥 소리를 냈다. 문득 한 가지 생각이 떠올랐다.

"사라, 그쪽 창문 좀 열어봐."

"뭐?"

"창문 좀 열어보라구."

"아."

그녀는 스위치를 눌러보았다.

"안 열리는데."

에번스는 운전석 창문을 작동해보았다. 역시 열리지 않았다. 전기 계통이 망가져버린 것이다.

그래도 혹시나 싶어 뒷좌석 창문도 시도해보았다. 왼쪽 창문이 스르르 열렸다.

"이야! 됐다."

사라는 아무 말도 하지 않았다. 그저 앞만 보고 있었다. 시냇물의 유속이 빨라지면서 차도 점점 더 빠르게 움직이고 있었다.

에번스는 흐려진 차창을 연신 닦아가며 바깥을 내다보려고 했지만 쉬운 일이 아니었다. 별안간 차가 덜컥 흔들렸고, 그때부터 움직임이 확 달라졌다. 차가 서서히 돌면서 빠르게 떠내려가는 것이었다. 이젠 바퀴가 바위에 부딪히는 일도 없었다.

"여기가 어디지? 무슨 일이야?"

두 사람은 미친 듯이 앞 유리를 문질러 닦았다.

이윽고 바깥을 내다본 사라가 말했다.

"맙소사."

그들은 쏜살같이 흘러가는 강물 한복판에 떠 있었다. 수면 위로 불쑥불쑥 솟아오른 갈색의 물결들이 출렁거리며 빠르게 밀려가고 있었다. 커다란 나뭇가지와 각종 부유물들이 둥실둥실 떠내려갔다. 차의 움직임이 시시각각 빨라졌다.

그리고 지금 바닥 쪽에서 물이 들어오고 있었다. 이미 발이 다 젖어버렸다. 에번스는 그것이 무엇을 의미하는지를 깨달았다.

차가 점점 가라앉고 있는 것이다.

"차에서 빠져나가는 게 좋겠어, 피터."

"그건 안 돼."

그는 출렁거리며 밀려가는 물결들을 바라보고 있었다. 이 강에는 여울과 큰 바위와 구덩이 따위가 즐비했다. 혹시 헬멧과 보호복이 있다면 이 급류 속으로 뛰어드는 것도 시도해볼 만한 일이었다. 그러나 헬멧조차 없는 상황에서는 둘 다 죽게 될 것이 뻔했다.

그때 차가 오른쪽으로 기울었다가 다시 떠올랐다. 에번스는 조만간 차가 옆으로 쓰러져 가라앉게 될 거라고 직감했다. 그것도 아주 순식간에 가라앉을 것 같았다.

그는 창밖을 내다보며 말했다.

"여기 좀 낯익은 데 아니야? 이게 무슨 강이지?"

그러자 사라가 버럭 고함을 질렀다.

"그게 무슨 상관이야?"

그때 에번스가 말했다.

"저기 좀 봐!"

로드리게스 경관은 강물 위에서 빙빙 돌고 오르락내리락하며 떠내려오는 SUV를 보자마자 순찰차의 사이렌을 작동시켰다. 그러고는 확성기를 집어들고 행락객들을 향해 돌아섰다.

"여러분, 빨리 여기서 대피하세요! 지금 돌발홍수가 밀려옵니다! 다들 높은 지대로 피하세요, 지금 당장!"

그는 다시 사이렌을 켰다.

"여러분, 어서요! 소지품은 나중에 챙기세요. 빨리 가요!"

그리고 SUV 쪽을 돌아보았지만 그 차는 벌써 거의 안 보일 만큼 멀어져 매킨리 고가도로 쪽으로 떠내려가고 있었다. 고가도로를 지나자마자 90피트 높이의 낭떠러지가 있었다.

거기서 떨어지면 차도 사람도 살아남지 못할 터였다.

그러나 당사자들이 손쓸 방법은 아무것도 없었다.

에번스는 아무 생각도 할 수 없었고 아무 대책도 세울 수 없었다. 할 수 있는 일이라고는 그저 아무거나 꽉 붙잡고 버티는 것뿐이었다. SUV는 출렁거리는 물속에서 빙빙 돌며 오르내렸다. 차체가 점점 더 깊이 가라앉았고, 이제 무릎까지 차오른 물은 얼음장처럼 차디찼다. 차내에 들어온 물 때문에 차가 더 불안정해져 움직임을 예측하기가 힘들었다.

한번은 사라와 머리를 맞부딪치기도 했는데, 사라는 끄응 하고 신음 소리를 냈을 뿐, 에번스와 마찬가지로 아무 말도 하지 않았다. 잠시 후 에번스는 문기둥에 머리를 박고 잠깐 동안 별을 보았다.

그는 앞쪽에 고가도로가 있는 것을 발견했다. 커다란 콘크리트 기둥들이 도로를 떠받치고 있었다. 하류로 떠내려가던 부유물들이 기둥마다 잔뜩 걸려 있었고, 교탑(橋塔, 다리의 입구나 기둥에 설치하는 탑이나 문 모양의 구조물)에도 나뭇가지와 타다 남은 나무토막, 낡은 널빤지, 물에 뜨는 쓰레기 따위가 잔뜩 뒤엉켜 빠져나갈 공간이 별로 없었다.

에번스가 소리쳤다.

"사라, 안전벨트 풀어!"

에번스 자신의 안전벨트는 지금 차디찬 물속에 잠겨 있었다. 그는 차가 기우뚱거릴 때마다 벨트 버클을 더듬거렸다.

그때 사라가 말했다.

"못하겠어. 안 풀려."

에번스는 그녀를 도와주려고 상체를 기울였다.

"어쩌자는 건데?"

"지금 탈출하는 거야."

차가 쏜살같이 돌진하여 뒤엉킨 나무 더미를 쾅 들이받았다. 급류 속에서 차체가 부르르 진동했지만 더 이상 움직이지 않고 있었다. 가까운 물속에 떠 있는 낡은 냉장고 한 대가 차체에 텅텅 부딪혔다. 에번스는 '웬 냉장고?' 하고 생각했다. 머리 위에 있는 교탑이 보였다. 강물의 수위가 높아진 덕분에 고가도로까지의 거리는 10피트 정도에 불과했다.

"빨리 나가야 해, 사라."

"벨트가 걸렸단 말야. 안 풀린다구."

그는 그녀 쪽으로 몸을 숙이면서 두 손을 물에 담그고 벨트 버클을 더듬어 찾았다. 흙탕물 때문에 버클이 보이지 않아서 손의 감각에 의지하는 수밖에 없었다.

그 순간 차가 다시 움직이기 시작하는 것이 느껴졌다.

곧 풀려나려고 하는 것이다.

산종은 정신없이 차를 몰고 있었다. 그는 피터와 사라가 타고 있는 SUV가 급류에 휩쓸려 다리 쪽으로 떠내려오는 것을 보았고, 이윽고 교탑에 부딪혀 불안하게 걸려 있는 것도 보았다.

다리 위에는 공원을 빠져나가려는 차들이 한꺼번에 몰려들고 있었다. 사람들이 겁에 질려 경적을 빵빵 울렸다. 아수라장이었다. 산종은 반대쪽 차선에 차를 세우고 부리나케 뛰어내렸다. 그러고는 다시 길을 건너 저 아래 수면에 떠 있는 자동차 쪽으로 달려갔다.

에번스는 필사적으로 매달렸다. 출렁거리는 물속에서 SUV가 오르락내리락하며 좌우로 흔들리고 있었다. 냉장고가 끊임없이 텅텅 부딪쳐왔다. 깨진 차창마다 쑤시고 들어온 나뭇가지들이 마치 손가락처럼 바들바들 떨었다. 사라의 안전벨트는 꼼짝도 하지 않았다. 걸쇠가 휘어지거나 한 것 같았다. 에번스의 손가락은 냉기 때문에 감각이 없었다. 그는 이 차가 그 자리에 오래 머물러 있지 못한다는 것을 알고 있었다. 급류가 측면에서 차를 잡아당기는 것이 느껴졌다.

"나도 못하겠어, 사라."

물이 더 많이 들어와서 지금은 거의 가슴 높이까지 차올랐다.

사라가 겁에 질린 눈으로 물었다.

"그럼 어떡해?"

일순간 에번스도 어찌할 바를 몰랐다. 그러나 곧 '나도 참 멍청하지' 하고 생각하며 그녀의 다리 위로 몸을 던졌고, 물속에 머리를 처박은 채 문기둥을 손으로 더듬었다. 그러고는 기둥 속의 안전벨트를 잡아당겨 3피트쯤 뽑아낸 후 비로소 고개를 내밀고 숨을 몰아쉬었다.

"빠져나와! 그냥 빠져나오라구!"

사라도 금방 알아차리고 양손으로 그의 어깨를 짚으면서 안전벨트에서 몸을 빼냈다. 에번스는 다시 머리가 물에 잠기는 신세가 되었지만 사라가 무사히 빠져나가는 것을 느낄 수 있었다. 그녀가 뒷좌석으로 넘어가면서 에번스의 머리를 걷어찼다.

그는 다시 수면 위로 고개를 들고 숨을 몰아쉬며 고함을 질렀다.

"빨리 나가!"

차가 다시 움직이기 시작했다. 나뭇가지들이 으지직거렸다. 냉장고가 텅텅거렸다.

사라의 운동신경은 역시 쓸 만했다. 그녀는 뒷좌석 창을 통해 깨끗이 빠져나가 차체에 매달렸다.

"나뭇가지를 잡아! 그 위로 올라가라구!"

에번스는 그녀가 차체에 매달려 있다가 물살에 휩쓸려버릴까봐 조마조마했다. 에번스 자신도 뒷좌석으로 건너가 어렵사리 차창 밖으로 몸을 내밀었다. 그 순간 차가 완전히 풀려났다. 처음에는 차체가 부르르 떨리더니 곧 뚜렷한 움직임을 보이면서 부유물 더미를 끼고 빙그르르 돌았다. 그러나 에번스는 아직 차창에서 절반밖에 빠져나오지 못한 상태였다.

사라가 소리쳤다.

"피터!"

그는 나뭇가지 위로 휙 몸을 던졌고, 그 바람에 얼굴이 좀 긁히긴 했지만 양손에 굵은 나뭇가지가 잡히는 순간 두 다리를 마저 뽑아냈고, 그러기가 무섭게 물살이 차를 홱 낚아채어 고가도로 밑으로 끌고 가버렸다.

차는 금방 모습을 감추었다.

에번스는 사라가 부유물 더미를 타고 올라가 도로 바깥의 콘크리트 난간을 향해 팔을 뻗는 것을 보았다. 그는 추위와 두려움에 떨며 그녀를 뒤따랐다. 잠시 후 그는 강인한 손이 내려와 자신을 힘차게 끌어올리는 것을 느꼈다. 고개를 들어보니 산종이 빙그레 웃고 있었다.

"친구. 운이 참 좋으시군."

에번스는 난간을 넘어가자마자 기진맥진하여 바닥에 고꾸라지며 헐떡거렸다.

멀리서 경찰차의 사이렌 소리와 확성기로 명령하는 소리가 들려왔다. 에번스는 그제야 다리 위의 차량 행렬과 경적 소리를 의식할 수 있었다. 그곳은 공황 상태였다.

사라가 그를 부축해 일으켰다.

"빨리 일어나. 이러다가 깔려 죽겠어."

로드리게스 경관은 아직도 사람들을 차에 태우느라 여념이 없었다. 그러나 주차장은 난장판이었고 다리 위는 차들이 한꺼번에 몰려 오도 가도 못하는 상황이었다. 이제 비가 거세게 쏟아지고 있었다. 그래서 사람들의 동작이 더 빨라졌다.

로드리게스는 걱정스러운 눈으로 폭포 쪽을 돌아보았다. 폭포는 아까보다 더 짙은 갈색이었고 물줄기도 더 굵어져 있었다. 그는 텔레비전 취재팀이 어느새 사라져버린 것을 깨달았다. 절벽 위에 있던 승합차가 보이지 않았다. 그것 참 희한한 일이라는 생각이 들었다. 비상 탈출이 진행되는 과정을 촬영하고 있을 줄 알았는데.

다리 위에서 오도 가도 못하는 자동차들이 시끄럽게 빵빵거리고 있었다. 그는 꽤 많은 사람들이 다리 건너편을 내려다보고 있는 것을 보았다. SUV가 결국 절벽 밑으로 떨어져버린 것이 분명했다.

로드리게스는 구급차를 요청하려고 운전석에 앉았다. 그리고 그곳에서 북쪽으로 15마일쯤 떨어진 도스카베사스로 이미 구급차가 파견되었다는 소식을 듣게 되었다. 아마 사냥꾼들이 술에 취해 말다툼을 벌이다가 한바탕 총질을 한 모양이었다. 두 남자가 죽었고 한 명은 부상당했다고 했다. 로드리게스는 고개를 절레절레 흔들었다. 그 얼간이들은 각자 총과 함께 위스키도 한 병씩 가져왔을 테고, 비가 내리는 바람에 하릴없이 둘러앉아 술을 퍼마신 것이 분명했다. 그러다가 순식간에 두 사람이 죽어버렸다. 해마다 벌어지는 일이었다. 특히 연휴 때는 더 말할 나위도 없었다.

사라는 침대 위에서 몸을 일으키며 말했다.

"도대체 왜들 이러는지 모르겠네요."

그녀의 가슴과 다리에는 전극이 덕지덕지 붙어 있었다.

간호사가 말했다.

"제발 움직이지 말아요. 지금 검사 중이에요."

그들이 있는 곳은 플래그스태프 종합병원의 응급실이었고 침대 주변에는 칸막이 커튼이 있었다. 케너와 에번스와 산종이 그녀를 억지로 이곳에 데려온 것이었다. 그들은 바깥에서 기다리고 있었다. 사라는 그들이 나지막이 이야기하는 소리를 들을 수 있었다.

"난 겨우 스물여덟 살이에요. 심장마비를 일으킬 염려는 없다구요."

"의사 선생님이 심전도 검사를 해보라고 하셨어요."

"심전도 검사라구요? 내 심장은 아무 이상도 없는데요."

"사라? 움직이지 말고 누워 계세요."

"하지만 이건……"

"말씀도 하지 마시구요."

사라는 다시 드러누워 한숨을 쉬었다. 모니터를 돌아보니 구불구불한 흰색 선들이 보였다.

"어처구니가 없네요. 내 심장은 아무렇지도 않단 말예요."

그러자 간호사가 모니터를 바라보며 고개를 끄덕였다.

"네, 제가 봐도 그런 것 같네요. 운이 아주 좋으셨어요."

사라는 한숨을 내쉬었다.

"그럼 이제 일어나도 되나요?"

"네. 그리고 그 화상 자국은 걱정 마세요. 시간이 지나면 저절로 희미해질 거예요."

"화상 자국이라뇨?"

그러자 간호사는 사라의 가슴팍을 가리켰다.

"아주 가벼운 화상이에요."

사라는 일어나 앉아 블라우스 속을 들여다보았다. 전극을 붙여놓은 하얀 접착테이프들이 보였다. 그러나 그 밖에도 가슴과 배를 가로지르는 들쭉날쭉한 연갈색 줄무늬들이 눈에 띄었다. 지그재그 모양이 마치 무슨……

"이게 뭐예요?"

"벼락 때문에 생긴 거죠."

"네?"

"사라는 벼락을 맞은 거예요."

"그게 무슨 소리죠?"

그때 의사가 들어왔다. 어처구니가 없을 정도로 새파랗게 젊은 의사였는데, 그 나이에 벌써 머리가 벗겨지고 있었다. 그는 너무 바빠서 여념이 없는 듯했다.

"화상은 걱정하지 마세요. 금방 없어질 겁니다."

"이게 벼락 때문이라구요?"

"흔히 일어나는 현상이죠. 여기가 어딘지 알고 계십니까?"

"플래그스태프 병원이죠."

"오늘이 무슨 요일인지 아십니까?"

"월요일."

"맞습니다. 아주 좋아요. 제 손가락을 보세요."

그는 사라의 눈앞에 손가락을 들이대고 상하좌우로 움직였다.

"손가락을 보면서 눈을 움직여보세요. 좋아요. 됐습니다. 두통은 없으신가요?"

"있었지만 지금은 괜찮아요. 그런데 제가 벼락을 맞았다는 거예요?"

"틀림없는 사실입니다."

그는 허리를 구부리고 사라의 무릎을 고무망치로 톡톡 쳤다.

"그래도 저산소증 증세는 없군요."

"저산소증이라면……"

"산소 결핍증이죠. 심장 박동이 정지됐을 때 발생합니다."

"그게 무슨 말씀이죠?"

"기억을 못하는 게 보통이죠. 아무튼 밖에 계신 친구 분들 말씀으로는 사라의 심장이 멎었었는데 그중 한 분이 소생시켰다고 하더군요. 사오 분쯤 걸렸대요."

"제가 죽었다가 살아났다는 거예요?"

"죽을 수도 있었다는 거죠. 심폐 소생술을 받지 못했다면."

"피터가 저를 살려냈어요?"

사라는 틀림없이 피터였을 거라고 생각했다.

"어느 분인지는 저도 모릅니다."

그는 이제 사라의 팔꿈치를 망치로 톡톡 때려보고 있었다.

"어쨌든 사라는 운이 아주 좋았어요. 이 근방에서만 매년 서너 명씩 벼락에 맞아 사망해요. 아주 심한 화상을 입기도 하죠. 그런데 사라는 멀쩡하네요."

"젊은 남자였어요? 피터 에번스? 그 친구예요?"

의사는 어깨를 으쓱거렸다.

"마지막으로 파상풍 주사를 맞으신 게 언제였죠?"

에번스가 말했다.

"이해할 수가 없네요. 뉴스에서는 사냥꾼들이라고 하던데요. 사냥 중에 사고가 생겼다나, 말다툼이 벌어졌다나."

케너가 대답했다.

"그랬지."

"그런데 사실은 두 분이 그 사람들을 쐈다는 거예요?"

에번스는 케너와 산종을 번갈아 바라보았다.

케너가 말했다.

"놈들이 먼저 쐈어."

"맙소사. 세 명이나 죽었어요?"

에번스는 입술을 깨물었다.

그러나 속마음은 정반대였다. 이런 상황이라면 그의 타고난 경계심이 고개를 드는 것이 당연했다. 어쩌면 살인일 수도 있는 일련의 치사 사건…… 게다가 에번스 자신도 그 사건의 공범이거나 적어도 중요한 증인이고, 자칫하면 법정에 끌려가 망신을 당하거나 변호사 자격을 박탈당할 수도 있고…… 보통 때였다면 아마 그런 생각을 했을 것이다. 그가 법조계에서 받은 훈련은 그런 것들을 중요시했다.

그러나 지금 에번스에게는 아무 걱정도 없었다. 몇 명의 테러리스트가 발각되어 사살당했다. 그런 소식을 들었는데도 전혀 놀랍지 않았고 전혀 안타깝지 않았다. 오히려 대단히 흡족할 따름이었다.

에번스는 이제야 비로소 크레바스에서의 경험이 자신을 변화시켰다는 것을 깨달았다. 그것은 영구적인 변화였다. 누군가 자신을 죽이려 했다. 클리블랜드 교외에서 성장한 에번스로서는 상상해본 적도 없는 일이었다. 대학이나 법과 대학원에서도, 그리고 로스앤젤레스의 법률 회사에 다니는 지금의 일상적인 생활 속에서도 그런 일은 상상조차 할 수 없었다.

그러므로 그 일로 이렇게 달라진 기분이 드는 것도 예상하지 못한 일이었다. 마치 자기 몸이 다른 곳으로 옮겨진 듯한 느낌이었다. 마치 누군가 그를 번쩍 들어 10피트 옆으로 옮겨놓은 것 같았다. 그는 더 이상 예전의 그 자리에 서 있지 않았다. 그러나 내면적인 변화도 있었다. 그는 일찍이 알지 못했던 확고한 냉철함을 느꼈다. 세상에는 불쾌한 현실들이 엄연히 존재하는데도 예전의 그는 그것들을 외면하거나 화제를 바꿔버리거나 납득할 만한 이유를 찾으려 하기 일쑤였다. 그리고 그것이 인생을 살아가는 바람직한 태도라고 생각했다. 아니, 더 나아가서 좀더 인간적인 태도라고 생각했다. 그러나 지금은 그렇게 믿지 않았다.

누군가 자신을 죽이려 하는 상황에서 외면하거나 화제를 바꾸는 따위의 방법은 통하지 않는다. 어쩔 수 없이 상대방의 행동에 대응해야 하는 것이다. 그리고 그런 경험을 한 뒤에는 몇 가지 환상을 버리게 되게 마련이다.

세상은 우리가 원하는 그 모습이 아니다.

세상은 있는 그대로의 세상일 뿐이다.

세상에는 악인들도 있다. 그런 놈들은 막아야 한다.

케너가 천천히 고개를 끄덕였다.

"그래. 세 명이 죽었지. 그렇지, 산종?"

산종이 대답했다.

"그렇죠."

에번스는 이렇게 말했다.

"잘 죽었네요."

산종이 고개를 끄덕였다.

케너는 아무 말도 하지 않았다.

제트기는 6시 정각에 로스앤젤레스를 향해 날아올랐다. 사라는 기내 앞쪽에 앉아 창밖을 내다보며 뒤쪽에서 남자들이 나누는 이야기를 들었다. 케너가 앞으로의 일을 설명하고 있었다. 지금은 죽은 자들의 신원을 확인하는 중이었고 그들의 총기와 트럭과 의류의 출처도 추적 중이었다. 그리고 그 텔레비전 촬영팀은 이미 정체가 밝혀진 뒤였다. 그 취재 차량은 세도나의 케이블 방송국 KBBD 소속이었다. 그들은 고속도로 순찰대가 무책임하게 돌발홍수 경보를 무시하고 야유회를 중단시키지 않아서 큰 참사가 일어날 거라는 익명의 전화 제보를 받고 공원으로 출동한 것이었다.

그런데 희한하게도 그 익명의 제보가 들어온 시각이 NEXRAD 센터가 돌발홍수 경보를 발령하기 반시간 전이었다는 사실에 대해 의문을 품는 사람은 아무도 없는 모양이었다. 그래도 전화 추적은 해보았는데, 발신지는 캐나다 캘거리의 공중전화였다.

케너가 말했다.

"바로 그게 조직의 힘이야. 놈들은 이번 일을 시작하기도 전에 애리조나에 있는 방송국의 전화번호까지 알고 있었던 거라구."

에번스가 물었다.

"그런데 왜 하필 캘거리죠? 왜 거기서 연락했을까요?"

"그 단체의 주요 거점 하나가 그곳에 있는 것 같더군."

사라는 구름을 보고 있었다. 지금 제트기는 날씨에 좌우되지 않는 고공에 떠 있었다. 해가 지는 중이라서 서쪽 하늘에 황금빛의 띠가 보였다. 평화로운 풍경이었다. 오늘 하루 동안의 일들이 벌써 몇 달, 아니, 몇 년 전의 일처럼 아득하기만 했다.

그녀는 자신의 가슴으로 시선을 떨어뜨려 벼락이 남긴 그 희미한 갈색의 흔적들을 보았다. 아스피린 한 알을 먹었는데도 그 자리가 조금씩 아프고 화끈거리기 시작했다. 마치 자신의 몸에 표시가 되어 있는 것 같았다. 표적이 되어버린 여자.

사라는 더 이상 남자들의 대화 내용을 귀담아듣지 않고 그들의 목소리만 듣고 있었다. 그러다가 문득 에번스의 목소리에서 소년처럼 머뭇거리는 기색이 사라졌다는 것을 깨달았다. 그는 이제 예전처럼 케너가 하는 말에 사사건건 반기를 들지 않았다. 목소리도 왠지 좀더 나이를 먹은 것 같았다. 좀더 성숙하고 단호했다.

얼마 후 에번스가 그녀 곁으로 다가왔다.

"앉아도 될까?"

"그래."

사라는 좌석 하나를 가리켰다.

에번스는 그 자리에 털썩 앉다가 얼굴을 조금 찡그렸다. 그러고는 이렇게 물었다.

"몸은 괜찮아?"

"난 괜찮아. 너는?"

"약간씩 쑤셔. 아니, 많이 쑤시네. 차 안에서 여기저기 부딪힌 모양이야."

사라는 고개를 끄덕이고 한동안 창밖을 내다보았다. 그러다가 다시 고개를 돌렸다.

"언제 말하려고 했어?"

"말하다니 뭘?"

"네가 내 목숨을 구해줬다는 거. 벌써 두 번째로."

그러자 에번스는 어깨를 으쓱했다.

"너도 알고 있는 줄 알았지."

"몰랐어."

그렇게 말하면서 사라는 노여움을 느꼈다. 그 말을 하면서 왜 화가 나는지 그녀 자신도 이해할 수 없었지만 어쨌든 그랬다. 어쩌면 채무감 같은 것을 느끼게 되었기 때문일 수도 있고, 아니면…… 아니면…… 아니면 무엇인지 알 수 없었다. 아무튼 괜히 화가 치밀었다.

그때 에번스가 말했다.

"미안해."

사라는 이렇게 대답했다.

"고마워."

"오히려 제가 영광이죠."

에번스는 미소를 지으며 자리에서 일어나 다시 기내 뒤쪽으로 갔다.

사라는 희한한 일이라고 생각했다. 피터에게서 뭔가 느껴지는 것이 있었다. 예전엔 미처 알아차리지 못했던 어떤 놀라운 부분이었다.

그녀가 다시 창밖을 내다보았을 때는 어느새 해가 져버린 뒤였다. 황금빛 띠가 점점 선명해지면서 어두워져갔다.

로스앤젤레스 행 기내

기내 뒤쪽에서 에번스는 마티니를 마시면서 벽에 설치된 모니터를 보고 있었다. 피닉스의 뉴스 방송국에서 송출하는 위성 방송이었다. 앵커는 세 명이었다. 남자 둘과 여자 하나가 반원형 테이블에 앉아 있었다. 그들의 머리 뒤로 보이는 영상에는 '협곡지대 살인 사건'이라는 제목이 적혀 있었다. 아마 플래그스태프에서 죽은 그자들에 대한 내용이겠지만 에번스가 늦게 오는 바람에 그 뉴스는 이미 지나가버린 뒤였다.

"매킨리 주립공원에서 들어온 또 다른 소식입니다. 학교 소풍에 나섰던 300여 명의 어린 학생이 돌발홍수 경보 덕분에 목숨을 건졌다고 합니다. 마이크 로드리게스 경관이 셸리 스톤 기자에게 사건 경위를 밝혔습니다."

그리고 고속도로 순찰대원과의 짤막한 인터뷰가 이어졌는데, 그는 적절한 선에서 간결하게 발언했다. 케너 일행에 대한 말은 한마디도 하지 않았다.

그 다음에는 절벽 아래로 떨어져 박살나버린 에번스의 SUV가 뒤집힌 채 누워 있는 장면이 나왔다. 로드리게스는 그 차가 홍수에 휩쓸려 내려갈 때 다행히 그 안에는 아무도 타고 있지 않았다고 설명했다.

에번스는 마티니를 꿀꺽 삼켰다.

이윽고 다시 앵커들이 화면에 나타나더니 그중 남자 한 명이 이렇게 말했다.

"홍수 주의보는 계속 발효 중입니다. 계절에 어울리지 않는 일이죠."

그러자 앵커우먼이 머리카락을 뒤로 넘기면서 말했다.

"날씨가 좀 변한 것 같네요."

"맞아요, 말라, 확실히 날씨가 변하고 있다는군요. 이번 소식은 조니 리베라 기자가 보도합니다."

그러자 앵커들보다 젊은 남자 한 명이 나타났다. 일기예보 담당자인 것 같았다.

"감사합니다, 테리. 안녕하십니까, 여러분. 애리조나 주에 오래 사신 분들이라면 요즘 우리 주의 날씨가 변하고 있다는 걸 알아차리셨을 텐데요, 이런 현상은 바로 온갖 말썽의 근원이었던 지구 온난화 때문이라고 과학자들이 밝혔습니다. 오늘 발생한 돌발홍수는 장차 일어날 일들의 예고편에 불과하다고 합니다. 앞으로도 홍수, 토네이도, 가뭄 등등이 속출할 텐데, 이 모든 기상이변이 지구 온난화의 결과라는 겁니다."

그때 산종이 에번스를 쿡 찌르더니 종이 한 장을 건네주었다. NERF의 웹사이트에 게재된 보도자료를 인쇄한 것이었다. 산종이 본문 내용을 가리켰다. '……과학자들은 장차 많은 일들이 일어날 거라고 입을 모아 말하고 있습니다. 앞으로도 홍수, 토네이도, 가뭄 등등이 속출할 텐데, 이 모든 기상이변이 지구 온난화의 결과라는 것입니다.'

에번스가 말했다.

"그럼 저 사람은 보도자료를 그냥 읽고 있는 거예요?"

그러자 케너가 말했다.

"요즘은 다들 그러지. 하다못해 군데군데 문장을 고치는 것도 귀찮은 모양이야. 그래서 보도자료를 그대로 줄줄 읽는 거지. 물론 저 친구가 하는 말은 사실이 아니지만."

"그럼 전 세계에서 기상이변의 빈도가 증가한 건 무엇 때문이죠?"

"기상이변의 빈도는 증가하지 않았어."

"그거 검증된 얘기예요?"

"수없이 검증됐지. 연구 결과에 의하면 지난 한 세기 동안 기상이변은 전혀 늘어나지 않았어. 지난 15년 동안에도 마찬가지였고. 일반순환모델(GCM) 연구에서도 기상이변이 더 자주 발생할 거라는 예측은 나오지 않았지. 지구 온난화 이론에서는 오히려 기상이변이 '감소'할 거라고 하지."

"그럼 저 사람 말은 말짱 거짓말이에요?"

"그래. 보도자료도 마찬가지고."

화면에서는 일기예보 담당자가 이렇게 말하고 있었다.

"……가 점점 악화되고 있는데, 최신 보도에 의하면 그린란드의 빙하가 점점 녹고 있으며 머지않아 완전히 사라지게 될 거라고 합니다. 이 빙하들은 두께가 자그마치 3마일이나 됩니다, 여러분. 어마어마한 얼음 덩어리죠. 최근의 한 연구에서는 해수면이 20피트나 상승할 거라는 예측이 나오기도 했습니다. 해변에 갖고 계신 부동산은 빨리 정리하는 게 좋겠죠."

그 말을 듣고 에번스가 말했다.

"이 얘기는 어때요? 어제 LA에서도 이 뉴스가 나오던데요."

그러자 케너가 말했다.

"그건 뉴스라고 할 수도 없지. 레딩에서 과학자들이 컴퓨터 시뮬레이선을 해봤는데, 앞으로 천 년 뒤에는 그린란드의 유빙군(流氷群)이 사라질 '가능성'도 있다는 결론이 나왔어."

"천 년이라구요?"

"그것도 '가능성'일 뿐이야."

에번스는 텔레비전을 가리켰다.

"저 사람은 앞으로 천 년 뒤의 일이라고 하진 않았잖아요."

"어처구니가 없지? 그 부분은 빼먹은 거지 뭐."

"그런데 이건 뉴스도 아니라고 하셨는데……"

"어디 대답해보게. 자네라면 앞으로 천 년 뒤에 일어날지 말지도 모르는 일을 두고 오래오래 걱정하겠나?"

"아뇨."

"그럼 딴 사람들은 그럴 것 같나?"

"아뇨."

"그거 보라구."

술을 마저 마시고 나자 갑자기 졸음이 밀려왔다. 온몸이 욱신거렸다. 의자 위에서 자세를 아무리 바꿔보아도 언제나 한 군데쯤은 아픈 곳이 있었다. 등, 다리, 엉덩이…… 온몸이 멍투성이였고 기운이 하나도 없었다. 그리고 조금 알딸딸했다.

그는 눈을 감고 지금으로부터 천 년 뒤의 일들에 대한 뉴스 보도를 떠올렸다.

방송에서는 마치 그것이 최신 뉴스인 것처럼, 그것도 생사가 걸린 중요한 뉴스인 것처럼 말하고 있었다.

'지금으로부터 천 년 뒤의 일인데.'

눈꺼풀이 너무 무거웠다. 에번스의 머리가 가슴 쪽으로 스르르 기울어졌다. 그러다가 인터콤에서 기장의 목소리가 들려오는 바람에 화들짝 놀라 고개를 번쩍 들었다.

"안전벨트를 매시기 바랍니다. 곧 밴너이스 공항에 착륙합니다."

밴너이스

10월 11일 월요일

7:30 PM

에번스가 원하는 것은 오로지 잠을 자는 것뿐이었다. 그러나 착륙 후 휴대폰으로 걸려온 메시지들을 확인해보니 그 사이에 그를 찾은 사람들이 몇 명 있었던 모양이었다. 아니, 꽤 많았다고 해야겠다.

"에번스 씨, 드레이크 이사장님 집무실의 엘리너예요. 휴대폰을 두고 가셨더라구요. 지금 제가 보관하고 있어요. 그리고 이사장님이 에번스 씨와 통화하고 싶으시대요."

"피터, 존 볼더 사무실의 제니퍼 헤인즈예요. 내일 열 시 이전에 우리 사무실로 와줬으면 좋겠어요. 아주 중요한 일이에요. 혹시 못 올 일이 생기면 연락해줘요. 그럼 그때 봐요."

"피터, 마고예요. 전화해줘요. 나 퇴원했어요."

"에번스 씨, 비벌리힐스 경찰서의 론 페리입니다. 네 시에 자술서를 작성하기로 했던 약속을 못 지키셨더군요. 구속영장을 신청하긴 싫은데 말입니다. 연락 주세요. 번호는 알고 계시죠?"

"허브 로웬스타인일세. 자네 지금 도대체 어디 있나? 하루가 멀다 하고 어디론가 증발해버리기나 하라고 주니어 어소시에이트를 뽑는 게 아니라구. 이쪽에도 할 일이 있단 말이야. 볼더 사무실에서 몇 번이나 전화가 왔어. 자네한테 내일 오전 열 시 정각에 컬버시티 사무실로 와달라는 거야. 내가 충고 한마디 하겠는데, 내일 그리로 가든지, 아니면 다른 일자리를 알아보든지 하라구."

"에번스 씨, 비벌리힐스 경찰서의 론 페리입니다. 최대한 빨리 연락해주세요."

"피터, 나 마고예요. 전화해요."

"피터, 재니스야. 오늘 밤에 만날래? 전화해줘."

"에번스 씨, NERF 사무실입니다. 드레이크 이사장님이 연락해보라고 하셨어요."

"피터, 로웬스타인 씨 사무실의 리자예요. 경찰에서 당신을 찾는 전화가 몇 번이나 왔어요. 당신한테 알려주는 게 좋을 것 같아서요."

"피터, 나 마고예요. 의뢰인이 전화를 걸었으면 얼른 연락해주는 게 당연하다고 생각하는데요. 칠칠맞지 못하게 굴지 말고 빨리 전화해요."

"비벌리힐스 경찰서의 론 페리입니다. 계속 연락을 안 해주시면 구속영장을 신청할 수밖에 없어요."

"에번스, 허브 로웬스타인일세. 자네 정말 한심한 친구였구만. 경찰이 자네를 체포하겠다고 구속영장을 신청한다는 거야. 자네가 당장 해결하라구. 우리 회사 사람이 체포되는 일은 용납할 수 없으니까."

에번스는 한숨을 쉬며 전화를 끊었다.

사라가 물었다.

"문제가 생겼어?"

"아니야. 그냥 한동안은 잠을 자기가 어려울 것 같아서."

그는 론 페리 형사에게 전화를 걸었다. 그러나 페리는 이미 퇴근했고, 내일 아침에는 법원에 간다는 것이었다. 휴대폰은 꺼두었을 거라고 했다. 에번스는 연락해달라고 전화번호를 남겨두었다.

드레이크에게 연락해보았지만 그 역시 퇴근한 뒤였다.

로웬스타인에게 연락했지만 그 역시 사무실에 없었다.

마고에게 연락했지만 그녀는 전화를 받지 않았다.

그리고 제니퍼 헤인즈에게 연락하여 내일 10시에 그리로 가겠다고 말했다.

제니퍼가 말했다.

"직업에 어울리는 옷차림으로 오세요."

"왜요?"

"텔레비전에 출연하게 될 테니까요."

컬버시티

바누투 소송팀의 사무실 건물 앞에 흰색 취재차량 두 대가 서 있었다. 에번스가 안으로 들어가보니 인부들이 조명을 설치하고 천장의 형광등을 갈아 끼우는 중이었다. 네 곳에서 온 촬영팀이 이리저리 돌아다니며 다양한 카메라 앵글을 점검해보고 있었다.

에번스는 사무실 자체도 상당히 달라졌음을 알 수 있었다. 벽에 걸린 각종 지도와 도표들도 전보다 훨씬 더 복잡하고 전문적인 내용인 것 같았다. 태평양 국가 바누투의 모습을 거대한 크기로 확대한 사진도 있었는데, 더러는 공중에서 내려다보는 풍경이었고 또 더러는 지상에서 바라보는 풍경이었다. 그중 몇 장은 파도에 깎여나간 해변과 금방이라도 물속으로 미끄러져 들어갈 듯 비스듬히 기울어진 집들을 보여주고 있었다. 바누투의 학교에서 찍은 사진 속에서 갈색 피부의 귀여운 아이들이 활짝 웃고 있었다. 실내 한복판에는 바누투 본도(本島)의 3차원 모형이 놓였는데, 촬영을 위한 특수 조명이 설치되어 있었다.

제니퍼는 블라우스와 스커트와 하이힐 차림이었다. 가무잡잡하고 신비스러운 모습이 깜짝 놀랄 만큼 아름다웠다. 에번스는 다른 사람들도 자기가 처음 이곳을 찾았을 때에 비해 한결 점잖은 옷차림을 하고 있는 것을 보았다. 지금은 연구원들 모두가 재킷에 넥타이를 매고 있었다. 청바지와 티셔츠는 찾아볼 수 없었다. 그리고 연구원들의 숫자도 훨씬 더 많아진 것 같았다.

에번스는 이렇게 말문을 열었다.

"그런데 이게 다 무슨 일이죠?"

제니퍼가 대답했다.

"B롤(B-roll, 뉴스 취재에서, 인터뷰를 제외한 부가 영상)이에요. 방송국에서 배경이나 장면 전환용으로 쓰게 될 B롤을 녹화하는 거죠. 물론 보도자료도 만들구요."

"하지만 이 소송은 아직 정식으로 발표하지도 않았잖아요."

"그게 바로 오늘 오후예요. 이 창고 앞에서 발표할 예정이죠. 오후한 시에 기자 회견을 하거든요. 당신도 물론 참석할 거죠?"

"글쎄요, 난 그런……"

"존 볼더는 당신이 참석해주길 바라고 있어요. 조지 모턴 회장님을 대신해서요."

에번스는 마음이 꺼림칙했다. 이런 일은 회사 내에서 정치적인 문제로 발전할 소지가 있었다.

"회장님의 일을 맡은 변호사라면 저보다 고참인 사람도 여럿인데……"

"드레이크가 당신을 구체적으로 지목했어요."

"그래요?"

"이번 소송의 자금 문제로 서류에 서명할 때 당신이 관여했다고 하던데요."

그 말을 듣고 에번스는 '아하, 바로 그거였군' 하고 생각했다. 그들이 에번스를 텔레비전에 내보내려 하는 이유는 NERF가 받을 천만 달러의 기부금에 대해 나중에라도 딴소리를 할 수 없도록 하기 위해서였다. 보나마나 그들은 이번 소송을 발표하는 자리에서 에번스를 배경에 못박아둘 것이다. 어쩌면 그가 그 자리에 함께 있다는 사실을 직접 언급하고 넘어갈 수도 있다. 그런 다음에 드레이크는 그 천만 달러를 받게 되었다고 말할 것이다. 그때 에번스가 일어나서 그 말을 반박하지 않는다면 침묵을 지켰다는 사실 자체가 긍정의 뜻으로 받아들여질 것이다. 그리고 나중에 그가 양심의 가책을 느낄 경우 그들은 이렇게 말할 것이 뻔하다. '에번스, 자네도 그 자리에 있었잖아? 왜 그때 얘기하지 않았나?'

에번스는 제니퍼에게 말했다.

"알았어요."

"걱정스러운 표정이네요."

"맞아요……"

"한 가지만 말해줄게요. 그 일은 걱정하지 말아요."

"그건 몰라서 하는 소리고……"

"그냥 내 말을 믿어봐요. 걱정할 필요 없어요."

그러면서 그녀는 에번스의 눈을 똑바로 바라보았다.

"알았어요……"

물론 그녀는 좋은 뜻으로 하는 말이었다. 그러나 에번스는 그 말을 듣고도 여전히 불쾌하고 허탈하기만 했다. 경찰은 구속영장을 가져오겠다고 위협한다. 회사 측은 그가 자꾸 자리를 비우는 것에 대해 불만을 표시하고 있다. 그리고 이번엔 그를 텔레비전에 내보내면서까지 침묵을 강요하려 한다.

"그런데 왜 이렇게 일찍 오라고 했어요?"

"다시 바늘방석에 앉아줬으면 해서요. 이번엔 배심원 선정을 위한

테스트예요."

"미안하지만 그건……"

"네. 이건 꼭 해줘야 해요. 지난번과 똑같은 거예요. 커피 마실래요?"

"좋죠."

"너무 피곤해 보이네요. 머리도 만지고 화장도 해야겠어요."

반시간 후 그는 다시 그 회의실에 있는 긴 테이블의 끝자리에 앉게 되었다. 이번에도 열의가 대단한 과학자 타입의 젊은이들이 그를 주시하고 있었다.

제니퍼가 말했다.

"오늘은 지구 온난화와 토지 용도의 관계에 대해 짚어보려고 해요. 이 문제에 대해서 좀 아세요?"

"잘 몰라요."

에번스가 그렇게 대답하자 제니퍼는 반대쪽 끄트머리에 앉아 있는 연구원을 향해 고개를 끄덕이며 말했다.

"라이문도? 기초적인 내용을 좀 설명해줄래?"

그 연구원의 영어는 외국어 억양이 심했지만 무슨 말인지 알아듣기에는 충분했다.

"토지 용도가 달라지면 평균 지표 온도도 달라진다…… 이건 이미 잘 알려진 사실입니다. 도시는 주변의 전원 지역보다 기온이 높은데, 이런 걸 가리켜 '도시 열섬' 효과라고 합니다. 그리고 경작 지역은 삼림 지역보다 덥고, 뭐 그런 식이죠."

"네에."

에번스는 고개를 끄덕였다. 토지 용도라는 개념에 대해서는 들어본 적이 없었지만 충분히 납득할 만한 얘기였다.

라이문도가 설명을 계속했다.

"40년 전만 하더라도 전원 지역에 있던 기상 관측소들이 지금은 대부분 콘크리트와 고층 건물과 아스팔트 등으로 포위된 상황입니다. 그래서 기온이 더 높게 기록되는 거죠."

"그렇겠네요."

에번스는 유리벽 너머로 눈길을 돌렸다. 촬영팀들이 창고 안을 돌아다니며 이것저것 찍고 있었다. 에번스는 그들이 안으로 들어오지 않기를 바랐다. 바보 같은 모습을 보여주긴 싫었기 때문이다.

라이문도가 말했다.

"이런 사실들은 이 분야에서 이미 잘 알려진 내용입니다. 그래서 연구자들은 도시 부근의 관측소에서 나온 기온 원자료에서 일정량을 감산해 도시 열섬 효과를 상쇄시키죠."

에번스가 물었다.

"그 감산량은 어떻게 계산하죠?"

"그건 사람에 따라 달라집니다. 하지만 대부분은 인구 규모에 기초한 연산 방식을 사용합니다. 인구가 많을수록 감산량도 커지는 식이죠."

에번스는 어깨를 으쓱했다.

"올바른 방식인 것 같네요."

"아쉽지만 그렇지도 않습니다. 비엔나에 대해서 좀 아십니까? 몇 년 전에 봄(Bohm)이 그곳을 연구했죠. 비엔나 1950년 이후 인구가 늘지 않았는데도 에너지 사용량은 두 배로 증가했고 주거 공간도 상당히 증가했어요. 그래서 도시 열섬 효과가 증가했지만 감산량은 그대로였어요. 이 방식은 인구 변화만 감안하기 때문이죠."*

"결국 도시의 가열 정도가 과소평가되고 있다는 거죠?"

에번스가 그렇게 묻자 제니퍼가 대신 대답했다.

"그 정도가 아니에요. 전에는 도시의 가열 현상이 별로 중요하지 않다고 생각했어요. 지구 전체의 온난화 현상에서 도시 열섬 효과는 일부분에 불과하다는 게 이유였죠. 지난 30년 사이에 지구는 섭씨 0.3도쯤 따뜻해진 반면에 도시들은 0.1도쯤 따뜻해졌다는 게 일반적인 생각이었으니까요."

"그래요? 그런데요?"

"그런데 그 생각이 틀렸던 거예요. 가령 중국에서는 상하이가 지난 20년 사이에만 섭씨 1도나 상승했다는 보고서가 나왔어요.[**] 이건 지구 전체가 지난 100년 동안 따뜻해진 것보다 더 큰 변화죠. 상하이만이 아니에요. 휴스턴도 지난 20년 사이에 0.8도 상승했어요.[***] 한국의 도시들도 기온이 급상승하고 있구요.[****] 영국 맨체스터는 지금 주변의 전원 지역보다 무려 8도나 더워졌어요.[*****] 하다못해 소도시들조차도 주변 지역보다 훨씬 덥다구요."

---

[*] R. Bohm, "Urban bias in temperature time series—a case study for the city of Vienna, Austria," *Climatic Change* 38, (1998): 113~1128. Ian G. McKendry, "Applied Climatology," *Progress in Physical Geography* 27, 4 (2003): 597~606. "인구를 기준으로 측정값을 보정한 미국의 도시 열섬 자료는 도시 효과를 과소평가한 것인지도 모른다."

[**] L. Chen, et al., 2003, "Characteristics of the heat island effect in Shanghai and its possible mechanism," *Advances in Atmospheric Sciences* 20: 991~1001.

[***] D. R. Streutker, "Satellite-measured growth of the urban heat island of Houston, Texas," *Remote Sensing of Environment* 85 (2003): 282~289. "1987년부터 1999년 사이에 휴스턴 열섬의 야간 평균 지표 온도는 0.82 ±0.10°C 상승했다."

[****] Y. Choi, H.-S. Jung, K.-Y. Nam, and W.-T. Kwon, "Adjusting urban bias in the regional mean surface temperature series of South Korea, 1968~99," *International Journal of Climatology* 23 (2003): 577~91.

[*****] http://news.bbc.co.uk/1/hi/in_depth/sci_tech/2002/leicester_2002/2253636.stm. BBC 측은 8도가 상승했다는 주장의 과학적 근거 자료를 명시하지 않았다.

제니퍼는 도표를 향해 팔을 뻗었다.

"아무튼 중요한 건 지금부터 보게 될 도표들이 원자료가 아니라는 점이에요. 도시의 가열 현상을 상쇄시키려고 이미 오차를 보정한 상태라는 거죠. 보정 양이 너무 적긴 했지만요."

이때 문이 열리더니 4개 촬영팀 중 하나가 카메라 라이트를 켠 채 회의실 안으로 들어왔다. 그러자 제니퍼가 지체 없이 도표 몇 장을 집어 들었다. 그러고는 이렇게 속삭였다.

"B롤은 사운드가 안 들어가니까 시각적으로 활발한 움직임을 보여 줘야 해요."

그러더니 카메라를 돌아보며 이렇게 말했다.

"이제 기상 관측소 자료를 몇 개 보여드리죠. 우선 이건 1930년 이후 패서디나의 연평균 기온이에요."*

[패서디나, 캘리포니아 1930~2000]

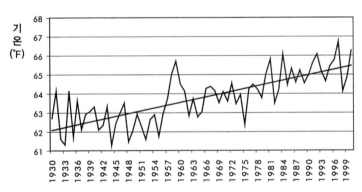

출처 _United States Historical Climatology Network (USHCN)

---

* LA의 인구는 14,531,000명, 버클리는 6,250,000명, 뉴욕은 19,345,000명이다.

"보시다시피 기온이 급격히 올라갔어요. 그리고 이건 1930년 이후의 버클리예요."

[버클리, 캘리포니아 1930~2000]

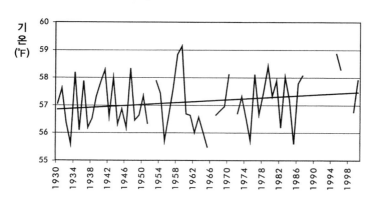

출처 _United States Historical Climatology Network (USHCN)

"어처구니가 없을 정도로 불완전한 기록이죠. 하지만 이렇게 누락된 연도까지 확인할 수 있는 건 우리가 원자료를 활용하고 있기 때문이에요. 그리고 여기서도 뚜렷한 온난화 추세를 볼 수 있어요. 반론의 여지가 없죠?"

"그렇네요."

그러나 에번스는 그리 대단찮은 추세라고 생각했다. 상승폭이 채 1도도 안 되었기 때문이다.

"자, 이번엔 데스밸리(Death Valley, 미국 캘리포니아 주와 네바다 주에 걸쳐 있는 메마른 혹서 저지대. '죽음의 계곡')예요. 지구상에서 가장 뜨겁고 건조한 지역의 하나죠. 여기서는 도시화가 진행되지 않았어요. 역시 누락된 연도가 몇 개 있죠."

[데스밸리, 캘리포니아 1933~2000]

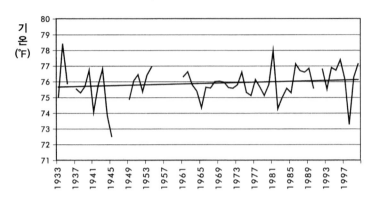

출처 _United States Historical Climatology Network (USHCN)

에번스는 아무 말도 하지 않았다. 그러나 아마 이례적인 경우일 거라고 생각했다. 제니퍼가 도표 몇 장을 더 집어들었다.

[맥길, 네바다 1930~2000]

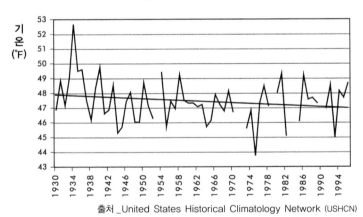

출처 _United States Historical Climatology Network (USHCN)

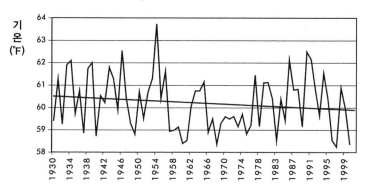

[거스리, 오클라호마 1930~2000]

출처 _ United States Historical Climatology Network (USHCN)

"이것들은 네바다 사막과 오클라호마 평야 지대에 있는 관측소에서 나온 거예요. 여기서는 온도 변화가 없거나 오히려 내려갔죠. 전원 지역만 그런 게 아니에요. 여기 이건 콜로라도 주의 볼더예요. 이 자료가 흥미로운 이유는 단지 NCAR이 바로 이곳에 있기 때문이죠. 전미기상연구소(National Center for Atmospheric Research) 말예요. 지구 온난화에 대해 왕성한 연구 활동을 펼치고 있는."

[볼더, 콜로라도 1930~1997]

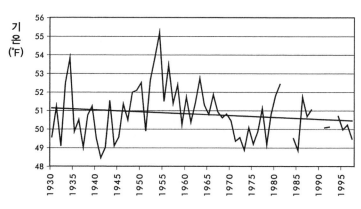

출처 _ United States Historical Climatology Network (USHCN)

"이것들도 소도시 자료예요. '모든 책임은 내가 진다'고 했던 미주리 주의 트루먼(미주리 주 태생의 미국 33대 대통령. 여기서는 도시명)……"

[트루먼, 미주리 1931~2000]

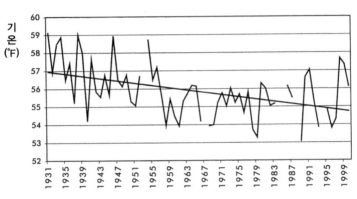

출처 _United States Historical Climatology Network (USHCN)

[그린빌, 사우스캐롤라이나 1930~2000]

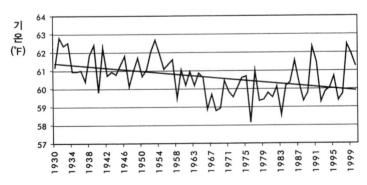

출처 _United States Historical Climatology Network (USHCN)

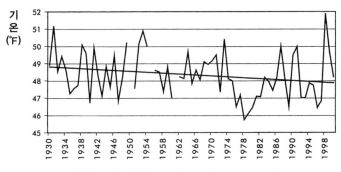

[앤아버, 미시간 1930~2000]

기온 (°F)

출처 _United States Historical Climatology Network (USHCN)

에번스가 말했다.

"글쎄요, 솔직히 말하자면 별로 인상적인 자료는 아니네요."

"인상적이라는 게 어떤 뜻으로 하는 말인지 모르겠지만 1930년 이후 트루먼은 2.5도, 그린빌은 1.5도, 앤아버는 1도씩 각각 떨어졌어요. 지구가 정말 더워지고 있다면 이런 곳은 예외인 셈이죠."

"좀더 큰 도시를 찾아보죠. 이를테면 찰스턴 같은."

"다행히 찰스턴 자료도 갖고 있죠."

제니퍼는 도표들을 뒤적거렸다.

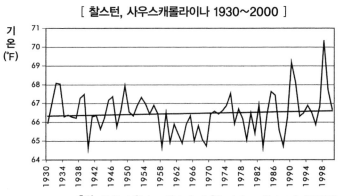

[찰스턴, 사우스캐롤라이나 1930~2000]

기온 (°F)

출처 _United States Historical Climatology Network (USHCN)

에번스가 말했다.

"역시 큰 도시는 좀 더워졌네요. 뉴욕은 어때요?"

"뉴욕 쪽은 기록이 여러 개예요. 뉴욕 시도 있고, 뉴욕 주도 있구요."

[뉴욕, 뉴욕 1930~2000]

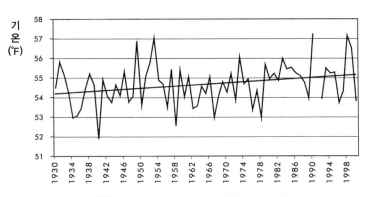

출처 _ United States Historical Climatology Network (USHCN)

[시러큐스, 뉴욕 1930~2000]

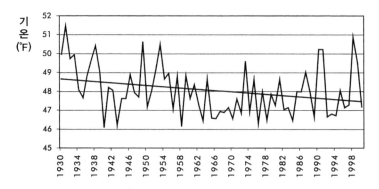

출처 _ United States Historical Climatology Network (USHCN)

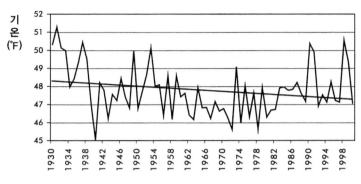

[올버니, 뉴욕 1930~2000]

출처 _United States Historical Climatology Network (USHCN)

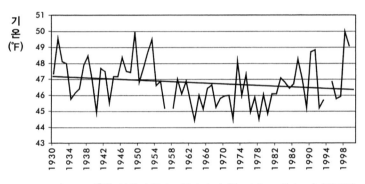

[오스위고, 뉴욕 1930~2000]

출처 _United States Historical Climatology Network (USHCN)

제니퍼가 말했다.

"보시다시피 뉴욕 시는 1930년 이후 기온이 올라갔지만 오스위고나 올버니 같은 뉴욕 주의 다른 지역은 이렇게 내려갔어요."

에번스는 카메라들이 자신을 촬영하는 것을 몹시 의식하고 있었다.

그래서 나름대로 현명하고 신중해 보이길 바라면서 고개를 끄덕였다. 그러고는 이렇게 물어보았다.

"그런데 이런 자료들은 다 어디서 나온 거죠?"

"역사기후학 네트워크(HCN)에서 나온 거예요. 오크리지 국립연구소(Oak Ridge National Laboratory)에서 관리하는 정부 측 자료죠."

"아무튼 꽤 흥미롭네요. 하지만 유럽과 아시아 쪽의 자료도 보고 싶어요. 어쨌든 이건 지구 전체에 해당되는 현상이니까요."

제니퍼도 카메라를 의식하면서 행동하고 있었다.

"물론이죠. 하지만 그 전에 지금까지 본 자료에 대한 반응을 듣고 싶어요. 보시다시피 미국의 많은 지역에서 1930년 이후 기온이 오르지 않았다는 점에 대해서요."

"아마 자료를 선별한 거겠죠."

"어느 정도는 사실이에요. 피고 측은 틀림없이 그렇게 나올 테니까요."

"그래도 별로 놀라운 자료는 아니군요. 날씨라는 건 원래 지역에 따라 다르잖아요. 전에도 항상 그랬고 앞으로도 항상 그렇겠죠."

그때 문득 한 가지 생각이 떠올랐다.

"그런데 이 도표들이 전부 1930년 이후의 자료인 건 무엇 때문이죠? 기온을 기록하기 시작한 건 그보다 훨씬 전이었을 텐데요."

그러자 제니퍼는 고개를 끄덕였다.

"좋은 지적이에요. 어디까지 거슬러 올라가느냐에 따라 차이가 생기니까요. 예를 들자면……"

[웨스트포인트, 뉴욕 1931~2000]

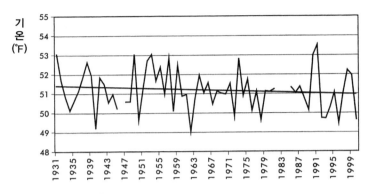

출처 _United States Historical Climatology Network (USHCN)

"이건 뉴욕 주의 웨스트포인트, 1931년부터 2000년까지예요. 하강 추세죠. 그리고……"

[웨스트포인트, 뉴욕 1900~2000]

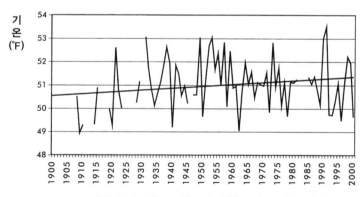

출처 _United States Historical Climatology Network (USHCN)

"이건 1900년부터 2000년까지의 웨스트포인트예요. 여기서는 하강이 아니라 상승 추세죠."

"아하. 정말 자료를 가지고 장난을 쳤군요. 한쪽에 유리한 기간만 잘라낸 거잖아요!"

그러자 제니퍼는 고개를 끄덕였다.

"물론 그래요. 하지만 이런 수작이 가능한 건 미국 내의 많은 지역이 실제로 지금보다 1930년대에 더 따뜻했기 때문이죠."

"그래도 속임수는 속임수예요."

"네, 그건 그래요. 피고 측은 기회가 있을 때마다 각종 환경단체의 모금용 인쇄물에서 이런 수법이 사용된 사례를 배심원들에게 잔뜩 보여줄 거예요. 상황이 점점 악화되고 있는 것처럼 보이는 기간만 따로 추려내는 수법 말예요."

에번스는 그녀가 방금 환경단체에 모욕이 되는 말을 입 밖에 냈다는 사실을 마음에 새겨두었다.

"그럼 속임수를 아예 못 쓰게 하면 되죠. 기온 기록 전체를 통째로 쓰는 거예요. 얼마나 오래전으로 거슬러 올라가죠?"

"웨스트포인트에서는 1826년부터였어요."

"좋아요. 그럼 그 자료를 쓰면 되잖아요?"

에번스가 자신만만하게 그런 제안을 내놓은 이유는 세계적인 온난화 추세가 1850년경부터 시작되었다는 것이 이미 널리 알려진 사실이기 때문이었다. 그때부터 세계의 모든 지역이 점점 더워졌고, 따라서 웨스트포인트의 도표에서도 그 같은 현상을 확인할 수 있을 터였다.

제니퍼도 그 사실을 알고 있는지 갑자기 몹시 망설이는 기색을 보이기 시작했다. 에번스의 시선을 피하고 도표들을 뒤적거리면서 마치 찾는 자료가 얼른 눈에 띄지 않는다는 듯이 눈살을 찌푸리는 것이었다.

"혹시 그 도표만 없는 거예요?"

"아뇨, 아뇨. 분명히 있어요. 아, 여기 있었네요."

제니퍼가 도표 한 장을 끄집어냈다.

[웨스트포인트, 뉴욕 1826~2000]

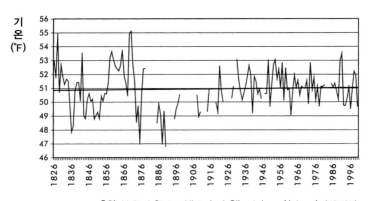

출처_United States Historical Climatology Network (USHCN)

에번스는 그 도표를 보자마자 그녀에게 한 방 먹었다는 사실을 깨달았다.

제니퍼가 말했다.

"당신이 예상한 대로 이 도표는 아주 명확해요. 지난 174년 동안 웨스트포인트의 평균 기온엔 전혀 변화가 없었다는 거죠. 1826년에도 화씨 51도였고 2000년에도 51도니까요."

에번스는 재빨리 냉정을 되찾았다.

"하지만 이건 한 곳의 기록일 뿐이잖아요. 수많은 지역 중에서 겨우한 군데라구요. 수백 개, 아니, 수천 개 중의 하나겠죠."

"다른 기록들은 다른 추세일 거라는 뜻인가요?"

"틀림없이 그럴 거예요. 특히 1826년부터의 기록을 통째로 썼다면 말예요."

그러자 제니퍼가 말했다.

"그 말이 맞아요. 서로 다른 기록들은 서로 다른 추세를 보이고 있죠."

에번스는 자못 흡족해서 척 팔짱을 끼었다.

[뉴욕, 뉴욕 1822~2000]

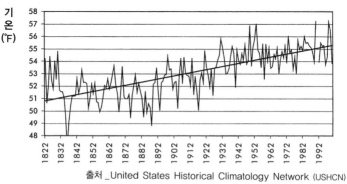

출처 _United States Historical Climatology Network (USHCN)

"뉴욕 시는 178년 사이에 화씨로 5도 상승했어요."

[올버니, 뉴욕 1820~2000]

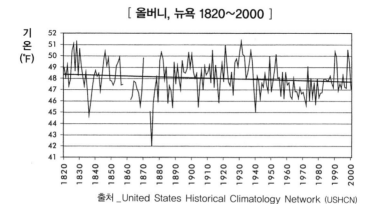

출처 _United States Historical Climatology Network (USHCN)

"그리고 올버니는 180년 사이에 0.5도쯤 하강했죠."

에번스는 어깨를 으쓱했다.

"내 말대로 지역별 편차일 뿐이겠죠."

그러자 제니퍼가 말했다.

"하지만 궁금한 건 이런 지역적 편차가 과연 지구 온난화의 이론에 부합하느냐 하는 문제예요. 내가 알기로 지구 온난화는 이른바 온실 가스라는 것들이 증가했기 때문에 발생하는 현상이에요. 이를테면 이 산화탄소 같은 기체들 때문에 열이 우주로 빠져나가지 못하고 대기 속에 갇혀 있다는 거죠. 당신도 그렇게 알고 있겠죠?"

"그래요."

에번스는 제니퍼가 지구 온난화 현상을 직접 설명해보라고 요구하지 않는 것이 그저 고마울 따름이었다.

"그러니까 이 이론에 의하면 온실 내부에서처럼 대기 자체가 따뜻해진다는 거죠?"

"그래요."

"그리고 이 온실 가스들은 지구 전체에 영향을 미치구요."

"맞아요."

"그리고 우리가 알기로 이산화탄소는, 우리 모두가 우려하는 이 기체는 세계 각지에서 똑같은 양으로 증가했고……"

그녀는 다른 도표 한 장을 끄집어냈다.[*]

---

[*] South Pole, Mauna Loa: C. D. Keeling, T. P. Whorf, and the Carbon Dioxide Research Group, Scripps Institute of Oceanography (SIO), University of California, La Jolla, CA 92093, U.S.A.; Seychelles: Thomas J. Conway, Pieter Tans, Lee S. Waterman, National Oceanic and Atmospheric Administration, Climate Monitoring and Diagnostics Laboratory, 325 Broadway, Boulder CO 80303. 다음 웹문서를 참조하라. http:// cdiac.esd.ornl.gov/trends/co2/contents.htm.

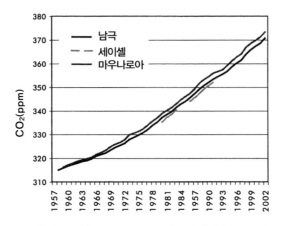

[CO_2 레벨, 1957~2002]

출처 _http://cdiac.esd.ornl.gov/trends/co2/contents.htm

"그렇죠……"

"그리고 그 효과도 세계 각지에서 모두 똑같다고 하죠. 그래서 '지구' 온난화라고 부르는 거니까요."

"그렇죠……"

"그런데 뉴욕과 올버니 사이의 거리는 겨우 140마일이에요. 자동차로 세 시간이면 충분한 거리죠. 이산화탄소의 양도 똑같아요. 그런데도 한 곳은 상당히 더워졌고 다른 곳은 조금 추워졌어요. 이 사실이 과연 지구 온난화의 증거가 될 수 있을까요?"

에번스는 이렇게 대답했다.

"날씨는 지역적인 거잖아요. 다른 데보다 추운 곳도 있고 더운 곳도 있죠. 앞으로도 영원히 그럴 거구요."

"하지만 지금 우리가 얘기하는 건 날씨가 아니라 기후예요. 기후라는 건 장기간에 걸친 날씨의 평균적 상태죠."

"그렇죠……"

"그러니까 상승폭은 좀 다르더라도 양쪽 지역이 모두 더워졌다면 나도 당신과 같은 의견이었을 거예요. 그런데 한 곳은 더워지고 한 곳은 추워졌어요. 그리고 우리가 확인했듯이 두 지역의 중간쯤에 있는 웨스트포인트는 변화가 없었어요."

"지구 온난화 이론에서도 일부 지역은 더 추워질 거라고 했던 것 같은데요."

"그래요? 이유가 뭐래요?"

"그건 잘 모르겠지만 어디선가 읽었어요."

"지구 전체의 대기가 따뜻해지면서 그 결과로 일부 지역은 추워진다?"

"아마 그랬을 거예요."

"지금 다시 생각해보면 어때요? 그 주장을 납득할 수 있겠어요?"

"아뇨. 하지만 기후는 복잡한 시스템이잖아요."

"그게 무슨 뜻이라고 생각해요?"

"그야, 음, 까다롭다는 거죠. 항상 우리가 예측한 대로 움직여주진 않는다구요."

"그건 확실히 옳은 말이에요. 아무튼 일단 뉴욕과 올버니 문제로 돌아가보죠. 이 두 지역이 그렇게 가까운데도 기온 기록이 판이하게 다른 걸 배심원들이 보게 되면 이 자료가 '지구 전체'의 변화를 말해주는 게 아니라고 생각할 수도 있어요. 지난 185년 사이에 뉴욕은 인구 800만의 대도시로 팽창했지만 올버니는 성장 폭이 훨씬 적었는데, 이건 당신도 인정하죠?"

"네."

"그리고 우린 도시 열섬 효과 때문에 도시들이 주변의 전원 지역보다 더워진다는 것도 알고 있어요."

"그렇죠……"

"그리고 이 도시 열섬 효과는 지구 온난화와 무관한 국지적 현상이죠?"

"그렇죠……"

"그럼 어디 말해보세요. 뉴욕의 기온이 급상승한 게 단순히 콘크리트와 고층 빌딩이 너무 많아졌기 때문이 아니라 지구 온난화 때문이라고 판단할 수 있는 근거가 뭐죠?"

에번스는 머뭇거렸다.

"글쎄요. 정답이 뭔지는 몰라요. 하지만 그건 이미 확인된 문제겠죠."

"내가 이런 질문을 하는 이유는 이거예요. 뉴욕 같은 도시들이 전보다 더 커지고 더 더워지면 지구 전체의 평균 기온을 끌어올리게 될 거예요. 안 그래요?"

"아마 그렇겠죠."

"그렇다면, 지금 전 세계의 도시들이 팽창하고 있으니까 단순히 도시화가 진행되는 것만으로도 평균 지표 온도가 상승하는 게 당연하죠. 지구 전체의 대기 온도엔 아무런 변화가 없었더라도 말예요."

"그 문제라면 과학자들이 벌써 생각해봤을 거예요. 그리고 답을 찾아냈겠죠."

"네, 그랬죠. 과학자들의 대답은 도시 열섬 효과를 감안해서 이미 원자료에서 일정량을 뺐다는 거예요."

"그것 봐요."

"뭐라고요? 에번스 씨, 당신은 변호사예요. 소송 중에 증거물이 훼손되지 않게 하려고 다들 얼마나 조심하는지 잘 아실 텐데요."

"네, 그렇지만……"

"누가 함부로 손대면 곤란하잖아요."

"그렇죠……"

"그리고 이 경우엔 기온을 측정한 원자료가 증거물이에요. 그런데 지구 온난화가 전 세계의 위기라고 주장하는 바로 그 과학자들이 그 자료를 훼손시킨 거예요."

"훼손시켰다구요? 오히려 '하향' 보정을 한 거잖아요."

"하지만 피고 측은 그 보정폭이 충분한 거냐고 따질 거예요."

"글쎄요, 너무 전문적이고 지엽적인 데로 파고드는 것 같은데요."

"천만에요. 이건 아주 핵심적인 문제예요. 평균 지표 온도가 상승한 게 과연 온실 가스 때문이냐, 아니면 도시화 때문이냐 이거죠. 그리고 피고 측은 자기네 입장을 뒷받침하는 좋은 근거를 제시할 거예요. 아까도 말했듯이 최근의 몇몇 연구 결과를 보면 도시 편차를 감안한 감산량이 너무 적었다고 해요.[*] 어떤 연구에서는 측정된 온도 변화폭의 절반 정도가 토지 용도의 변화 때문이라는 결과가 나오기도 했구요. 그 말이 사실이라면 지난 세기의 지구 온난화 정도는 0.3도 이하였다는 결론이 나와요. 위기라고까지 하기엔 좀 부족하죠."

에번스는 아무 말도 하지 않았다. 다만 카메라 앞에서 지적인 표정을 보여주려고 노력할 뿐이었다.

제니퍼가 말을 이었다.

"물론 그 연구에도 논쟁의 여지가 있어요. 그렇지만 여기서 요점은

---

[*] 다음의 요약 자료를 참조하라. Ian G. McKendry, 2003, "Applied climatology," *Progress in Physical Geography* 27, 4:597~606. "최근의 연구 결과를 통해 우리는 장기간의 기후 기록으로부터 '도시 편차'를 제거하여 온실 효과의 상승폭을 확인하는 과정이 지금까지 너무 안이하게 처리되었음을 알 수 있다."

이거예요. 일단 누가 자료를 보정하게 되면 그 보정폭이 부정확했다는 비판이 나올 수밖에 없다는 거죠. 그건 피고 측에 더 유리해요. 그리고 피고 측이 내세울 문제 중에서 더 중요한 건, 이런 보정을 통해 가장 큰 이득을 얻게 되는 바로 그 사람들이 자료를 보정했다는 사실이에요."

"지금 기후학자들이 비윤리적이라는 거예요?"

"내 말은 고양이에게 생선을 맡겨서는 안 된다는 거예요. 예를 들자면 의학에서는 이런 방식을 절대로 용납하지 않아요. 모든 실험은 반드시 이중맹검법(二重盲檢法, 의료 효과 조사를 위한 투약시 약품의 진위 여부를 피실험자나 연구자에게 알리지 않고 하는 방법)에 따라 진행하죠."

"결국 기후학자들이 비윤리적이라는 소리네요."

"아뇨. 내 말은 이중맹검법이 제도화된 건 그럴 만한 이유가 있기 때문이라는 거예요. 자, 들어보세요. 과학자들은 자기가 하는 실험에서 어떤 결과가 나올지를 어느 정도 예상하고 있어요. 그렇지 않다면 처음부터 실험을 시작하지도 않겠죠. 말하자면 특정한 결과를 기대하고 있는 거예요. 그런데 이런 기대가 불가사의한 작용을 해요. 완전히 무의식적인 면에서 말예요. 혹시 과학적 선입견에 대한 연구 결과를 본 적 있어요?"

"아뇨."

에번스는 고개를 저었다.

"좋아요. 간단한 예를 들어보죠. 동일한 유전자를 가진 쥐들을 두 연구소에 실험용으로 보냈어요. 그중 한 연구소에는 높은 지능을 갖도록 번식시킨 쥐들이니까 보통 쥐들보다 빨리 미로를 통과할 거라고 말했어요. 그리고 다른 연구소에는 지능이 낮은 쥐들이니까 통과 속도가 느릴 거라고 했죠. 결과가 나왔는데, 한 연구소에서는 빨랐고 다른 연구소에서는 느렸어요. 똑같은 유전자를 가진 쥐들이었는데도 말예요."

"결과를 조작한 거겠죠."

"그 사람들은 그러지 않았다고 했어요. 어쨌든 그것 말고도 많아요. 다른 사례를 말해보죠. 설문조사 담당자들에게 이렇게 설명했어요. 자, 우리는 조사원들이 조사 결과에 미묘한 영향을 미친다는 사실을 알고 있다. 우리는 그런 상황을 피하고 싶다. 그러니까 여러분은 집집마다 찾아가서 문을 두드리고, 누가 문을 열어줄 때마다 이 카드에 적힌 내용을 그대로 읽기만 해라. '안녕하십니까, 설문조사 중입니다. 응답자에게 영향을 주지 않으려고 저는 이 카드를 그대로 읽고 있는데…… 어쩌구저쩌구.' 조사원들은 그 카드에 적힌 내용 말고는 한마디도 하지 말아야 한다는 거죠. 그렇게 해놓고 조사원들 중에서 한 집단에게는 이 설문지에서 긍정적인 대답이 70퍼센트쯤 나올 거라고 말해줬어요. 그리고 다른 집단에게는 긍정적인 대답이 30퍼센트일 거라고 했죠. 물론 설문지는 양쪽 모두 똑같았구요. 그런데도 결과는 70퍼센트와 30퍼센트였어요."

"어떻게 된 거죠?"

"그건 별로 중요하지 않아요. 여기서 중요한 건 수백 건의 연구를 통해서 기대가 결과를 좌우한다는 것이 거듭거듭 입증됐다는 사실이죠. 사람들은 자기들이 보게 될 거라고 생각하는 걸 보는 거예요. 그래서 '이중맹검법'이 필요한 거죠. 선입견을 예방하기 위해서는 실험 자체를 분할해서 서로 모르는 사람들에게 나눠줘야 해요. 실험을 준비하는 사람들, 실험을 실행하는 사람들, 그리고 결과를 분석하는 사람들이 각각 따로 있는 거죠. 집단과 집단 사이에는 아무런 왕래도 없어야 해요. 심지어는 배우자들이나 자녀들도 서로 만나는 일이 없어야죠. 각각의 집단은 소속 대학이 달라야 하고, 아예 국가가 다르다면 더욱더 좋겠죠. 신약을 실험할 때는 그런 식으로 하는 거예요. 선입견이 끼어들지 못하게 할 방법은 그것뿐이니까요."

"그렇군요……"

"그런데 지금 우리가 얘기하고 있는 건 온도 자료예요. 보정해야 할 것들이 수두룩하죠. 도시 열섬 효과에 따른 오차만이 아니에요. 그것 말고도 많아요. 가령 관측소가 옮겨지기도 하죠. 장비를 더 좋은 것으로 바꾸면 측정 온도가 전보다 높아질 수도 있고 낮아질 수도 있어요. 장비가 고장 나는 경우에는 특정 자료를 폐기해야 할지 말아야 할지를 판단해야 해요. 그리고 온도 기록을 정리하면서 일일이 판단해야 할 것들이 한두 가지가 아니에요. 이런 과정에서 선입견이 끼어들게 되는 거예요. 이건 개연성이죠."

"개연성이라구요?"

"확실하진 않으니까요. 하지만 한 팀이 모든 일을 처리하는 경우에는 선입견이 개입될 여지가 많을 수밖에 없어요. 한 팀이 컴퓨터 모델을 만들고, 그걸 실험하고, 그 결과를 분석하는 일까지 모두 도맡아하면서 내린 결론은 위험하다는 거죠. 그게 현실이에요."

"결국 이 온도 자료가 부정확하다는 거죠?"

"온도 자료가 '미심쩍다'는 거죠. 웬만한 변호사라면 이런 자료는 완전히 박살내버릴 거예요. 이걸 지키기 위해서 우리가 하려는 일은……"

그때 촬영팀이 갑자기 방에서 나가버렸다. 그러자 제니퍼가 에번스의 팔에 손을 얹으면서 말했다.

"방금 그 얘기는 신경 쓰지 말아요. 지금 촬영한 장면엔 사운드가 안 들어가요. 난 그냥 열띤 토론을 하는 것처럼 보이고 싶었을 뿐이에요."

"나 혼자 바보가 된 기분이네요."

"멋있어 보이기만 하던데요. 텔레비전에서 중요한 건 그거잖아요."

에번스는 그녀에게 더 가까이 다가앉으며 이렇게 말했다.

"그 얘기가 아니고, 방금 내가 대답했던 말들은 진심이 아니었다는 거예요. 난 지금…… 몇 가지 의문을…… 아니, 솔직히 말해서 이 문제에 대한 생각이 많이 바뀌었어요."

"그래요?"

에번스는 조용히 이렇게 대답했다.

"네. 예를 들자면 이 온도표들만 해도 그렇죠. 이것들은 분명히 지구 온난화 이론의 타당성에 의문을 제기하고 있어요."

제니퍼는 천천히 고개를 끄덕였다. 에번스를 주의 깊게 바라보면서.

에번스가 물었다.

"당신도 그래요?"

그녀는 계속 끄덕거리고 있었다.

그들은 지난번에 갔던 멕시코 식당에서 점심을 먹었다. 지난번처럼 이번에도 손님이 거의 없었다. 그때 보았던 소니 스튜디오의 필름 편집자들이 오늘도 구석 자리에서 웃어대고 있었다. 에번스는 그들이 날마다 이곳에 오는 모양이라고 생각했다.

그런데도 왠지 모든 것이 달라 보였다. 지금 온몸이 욱신거리고 금방이라도 곯아떨어질 듯한 상태였지만 이유는 그것만이 아니었다. 에번스는 딴 사람이 된 것 같은 기분이었다. 그리고 두 사람의 관계도 달라져 있었다.

제니퍼는 조용히 음식을 먹으며 말을 아꼈다. 에번스는 자기가 먼저 말을 꺼낼 때까지 기다리는 것 같다고 느꼈다.

얼마 후 그는 이렇게 말문을 열었다.

"저기요, 지구 온난화가 실제로 존재하는 현상이 아니라고 생각한다면 미친 소리일 거예요."

제니퍼는 고개를 끄덕였다.

"미친 소리죠."

"전 세계가 진짜라고 믿고 있잖아요."

"그래요. 전 세계가 그렇게 믿죠. 그런데도 아까 그 전략 회의실에서는 요즘 배심원들에 대한 걱정으로 여념이 없어요. 피고 측이 배심원들을 마음대로 주무를 테니까요."

"아까 말했던 그런 사례 때문인가요?"

"아, 그 정도는 아무것도 아니에요. 우리가 예상하는 피고 측의 논리는 이런 거예요. 배심원 여러분, 대기 속에 이산화탄소를 비롯한 각종 온실 가스가 증가해서 소위 '지구 온난화' 현상이 일어나고 있다는 주장은 다들 들어보셨을 겁니다. 그런데 이산화탄소의 증가량이 아주 미미하다는 말은 못 들어보셨죠? 그들은 여러분에게 에베레스트 산비탈처럼 이산화탄소가 가파르게 급증하는 도표를 보여줍니다. 하지만 현실은 이렇습니다. 이산화탄소는 100만분의 316에서 100만분의 376으로 증가했을 뿐입니다. 전체 증가량은 100만분의 60에 불과하다는 겁니다. 지구의 대기 전체에서 이 정도의 변화는 너무 극소량이라서 상상하기도 힘들죠. 이걸 구체적으로 실감하려면 어떤 방법이 좋을까요?"

제니퍼는 뒤로 물러나 앉으며 팔을 크게 휘둘렀다.

"그런 다음에 피고 측은 축구장을 그린 그림 한 장을 꺼낼 거예요. 그리고 이렇게 말하는 거죠. 여러분, 대기의 전체 성분이 이런 축구장이라고 상상해보십시오. 대기의 대부분은 질소입니다. 그러니까 이쪽 골라인에서부터 78야드 라인까지가 질소라는 거죠. 그리고 나머지 성분의 대부분은 산소입니다. 질소에 산소를 더하면 99야드 라인까지 갑니다. 겨우 1야드 남았죠. 그런데 나머지 성분의 대부분은 불활성 기체 아르곤입니다. 아르곤을 더하면 저쪽 골라인에 3.5인치 이내로 접근하게 됩니다. 이제 골라인의 굵기 정도밖에 안 남은 겁니다, 여러분. 그런데 나머지 3인치 남짓한 성분 중에서 이산화탄소의 양은 어느 정도일까요? 1인치입니다. 지구의 대기 속에 포함된 이산화탄소의 양이 그만큼이라는 겁니다. 100야드 길이의 축구장에서 겨우 1인치."

제니퍼는 극적인 효과를 위해 잠시 멈추었다가 다시 말을 이었다.

"자, 배심원 여러분, 지난 50년 동안 이산화탄소가 증가했다는 말은 여러분도 들어보셨을 겁니다. 그런데 그렇게 증가한 양이 우리가 얘기한 축구장으로 따지자면 어느 정도인지 아십니까? 1인치의 8분의 3입니다. 연필 한 자루의 굵기만큼도 안 되는 거죠. 물론 이산화탄소만 놓고 본다면 많은 양이 증가한 게 사실이지만 대기 전체에서는 아주 작은 변화에 불과합니다. 그런데도 그들은 여러분에게 이 보잘것없는 변화 때문에 지구 전체가 위험한 온난화 추세로 들어섰다는 말을 믿으라는 겁니다."

에번스가 입을 열었다.

"하지만 그건 간단히 대답할 수 있는……"

"잠깐만요. 피고 측 발언은 아직 안 끝났어요. 우선 의혹을 일으켜라. 그 다음엔 다른 설명을 제시해라. 그래서 피고 측은 아까 당신도 봤던 뉴욕 시의 온도표를 꺼낼 거예요. 1822년 이후 5도가 올랐다는 그 도표 말예요. 피고 측은 이렇게 말할 거예요. 1822년 당시 뉴욕의 인구는 12만 명이었습니다. 지금은 8백만 명입니다. 이 도시는 '6천 퍼센트'도 넘게 팽창한 겁니다. 수많은 고층 건물과 냉난방 시설과 콘크리트에 대해서는 굳이 말할 필요도 없습니다. 자, 이제 여러분께 하나만 여쭤보겠습니다. 6천 퍼센트나 성장한 도시가 더워진 이유는 뭐겠습니까? 전 세계의 이산화탄소 수준이 '요만큼' 높아졌기 때문이라고 보는 게 합리적입니까, 아니면 도시 자체가 훨씬 더 커졌기 때문이라고 보는 게 합리적입니까?"

그렇게 말하고 제니퍼는 의자에 등을 기댔다.

에번스가 말했다.

"하지만 그런 논리는 간단히 반박할 수 있어요. 작은 차이가 큰 변화를 일으키는 경우도 많으니까요. 방아쇠는 총의 작은 일부분이지만 그걸 건드리면 총이 발사되죠. 그리고 어차피 증거 자료도 이쪽이 우세하니까……"

그러자 제니퍼가 고개를 저었다.

"피터. 당신이 배심원이라면 뉴욕 시에 대한 그 질문에 뭐라고 대답하겠어요? 지구 온난화 때문이에요, 아니면 콘크리트가 너무 많아졌기 때문이에요? 당신 생각엔 어느 쪽인 것 같아요?"

"대도시가 됐기 때문에 더워진 거겠죠."

"맞아요."

"그래도 해수면 문제가 남아 있잖아요."

"안타깝게도 바누투의 해수면은 그렇게 많이 상승하지 않았어요. 자료에 의하면 변화가 전혀 없거나 40밀리미터쯤 상승했다고 보는 게 고작이에요. 30년 동안 0.5인치쯤 높아졌다고도 하구요. 변화가 거의 없는 거예요."

"그럼 이 사건은 승소할 가망이 없을 텐데요."

"바로 그거예요. 그래도 방아쇠에 대한 지적은 아주 좋았어요."

"승소할 가망이 없다면 기자 회견은 왜 하는 거죠?"

"여러분, 이렇게 와주셔서 감사합니다."

존 볼더가 사무실 앞에 설치된 마이크 앞에 다가서서 말했다. 사진 기자들이 일제히 플래시를 터뜨렸다.

"저는 존 볼더라고 합니다. 제 옆에 계신 분은 NERF의 니콜라스 드레이크 이사장이십니다. 이 자리에는 저의 수석고문 제니퍼 헤인즈와 법률회사 해슬 앤드 블랙의 피터 에번스도 참석했습니다. 오늘 우리는 태평양의 도서국 바누투를 대신하여 미합중국 환경보호청을 상대로 소송을 제기한다는 사실을 발표하고자 합니다."

뒤쪽에 서 있던 피터 에번스는 입술을 물어뜯기 시작했다가 곧 그만두었다. 군이 초조해하는 것으로 해석될 수 있는 행동을 할 필요는 없었다.

볼더가 말했다.

"바누투의 가난한 국민들은 이제 더욱더 가난해질 수밖에 없는 처지에 놓였습니다. 그것은 오늘날 우리에게 가장 큰 환경적 위협이 된 지구 온난화 현상, 그리고 그로 인해 틀림없이 일어나게 될 각종 기후 급변 현상 때문입니다."

에번스는 불과 며칠 전만 하더라도 드레이크가 기후 급변은 이미 물 건너갔다는 식으로 말했던 것을 떠올렸다. 그런데 일주일도 안 되는 사이에 확실한 사실로 탈바꿈한 것이다.

볼더는 바누투 국민들이 조상 대대로 살아온 모국 땅의 침수로 쫓겨나게 된 상황을 눈에 보일 듯 생생하게 묘사했고, 특히 북쪽의 무신경한 산업 강대국이 일으킨 성난 파도에 모든 유산을 빼앗길 수밖에 없는 어린이들의 비극적 현실을 강조했다.

"오늘 우리가 발표하는 이 소송은 바누투 국민들에게 정의를 돌려주는 일일 뿐만 아니라 오늘날 기후 급변의 위협에 직면해 있는 세계 전체의 미래를 보장하는 일이기도 합니다."

그렇게 말하고 볼더는 질문을 받기 시작했다.

첫 번째 기자가 물었다.

"정확히 언제 소송을 제기하실 예정입니까?"

볼더는 이렇게 대답했다.

"이건 기술적인 면에서 아주 복잡한 문제입니다. 지금 이 순간에도 40명의 과학자들이 우리를 위해 밤낮으로 일하고 있습니다. 그분들의 일이 다 끝났을 때 금지 명령을 요청하는 소송을 제기할 겁니다."

"어느 법원에 제소하실 겁니까?"

"로스앤젤레스 연방 지방 법원입니다."

이번에는 다른 기자가 물었다.

"배상금은 얼마를 요구하실 겁니까?"

"정부 측 반응은 어떻습니까?"

"법원이 이 소송을 심리할 거라고 보십니까?"

여러 가지 질문이 한꺼번에 쇄도했지만 볼더는 물 만난 고기처럼 유유히 받아넘기고 있었다. 에번스는 연단 위에서 반대쪽에 서 있는 제니퍼를 건너다보았다. 그녀가 손목시계를 톡톡 두드렸다. 에번스는 고개를 끄덕거린 후 자신의 손목시계를 들여다보고 찡그리는 표정을 지으며 연단 위에서 내려갔다. 제니퍼도 곧바로 그의 뒤를 따랐다.

그들은 창고 건물로 들어가 경비원들을 통과했다.

그리고 에번스는 놀라서 눈이 휘둥그레졌다.

컬버시티

10월 12일 화요일
1:20 PM

조명이 너무 어두웠다. 에번스가 아까 보았던 사람들의 대부분은 이미 그곳에 없었다. 방마다 철거 작업이 한창이었다. 가구들을 여기저기 쌓아두고 서류들은 보관함에 정리하는 중이었다. 이삿짐 센터 일꾼들이 보관함을 쌓아올린 짐수레를 줄줄이 밀고 나갔다. 에번스가 물었다.

"이게 무슨 일이죠?"

"임대 기간이 끝났어요."

"그래서 이사 가는 거예요?"

제니퍼는 고개를 저었다.

"아뇨. 떠나는 거예요."

"그게 무슨 소리죠?"

"그냥 떠난다구요, 피터. 다른 일자리를 찾는 거죠. 이번 소송은 더이상 적극적으로 진행하지 않을 테니까요."

스피커에서 볼더의 목소리가 들려왔다.

"우리는 앞으로 3개월 이내에 금지 명령을 요청할 수 있을 것으로 예상하고 있습니다. 저는 이 획기적인 소송을 위해 우리를 도와주고 있는 40명의 명석한 연구원들을 굳게 믿습니다."

에번스는 테이블을 들고 지나가는 일꾼들을 피해 뒤로 물러섰다. 불과 세 시간 전에 에번스 자신이 인터뷰를 받았던 바로 그 테이블이었다. 다른 일꾼 한 명이 비디오 장비가 든 상자들을 질질 끌며 지나갔다.

에번스는 스피커에서 흘러나오는 볼더의 목소리를 들으며 이렇게 말했다.

"이런 짓을 하고도 무사할까요? 사람들이 지금의 상황을 알게 될 텐데……"

"지금의 상황은 흠잡을 데 없이 논리적이에요. 우린 우선 잠정적 금지 명령(사건의 심리가 끝날 때까지 현상을 유지하고 회복할 수 없는 손해를 방지하기 위한 금지 명령)을 요청할 거예요. 우리가 올린 소장(訴狀)은 법적 절차를 밟게 되겠죠. 우린 그게 관할권 문제로 연방 지방법원에서 기각될 거라고 예상하고 있어요. 그때는 연방 고등법원에 소송장을 제출하고, 그 다음엔 연방 대법원으로 올라갈 거예요. 금지 명령 문제가 해결되기 전에는 소송을 진행할 수가 없는데, 그때까지 몇 년이 걸릴지 모르잖아요. 그러니까 많은 연구원을 쓰는 일은 일단 보류하고, 비싼 사무실도 정리하고, 최소 인원의 법률팀만 남겨둔 채 기다리는 게 현명한 거죠."

"최소 인원의 법률팀이 있긴 있는 거예요?"

"아뇨. 무사히 넘어갈 수 있느냐고 물었잖아요."

에번스는 뒷문으로 빠져나가는 상자들을 바라보았다.

"이 소송을 실제로 제기할 생각은 아무도 안 했던 거죠?"

"이렇게 생각해보세요. 볼더의 법정 승소 기록은 경이로울 정도예요. 그런 기록을 세울 수 있는 방법은 하나뿐이죠. 패소할 것 같은 사건이라면 재판까지 가기 전에 잘라버리는 거예요."

"그래서 이 사건도 잘라버리는 건가요?"

"그래요. 왜냐하면, 제가 장담하는데, 미국 경제 때문에 이산화탄소가 많이 발생한다고 금지 명령을 내릴 법원은 어디에도 없으니까요."

그녀는 스피커 쪽을 가리켰다.

"드레이크가 볼더를 끌어들인 이유는 기후 급변을 강조하기 위해서였어요. 내일부터 시작되는 회의에 딱 어울리는 사건이잖아요."

"그건 그렇지만……"

"내 말부터 들어봐요. 이 소송의 목적이 처음부터 끝까지 광고 효과를 노린 거였다는 사실은 나도 알고 당신도 잘 알잖아요. 저 사람들은 지금 이렇게 기자 회견을 하고 있어요. 더 이상 소송을 밀어붙일 이유가 없는 거죠."

일꾼들이 제니퍼에게 이런저런 물건들을 어디에 두어야 하느냐고 물었다. 에번스는 어슬렁거리며 회의실에 들어갔다가 폼코어 판에 붙인 도표들이 한쪽 구석에 잔뜩 쌓여 있는 것을 보았다. 안 그래도 아까 제니퍼가 보여주지 않은 도표들이 궁금했던 그는 얼른 도표 몇 장을 뽑아보았다. 세계 각국의 기상 관측소에서 나온 자료들이었다.

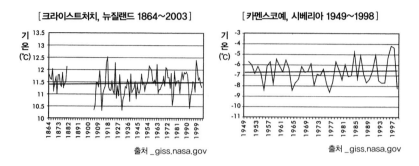

출처 _giss.nasa.gov

물론 그는 이 도표들이 상대편의 논지를 입증하는 자료를 따로 선별한 것이라는 사실을 알고 있었다. 그러므로 이들 도표에서 온난화 현상을 거의 또는 전혀 찾아볼 수 없는 것도 당연한 일이었다. 그러나 이런 자료가 세계 각지에서 이렇게 많이 나왔다는 사실은 여전히 꺼림칙했다.

그는 '유럽'이라고 표시된 도표 무더기를 보고 대충대충 훑어보았다.

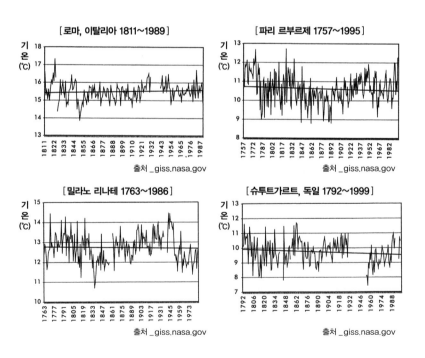

출처 _giss.nasa.gov

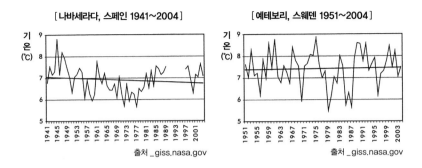

출처 _giss.nasa.gov

출처 _giss.nasa.gov

'아시아' 라고 표시된 무더기도 있었다. 역시 훌훌 넘겨보았다.

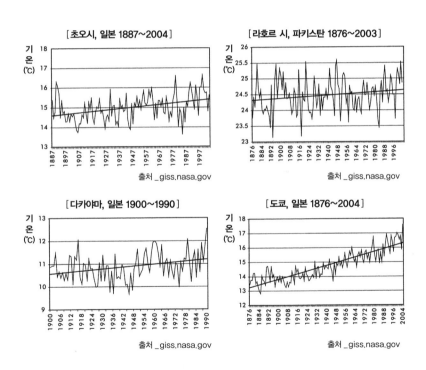

출처 _giss.nasa.gov

출처 _giss.nasa.gov

출처 _giss.nasa.gov

출처 _giss.nasa.gov

"피터?"

제니퍼가 부르고 있었다.

그녀의 사무실도 이미 정리가 끝난 상태였다. 남은 것이라고는 그녀의 소지품이 담긴 상자 몇 개가 전부였다. 에번스는 그 상자들을 그녀의 차로 옮기는 일을 거들었다.

"그럼 이젠 어디로 갈 거죠? 애인이 있는 워싱턴 DC로 돌아가나요?"

"그건 아니에요."

"그럼 뭐죠?"

"실은 당신을 따라가려고 했는데요."

"나를?"

"존 케너와 함께 일하고 있죠?"

"그걸 어떻게 알았어요?"

제니퍼는 웃기만 했다.

두 사람은 뒷문을 빠져나가다가 스피커에서 흘러나오는 기자 회견 내용을 들었다. 지금은 드레이크가 발언하는 중이었다. 그는 참석해준 기자들에게 감사의 말을 했고, 다가오는 이번 회의에도 부디 많이 참석해달라고 부탁했고, 지구 온난화의 진정한 위험성은 기후 급변 현상이 일어날 수 있는 잠재적 가능성이라고 설명했다.

그러더니 불쑥 이렇게 말했다.

"죄송합니다. 대단히 슬픈 소식 하나를 전해드리게 되어 유감입니다. 지금 쪽지 한 장을 받았는데, 저의 소중한 벗이기도 한 조지 모턴 회장님의 유체가 방금 발견됐다고 합니다."

구체적인 내용은 그날 오후에 보도되었다. 백만장자이며 자선가인 조지 모턴의 시신이 피즈모 해변 근처에서 발견되었다는 것이었다. 희생자의 신원이 확인된 것은 의복과 손목시계를 통해서였다. 시신은 상어 떼의 공격으로 훼손된 상태였다고 뉴스캐스터는 밝혔다.

사망자의 가족에게도 이 같은 사실이 전해졌지만 장례식 날짜는 아직 정해지지 않았다. 모턴과 절친한 사이였던 NERF 이사장 니콜라스 드레이크가 성명을 발표했다. 그는 모턴이 환경운동과 NERF 같은 여러 단체의 사업에 평생을 바쳤다고 말했다. NERF는 최근 모턴을 '올해의 시민상' 수상자로 선정한 바 있다.

드레이크는 이렇게 말했다.

"조지 모턴 회장님은 지구상에 일어나고 있는 무서운 변화를 깊이 우려하셨습니다. 그분이 실종됐다는 소식을 들은 후 우리는 언젠가 밝고 건강한 모습으로 다시 나타나시기를 간절히 기원했습니다. 그런데 이제 그 희망이 사라져버렸으니 슬픔을 가눌 길이 없습니다. 소중하고 헌신적이었던 벗의 죽음을 애도합니다. 그분이 없는 세상은 그만큼 불행해졌습니다."

에번스가 운전 중일 때 허브 로웬스타인이 카폰으로 전화를 걸어왔다.

"지금 뭐 하나?"

"명령대로 기자 회견에 참석했다가 돌아가는 길입니다."

"자넨 샌프란시스코로 가야 해."

"왜요?"

"모턴의 시신이 발견됐잖아. 누군가는 신원을 확인해야지."

"따님이 있잖아요?"

"재활원에 들어갔어."

"그럼 전 부인은요? 그리고 또……"

"에번스, 공식적으로 자네한테 떨어진 일이야. 빨리 준비하라구. 과학 수사팀에서 부검을 오래 미룰 수 없으니까 저녁 시간 전에 신원을 확인해달라는 거야."

"하지만……"

"가라면 가지 웬 말이 많아? 도대체 투덜거리는 이유가 뭔지 모르겠군. 젠장, 모턴 회장 전용기를 타고 가면 되잖아. 듣자하니 요즘 어차피 자네 멋대로 그걸 타고 돌아다니는 것 같던데. 회장이 죽었으니 앞으론 조심하는 게 좋을 거야. 아, 한 가지 더. 자넨 가족이 아니니까 신원 확인을 위해서는 두 사람이 필요하대."

"그럼 회장님의 비서 사라를 데려가면……"

"아니야. 드레이크가 테드 브래들리를 데려가라고 했어."

"왜요?"

"그걸 내가 어떻게 알아? 브래들리가 가고 싶어하고, 드레이크는 그 친구가 원하는 대로 해주려는 거지. 브래들리는 거기 가면 뉴스 카메라가 있을 거라고 생각하는 모양이야. 배우라는 직업이 그렇잖아. 모턴 회장과 친하기도 했고."

"별로 그렇지도 않았는데요."

"어쨌든 한 테이블에 나란히 앉는 사이였잖아."

"그렇지만 사라가 더……"

"에번스, 도대체 내 얘기에서 이해가 안 되는 부분이 어디야? 자넨 샌프란시스코에 가야 하고 브래들리를 데려가야 한다는 거야. 그게 끝이라구."

에번스는 한숨을 쉬었다.

"브래들리는 어디 있는데요?"

"세쿼이아에 갔어. 자네가 그리로 가서 데려가야 돼."

"세쿼이아라구요?"

"국립공원. 샌프란시스코로 가는 길목이야."

"그래도……"

"브래들리한테는 벌써 말해놨어. 내 비서가 샌프란시스코 시체 공시소 전화번호를 알려줄 거야. 잘 다녀와, 에번스. 말썽부리지 말고."

'찰칵.'

제니퍼가 물었다.

"문제가 생겼나요?"

"아뇨. 하지만 샌프란시스코에 가야 해요."

"나도 같이 갈게요. 사라가 누구예요?"

"모턴 회장님의 개인비서예요. 오래전부터 회장님을 도와드렸죠."

"사진을 본 적이 있어요. 나이가 많아 보이진 않던데요."

"사진은 어디서 봤는데요?"

"잡지에서요. 어느 테니스 대회 때 찍은 사진이었어요. 사라도 선수권 대회에 출전하는 테니스 선수였던 것 같은데요."

"아마 그럴 거예요."

"당신도 모턴 회장님을 자주 만나니까 사라와도 친한 줄 알았는데요."

에번스는 어깨를 으쓱했다.

"뭐 그렇지도 않아요. 지난 며칠 동안은 같이 다닐 일이 좀 있긴 했지만."

"흐음."

제니퍼는 재미있어하는 표정으로 에번스를 바라보았다.

"피터, 괜찮아요. 사라는 아주 예뻐요. 자연스러운 일이라구요."

"아뇨, 아뇨. 그런 사이는 아니에요."

그렇게 말하면서 에번스는 얼른 전화기를 집어들었다. 지금의 대화를 중단시키는 데 급급했던 그는 뜬금없이 비벌리힐스 경찰서에 연락하여 페리 형사를 찾았다. 그러나 페리는 아직 법원에서 돌아오지 않았다는 것이었다. 에번스는 메시지를 남기고 전화를 끊었다. 그러고는 제니퍼를 돌아보았다.

"경찰이 구속영장을 받아내면 일이 어떻게 진행되는 거죠?"

"형사 사건은 내 분야가 아니에요. 미안해요."

"나도 그래요."

"누가 당신을 체포하려고 해요?"

"안 그러길 바라야죠."

그때 허브 로웬스타인의 수다쟁이 비서 리자가 전화를 걸어왔다.

"안녕, 피터. 브래들리 씨와 샌프란시스코 시체 공시소 전화번호를 말해주려구요. 공시소는 여덟 시에 닫아요. 그 전에 도착할 수 있겠어요? 허브가 물어보래요. 지금 기분이 엉망이던데요."

"그건 왜요?"

"허브가 저러는 건 처음 봤어요. 아니, 적어도 몇 주 동안은 못 봤다는 거죠."

"무슨 일인데요?"

"내가 보기엔 모턴 회장님 때문인 것 같아요. 정말 충격적인 일이죠.
게다가 드레이크가 자꾸 윽박지르거든요. 오늘만 벌써 다섯 번은 전화
했을 거예요. 그런데 둘이서 당신 얘기를 하는 것 같더라구요."

"내 얘기?"

"네."

리자는 공모자처럼 목소리를 낮추고 속닥거렸다.

"허브가 통화 중에 문을 닫았지만요, 내가, 음, 몇 마디는 들었거든
요."

"뭔데요?"

"아무에게도 말하지 말아요."

"그럴게요."

"내가 특별히 무슨…… 난 그냥 당신이 알고 싶어할 것 같아서요."

"맞아요."

그러자 리자는 더 작은 소리로 말했다.

"요즘 여기서 말이 좀 많거든요. 당신을 내보내야 하는 거 아니냐
고."

"회사에서 내보낸다는 거예요?"

"음, 해고하자는 거죠. 당신도 알고 싶을 것 같았어요."

"맞아요. 고마워요. 누가 그런 소리를 하죠?"

"저기, 허브가요. 그리고 돈 블랜딩스랑 다른 시니어 파트너 두 명도
그랬어요. 밥과 루이즈. 무슨 일인지 닉 드레이크가 당신 때문에 노발
대발하거든요. 그리고 당신이 같이 다니는 그 사람, 카너인지 코너인
지 하는 사람 있죠?"

"알아요."

"드레이크 씨가 코너 씨 때문에 굉장히 화를 내더라구요."

"그건 왜요?"

"그 사람은 스파이래요. 환경을 오염시키는 산업계의 스파이."

"알았어요."

"아무튼 드레이크 씨는 중요한 의뢰인인데 당신이 심기를 건드린 거 같아요. 그래도 모턴 회장님이 살아 계셨다면 당신을 쫓아낼 생각은 못했겠죠. 그런데 회장님이 돌아가셨잖아요. 게다가 당신은 줄곧 자리를 비웠구요. 그리고 경찰이 자꾸 회사로 전화해서 당신을 찾는데, 그 것도 별로 바람직한 일이 아니라구요. 그때마다 다들 걱정하거든요. 그래서 모두…… 그건 그렇고, 그 코너라는 사람하고는 뭐 하는 거예요?"

"얘기가 좀 길어요."

"피터, 난 다 말해줬잖아요."

토라진 목소리였다. 에번스는 결국 정보를 주고받을 수밖에 없다는 것을 알았고, 마지못해 털어놓는다는 듯이 이렇게 말했다.

"알았어요. 사실 난 모턴 회장님이 돌아가시기 전에 시키신 일을 하고 있어요."

"그래요? 어떤 일인데요?"

"그건 비밀이라서 아직 말해줄 수 없어요."

"회장님이 의뢰하신 일이란 말이죠?"

"서면으로요."

그렇게 말하면서 에번스는 이제 회사 사람들도 신중을 기할 수밖에 없을 거라고 생각했다.

"와아. 그랬군요. 당신이 회사 일을 하고 있는 거라면 해고할 수도 없겠네요."

"리자, 이제 끊어야겠어요."

"당신을 쫓아내면 굉장한 부당해고소송에 휘말릴 테니까요."

"리자……"

"네, 네. 통화하기 어렵다는 거 알아요. 아무튼…… 행운을 빌어요!"

에번스는 전화를 끊었다. 제니퍼가 빙그레 웃고 있었다.

"말솜씨가 보통이 아니네요."

"고마워요."

그러나 에번스는 마주 웃어줄 수 없었다. 지금 온 세상이 그의 목을 죄어오고 있었다. 결코 기분 좋은 상황이 아니었다. 게다가 몸은 여전히 죽도록 피곤했다.

그는 비행기를 준비해달라고 하기 위해 사라에게 연락했지만 전화를 받은 것은 자동 응답기였다. 조종사에게도 연락해보았지만 그는 지금 하늘나라에 가 있다는 대답을 듣게 되었다.

"무슨 말씀이죠?"

"비행 중이라는 겁니다."

"어디로요?"

"그건 말씀드릴 수 없습니다. 메시지를 남기시겠습니까?"

"아뇨. 그럼 비행기를 빌려야겠는데요."

"언제 필요하십니까?"

"반시간 뒤요. 샌프란시스코로 갈 건데, 중간에 세쿼이아에서 제일 가까운 공항에 들러야 해요. 오늘 밤에 돌아올 예정이구요."

"가능한지 알아보겠습니다."

통화가 끝나자 걷잡을 수 없는 피로가 밀려왔다. 에번스는 갓길에 정차하고 차에서 내렸다.

제니퍼가 물었다.

"무슨 일이에요?"

"밴너이스 가는 길 알죠?"

"그럼요."

"그럼 당신이 운전해요."

에번스는 조수석에 털썩 앉아 안전벨트를 맸다. 그리고 제니퍼가 주행선으로 이동할 때까지 지켜본 후 눈을 감고 곧 잠들어버렸다.

세쿼이아

10월 12일 화요일
4:30 PM

숲 속의 지면은 어둡고 서늘했다. 사방에 우뚝우뚝 서 있는 위풍당당한 나무들 사이로 태양의 눈부신 광선들이 스며들고 있었다. 공기 중에 솔잎 냄새가 가득했다. 발에 밟히는 땅바닥의 감촉이 폭신폭신했다.

지면이 햇빛으로 얼룩진 기분 좋은 곳이었지만 텔레비전 카메라는 모두 라이트를 켜야 하는 상황이었다. 그들은 유명한 배우이며 환경운동가인 테드 브래들리를 중심으로 동심원을 그리며 앉아 있는 초등학교 3학년생들을 촬영하고 있었다. 브래들리는 가무잡잡하고 잘생긴 용모와 화장을 돋보이게 하는 검정색 티셔츠를 입고 있었다.

그는 주변을 한꺼번에 가리키며 이렇게 말했다.

"이 장엄한 나무들은 너희가 물려받을 유산이란다. 이 나무들은 벌써 몇백 년 동안 이 자리에 서 있었어. 너희가 태어나기 훨씬 전부터, 아니, 너희 엄마 아빠, 할머니 할아버지, 증조할머니 증조할아버지가 태어나기 전부터지. 어떤 나무들은 콜럼버스가 아메리카 대륙에 오기 전에도 이 자리에 있었어! 인디언들이 오기 전에도! 그 누구보다도 먼저였어! 이 나무들은 지구상에서 나이가 제일 많은 생명체들, 지구의 수호자들, 아주 지혜로운 존재들이야. 이 나무들은 우리에게 이렇게 말하고 있어. 지구를 그냥 내버려둬라. 이 지구를, 그리고 우리들을 해치지 말아라. 우린 그 말을 잘 귀담아들어야 해."

아이들은 입을 딱 벌린 채 꼼짝도 하지 않았다. 카메라들은 브래들리에게 집중되어 있었다.

"그런데 지금 이 위풍당당한 나무들이…… 산불의 위협, 벌목의 위협, 토양침식의 위협, 산성비의 위협 등등 온갖 어려움을 이겨내고 살아남은 이 나무들이…… 지금 가장 큰 위협에 직면했어. 바로 지구 온난화 현상이야. 지구 온난화가 뭔지는 너희도 알지?"

아이들이 일제히 손을 들었다.

"저요, 저요!"

브래들리는 아이들에게 손을 내리라는 시늉을 했다. 오늘 이 자리에서 발언권을 가질 사람은 테드 브래들리 한 명으로 충분했다.

"다들 알고 있다니 반가운 일이구나. 그런데 지구 온난화가 기후를 아주 갑작스럽게 변화시킬 수도 있다는 사실은 너희도 잘 모를 거야. 앞으로 몇 달이나 몇 년만 지나면 별안간 날씨가 몹시 더워지거나 몹시 추워질지도 몰라. 그렇게 되면 엄청난 벌레 떼와 질병들이 나타나서 이 멋진 나무들을 쓰러뜨릴 거란다."

그러자 한 아이가 물었다.

"어떤 벌레들인데요?"

"나쁜 벌레들이지. 나무를 갉아먹는 벌레들, 나무 속으로 파고들어 갉작갉작 모조리 먹어치우는 벌레들."

그는 손을 꿈틀꿈틀 움직여 벌레들의 움직임을 표현했다.

한 여자애가 의견을 내놓았다.

"벌레 한 마리가 나무 한 그루를 다 갉아먹으려면 아주아주 오래 걸리잖아요."

"천만에, 그렇지 않아! 바로 그게 문제란다. 지구 온난화 현상은 무지무지 많은 벌레들을 불러들일 텐데, 그 엄청난 벌레 떼는 이 나무들을 순식간에 먹어치울 거야!"

한쪽 구석에 서 있던 제니퍼가 에번스 쪽으로 고개를 기울이며 말했다.

"저 어처구니없는 헛소리, 기가 막히지 않아요?"

에번스는 하품을 했다. 그는 비행 중에도 잠을 잤고, 공항에서 자동차로 세퀘이아 국립공원의 이 숲 속까지 달려오는 동안에도 줄곧 꾸벅꾸벅 졸고 있었다. 지금 브래들리를 바라보면서도 기진맥진한 상태였다. 기진맥진한데다 따분하기까지 했다.

아이들이 몸을 꼬기 시작했다. 브래들리는 몸을 돌려 카메라들을 정면으로 바라보았다. 그러고는 긴 세월 동안 텔레비전에서 대통령 역을 연기하면서 능숙하게 익힌 목소리, 그 자연스러우면서도 권위가 담긴 목소리로 이렇게 말했다.

"기후 급변은 인류에게, 그리고 지구상에 존재하는 모든 생명들에게 크나큰 위협입니다. 그래서 이 문제에 대처하기 위해 전 세계에서 많은 회의가 개최되고 있습니다. 내일부터 로스앤젤레스에서도 그런 회의가 열리는데, 여러 과학자들이 한 자리에 모여 이 무서운 위협을 가라앉힐 방법을 의논하게 됩니다. 우리가 아무것도 하지 않는다면 곧 재앙이 찾아올 것입니다. 그때는 이 거대하고 위풍당당한 나무들도 한낱 추억이 되고 말 것입니다. 해묵은 그림엽서처럼, 인간이 대자연을 상대로 자행한 비인간적 행위를 보여주는 한 장의 스냅사진처럼 말입니다. 기후 급변의 재앙은 우리의 책임입니다. 그것을 막을 수 있는 것도 우리뿐입니다."

그렇게 말을 끝마친 그는 좀더 잘생긴 쪽을 보여주려고 얼굴을 살짝

틀면서 그 연푸른 눈동자로 렌즈를 뚫어져라 응시했다.

그때 한 여자애가 말했다.

"쉬야 마려워요."

비행기가 활주로를 박차고 숲 위로 날아올랐다.

에번스가 말했다.

"너무 재촉해서 죄송합니다. 여섯 시 전엔 공시소에 도착해야 하거든요."

브래들리는 너그러운 미소를 떠올렸다.

"괜찮아, 괜찮아."

아까 할 말을 다한 후 그는 몇 분 동안이나 아이들에게 사인을 해주었고, 카메라들은 그 장면도 일일이 촬영하고 있었다. 브래들리는 제니퍼를 돌아보며 가장 매력적인 미소를 던졌다.

"그런데 헤인즈 양은 무슨 일을 하시오?"

"지구 온난화 법률팀에서 일해요."

"그럼 우린 같은 편이군. 소송건은 잘 되어가는 중이오?"

제니퍼는 에번스를 힐끔 쳐다보며 대답했다.

"괜찮은 편이에요."

"어쩐지 미모에 못지않게 머리도 아주 명석하실 것 같구만."

"사실은 안 그래요."

에번스는 그녀가 이 배우를 귀찮아한다는 것을 알 수 있었다.

"겸손하기까지 하시군. 볼수록 매력적인 아가씨야."

"솔직한 거예요. 그리고 지나친 칭찬은 별로 좋아하지 않아요."

"아가씨 같은 경우엔 지나친 칭찬이라고 볼 수 없지."

"테드 같은 경우엔 솔직하다고 볼 수 없구요."

"이건 진심이오. 난 정말 아가씨가 하고 있는 일을 칭찬해주고 싶으니까. 그쪽 사람들이 하루빨리 환경보호청에 따끔하게 한 방 먹여주길 학수고대하고 있소. 우린 그렇게 계속 압력을 가해야 한다구. 그래서 나도 아이들을 데리고 이런 일을 하는 거요. 기후 급변에 대해 널리 알리는 데는 텔레비전 방송만한 게 없으니까. 내 생각엔 이번 촬영이 꽤 잘된 것 같은데, 안 그렇소?"

"그럭저럭 괜찮았어요."

"그럭저럭?"

"모조리 궤변이었다는 것만 빼면요."

브래들리는 여전히 미소 띤 얼굴이었지만 눈을 가늘게 뜨면서 이렇게 말했다.

"어느 부분을 말하는 건지 모르겠소만."

"처음부터 끝까지 그랬다는 거예요, 테드. 아까 말씀하신 내용은 전부 다 궤변이었단 말예요. 세쿼이아[Sequoia, 낙우송과의 상록 교목. 미국 캘리포니아 주와 오리건 주의 산지에 레드우드(redwood, 미국삼나무)와 빅트리(bigtree) 두 종이 자생한다]가 지구의 수호자이며 파수꾼이라구요? 우리에게 말을 한다구요?"

"아니, 그건 엄연히 사실이고……"

"그것들은 '나무'예요, 테드. 아주 큰 나무들이긴 하지만 크든 작든 나무가 인류에게 메시지를 전하는 일은 없어요."

"아가씨는 내 말의 요지를……"

"그리고 그 나무들이 산불을 이겨내고 살아남았다구요? 천만의 말씀. 그 나무들에겐 오히려 산불이 도움을 주는 거라구요. 레드우드는 씨앗이 아주 단단해서 산불의 열기를 받아야 갈라지거든요. 레드우드 숲이 건강하게 유지되려면 산불이 필수적이란 말예요."

그러자 브래들리가 다소 경직된 어조로 말했다.

"아가씨는 내 말의 요지를 이해하지 못한 것 같소."

"그래요? 제가 이해하지 못한 게 뭐죠?"

"좀 시적인 표현을 쓰긴 했지만 난 그저 이 장엄한 원시림의 영원불변함을 말하고 싶었던 거요. 그리고……"

"원시림? 영원불변? 도대체 이 숲에 대해서 뭐 하나라도 제대로 아시는 게 있긴 있는 거예요?"

"그렇소. 나도 웬만큼은 안다고 생각하오만."

딱딱한 어조였다. 이젠 화가 난 기색이 역력했다.

그러나 제니퍼는 저 아래 펼쳐진 울창한 숲을 가리켰다.

"창밖을 좀 보세요. 방금 원시림이라고 하신 저 숲이 언제부터 지금과 같은 모습이었다고 생각하세요?"

"그야 물론 수만 년……"

"아니에요, 테드. 저 숲은 인간들이 이곳에 살기 시작한 지 몇천 년이나 지나서 생겨난 거라구요. 그건 알고 계셨나요?"

브래들리는 이를 악물고 묵묵부답이었다.

"그럼 제가 간단히 설명해드리죠."

2만 년 전, 빙하기의 캘리포니아에서 빙하들이 후퇴함에 따라 요세미티 계곡을 비롯한 아름다운 절경들이 만들어졌다. 빙벽들이 지나간 자리에는 물컹물컹하고 축축한 평야가 남게 되었고, 빙하가 녹은 물이 여기저기 고이면서 수많은 호수가 생겨났다. 그러나 아직 식물은 전혀 존재하지 않았다. 기본적으로 그곳은 젖은 모래땅에 지나지 않았기 때문이다.

그로부터 몇천 년이 지날 무렵에는 빙하들이 계속 북쪽으로 물러가면서 땅이 차츰 건조해졌다. 캘리포니아 일대는 북극 지방과 같은 툰드라 지대가 되었고, 차츰 키가 큰 풀들이 자라서 생쥐나 다람쥐 같은 작은 동물들의 터전이 되었다. 그때쯤에는 인간도 이곳에 도착하여 작은 동물들을 사냥하거나 곳곳에 불을 지르곤 했다.

"여기까진 알아들으셨죠? 이때까지는 원시림이 아니었다구요."

테드가 퉁명스럽게 대답했다.

"듣고 있소."

억지로 화를 억누르고 있는 것이 분명했다.

제니퍼가 설명을 계속했다.

"처음엔 극지방에 사는 초본류와 관목류가 전부였어요. 이 춥고 척박한 땅에 뿌리내릴 수 있는 식물은 그런 것들뿐이니까요. 하지만 그것들이 죽으면 썩어서 쌓이게 마련이고, 그렇게 몇천 년이 흐르면서 표토층이 형성됐어요. 그리고 이 표토층 덕분에 식물들의 대이동이 시작됐는데, 그 과정은 빙하기 이후 북아메리카 대륙 전역에서 별 차이 없이 진행됐죠. 제일 먼저 들어온 건 로지폴소나무였어요. 그게 대략 1만 4천 년 전이었죠. 그 다음은 가문비나무, 솔송나무, 오리나무였는데, 튼튼하긴 하지만 제일 먼저 들어올 수는 없는 나무들이죠. 그런 나무들이 비로소 진정한 의미의 '일차림(一次林)'을 형성하기 시작했고, 그때부터 4천 년 동안은 그것들이 이곳의 우세종이었어요. 그러다가 기후가 변했죠. 전보다 훨씬 더워지면서 캘리포니아의 빙하가 모두 녹아버렸어요. 그때는 캘리포니아에 빙하라고는 전혀 없었죠. 덥고 건조한 탓에 산불이 자주 나면서 일차림은 다 타버렸어요. 그 대신 평지 식물인 떡갈나무류와 목초류가 이곳을 차지하게 됐죠. 더글러스전나무도 약간 있었지만 그리 많지는 않았어요. 전나무류가 살기엔 기후가 너무 건조했거든요. 그러다가 6천 년쯤 전에 다시 기후가 변했어요. 전보다 비가 많아지면서 더글러스전나무, 솔송나무, 삼나무 따위가 이 땅을 차지했고, 지금처럼 하늘을 가려버리는 장엄한 숲은 바로 그때 형성된 거예요. 그런데 어떤 사람들은 전나무류를 유해 식물로 분류하기도 해요. 무성하게 자라서 기존의 토착 식물들을 몰아내고 땅을 독차지하는 거대한 잡초라는 거죠. 지붕 같은 임관층(林冠層, 숲에서 나무들의 수관부(樹冠部)가 형성하는 층)으로 땅을 완전히 덮어버리는 이 나무들 때문에 지면이 너무 어두워져 다른 나무들은 살아남지 못하거든요. 더군다나 산불이 자주 발생했기 때문에 이 캄캄한 숲은 그야말로 순식간에 퍼져갔어요. 그러니까 테드, 저건 영원불변한 숲이 아니에요. 제일 마지막으로 형성된 숲일 뿐이죠."

브래들리는 콧방귀를 뀌었다.

"젠장, 그래도 6천 년이나 묵었잖소."

그러나 제니퍼는 무자비했다.

"그렇지 않아요. 과학자들은 숲의 구성이 끊임없이 변화한다는 사실을 입증했어요. 한 천 년쯤 지나면 그 이전과는 전혀 다른 숲이 된다는 거죠. 저 숲도 계속 변하는 중이에요. 물론 인디언들도 있었구요."

"인디언들이 어쨌다는 거요?"

"인디언들은 자연에 대한 관찰력이 탁월했어요. 그래서 묵은 숲은 별 볼일 없다는 걸 알아차렸죠. 그런 숲은 멋있어 보이기만 할 뿐이지 사냥감이라고는 찾아볼 수 없는 곳이니까요. 그래서 인디언들은 주기적으로 불을 질러 숲을 태워버렸어요. 노령림(老齡林)은 평야와 초원에 군데군데 외딴섬처럼 조금씩만 남겨둔 거죠. 그러니까 최초의 유럽인들이 발견한 숲은 원시림이 아니었어요. 인간이 '재배'한 숲이었다구요. 그리고 당연한 일이지만 150년 전만 하더라도 저런 노령림이 지금보다 적었죠. 인디언들은 현실주의자들이었으니까요. 그런데 요즘은 온통 비현실적인 신화 같은 얘기뿐이죠."*

제니퍼는 비로소 의자에 등을 기댔다.

브래들리가 말했다.

"아주 흥미진진한 강연이었소. 그런데 그건 학문적 반론일 뿐이오. 사람들은 그런 이론엔 관심도 없고, 그건 오히려 다행스러운 일이지. 아가씨 말에 의하면 이 숲들은 별로 오래되지 않았고, 따라서 보존할 가치도 없다는 거니까. 하지만 내 생각은 이 숲들이 우리에게 아름다움과 대자연의 힘을 깨닫게 해주고, 따라서 무슨 일이 있더라도 반드시 지켜야 한다는 거요. 특히 지구 온난화라는 무서운 위협으로부터 말이오."

제니퍼는 눈만 깜박거리다가 이렇게 말했다.

"뭐 좀 마셔야겠어요."

그러자 브래들리가 말했다.

"그거라면 나도 동감이오."

에번스는―이 논쟁이 벌어지는 동안 간간이 페리 형사에게 전화를 걸어보고 있었지만―제니퍼의 이야기에서 제일 마음에 걸리는 부분은 그 속에 내포되어 있는 끊임없는 변화의 개념이라고 생각했다. 에번스는 빙하기에도 인디언들이 살았다는 사실에 대해 깊이 생각해본 적이 한 번도 없었다. 물론 그것이 사실이라는 것은 알고 있었다. 초기의 인디언들이 매머드를 비롯한 대형 포유류를 사냥하여 결국 멸종시켰다는 것도 알고 있었다. 그러나 그들이 자기들의 목적을 위해 숲을 불태우고 환경을 변화시켰다는 것은 한 번도 생각해본 적이 없었다.

---

* Alston Chase, *In a Dark Wood*, p. 157ff, p. 404ff.

그러나 인디언들은 당연히 그랬을 터였다.

역시 마음에 걸리는 또 한 가지는 그렇게 여러 종류의 숲들이 차례로 나타났다는 사실이었다. 에번스는 레드우드 숲 이전에 무엇이 있었는지 궁금하게 여긴 적이 없었다. 그 역시 그 숲을 원시림으로 생각했던 것이다.

그리고 빙하가 지나간 곳이 어떤 풍경이었는지를 생각해본 적도 없었다. 지금 그 풍경을 상상하면서 그는 당시 캘리포니아의 모습이 최근에 보았던 아이슬란드와 비슷했으리라는 것을 깨달았다. 춥고 축축하고 바위가 많고 척박한 땅. 우선 여러 종류의 식물들이 대를 이어 살아가면서 표토층을 형성하는 것이 필요했다는 말도 충분히 납득할 만한 이야기였다.

그런데도 지금까지 그는 늘 만화영화의 한 장면처럼 빙하들이 후퇴하면서 그 자리에 레드우드가 쑥쑥 자라나는 모습을 상상하고 있었던 것이다. 빙하들이 물러가자마자 마술처럼 레드우드 숲이 솟아오르는 모습.

그는 이제야 그 생각이 얼마나 어처구니없는 것이었는지를 깨달았다.

그리고 그는 제니퍼가 기후의 변화에 대해 몇 번이나 언급했다는 것도 어렴풋하게나마 의식하고 있었다. 처음에는 춥고 습했고, 그 다음엔 덥고 건조해서 빙하가 다 녹아버렸고, 그 다음엔 다시 습해졌고, 그 다음엔 빙하가 돌아왔다. 변하고 또 변하고.

끊임없는 변화.

얼마 후 브래들리는 매니저에게 전화를 걸어야 한다면서 기내 앞쪽으로 가버렸다. 에번스는 제니퍼에게 이렇게 물어보았다.

"그런 얘기는 다 어디서 들은 거예요?"

"아까 브래들리가 말했던 그 일 덕분이죠. '지구 온난화라는 무서운 위협.' 우린 그렇게 무서운 위협들을 연구하는 팀을 따로 두고 있었어요. 그 소송에서 최대한 깊은 인상을 심어주고 싶었거든요."

"그래서 어떻게 됐어요?"

제니퍼는 고개를 가로저었다.

"지구 온난화의 위협이라는 건 사실상 존재하지도 않는 위협이에요. 설령 그게 실제로 존재하는 현상이더라도 전 세계 대부분의 지역에서는 손해보다 이익이 더 많을 테구요."

그때 인터콤에서 조종사의 목소리가 들려왔다. 샌프란시스코에 접근 중이니 모두 자리에 앉아달라는 요청이었다.

샌프란시스코

10월 12일 화요일
6:31 PM

대기실은 회색이었고 너무 추웠고 소독약 냄새가 진동했다. 책상 뒤에 앉아 있는 남자는 실험복을 입고 있었다. 남자가 키보드를 두드렸다.

"모턴…… 모턴…… 여기 있네요. 조지 모턴. 좋습니다. 그런데 성함이……"

"피터 에번스예요. 모턴 씨의 변호사죠."

"난 테드 브래들리요."

테드는 악수를 청하려다가 생각을 바꿔 손을 도로 내렸다.

그러자 공시소 직원이 말했다.

"어, 이게 누구신가? 어쩐지 낯이 익다 했어요. 국무장관이시죠?"

"아니, 대통령이오."

"맞다, 맞아, 대통령. 어디선가 본 얼굴이라고 생각했죠. 부인은 주정뱅이구요."

"아니, 그 주정뱅이는 국무장관 부인이오."

"아. 제가 그 연속극을 자주 보지 못하거든요."

"지금은 방송이 끝났소."

"그래서 그랬군요."

"그래도 배급 중이니까 아무 데서나 구할 수 있지."

에번스는 이렇게 말했다.

"이제 신원 확인을 했으면 하는데……"

"알겠습니다. 여기 서명하시면 제가 방문증을 끊어드리죠."

제니퍼는 대기실에 남아 있기로 했다. 에번스와 브래들리는 시체 공시소 안쪽으로 걸어갔다. 브래들리가 뒤를 돌아보며 물었다.

"도대체 뭐 하는 아가씬가?"

"지구 온난화 팀에서 일하는 변호사예요."

"내가 보기엔 산업계의 끄나풀이야. 과격파가 분명해."

"볼더 밑에 있는 여자예요. 테드."

그러자 브래들리가 낄낄 웃었다.

"그건 충분히 이해할 수 있지. 나도 저 아가씨가 내 '밑에' 있었으면 좋겠는걸. 그렇지만 저 아가씨가 뭐라고 하는지 자네도 들었지? 묵은 숲은 별 볼일 없다? 그건 산업계에서 내세우는 주장이야."

브래들리는 에번스에게 고개를 기울이며 이렇게 말했다.

"저 아가씨는 떼어버리는 게 좋을 거야."

"떼어버리라구요?"

"못된 짓을 꾸미는 게 분명해. 도대체 왜 우릴 따라다니는 거야?"

"저도 몰라요. 본인이 오고 싶어했어요. 그런데 테드는 왜 따라오신 거예요?"

"나야 할 일이 있으니까."

시신을 덮은 시트가 잿빛으로 얼룩져 있었다. 공시소 직원이 시트를 걷어냈다.

"맙소사."

테드 브래들리가 재빨리 얼굴을 돌렸다.

에번스는 억지로 참아가며 시신을 살펴보았다. 모턴은 생전에도 체구가 컸지만 지금은 더욱더 커 보였다. 잔뜩 부풀어 오른 몸통이 온통 불그죽죽한 잿빛이었다. 시체 썩는 냄새가 지독했다. 한쪽 손목에는 퉁퉁 부은 살이 1인치 정도의 넓이로 움푹 들어간 고리 모양의 자국이 있었다. 에번스가 물었다.

"시계 자국인가요?"

"맞습니다. 우리가 벗겨냈죠. 손에서 간신히 빼냈어요. 그것도 보셔야 합니까?"

"네, 그래요."

에번스는 악취를 견디려고 몸에 힘을 주면서 더 가까이 들여다보았다. 손과 손톱을 살펴보고 싶었기 때문이다. 모턴은 어렸을 때 오른손을 다쳐 네 번째 손톱이 움푹 꺼진 기형이었다. 그러나 이 시체는 한 손이 아예 없었고 다른 손도 물어뜯겨 누더기가 되어 있었다. 도저히 어디가 어딘지 알아볼 수 없을 정도였다.

등 뒤에서 브래들리가 말했다.

"아직 안 끝났나?"

"아직요."

"이거야 원."

그러자 직원이 말했다.

"그런데 그 연속극은 다시 방송할 예정인가요?"

"아니, 아주 끝났소."

"왜요? 저도 좋아했는데요."

"그 작자들이 선생과 의논했으면 좋았을 텐데."

에번스는 이제 시체의 가슴을 살펴보고 있었다. 그는 모턴의 가슴에 털이 났던 모양을 떠올렸다. 모턴이 수영복을 입은 모습을 자주 보았지만 이 시체는 살이 퉁퉁 부어 피부가 늘어났기 때문에 본모습을 확인하기가 힘들었다. 에번스는 고개를 저었다. 모턴이라는 확신이 서지 않았다.

브래들리가 다시 물었다.

"아직도 안 끝난 거야?"

"끝났어요."

시신은 다시 시트로 가려졌고 그들은 그 자리를 떠났다. 직원이 말했다.

"피즈모 해변의 인명 구조대가 발견해서 경찰에 연락했죠. 경찰은 옷으로 신원을 확인했구요."

"그때까지는 옷을 입은 상태였나요?"

"그랬죠. 바지는 한쪽 다리만, 재킷은 거의 다 남아 있었어요. 맞춤옷이더군요. 경찰이 뉴욕에 있는 재단사한테 연락했더니 조지 모턴에게 만들어준 옷이라고 확인해주더랍니다. 소지품들을 가져가실 겁니까?"

"글쎄요."

"저분의 변호사이신데……"

"네, 가져가는 게 좋겠네요."

"그러려면 서명을 해주셔야 합니다."

그들은 제니퍼가 기다리고 있는 대기실로 돌아왔다. 그녀는 휴대폰으로 통화 중이었다.

"네, 알았어요. 네. 좋아요, 가능해요."

그러다가 그들을 보고 휴대폰을 접었다.

"끝났어요?"

"네."

"그럼 그 사람이……"

테드가 대신 대답했다.

"그렇소. 조지였소."

에번스는 아무 말도 하지 않았다. 그는 대기실 건너편으로 가서 소지품 인수 서류에 서명을 했다. 직원이 봉지 하나를 꺼내와서 에번스에게 넘겨주었다. 에번스는 그 속을 뒤적거리다가 갈기갈기 찢어진 턱시도를 끄집어냈다. 재킷 안주머니에 작은 NERF 배지가 달려 있었다. 그는 다시 봉지 속에 손을 넣어 손목시계를 꺼냈다. 롤렉스 서브머리너였다. 모턴이 차고 있던 것과 같은 시계였다. 에번스는 시계 뒷면을 살펴보았다. 'GM 1989-12-31'이라고 새겨져 있었다. 에번스는 고개를 끄덕이며 시계를 봉지 속에 도로 넣었다.

이 물건들은 모두 조지 모턴의 것이었다. 지금 그것들을 만져보는 것만으로도 에번스는 형언할 수 없는 슬픔을 느꼈다.

"이제 다 된 것 같군요. 그만 가죠."

일행은 대기 중인 차를 향해 걸어갔다. 이윽고 모두 차에 탔을 때 제니퍼가 말했다.

"한 군데 더 들러볼 데가 있어요."

"그래요?"

"네. 오클랜드 시립 자동차 보관소에 가야 해요."

"왜요?"

"경찰이 기다리고 있어요."

오클랜드

10월 12일 화요일
7:22 PM

그곳은 오클랜드 변두리의 거대한 콘크리트 구조물이었다. 그 옆에는 드넓은 주차장이 있었다. 할로겐 조명이 눈에 거슬렸다. 철망 울타리로 둘러싼 주차장 안의 차들은 대부분 고물이었지만 캐딜락이나 벤틀리 같은 고급차도 몇 대 있었다. 일행이 탄 리무진이 길가에 멈춰 섰다.

브래들리가 말했다.

"우리가 여길 왜 온 거야? 이해할 수가 없군."

경찰관 한 명이 차창 앞으로 다가왔다.

"에번스 씨? 피터 에번스?"

"접니다."

"이쪽으로 오시죠."

일행은 모두 차에서 내리려고 했다. 경찰관이 말했다.

"에번스 씨만 와주시면 됩니다."

그러자 브래들리가 항의했다.

"하지만 우린……"

"죄송합니다. 에번스 씨만 모셔오라고 했습니다. 다른 분들은 여기서 기다리셔야 합니다."

제니퍼가 브래들리를 바라보며 방긋 웃었다.

"제가 말동무를 해드릴게요."

"거 참 신나는 일이군."

차에서 내린 에번스는 경찰관을 따라 철문을 통과하여 보관소 건물 안으로 들어갔다. 내부 공간은 긴 칸막이벽으로 분할되어 있었는데, 구획마다 작업 중인 자동차들이 즐비했다. 대부분의 구획은 경찰차를 수리하는 데 사용하고 있는 듯했다. 에번스는 아세틸렌 용접기의 매캐한 냄새를 맡았다. 바닥 곳곳에 엔진오일이나 기름덩어리가 떨어져 있어 이리저리 피해가며 걸어야 했다. 그는 함께 걷고 있는 경찰관에게 물어보았다.

"그런데 무슨 일로 오라는 거죠?"

"다들 기다리고 있습니다."

그들은 보관소 안쪽으로 깊숙이 들어가고 있었다. 온통 찌그러지고 피범벅이 된 사고차들을 몇 대나 지나쳤다. 피에 젖은 시트커버, 잘게 부서져 시뻘겋게 물든 창유리. 몇몇 사고차는 여기저기 끈을 달아 사방으로 연결해놓은 상태였다. 사고차 한 대는 파란색 실험복을 입은 기술자 두 명이 이곳저곳을 측정하는 중이었다. 그리고 한 남자가 삼각대를 장착한 카메라로 다른 차를 촬영하고 있었다.

에번스가 물었다.

"저 사람도 경찰인가요?"

"아뇨. 변호사예요. 출입을 허가해줄 수밖에 없거든요."

"여기서는 주로 사고 차량을 처리하는 모양이죠?"

"필요한 경우엔 그렇죠."

이윽고 두 사람은 모퉁이를 돌았고, 에번스는 케너를 보게 되었다. 그 옆에는 사복형사 세 명과 파란색 실험복 차림의 직원 두 명이 함께

서 있었다. 그들은 모턴의 찌그러진 페라리 스파이더 주위에 모여 있었는데, 그 차는 지금 유압 승강기에 실려 높이 들어올려진 상태였고 조명등이 차체 하부를 훤히 비춰주고 있었다.

케너가 말했다.

"아, 피터. 회장님 신원 확인은 다 끝났나?"

"네."

"수고했네."

에번스도 사고차 밑으로 들어가보았다. 하부 곳곳에 천으로 된 노란색 딱지가 붙어 있었다.

"이게 다 뭐죠?"

사복형사들이 서로 얼굴을 마주보더니 그중 한 명이 말문을 열었다.

"에번스 씨, 우린 이 페라리를 조사하는 중입니다."

"그건 보기만 해도 알겠는데요."

"이게 모턴 씨가 최근에 몬터레이에서 구입하신 차가 맞습니까?"

"그런 것 같습니다."

"구입 시기가 언제였죠?"

에번스는 기억을 되살려보았다.

"저도 정확한 날짜는 몰라요. 별로 오래되진 않았어요. 아마 한 달쯤 전이었을 거예요. 모턴 회장님의 비서 사라가 회장님이 이 차를 사셨다고 했어요."

"구입은 누가 했죠?"

"사라가 했습니다."

"그때 변호사님이 하신 일은 뭐죠?"

"난 아무것도 안 했어요. 사라한테서 회장님이 차를 사셨다는 말을 들었을 뿐이죠."

"구매를 대행하거나 보험 관계를 처리하거나 한 적도 없습니까?"

"네. 그런 일은 모두 회장님의 회계사들이 처리했을 겁니다."

"이 차에 대한 관련 서류를 보신 적도 없구요?"

"네."

"그럼 이 차를 처음으로 직접 보신 건 언제였죠?"

"회장님이 마크 홉킨스 호텔에서 몰고 나가시던 그날 밤이었어요. 세상을 떠나시던 바로 그날 밤이죠."

"그날 이전엔 이 차를 한 번도 보신 적이 없었나요?"

"네."

"사람을 시켜 이 차를 손보라고 하신 일도 없구요?"

"네."

"이 차는 몬터레이에서 소노마에 있는 사설 주차장으로 옮겨져 2주 동안 그곳에 있다가 샌프란시스코로 배달됐습니다. 그 사설 주차장에 대한 일은 변호사님이 처리하신 겁니까?"

"아뇨."

"임대 서류엔 변호사님 성함이 적혀 있던데요."

에번스는 고개를 가로저었다.

"난 전혀 모르는 일이에요. 하지만 회장님이 이것저것 임대하거나 할 때 회계사나 변호사 명의로 서류를 꾸미는 일은 종종 있었어요. 진짜 소유자나 임차인이 누군지 모르게 하고 싶을 때 말예요."

"하지만 그렇게 할 때는 변호사님에게도 말해주는 거 아닙니까?"

"꼭 그렇진 않았죠."

"그럼 그 서류에 본인의 이름이 들어간 것도 모르고 계셨습니까?"

"그래요."

"소노마에서 이 차를 손본 사람은 누굽니까?"

"그건 나도 몰라요."

"왜냐하면 말입니다, 에번스 씨, 모턴 씨가 이 페라리에 타기 전에 누가 이 차를 아주 심하게 손봐놨기 때문입니다. 뼈대를 여기저기 약화시켰는데, 노란 딱지로 표시한 부분들이 바로 그겁니다. 그리고 이렇게 오래된 차량에 달려 있는 미끄럼 방지 장치는 구닥다리 제품인데 그나마도 고장내버렸고, 왼쪽 앞바퀴와 오른쪽 뒷바퀴는 브레이크 디스크를 헐겁게 해놨어요. 여기까지 이해하셨습니까?"

에번스는 눈살을 찌푸렸다.

"이 차는 죽음의 함정이었다는 겁니다, 에번스 씨. 누가 변호사님의 의뢰인을 죽이려고 한 거죠. 소노마의 그 주차장에서 치명적인 개조 작업을 해놨어요. 그리고 계약서엔 변호사님 성함이 적혀 있구요."

한편 바깥의 차 안에서는 테드 브래들리가 제니퍼 헤인즈를 심문하는 중이었다. 얼굴은 제법 예쁘장하지만 아무래도 문제가 많은 여자였다. 그녀의 태도, 왈패 같은 몸가짐, 그리고 내세우는 견해들. 자기 말로는 소송팀에서 일한다지만, 그래서 NERF에서 봉급을 받는다지만 테드는 절대로 그럴 리가 없다고 생각했다. 우선 테드 브래들리가 NERF에 관여하고 있다는 것은 이미 널리 알려진 사실이었다. NERF에 고용된 변호사라면 틀림없이 그 사실을 알고 있을 테고, 그렇다면 그의 의견을 존중해주었을 것이다.

그런데 그가 아이들에게 말한 내용을 '궤변'으로 몰아붙이다니─ 굳이 이런 일까지 할 필요는 없었지만 그저 환경 문제를 염려하는 순수한 마음으로 자청해서 시간을 냈던 것인데─그걸 한낱 '궤변'이라고 부르다니 정말 어처구니가 없었다. 그것은 심각한 도전이었다. 도대체 존경심이라고는 눈곱만큼도 찾아볼 수 없는 태도였다. 더군다나 테드는 자기가 한 말이 엄연한 진실이라는 것을 분명히 알고 있었다. 왜냐하면 언제나 그랬듯이 NERF 측에서 특히 강조해서 말해야 할 요점들을 쪽지에 정리해주었기 때문이다. NERF가 그에게 진실이 아닌 내용을 말하라고 시킬 리가 없었다. 그리고 그 쪽지 속에 빙하기에 대한 내용은 한마디도 없었다. 제니퍼의 말은 모두 헛소리였다.

그 나무들은 정말 위풍당당하다. 그들은 정말 환경의 파수꾼이다. 요점 쪽지에도 그렇게 적혀 있다. 그는 다시 확인해보려고 재킷 호주머니에서 쪽지를 꺼냈다.

제니퍼가 말했다.

"저도 좀 보고 싶네요."

"그러시겠지."

"도대체 왜 이러시는 거예요?"

테드는 속으로 생각했다. 저것 보라지. 바로 저런 태도. 공격적이고 도전적인 태도.

"당신은 모든 여자가 자기 고추를 만지고 싶어 안달한다고 착각하는 텔레비전 스타일 뿐이에요. 그런데 이게 웬일일까요, 대스타 아저씨, 난 아니네요. 난 당신이 한낱 배우에 불과하다고 생각하거든요."

"그리고 난 아가씨가 한낱 *끄나풀*이라고 생각하지. 산업계의 스파이."

"스파이치고는 실력이 형편없군요. 댁 같은 사람한테 들켰으니."

"그건 아가씨가 입을 함부로 나불거렸기 때문이오."

"그게 제 단점이죠."

이런 대화를 주고받는 동안 브래들리는 가슴속에서 야릇한 긴장감이 점점 커져가는 것을 느끼고 있었다. 여자들이 테드 브래들리에게 꼬치꼬치 따지는 일은 없었다. 얼마 동안 적대감을 드러내는 여자들은 가끔 있지만 그건 오히려 그의 수려한 외모와 스타파워에 주눅이 들었기 때문이었다. 그들은 테드와 동침하기를 원했고, 테드도 기꺼이 응해줄 때가 많았다. 그러나 여자들이 그에게 따지는 일은 없었다. 그런데 이 여자는 꼬치꼬치 따지며 덤벼든다. 바로 그 점 때문에 테드는 흥분과 분노를 반반씩 느끼고 있었다. 내면의 긴장감은 이제 참을 수 없을 정도였다. 그녀의 냉정함, 태연히 자리에 앉아 그의 눈을 똑바로 마주보는 대담한 시선, 조금도 기죽지 않는 태도. 지금 테드를 미치게 만드는 것은 그의 명성에 대한 무관심이었다. 그래, 빌어먹을, 정말 기막히게 아름답구나.

테드는 두 손으로 그녀의 얼굴을 감싸쥐고 격렬한 입맞춤을 했다.

그는 그녀도 좋아한다는 것을 알 수 있었다. 그래서 그녀를 완전히 사로잡기 위해 그녀의 입속 깊숙이 혀를 밀어넣었다.

그 순간 무시무시한 고통이 느껴졌고—내 머리, 내 목!—잠시 의식을 잃은 것이 분명했다. 정신을 차려보니 그는 리무진 바닥에 주저앉아 숨을 헐떡거리며 자신의 셔츠에 피가 뚝뚝 떨어지는 것을 내려다보고 있었다. 자기가 어쩌다가 그런 꼴이 되었는지 생각나지 않았다. 왜 피를 흘리고 있는지, 왜 머리가 지끈거리는지도 알 길이 없었다. 그러다가 문득 그 피가 자신의 혀에서 흘러나온다는 사실을 깨달았다.

테드는 제니퍼를 올려다보았다. 그녀는 태연하게 다리를 꼬았고, 덕분에 스커트 속을 얼핏 들여다볼 수 있었지만 지금의 테드에게는 관심 밖의 문제였다. 그는 노발대발했다.

"내 혀를 깨물었잖아!"

"천만에, 멍청이, 자기가 자기 혀를 깨물었으면서."

"네가 날 때렸잖아!"

그녀는 한쪽 눈썹을 추켜세웠다.

"그랬잖아! 날 때렸잖아!"

그는 다시 아래를 내려다보았다.

"젠장, 이 셔츠는 맥스필드에서 새로 산 건데."

제니퍼는 물끄러미 바라보기만 했다.

테드가 다시 말했다.

"네가 날 때린 거야."

"그럼 고소하시지."

"당연히 그래야지."

"우선 변호사와 의논하는 게 좋을걸."

"그건 또 왜?"

제니퍼는 고갯짓으로 리무진 앞쪽을 가리켰다.

"운전수를 잊으셨군."

"운전수가 어쨌다는 거야?"

"운전수가 다 보고 있었거든."

"그래서 어쨌다고? 네가 부추겼잖아. 네가 유혹했잖아. 남자라면 그런 낌새를 모를 리가 없지."

"착각은 자유랍니다."

"남자 패는 게 취미야?"

테드는 돌아앉아 선반에서 보드카병을 꺼냈다. 그것으로 입 안을 씻어낼 생각이었다. 그는 보드카를 술잔에 따르고 뒤를 돌아보았다.

제니퍼가 요점 쪽지를 읽고 있었다. 쪽지가 그녀의 손에 들어가버린 것이다. 테드는 도로 빼앗으려고 덤벼들었다.

"그거 내놔!"

그러나 제니퍼가 더 빨랐다. 그녀는 재빨리 쪽지를 멀리 치우면서 다른 손을 칼날처럼 빳빳하게 치켜들었다.

"왜, 한 번 더 해보시려구?"

"염병할."

테드는 보드카를 크게 한 모금 들이켰다. 혀가 타버리는 것 같았다. 망할 년. 못돼먹은 년. 어쨌든 저년은 내일부터 다른 직장을 알아봐야 할 거다. 내가 그렇게 만들 테니까. 별 볼일 없는 변호사년이 테드 브래들리를 건드려놓고 무사히 넘어갈 줄 알아?

에번스는 찌그러진 페라리 밑에서 사복형사들에게 둘러싸인 채 다시 10분이 넘도록 질문공세에 시달리고 있었다. 그러나 그는 이 사건이 좀처럼 앞뒤가 안 맞는다고 생각했다.

"회장님은 노련한 운전자였습니다. 누가 그렇게 차를 망가뜨려놨다면 뭔가 좀 이상하다는 걸 금방 알아차리셨을 텐데요."

"그렇겠죠. 하지만 만취 상태라면 얘기가 다르죠."

"하긴, 회장님이 술을 드신 건 사실이니까요."

"그 술은 누가 갖다준 거죠, 에번스 씨?"

"회장님이 주문하셨어요."

"연회장에 있던 웨이터 말로는 변호사님이 모턴 씨에게 자꾸 술을 권하더라고 하던데요."

"그건 사실이 아닙니다. 난 오히려 적당히 드시라고 말렸어요."

그러자 형사들이 갑자기 질문의 방향을 바꿨다.

"이 페라리는 누가 손을 본 겁니까, 에번스 씨?"

"나도 몰라요."

"우린 변호사님이 소노마 외곽의 54번 도로변에 있는 사설 주차장을 빌렸다는 사실을 알고 있어요. 거긴 아주 조용하고 한적한 곳입니다. 범인이 한 명이든 여러 명이든 사람들 눈에 안 띄게 제멋대로 들어가서 차를 손보고 사라질 수 있는 곳이죠. 왜 하필 그런 주차장을 선택하신 겁니까?"

"내가 선택한 게 아니라니까요."

"임대 계약서엔 변호사님 성함이 적혀 있어요."

"그 임대 계약은 어떤 방법으로 한 겁니까?"

"전화로요."

"임대료는 누가 냈죠?"

"현금으로 냈더군요."

"누가 냈는데요?"

"배달원이 갖다줬어요."

"어딘가에 내 서명이 들어 있었나요? 혹시 지문은요?"

"없었어요. 성함뿐이었죠."

에번스는 어깨를 으쓱했다.

"그렇다면 죄송하지만 난 그 일에 대해 아무것도 모릅니다. 내가 조지 모턴 회장님의 변호사라는 건 이미 잘 알려진 사실이에요. 아무나 내 이름을 들먹일 수 있다는 거죠. 누가 이 차에 어떤 못된 짓을 해놨든 간에 난 전혀 모르는 일이에요."

그는 형사들이 이런 질문을 퍼부을 상대는 자기가 아니라 사라라고 생각했다. 그러나 그들이 정말 유능한 경찰이라면 이미 사라도 만나보았을 터였다.

아니나 다를까, 모퉁이 뒤에서 사라가 나타났다. 그녀는 휴대폰으로 통화하면서 케너를 향해 고개를 끄덕였다.

그러자 케너가 비로소 앞으로 나섰다.

"됐습니다, 여러분. 질문이 더 없다면 이제부터 내가 에번스 씨의 신병을 인수하죠. 에번스 씨가 도주할 가능성은 별로 없다고 봅니다. 내가 데리고 있으면 별일 없을 거예요."

형사들은 뭐라고 툴툴거렸지만 결국 케너에게 양보했다. 케너는 그들에게 명함을 나눠주더니 에번스의 어깨에 단단히 팔을 두르고 출입구 쪽으로 향했다.

사라는 조금 뒤에서 따라갔고, 형사들은 페라리가 있는 곳에 그대로 서 있었다.

이윽고 출입구 근처까지 갔을 때 케너가 말했다.

"시달리게 해서 미안하네. 아무튼 경찰이 방금 자네한테 말해주지 않은 게 있어. 사실 경찰은 그 차를 다각도로 촬영한 사진을 컴퓨터에 넣고 충돌 시뮬레이션 프로그램을 돌려봤어. 그랬더니 시뮬레이션과 충돌 현장의 사진들이 일치하질 않는 거야."

"컴퓨터로 그런 일까지 할 수 있는 줄은 몰랐네요."

"할 수 있고말고. 요즘은 너나없이 컴퓨터 모델을 이용하지. 그건 현대화된 조직의 필수 요건이야. 어쨌든 경찰은 시뮬레이션 결과를 가지고 충돌 현장에 다시 가봤는데, 이번엔 그게 다 조작된 사건이라는 결론을 내린 거야. 지난번에 현장을 봤을 때는 생각도 못했지만 이번엔 달랐던 거지. 이거야말로 컴퓨터 시뮬레이션이 현실에 대한 판단을 바꿔놓을 수 있다는 좋은 사례가 아니고 뭐겠나? 다들 현장에서 얻은 자료보다 시뮬레이션을 더 믿고 있으니 말이야."

"그렇군요."

"물론 그 시뮬레이션은 미국의 도로상에서 제일 흔하게 볼 수 있는 차종들에 맞춰 최적화된 프로그램이야. 40년 전에 한정판으로 생산된 이탈리아제 경주용차의 반응을 예측하기엔 역부족이지. 그런데도 시뮬레이션을 돌린 거라구."

"그런데 소노마에 있다는 그 주차장 얘기는 다 뭐예요?"

케너는 어깨를 으쓱했다.

"자네도 모르고 사라도 몰라. 그 차가 거기 있었다고 증언해줄 사람도 없고. 하지만 주차장을 빌린 건 사실일세. 아마 회장님이 직접 계약하셨겠지만 이젠 영영 확인할 수 없게 돼버렸지."

이윽고 밖으로 나온 에번스는 차문을 열고 리무진에 올라탔다. 그리고 테드 브래들리의 턱과 셔츠 앞섶이 피투성이인 것을 보고 깜짝 놀랐다.

"이게 어떻게 된 겁니까?"

제니퍼가 대답했다.

"넘어져서 다치셨어요."

로스앤젤레스 행 기내

10월 12일 화요일
10:31 PM

돌아가는 비행기 안에서 사라 존스는 감정의 혼란에 휩싸였다. 우선 조지 모턴의 시신이 발견되었다는 사실은 그녀에게 깊은 슬픔을 안겨 주었다. 희망이 없음을 알면서도 마음 한 구석에는 모턴이 살아 돌아오리라는 한 가닥 희망이 남아 있었던 것이다. 그리고 피터 에번스 문제도 있었다. 이제야 겨우 피터가 조금씩 좋아지려는 참인데, 이제야 겨우 그가 소심하기만 한 게 아니라 덤벙거릴망정 나름대로 강인하고 든든한 구석도 있다는 것을 알게 되었는데, 그래서 이제야 겨우 자신의 목숨을 구해준 남자를 향한 감정의 움직임을 느끼기 시작했는데, 하필이면 바로 그때 느닷없이 다른 여자가 등장했던 것이다. 피터는 제니퍼 아무개라는 그 여자를 좋아하는 것이 분명했다.

게다가 이번엔 테드 브래들리까지 나타났다. 물론 테드에 대한 환상 따위는 없었다. 사라는 NERF의 수많은 모임에서 테드가 여자들을 요리하는 장면을 몇 번이나 목격했고, 한 번은 그의 매력에 넘어갈 뻔한 적도 있었지만—배우라면 사족을 못 쓰는 체질이니까—마지막 순간에 그가 헤어진 애인과 닮은 부분이 너무 많아서 안 되겠다고 생각했던 것이다. 그건 그렇고, 도대체 배우들은 어떻게 생겨먹은 인간들일까? 그들은 대단히 매력적이고, 여자에게 접근하는 방식도 대단히 독창적이고, 감정 표현도 대단히 열정적이다. 그래서 진면목을 알아차리기가 쉽지 않은데, 알고 보면 남들이 자기를 좋아하게 만들기 위해 수단과 방법을 가리지 않는 자기도취형 인간에 불과하다.

적어도 테드는 분명히 그런 사람이었다.

그런데 어쩌다가 저렇게 다쳤을까? 자기가 자기 혀를 깨물었다고? 사라는 아마 제니퍼가 관련되었을 거라고 직감했다. 틀림없이 테드가 그녀에게 수작을 걸었을 것이다. 아닌 게 아니라 제니퍼는 꽤 예뻤다. 검은 머리, 산전수전 다 겪은 듯 강인해 보이는 얼굴, 아담한 체구와 근육질이면서도 호리호리한 몸매. 한마디로 빈틈없는 뉴욕형 인간의 전형이랄까, 아무튼 모든 면에서 사라 자신과는 정반대였다.

그리고 피터 에번스는 그 여자에게 넋이 빠져 해롱거리고 있었다.

'저렇게 해롱거리다니.'

누가 봐도 역겨워할 만한 모습이었다. 그러나 그녀는 개인적으로도 실망했다는 사실을 스스로 인정할 수밖에 없었다. 이제야 겨우 좋아지기 시작했는데. 그녀는 한숨을 푹 쉬었다.

한편 브래들리는 지금 케너를 상대로 환경 문제에 대해 이야기하면서 해박한 지식을 과시하는 중이었다. 그리고 케너는 들쥐를 노려보는 왕뱀 같은 시선으로 브래들리를 보고 있었다.

케너가 말했다.

"그러니까 지구 온난화가 세계를 위협하는 위험 요소라는 말씀이죠?"

브래들리가 대답했다.

"그렇고말고. 전 세계를 위험에 빠뜨릴 수 있지."

"구체적으로 어떤 위험을 말씀하시는 거죠?"

"농작물의 흉작, 사막의 확산, 신종 질병, 생물의 멸종, 빙하는 모조리 녹아버리고, 킬리만자로, 해수면 상승, 기상 이변, 토네이도, 허리케인, 엘니뇨 현상……"

"그거 굉장히 심각한 문제인 것 같네요."

"그렇소. 정말 심각하지."

"말씀하신 내용이 모두 사실이라고 확신하십니까?"

"물론이오."

"그걸 뒷받침하는 과학적인 문헌도 제시할 수 있겠습니까?"

"글쎄, 나야 잘 모르지만 과학자들은 다 알고 있소."

"사실을 말씀드리자면 과학적 연구 결과는 방금 말씀하신 내용과 좀 다른데요. 가령 농작물의 흉작을 예로 들자면, 이산화탄소가 증가하면 오히려 식물의 성장이 촉진됩니다. 실제로 그런 현상이 일어나고 있다는 증거도 있구요. 그리고 최근에 인공위성 자료를 분석한 결과에 의하면 사하라 사막은 1980년 이후 오히려 축소됐어요.* 신종 질병이 많아진다는 주장도 사실이 아닙니다. 신종 질병이 등장하는 속도는 1960년 이후로 변화가 없으니까요."

"하지만 미국과 유럽에서도 말라리아 같은 질병들이 다시 발생할 거요."

"말라리아 전문가들의 말은 달라요."**

---

* Fred Pearce, "Africans go back to the land as plants reclaim the desert," *New Scientist* 175, 21 September 2002, pp. 4~5. "아프리카의 사막들이 축소되고 있다. 인공위성 영상을 분석한 결과 (……) 사헬 지역 전체에서 사구들이 후퇴하는 중이다. (……) 6천 킬로미터에 달하는 구간에서…… 초목이 성장하여 모래를 밀어낸다. (……) 연구자들은 사실상 1980년대 중반부터 점진적 녹화 현상이 진행되었지만 지금까지 거의 눈에 띄지 않았을 뿐이라고 한다."

** Paul Reiter, et al., "Global warming and malaria: a call for accuracy," *Lancet*, 4, no. 1 (June 2004). "이렇게 자주 거론되는 예측 자료 중에도 잘못된 정보에 근거하여 오해를 불러일으키는 것들이 많다."

그러자 브래들리는 코웃음을 치며 팔짱을 끼었다.

"생물의 멸종에 대한 주장도 증명된 적이 없습니다. 노먼 마이어스(영국 환경문제 전문가. 1934~)는 2000년까지 백만 종의 생물이 멸종할 거라고 예고했죠. 폴 에를리히(미국 생태학자, 인구학자. 1932~)는 2000년까지 전체 생물종의 50퍼센트가 멸종할 거라고 예고했구요. 하지만 그건 개인적 의견에 불과합니다.[*] 증거 자료가 없는 의견을 우리가 뭐라고 부르는지 아십니까? 편견이라고 하죠. 지구상에 존재하는 생물종이 모두 몇 종인지 아세요?"

"모르오."

"아무도 몰라요. 추산값이 300만 종에서 1억 종 사이를 왔다갔다하죠. 범위가 너무 넓다고 생각하지 않으십니까? 사실상 아무도 감을 못 잡고 갈팡질팡하는 거죠."[**]

"요점이 뭐요?"

"애당초 몇 종이 있었는지도 모르는 상태에서 몇 종이 멸종했는지 파악하긴 힘들다는 겁니다. 처음에 지갑 속에 돈이 얼마나 들어 있었는지도 모르는 사람이 도둑맞았는지 아닌지를 판단할 수 있겠어요? 더구나 해마다 1만 5천 종이 새로 발견되고 있는데 말입니다. 그건 그렇고, 지금까지 확인된 생물의 멸종 속도가 어느 정도인지 아십니까?"

"모르오."

---

[*] Lomborg, p. 252의 논의를 보라.

[**] Morjorie L. Reaka-Kudia, et al., *Biodiversity II, Understanding and Protecting our Biological Resources*, Washington: National Academies Press, 1997. "생태학자들은 지구상에 공존하는 다른 생명체들에 대하여 우리가 가진 지식이 너무 부족하다는 사실을 인식하게 되었다. 특히 모든 생물종의 수를 추산하려는 시도는 매번 어처구니없는 실패로 끝났다." 마이어스: "열대우림 지역의 실제 멸종 속도에 대해서는 확인할 방법이 전혀 없다. 하물며 근삿값을 찾아낸다는 것은 어림도 없는 일이다." Lomborg, p. 254에서.

"그건 그 멸종 속도가 확인된 바 없기 때문입니다. 그리고 학자들이 어떤 방법으로 생물종의 숫자와 멸종 숫자를 계산하는지 아십니까? 어느 불쌍한 친구가 면적 1헥타르나 1에이커의 땅에 표시를 해두고 그 안에 있는 벌레와 짐승과 식물의 숫자를 모조리 세어보는 거죠. 그리고 10년 뒤에 다시 가서 또 세어보는 겁니다. 그런데 그 사이에 벌레들이 바로 옆동네로 이사갔을 수도 있죠. 그건 그렇고, 1에이커나 되는 땅에서 그 속의 벌레들을 모조리 세어봐야 하다니, 그게 상상이 됩니까?"

"꽤나 어렵겠군."

"그건 완곡한 표현이죠. 더욱더 중요한 건 몹시 부정확한 방법이라는 겁니다. 그리고 빙하가 모조리 녹아버린다? 역시 사실이 아닙니다. 더러는 녹고 더러는 안 녹거든요."[*]

"거의 대부분이 녹고 있소."

그러자 케너는 희미한 미소를 떠올렸다.

"거의 대부분이라면 몇 개쯤을 말씀하시는 겁니까?"

"백 몇십 개쯤이오."

"전 세계의 빙하는 모두 몇 개죠, 테드?"

"그건 나도 모르지."

"한번 맞혀보세요."

"글쎄, 한 200개쯤?"

"캘리포니아에 있는 것만 해도 그보다 많아요.[**] 전 세계의 빙하는 모두 16만 개 정도예요, 테드. 그중에서 구체적으로 확인된 숫자가 6만

---

[*] Roger J. Braithwaite, "Glacier mass balance, the first 50 years of international monitoring," *Progress in Physical Geography* 26, no. 1 (2002): 76~95. "최근 지구 전체에서 빙하의 해빙 속도가 빨라지는 추세라고 판단할 근거는 없다."

[**] 캘리포니아 주에는 497개의 빙하가 있다(Raub, et al., 1980). 가이턴: 빙하 108개, 소빙하 401개(Glaciers of California, p. 115).

7천 개 정도인데, 그나마도 웬만큼 자세하게 연구된 경우는 겨우 몇 개 뿐이라구요. 질량균형 실태조사를 5년 이상 진행한 빙하는 전 세계에 달랑 79개라는 거죠. 이런 판국인데 어떻게 모조리 녹는 중이라고 말할 수 있겠습니까? 정말 녹고 있는지 아닌지는 아무도 몰라요."[*]

"킬리만자로는 녹고 있잖소."

"그건 무엇 때문이죠?"

"지구 온난화."

"사실 킬리만자로는 1800년대부터 빠르게 녹아내렸어요. 지구 온난화보다 훨씬 먼저였죠. 빙하 해빙(解氷) 현상이 학문적 관심사가 된 지는 벌써 100년도 넘었다구요. 게다가 그곳은 옛날부터 수수께끼였어요. 아시다시피 킬리만자로는 적도 부근에 있는 화산이니까, 거긴 더운 지역이니까요. 그 지역의 위성 자료를 보면 킬리만자로 빙하가 있는 고도에선 온난화 추세가 없었어요. 그런데 왜 녹을까요?"

테드 브래들리의 부루퉁한 대답.

"선생이 말해보시오."

"산림 벌채 때문이었어요, 테드. 산기슭에 있던 열대우림이 잘려나갔고, 그래서 산 위로 불어오는 바람이 이젠 습기를 머금고 있지 않았어요. 전문가들은 그 숲만 복원하면 빙하가 다시 성장할 거라고 생각하죠."

"그건 헛소리요."

"학술지에 실린 문헌 목록을 보여드리죠.[**] 자, 그럼 다음은…… 해

---

[*] H. Kieffer, et al., 2000, "New eyes in the sky measure glaciers and ice sheets," *EOS, Transactions, American Geophysical Union* 81: 265, 270~71. 다음 논문도 참조하라. R. J. Braithwaite and Y. Zhang, "Relationships between inter-annual variability of glacier mass balance and climate," *Journal of Glaciology* 45 (2000): 456~62.

수면 상승? 킬리만자로 다음에 말씀하신 게 그거였나요?"

"그렇소."

"해수면이 상승하는 건 사실이에요."

"아하!"

"그런데 그건 충적세 초기부터, 그러니까 6천 년 전부터 계속된 일이죠. 해수면은 100년마다 10 내지 20센티미터씩—인치로는 4 내지 8인치씩—상승했어요."***

"요즘은 더 빨리 상승하고 있소."

"사실이 아니에요."

"이건 위성 자료로 증명된 일이오."

"그것도 사실이 아닙니다."****

"컴퓨터 모델 연구에서도 더 빨리 상승한다는 게 증명됐소."*****

** Betsy Mason, "African Ice Under Wraps," *Nature*, 24, November 2003. "해빙 현상은 지구 온난화 때문이라고 생각하기 쉽지만 연구자들은 오히려 산기슭의 산림 벌채가 원인일 가능성이 더 높다고 본다." http://www.nature.com/nsu/031117/031117~8.html.

Kaser, et al., "Modern glacier retreat on Kilimanjaro as evidence of climate change: Observations and facts," *International Journal of Climatology* 24: (2004): 329~39. "최근 몇 년 사이에 킬리만자로 산과 그곳에서 사라져가는 빙하가 지구 온난화의 '상징'으로 떠올랐다. (……) 그러나 빙하의 후퇴를 좌우하는 요인은 대기의 온도만이 아니다. (……) 19세기 말엽부터 대기 속의 습도가 급격히 떨어졌고, 그로 인하여 기후 조건이 예전보다 건조해지면서 빙하의 후퇴를 초래했을 가능성이 높다."

*** 예를 들자면 다음 웹문서를 보라. http://www.csr.utexas.edu/gmsl/main.html. "지난 한 세기 동안 지구상의 해수면 변화는 장기간에 걸친 검조기(檢潮器) 측정값의 평균치를 바탕으로 추산하는 것이 일반적인 방법이었다. 가장 최근에 검조기 측정값으로 추산한 세계 해수면의 평균 상승률은 연간 1.7~2.4밀리미터였다." (다시 말해서 100년마다 6~9인치씩 상승한다는 뜻이다—MC)

**** 앞의 문헌에서, 인공위성으로 측정한 세계 해수면의 평균 상승률은 지난 10년간 연평균 3.1밀리미터였다고 한다. 그렇다면 100년당 12인치가 조금 넘는 상승률이다. 그러나 이 값은 인공위성에 따라 상당한 차이를 보인다. 북태평양의 해수면은 높아졌지만 남태평양의 해수면은 최근 해마다 몇 밀리미터씩 낮아졌다는 것이다.

***** IPCC의 해수면 모델이 불완전하다는 내용은 다음 자료를 참조하라. Lomborg, pp. 289~90.

"컴퓨터 모델은 아무것도 증명하지 못해요, 테드. 예측은 증거가 될 수 없으니까요. 아직 일어나지도 않은 일이잖아요. 게다가 지난 10년이나 15년 사이에 나온 컴퓨터 모델들은 정확한 예측을 내놓지 못했어요. 그런데도 그것들을 믿고 싶다면, 글쎄요, 신념에 대해서야 누가 왈가왈부할 수 없는 거죠. 자, 다음 항목이 뭐였죠? 기상 이변? 그것도 사실이 아니에요. 기상 이변이 증가하지 않았다는 연구 결과가 수두룩하게 나왔죠."*

그러자 테드가 말했다.

"이것 보시오. 그렇게 나를 몰아붙이는 게 재미있는 모양인데, 허리케인, 토네이도, 사이클론 같은 기상 이변이 점점 더 늘어날 거라고 생각하는 사람들이 아주 많단 말이오."

"네, 물론 그렇게 생각하는 사람들이 많죠. 하지만 그런 주장은 과학적 근거가 없어요.** 그래서 우리가 과학을 하는 거예요, 테드. 우리 의견이 과연 현실 세계에서도 입증될 수 있는지, 아니면 단순히 공상에 불과한 건지 확인하기 위해서 말입니다."

"그 많은 허리케인들이 공상일 리가 없잖소."

---

* Henderson-Sellers, et al., 1997, "Tropical Cyclones and Global Climate Change: a post-IPCC assessment," *Bulletin of the American Meteorological Society* 79:9~38. C. Nicholls Landsea, et al. "Downward Trend in the Frequency of Intense Atlantic Hurricanes during the past five decades," *Geophysical Research Letters* 23:527~30. 1996. UN의 정부간 기후변화 위원회(IPCC)는 다음과 같이 발표했다. "기상 자료를 검토한 결과, 기후 변화의 장기적 맥락에서 기상 이변의 빈도와 강도가 증가했다고 판단할 만한 근거는 발견하지 못했다"(IPCC 1995, p. 11). "지구 전체를 대상으로 보았을 때 20세기 동안 기상 이변이나 기후 변화가 심해졌다는 증거는 없다"(IPCC, Climate Change 1995). 또한 2001년 IPCC 보고서에서는 열대 및 온대 지방의 폭풍에 대해서도 '눈에 띄는 장기적 추세는 없다'고 했으며, '토네이도, 천둥번개, 우박 등의 발생 빈도'에서도 규칙적인 변화는 찾아볼 수 없다고 밝혔다. Executive summary, p.2. 더 자세한 논의를 보고 싶다면 다음 자료를 참조하라. Lomborg, p. 292ff.

** 리처드 파인만: "과학이란 우리가 자신을 속이지 않는 방법을 배우는 것이다."

그러자 케너는 한숨을 내쉬었다. 그러고는 노트북 컴퓨터를 켰다.

"뭐하는 거요?"

"잠깐만 기다리세요. 직접 보여드리죠."

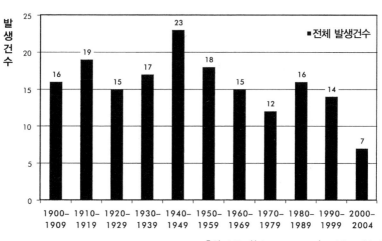

[미국의 허리케인 발생건수 1900~2004]

케너가 말했다.

"이건 실제 자료예요, 테드. 지난 100여 년 동안의 미국 허리케인 발생건수인데 확실히 증가하지 않았어요. 마찬가지로 전 세계에서도 기상 이변의 빈도는 전혀 증가하지 않았구요. 간단히 말해서 자료 내용은 말씀하신 것과 다르다는 겁니다. 자, 아까 엘니뇨 현상에 대해서도 말씀하셨죠?"

"그랬소만……"

"아시다시피 엘니뇨는 남아메리카 서해안 일대의 해수 온도가 몇 달 동안 정상보다 높게 유지될 때 시작되는 세계적인 기상 현상이죠. 일단 시작되면 1년 반쯤 지속되면서 전 세계의 날씨에 영향을 줍니다. 엘니뇨 현상은 대략 4년마다 한 번씩 발생하는데, 지난 세기엔 모두 스물세 번이었죠. 그리고 이건 수천 년 동안 되풀이된 일입니다. 그러니까 지구 온난화에 대한 주장보다 훨씬 더 오래전부터 시작된 현상이라는 거죠.* 그런데 엘니뇨 현상이 미국에 어떤 피해를 주는 겁니까, 테드? 1998년에도 대단한 엘니뇨 현상이 있었는데요."

"홍수, 흉작, 그런 것들이오."

"그런 일들이 있었던 건 사실입니다. 하지만 우리가 마지막으로 겪었던 엘니뇨 현상은 결과적으로 150억 달러에 달하는 경제적 이익을 가져다줬어요. 농작물의 성장 기간이 길어졌고 겨울철에 난방용 기름을 덜 쓰게 됐기 때문이죠. 그 액수는 캘리포니아에서 홍수와 강우량 증가로 입은 피해액 15억 달러를 뺀 금액이에요. 그래도 이익이 훨씬 더 많죠."

"그 자료도 보고 싶소."

"나중에 꼭 보여드리죠.** 왜냐하면 그 자료는 이런 뜻으로 해석할 수도 있으니까요. 만에 하나라도 지구 온난화 현상이 실제로 일어날 경우, 그건 오히려 전 세계 대부분의 국가에 이로운 일일 거라고."

"'모든' 국가에 이롭다는 건 아니잖소."

"맞아요, 테드. 모든 국가는 아니죠."

"그래서 요점이 뭐요? 우리가 환경에 관심을 가질 필요가 없다. 산업이 환경을 오염시키든 말든 그대로 놔두기만 하면 저절로 만사형통

---

* Lomborg, p. 292.

** Stanley A. Changnon, 1999: "Impacts of 1997~98 El Niño—Generated Weather in the United States," *Bulletin of the American Meteorological Society* 80, no. 9: pp. 1819~28. "엘니뇨 현상의 경제적 이익은 놀라운 규모였다. 직접적인 피해액이 전국적으로 약 40억 달러였던 반면에 이익은 190억 달러에 달했기 때문이다."

이다, 그런 얘기요?"

　그 순간 사라는 케너가 화를 낼 거라고 생각했지만 그렇지 않았다. 케너는 이렇게 말했다.
　"사형 제도에 반대한다는 건 범죄자를 그냥 내버려두라는 뜻입니까?"
　테드가 대답했다.
　"아니오."
　"사형 제도엔 반대하면서도 범죄자를 처벌하는 데는 찬성할 수 있는 거겠죠?"
　"그렇소. 당연하지."
　"그렇다면 저도 지구 온난화는 위협이 아니라고 하면서도 환경을 관리하는 데는 찬성할 수 있는 거 아닙니까?"
　"그렇지만 선생이 한 얘기는 그런 뜻으로 들리지 않았단 말이오."
　그러자 케너는 한숨을 푹 쉬었다.

　두 사람의 대화를 들으면서 사라는 브래들리가 케너의 말을 제대로 듣지 않은 거라고 생각했다. 마치 그 생각을 증명하기라도 하려는 듯이 브래들리가 다시 말했다.
　"어떻소? 선생은 우리가 굳이 환경을 보호할 필요가 없다는 거 아니오? 정말 하고 싶은 말은 바로 그거 아니오?"
　케너가 말했다.
　"아닙니다."
　그것으로 대화를 끝내자는 말투였다.
　사라는 속으로 생각했다. '테드는 정말 멍청한 사람이었구나.' 테드는 자기가 하는 말도 무슨 뜻인지 제대로 이해하지 못하고 있다. 그는 대본에 맞춰 연기하는 배우일 뿐이다. 그러니 대화 내용이 대본을 벗어나기만 하면 저렇게 쩔쩔맬 수밖에 없다.

사라는 고개를 돌리고 객실 앞쪽을 바라보았다. 피터가 제니퍼와 머리를 맞대고 이야기에 열중하고 있었다. 그들의 거동에서 한눈에 알아볼 수 있을 정도의 친근감이 느껴졌다.

조종사가 곧 로스앤젤레스에 착륙한다고 말했을 때 사라는 그저 반가울 따름이었다.

밴너이스

산종 타파가 공항에서 기다리고 있었다. 걱정스러운 표정이었다. 산종과 케너는 곧바로 차에 올라 떠나버렸다. 사라는 자기 아파트로 돌아갔다. 브래들리는 SUV 리무진에 오르더니 귀찮다는 듯이 손을 내젓고 떠나버렸다. 벌써 휴대폰으로 통화 중이었다. 피터 에번스는 제니퍼를 차에 태워 그녀의 차가 있는 컬버시티로 데려다주었다. 작별 인사를 할 때 잠시 어색한 순간이 있었다. 그는 키스를 하고 싶었지만 약간의 경계심을 감지하고 단념했다. 그녀는 내일 아침에 연락하겠다고 약속했다.

에번스는 제니퍼를 생각하면서 집으로 향했다. 사라에 대한 생각은 한 번도 떠오르지 않았다.

이윽고 에번스가 자기 아파트에 도착한 것은 자정이 다 되었을 때였다. 너무 피곤했다. 셔츠를 벗고 있을 때 전화벨이 울렸다. 운동강사 재니스였다.

"어디 갔었어, 우리 귀염둥이?"

"여행."

"매일 한 번씩 전화했는데. 가끔은 더 많이 했고. 가끔은 한 시간에 한 번씩."

"으흠. 무슨 일인데?"

"애인이랑 헤어졌어."

"그거 안 됐네. 혹시 많이……"

"나 그리로 가도 돼?"

에번스는 한숨을 쉬었다.

"있잖아, 재니스, 지금은 정말 피곤해서……"

"얘기 좀 하고 싶어. 거기서 안 자겠다고 약속할게. 당신이 원한다면 또 모르지만. 지금 바로 한 블록 앞에 와 있어. 한 5분쯤?"

에번스는 다시 한숨을 쉬었다. 이번엔 소리를 더 크게 냈다.

"재니스, 아무래도 오늘 밤은……"

"그래, 알았어, 그럼 5분 있다 봐."

'찰칵.'

에번스는 한숨을 쉬었다. 셔츠를 벗어 바구니에 던져넣었다. 재니스는 그렇게 남의 말을 귀담아듣지 않는 게 문제다. 그는 그녀가 오자마자 그냥 가라고 말해야겠다고 마음먹었다. 그래, 보내버리면 그만이다. 그냥 가.

그러나 보내지 않을 수도 있다.

재니스는 복잡하지 않은 여자였다. 지금의 에번스에게는 복잡하지 않은 관계가 절실했다. 그는 신을 벗어 바닥에 떨어뜨렸다. 또 한편으로는 제니퍼가 아침에 전화했을 때 재니스가 곁에 있는 것도 거북스러운 일이었다. 제니퍼가 정말 연락해줄까? 그러겠다고 말하기는 했다. 그런데 그녀가 집 전화번호를 알고 있을까? 확신이 서지 않았다. 모를 수도 있었다.

그는 샤워부터 하기로 했다. 샤워 중엔 재니스가 와도 못 들을 것 같아서 미리 앞문을 열어놓고 화장실로 향했다. 복도가 너무 어두웠다. 검은 그림자를 얼핏 보았다 싶은 순간 뭔가가 머리를 호되게 내리쳤다. 에번스는 외마디 소리를 질렀다. 극심한 고통 때문에 헐떡거리며 털썩 무릎을 꿇었다. 신음 소리가 저절로 새어나왔다. 누군가 다시 그를 후려갈겼다. 이번엔 귓가였고 그는 옆으로 픽 쓰러지고 말았다.

정신이 얼떨떨한 상태에서 그는 더러운 양말을 신고 있는 한 쌍의 발을 멍하니 바라보고 있었다. 그는 거실 쪽으로 질질 끌려가는 중이었다. 그리고 다짜고짜 방바닥에 내동댕이쳐졌다. 세 명의 사내가 그를 둘러싸고 있었다. 그들은 스키마스크처럼 생긴 검은 복면을 쓰고 있었다. 그중 한 명이 에번스의 양쪽 팔을 발로 밟아 똑바로 누운 상태로 움직이지 못하게 했다. 다른 한 명이 에번스의 다리 위에 걸터앉으면서 말했다.

"말하지 마. 움직이지도 말고."

으르렁거리듯 위협적인 목소리였다.

에번스는 어차피 꼼짝도 할 수 없었다. 아직도 정신이 얼떨떨했다. 그는 세 번째 사내를 찾으려고 두리번거렸다. 문득 출렁거리는 물소리가 들렸다. 비닐봉지 같은 것이 언뜻 보였다.

세 번째 사내가 속삭였다.

"잘 붙잡고 있으라구."

사내는 에번스의 어깨 근처에 쭈그리고 앉더니 그의 옷소매를 걷어 올려 팔을 노출시켰다. 검은 복면 속에서 씩씩거리는 숨소리가 들렸다. 사내가 여전히 속삭이는 소리로 말했다.

"이게 뭔지 알아?"

그러면서 비닐봉지를 들어 보였다. 뿌옇게 흐려진 물이 담겨 있었다. 그 속에서 둥그스름한 살덩어리 같은 것을 발견하는 순간 에번스는 공포에 휩싸였다. '맙소사, 누군가의 불알을 잘라냈구나!' 그러나 곧 살덩어리가 꿈틀꿈틀 움직이는 것이 보였다. 골프공만한 크기였고 갈색 바탕에 하얀 얼룩점들이 찍혀 있었다.

사내가 다시 물었다.

"알아, 몰라?"

에번스는 고개를 가로저었다.

"곧 알게 될 거야."

사내가 그렇게 속삭이며 비닐봉지의 지퍼를 열었다. 그러고는 봉지를 에번스의 팔 밑에 갖다댔다. 에번스는 물기가 와 닿는 것을 느꼈다. 사내가 봉지를 주물러 공을 밀어내고 있었다. 에번스는 더 자세히 보려고 했지만 도대체 정체가 무엇인지 파악할 수가……

공이 움직였다. 스르르 펼쳐지면서 날개처럼 생긴 것들을 길게 내미는 것이었다. 아니, 날개가 아니다. 작은 문어! 아주 조그맣다! 몸무게도 몇 온스 정도에 불과할 것 같았다. 갈색 바탕에 하얀 고리 모양의 무늬가 있었다. 사내는 비닐봉지를 쥐어짜고 주무르면서 그 작은 문어를 에번스의 맨살 쪽으로 몰아가고 있었다.

에번스는 그제야 겨우 알아차렸다.

그는 사내들로부터 벗어나려고 끙끙거리며 몸부림치기 시작했지만 그들은 꼼짝도 못하게 그를 짓눌렀고, 마침내 문어가 와 닿는 감촉이 느껴졌다. 셀로판지나 딱풀처럼 끈적끈적한 감촉이었다. 그는 깜짝 놀라 고개를 번쩍 들었고, 사내가 손가락으로 비닐봉지를 톡톡 때려 문어를 자극하고 있는 것을 보았다. 문어는 에번스의 맨살에 찰싹 달라붙어 있었는데, 순식간에 문어의 고리들이 흰색에서 파란색으로 바뀌었다.

'죽음을 부르는 청색 고리.'

비닐봉지를 쥐고 있는 사내가 말했다.

"이건 이 녀석이 화가 났다는 뜻이지. 아무 느낌도 없을 거야."

그러나 에번스는 분명히 느꼈다. 딱 한 방, 작은 부리로 콕 쪼는 느낌, 주사바늘에 찔린 듯 잠깐 따끔한 느낌. 에번스는 팔을 움찔했고, 그러자 사내가 봉지를 거두고 다시 밀봉하면서 속삭였다.

"잘 붙잡고 있어."

사내는 잠시 어디론가 사라졌다가 행주 한 장을 들고 나타났다. 그는 에번스의 팔 밑을 닦아내고 방바닥에 떨어진 물방울도 깨끗이 닦았다. 그러고는 여전히 속삭이는 소리로 말했다.

"몇 분 동안은 아무 느낌 없을 거야."

그는 전화기 쪽으로 걸어갔다.

"어딘가에 연락할 생각은 하지 말라구."

그러면서 전화기를 벽에서 확 잡아 뜯어 방바닥에 팽개쳤다.

사내들이 에번스를 놓아주었다. 그들은 재빨리 문 쪽으로 가더니 곧 문을 열고 나가버렸다.

에번스는 콜록거리며 손과 무릎으로 바닥을 짚고 몸을 일으켰다. 팔 밑을 살펴보니 문어에 물린 곳의 살이 보조개처럼 옴폭 파여 있었다. 그러나 분홍색으로 물든 조그마한 자국에 불과했고 위치도 겨드랑이 털의 바로 가장자리였다. 아무도 이 상처를 발견하지 못할 터였다.

물린 자리가 조금 얼얼한 것 말고는 아무 느낌도 없었다. 입이 좀 말랐지만 그건 두려움 때문일 수도 있었다. 머리가 욱신거렸다. 손을 대어보니 피가 만져졌다. 그는 그자들 때문에 꿰맨 자리가 또 터졌다는 것을 깨달았다.

젠장. 에번스는 일어서려고 했지만 갑자기 팔이 툭 꺾이는 바람에 다시 쓰러져 방바닥에 나뒹굴었다. 아직도 얼떨떨한 상태였다. 그는 천장의 전등을 멍하니 올려다보았다. 그의 아파트는 천장이 코티지 치즈처럼 오톨도톨했다. 그는 이 천장을 싫어했다. 어떻게든 바꿔버리고 싶었지만 비용이 만만치 않았다. 게다가 어차피 전부터 금방 이사할 생각이기도 했다. 여전히 얼떨떨했다. 이젠 입이 바싹바싹 타들어갔다. 역시 독의 영향이 분명했다.

일종의 두꺼비였다. 아니, 그게 아니다. 두꺼비가 아니었다. 그건……

생각이 나지 않았다.

'문어.'

맞다, 그거다. 작은 문어였다. 엄지손톱보다 별로 크지도 않은 조그맣고 귀여운 문어.

아마존 인디언들은 화살촉에 그 문어의 독을 바른다. 아니, 그건 두꺼비다. 아마존엔 문어가 없다. 아니, 있었나?

머리가 혼란스러웠다. 점점 더 혼란스러워지고 있었다. 식은땀이 났다. 이것도 독 때문일까? 빨리 전화를 걸어야 했다. 그나마도 의식이 남아 있는 시간은 겨우 몇 분에 불과할 수도 있었다.

그는 제일 가까운 물체를 향해 기어갔다. 이건 안락의자…… 법과대학원 시절에 구입한 물건이라 이젠 꽤 낡았는데, 그래서 이 집으로 이사올 때부터 없애버릴 생각이었지만 차일피일 미루다보니…… 이 거실은 바로 이 자리에 의자 하나가 있어야 하기도 하고…… 법대 2년차 때 천을 갈긴 했는데…… 지금은 그것도 아주 지저분해졌지만…… 도대체 쇼핑할 시간이 있어야 말이지? 그렇게 생각이 이리저리 줄달음질치는 동안 에번스는 겨우겨우 몸을 일으켜 의자에 턱을 걸쳤다. 그리고 헐떡거렸다. 마치 산꼭대기에 올라온 것처럼 몹시 숨이 찼다.

그는 생각했다. 내가 왜 이러고 있지? 내가 왜 의자에 턱을 걸치고 있지? 그러다가 문득 의자에 올라가 앉으려 했다는 것을 기억해냈다.

'의자에 앉아야 한다.'

그는 성한 팔의 팔꿈치를 의자에 올려놓고 몸을 끌어올리기 시작했다. 마침내 가슴까지 의자 위에 올려놓을 수 있었고, 그 다음엔 나머지도 마저 끌어올렸다. 시간이 갈수록 팔다리의 감각이 없어지고 점점 차가워지고 무거워졌다. 너무 무거워 움직이기도 힘들 정도였다. 몸 전체가 시시각각 무거워졌다. 그는 간신히 몸을 움직여 의자 위에 거의 똑바로 앉을 수 있었다. 바로 옆의 탁자 위에도 전화기가 있었지만 팔이 너무 무거워 도저히 거기까지 손을 뻗을 수가 없었다. 그래도 시도는 해보았지만 지금은 손을 내미는 동작 자체가 불가능했다. 손가락만 조금씩 까딱거리는 정도가 고작이었다. 온몸이 몹시 차가웠고 몹시 무거웠다.

그는 곧 균형을 잃고 쓰러지기 시작했다. 처음에는 천천히, 그러다가 옆으로 스르르 미끄러지면서 이내 가슴이 팔걸이에 닿았고 머리는 그 너머로 기울어졌다. 그는 그 자세로 더는 움직일 수 없었다. 머리를 들어올릴 수도 없었고, 두 팔을 움직일 수도 없었고, 심지어 눈동자조차도 움직일 수 없었다. 그는 의자에 씌운 천과 바닥에 깔린 카펫을 멍하니 내려다보며 이런 생각을 했다. '죽기 전에 마지막으로 보는 장면이 겨우 이거냐.'

"공포라구요?"

"그래. 서방 국가들은 50년 동안이나 국민들을 지속적인 공포 상태로 몰아넣었지. 적국에 대한 공포. 핵전쟁의 공포. 공산주의의 위협. 철의 장막. 악의 제국. 공산 국가들도 똑같은 상황이었어. 우리에 대한 공포. 그러다가 1989년 가을에 그 모든 것이 달라진 거야. 최후, 종언, 끝. 베를린 장벽이 무너지는 바람에 공포의 공백이 생겨버린 거지. 그런데 자연은 공백을 혐오하고, 그래서 뭔가 다른 것으로 채워야만 한다네."

에번스는 눈살을 찌푸렸다.

"환경 위기가 냉전을 대신하게 되었다는 말씀인가요?"

6

블루

BLUE

STATE OF FEAR

비벌리힐스

10월 13일 수요일
1:02 AM

얼마나 오랫동안 카펫을 내려다보고 있었는지 모른다. 의자 팔걸이가 가슴을 짓눌러 호흡을 방해하긴 했지만 그것이 아니더라도 어차피 숨쉬기가 점점 힘들어지고 있었다. 생애의 여러 장면들이 잠깐씩 의식 속에 떠올랐다가 사라져갔다. 처음 갖게 된 컴퓨터를 가지고 놀던 그 지하실, 받자마자 그날로 도둑맞은 파란 자전거, 졸업 무도회의 데이트 상대에게 선물했던 상자 속의 꽃장식, 휘트슨 교수의 헌법학 강의실에서 선 채로 휘트슨 늙은이에게 인정사정없이 난도질을 당할 때 다리는 마구 후들거리고……

"피터? 어디 있어? 피터?"

……두려워 어쩔 줄 모르던 일, 다들 휘트슨을 무서워했는데, 그리고 LA의 법률회사에 취직할 때 최종 면접을 겸한 만찬 자리에서 셔츠에 온통 수프를 엎질렀던 일, 그때 파트너들은 못 본 체하고 있었지만……

"피터? 피터! 거기서 뭐 하는 거야? 피터? 일어나, 피터."

어깨에 와 닿는 손, 불덩이처럼 뜨거운 손, 그리고 끄응 하는 소리와 함께 그는 다시 똑바로 앉게 되었다.

"자, 이렇게 앉아야지."

재니스가 얼굴을 바싹 들이대고 그를 살펴보고 있었다.

"당신 왜 이래? 뭘 먹은 거야? 어서 말해봐."

그러나 그는 말을 할 수 없었다. 전혀 움직일 수도 없었다. 재니스는 몸에 착 붙는 레오타드 상의에 청바지와 샌들 차림이었다. 그러나 그녀가 옆으로 움직이면 시야를 벗어나버리는 것이었다.

"피터?"

어리둥절한 목소리.

"어디가 몹시 잘못된 것 같은데, 엑스터시라도 먹은 거야? 혹시 중풍 아니야? 아직 중풍 맞을 나이는 아닌데. 그래도 있을 수 있는 일이지. 더군다나 식사 습관이 그 모양이니. 지방은 하루 65그램 이상 섭취하지 말라고 했잖아. 채식주의자는 중풍 맞는 일이 없다구. 그런데 왜 대답을 안 하는 거야?"

그녀는 의문이 가득한 표정으로 그의 턱을 만졌다. 에번스는 머리가 점점 몽롱해지는 것을 확실히 느꼈다. 거의 숨을 쉬지 못하기 때문이었다. 마치 20톤쯤 되는 바윗덩어리가 가슴을 짓누르는 것 같았다. 앉은 자세인데도 그 바윗덩어리는 계속 그를 짓누르고 있었다.

그는 속으로 생각했다. '병원에 연락해!'

재니스가 말했다.

"어떻게 하는 게 좋을지 모르겠어, 피터. 오늘 밤 당신하고 얘기 좀 하고 싶었는데 당신은 이런 꼴이잖아. 내가 안 좋은 때 왔다는 건 알겠는데, 좀 무섭단 말이야. 솔직히 그래. 당신이 대답 좀 해줬으면 좋겠어. 대답할 수 있어?"

'병원에 연락하라니까!'

"당신이 날 미워하게 될지도 모르지만 도대체 뭘 먹었기에 이렇게 됐는지 모르겠고, 그래서 911에 연락해서 구급차를 불러야겠어. 정말 미안한데, 당신을 곤란하게 하긴 싫은데, 무서워서 도저히 안 되겠어, 피터."

재니스가 시야에서 사라졌다. 그러나 에번스는 그녀가 의자 옆의 탁자에서 전화기를 집어드는 소리를 들을 수 있었다. '그래. 서둘러줘.'

"피터, 전화기가 좀 이상해."

'맙소사.'

그녀가 다시 시야에 들어왔다.

"당신 전화기가 고장났는데, 알고 있었어?"

'당신 휴대폰을 쓰면 되잖아.'

"당신 휴대폰 어디 있어? 내 휴대폰은 차에 두고 왔는데."

'가서 가져와.'

"이 집에 있는 다른 전화기는 괜찮을지도 모르지. 전화회사에 꼭 연락해, 피터. 전화기도 없이 사는 건 위험한 일…… 이게 뭐야? 누가 전화선을 뽑아버린 거야? 당신이 홧김에 한 짓이야?"

그때 노크 소리가 났다. 앞문인 것 같았다.

"여보세요? 누구 없어요? 여보세요? 피터?"

여자 목소리였지만 누구인지 돌아볼 수도 없었다.

재니스의 목소리가 들렸다.

"누구세요?"

"그쪽은 누구시죠?"

"재니스예요. 피터의 친구죠."

"난 사라예요. 피터와 일하고 있어요."

"키가 크시네요."

"피터는 어디 있어요?"

"저쪽에요. 그런데 뭔가 좀 이상해요."

에번스는 눈을 움직이지 못해 그들을 전혀 볼 수 없었다. 그때 곧 의식을 잃게 될 것을 예고하는 잿빛 점들이 눈앞에 아른거리기 시작했다. 가슴을 움직여 조금이라도 숨을 쉬려면 젖 먹던 힘까지 다 써야 했다.

사라가 말했다.

"피터?"

사라가 시야에 들어왔다. 그녀는 그를 살펴보고 있었다.

"몸이 마비된 거야?"

'그래! 병원에 연락해!'

사라가 말했다.

"땀을 흘리고 있어요. 식은땀이에요."

그러자 재니스가 말했다.

"내가 처음 봤을 때부터 이런 상태였어요."

그러더니 사라를 돌아보면서 이렇게 물었다.

"그런데 여긴 왜 온 거죠? 피터와는 얼마나 가까운 사이예요?"

"구급차 불렀어요?"

"아뇨, 내 휴대폰은 차에 있고……"

"내가 하죠."

사라가 자신의 휴대폰을 열었다. 그것이 에번스가 마지막으로 본 장면이었다.

브렌트우드

10월 13일 수요일
1:22 AM

깊은 밤이었다. 주위는 온통 어둠이었다. 니콜라스 드레이크는 샌타모니카에서 가까운 브렌트우드의 자기 집 책상 앞에 앉아 있었다. 이 집은—며칠 전에 차를 몰고 직접 확인한 바에 의하면—해변으로부터 정확히 2.9마일 떨어져 있었고, 따라서 그는 충분히 안전한 곳이라고 생각했다. 다행스러운 일이 아닐 수 없었다. NERF가 그에게 이 집을 사준 것은 겨우 1년 전의 일이었기 때문이다. 그 일에 대해서는 당시 약간의 논쟁이 있었는데, 그것은 그들이 이미 그에게 조지타운에 있는 연립주택 한 채를 사주었기 때문이었다. 그러나 그때 드레이크는 유명 인사들과 중요한 기부자들을 대접하기 위해 서해안 지역에도 집이 한 채 있어야 한다는 점을 지적했다.

누가 뭐래도 캘리포니아 주는 미국 내에서도 환경 의식이 가장 투철한 곳이었다. 금연법을 최초로 통과시킨 주도 캘리포니아였다. 뉴욕을 비롯한 동부 각주보다 거의 10년이나 앞선 결단이었다. 그리고 환경보호청이 증거 제출에 대한 자체 규정을 무시하고 아직 해로움이 입증되지 않은 물질을 금지시켰다는 이유로 연방법원이 환경보호청의 결정을 뒤집어버린 뒤에도—보나마나 그 연방판사는 담배 생산지 출신이었을 것이다—캘리포니아는 끄떡도 하지 않았다. 금연법은 그대로 유지되었다. 더 나아가 샌타모니카는 지금 야외에서의 흡연을 전면 금지하려는 움직임을 보이고 있었다. 심지어는 해변에서도! 이거야말로 발전이 아니고 뭐냐!

그러므로 캘리포니아는 쉬운 편이다.

그러나 '굵직굵직한' 기부금을 얻어내려면…… 글쎄, 그건 또 다른 문제다. 연예계에도 더러 기대할 만한 부자들이 있긴 하지만 캘리포니아의 진짜 갑부들은—투자 은행가, 포트폴리오 관리자, 최고 경영자, 부동산 소유자, 신탁자금 운영자 등등, 적게는 5억 달러 이상, 많게는 몇십 억 달러에 달하는 거액을 거머쥐고 있는 그야말로 '어마어마한' 부자들은—글쎄, 그런 자들은 그리 호락호락하지 않다. 그들은 아예 다른 캘리포니아에 살고 있는 셈이다. 그들이 다니는 골프장은 배우들의 가입을 허용하지 않는다. 큰돈은 주로 각 분야의 선구자들이나 첨단기술을 가진 기업가들이 움켜쥐고 있는데, 그들은 한결같이 대단히 명석하고 빈틈없는 자들이다. 그리고 그중에는 과학을 잘 아는 자들도 많다. 아니, 과학자들도 많다.

그래서 드레이크에게는 모두 만만찮은 상대가 아닐 수 없었다. 그러나 올해의 목표액을 달성하고 보너스를 받아내려면 반드시 그 어려움을 극복해야 했다. 드레이크가 컴퓨터 화면을 물끄러미 바라보며 이제 스카치 위스키를 한 잔 마실 시간이라고 생각하는 순간 화면에 새 창이 뜨고 커서가 깜박거렸다.

SCORPIO_L : 얘기 좀 할 수 있을까?

멍청한 놈. 드레이크는 그렇게 생각하며 타이핑을 했다.

그래, 괜찮아.

드레이크는 자세를 고쳐 앉으면서 책상 위의 전등을 조절하여 자신의 얼굴을 비추게 했다. 그러고는 화면 바로 위에 장착된 카메라 렌즈를 바라보았다.

다시 창이 열렸다. 샌퍼난도밸리의 자기 집에서 역시 책상 앞에 앉아 있는 테드 브래들리의 모습이 나타났다.

"어떻게 됐나?"

그러자 브래들리가 대답했다.

"자네 말대로였어. 에번스는 어둠의 세력으로 넘어갔더군."

"그리고 또?"

"에번스가 그 계집애를 데려왔더라구. 소송팀에서 일한다는 제니퍼……"

"제니퍼 헤인즈?"

"맞아. 그 건방진 년."

드레이크는 아무 말도 하지 않았다. 그는 브래들리의 목소리를 주의 깊게 듣고 있었다. 요즘 또 술을 마시기 시작한 것이 분명했다.

"테드, 이 문제는 전에도 얘기했잖아. 세상엔 자네가 덤벼드는 걸 좋아하는 여자들만 있는 게 아니야."

"아니, 안 그래. 대개는 좋아한다고."

"테드, 우린 남들한테 나쁜 인상을 주면 곤란해."

"그년이 날 모욕했단 말이야."

"알았네. 그러니까 제니퍼 헤인즈도 거기 있었고……"

"그년은 석유나 석탄 대기업의 끄나풀이야. 틀림없어."

"그리고 또 누가 있었지?"

"사라 존스."

"으흠. 시신을 확인하러 거기까지 날아갔단 말이지?"

"왜 왔는지는 나도 몰라. 케너라는 놈하고 같이 왔는데, 그거 진짜 개자식이더군. 뭐든지 다 아는 체하는 놈이 또 있더라구."

"어떻게 생겼는지 설명해보게."

"사십대, 가무잡잡한 얼굴, 만만찮은 체격. 내가 보기엔 군인인 것 같아."

"으흠. 또 다른 사람은?"

"없어."

"혹시 외국인은 없었나? 그게 다야?"

"그래, 방금 말한 연놈들이 전부였어."

"피터 에번스가 케너와 잘 아는 사이로 보이던가?"

"그래. 꽤 친한 것 같더군."

"그러니까 자네가 보기엔 협력 관계인 것 같단 말이지?"

"맞아. 아주 한통속이라고 해야겠지."

"알았네, 테드. 역시 자네 직감은 믿음직스럽군."

드레이크는 모니터 속의 브래들리가 우쭐거리는 모습을 볼 수 있었다.

"내 생각엔 자네가 중요한 걸 알아낸 것 같아. 에번스는 우리한테 골칫거리가 될 수도 있거든."

"그렇겠지."

"그 녀석은 우리가 믿고 있던 변호사야. 바로 며칠 전에도 내 사무실에 와서 나한테 직접 지시를 받고 갔다구. 그 녀석이 등을 돌리면 피해가 적잖을 거야."

"빌어먹을 배신자. 박쥐 같은 놈."

"앞으로 일주일 정도만 자네가 그 녀석을 좀 따라다녔으면 좋겠는데."

"기꺼이 그러지."

"어디든지 졸졸 따라붙으라구. 친한 척하면서 말이야. 무슨 소린지 알지?"

"알았어, 닉. 찰거머리처럼 찰싹 달라붙을 테니까."

"그 녀석, 아마 오늘 아침에 회의 개막식에도 참석할 거야."

드레이크는 그렇게 말해놓고 속으로는 이런 생각을 했다. '어쩌면 참석 못할 수도 있겠지만.'

웨스트우드

10월 13일 수요일
3:40 AM

케너가 말했다.

"탁월한 선택이라는 건 인정해줘야겠군. '하팔로클라이나 파스키아타(Hapalochlaena fasciata).' 표범문어 3종 중에서 제일 치명적인 놈이야. 적의 위협을 받으면 피부색이 변해 선명한 청색 고리가 나타나지. 오스트레일리아 연안 전역에서 발견되는데, 몸집이 아주 조그마한데다 물린 자국도 작아서 거의 눈에 안 띄지만 독성이 강해서 걸핏하면 사람이 죽어나갈 정도야. 해독제도 없어. 게다가 로스앤젤레스엔 이 문어에 물렸다는 걸 금방 알아차릴 수 있는 병원도 없고. 정말 탁월한 선택이야."[*]

얼굴에 인공호흡기 마스크를 쓰고 UCLA 병원의 응급실에 누워 있는 에번스는 멀뚱멀뚱 쳐다보기만 했다. 그는 아직도 말을 할 수 없었다. 그러나 이제 아까처럼 겁먹은 상태는 아니었다. 재니스는 새벽반 강습이 있다는 핑계를 대고 씩씩거리며 가버렸고, 사라는 침대 곁에

---

[*] S. K. Sutherland, et al., "Toxins and mode of envenomation of the common ringed or blue-banded octopus," *Med. F.Aust.* 1 (1969): 893~98. H. Flecker, et al., "Fatal bite from octopus," *Med. F.Aust.* 2 (1955): 329~31.

앉아 에번스의 손을 부드럽게 주물러주고 있었는데 그 모습이 아름답기 그지없었다. 그녀가 케너에게 물었다.

"그자들이 그런 문어를 어떻게 구했을까요?"

"아마 몇 마리 더 있을 거야. 워낙 허약한 생물이니까 어차피 오래 살지도 못하거든. 하지만 요즘은 오스트레일리아인들이 항독혈청을 개발하는 중이라서 꽤 많이 잡아들이고 있지. 자네들도 아는지 모르겠지만, 치명적인 독을 가진 동물로 치자면 오스트레일리아가 세계 제일이야. 제일 지독한 독사, 제일 지독한 연체류, 제일 지독한 어류…… 전부 다 오스트레일리아가 원산지 아니면 서식지라구."

에번스는 생각했다. '그래, 멋지군.'

"그런데 이젠 UCLA에도 환자가 세 명이나 나타난 거야. 그래서 한창 연구 중이지."

"그렇습니다."

그 말과 함께 인턴 한 명이 들어왔다. 그는 에번스의 정맥주사와 인공호흡기를 확인했다.

"일차 혈액검사 결과가 나왔습니다. 다른 분들처럼 역시 테트로도톡신(tetrodotoxin, 표범문어가 타액선에서 분비하는 독으로, 복어의 독과 동일한 성분)이더군요. 세 시간 정도만 지나면 다시 움직일 수 있을 겁니다. 운이 좋으셨어요."

인턴은 사라에게 매력적인 미소를 던지고 응급실을 나섰다.

케너가 말했다.

"아무튼 괜찮을 거라니 다행일세. 자네가 죽어버렸으면 아주 난처할 뻔했어."

에번스는 생각했다. '이건 또 무슨 소리야?' 이제 조금씩 눈을 움직일 수 있어서 사라를 힐끔 쳐다보았지만 그녀는 가만히 웃고 있을 뿐이었다.

케너가 다시 말했다.

"아, 그렇고말고. 자네가 꼭 필요해, 피터. 적어도 한동안은 살아 있어야 한다구."

그때였다. 구석 자리에 앉아 휴대폰을 쓰고 있던 산종이 말했다.

"됐어요. 드디어 움직임을 잡아냈어요."

케너가 물었다.

"우리가 생각했던 바로 거긴가?"

"맞습니다."

"무슨 일인데?"

"방금 접수 확인서를 가로챘어요. 놈들이 지난달에 항공기를 빌렸더군요. C-57 수송기예요."

"휘유."

사라가 물었다.

"그게 무슨 뜻이죠?"

"대형 기종이야. 아마 살포용이겠지."

그러나 사라는 어리둥절한 표정이었다.

"살포용?"

산정이 설명했다.

"놈들은 AOB, 즉 암모니아 산화 박테리아를 대량으로 살포하려는 게 분명해요. 아마 친수성(親水性) 나노 미립자도 함께 뿌리겠죠."

"그래서 뭘 어쩌려는 거죠?"

이번엔 케너가 대답했다.

"폭풍의 진로를 조종하려는 거지. 고공에서 AOB를 살포하면 허리케인이나 사이클론의 진로를 바꿀 수 있다는 증거가 있어. 그리고 친수성 나노 미립자는 그 효과를 증폭시키지. 아무튼 이론상으론 그렇다는 거야. 그런데 대규모로 실험한 적이 있었는지는 나도 잘 몰라."

"그자들이 허리케인을 조종한다는 거예요?"

"어쨌든 시도는 해보겠지."

그러자 산종이 말했다.

"아닐 수도 있어요. 도쿄 측에서 그러는데, 최근 이동통신이나 인터넷 트래픽으로 봐서는 이 계획이 취소될 수도 있대요."

"그럼 선결 조건이 충족되지 않은 건가?"

"네, 그런 것 같아요."

그때 에번스가 기침을 했다.

케너가 말했다.

"아, 그래. 이제야 회복되는 모양이군."

그는 에번스의 팔을 툭툭 쳤다.

"일단 푹 쉬게, 피터. 가능하면 잠도 좀 자두고. 자네도 알다시피 오늘은 아주 중요한 날이니까."

사라가 물었다.

"중요한 날이라뇨?"

"다섯 시간 반만 지나면 그 회의가 시작되잖아."

케너는 의자에서 일어났다가 다시 에번스를 향해 돌아섰다.

"날이 밝을 때까지 산종을 자네 곁에 남겨두겠네. 여긴 안전할 거라고 생각하지만 놈들이 벌써 한 번 자네 목숨을 노렸는데 두 번째 시도까지 허용할 순 없으니까."

산종이 빙그레 웃으며 다가와 침대 옆의 의자에 앉았다. 그의 곁에는 잡지가 잔뜩 쌓여 있었다. 산종이 《타임》 최신호를 펼쳐 보였다. 커버스토리는 '기후 변화, 운명의 날이 다가온다'라는 제목이었다. 《뉴스위크》도 있었다. '기후 급변, 정부의 새로운 스캔들?' 그리고 《이코노미스트》는 '기후 변화, 추악한 얼굴을 들었다', 《파리마치》는 '기후, 미국에서 등장한 새로운 위협'이었다.

그러나 산종은 유쾌한 미소를 떠올렸다.

"일단 푹 쉬어요."

에번스는 눈을 감았다.

샌타모니카

10월 13일 수요일
9:00 AM

그날 아침 9시, 회의에 초대받은 참석자들이 아직도 자리에 앉지 않고 회의장 곳곳을 돌아다니고 있었다. 에번스는 건물 출입구 근처에 서서 커피를 마셨다. 굉장히 피곤했지만 몸에는 별 이상이 없는 듯했다. 처음엔 다리가 좀 후들거렸지만 지금은 그것마저 지나갔다.

참석자들은 주로 학자들이라는 것을 한눈에 알아볼 수 있었는데, 야외 활동을 많이 하는 사람들인 듯 캐주얼 차림이 많았다. 카키색 바지, 엘엘빈(L.L.Bean) 셔츠, 등산화, 양털 조끼 등등. 에번스 곁에 서 있던 제니퍼가 말했다.

"꼭 무슨 벌목꾼들 모임 같지 않아요? 다들 저러고 있으니 저 사람들이 컴퓨터 모니터 앞에서 살다시피 한다는 걸 누가 알겠어요?"

"그게 정말이에요?"

"대부분은 그래요."

"그럼 등산화는?"

그러자 제니퍼는 어깨를 으쓱했다.

"요즘 야성미가 유행이죠."

그때 니콜라스 드레이크가 강연대의 마이크를 톡톡 쳤다.

"안녕하십니까, 여러분. 10분 뒤에 시작하겠습니다."

그러더니 곧 뒤로 물러나서 헨리와 함께 뭐라고 쑥덕거렸다.

제니퍼가 말했다.

"TV 카메라를 기다리는 거예요. 오늘 아침에 전기 계통에 문제가 좀 있었거든요. 담당자들이 아직도 그걸 고치는 중이에요."

"그래서 텔레비전이 준비될 때까진 아무것도 못한다는 거군요."

그때 회의장 입구 쪽이 소란스러워지면서 고함 소리가 터져나왔다. 에번스가 돌아보니 트위드 코트를 입은 늙수그레한 남자가 두 명의 경비원과 몸싸움을 벌이고 있었다.

"나도 초대받았단 말이야! 나도 참석하기로 했어."

그러나 경비원들은 이렇게 말하고 있었다.

"죄송하지만 이 명단엔 선생님 성함이 없습니다."

"어쨌든 나도 초대받았다고 했잖아!"

그때 제니퍼가 고개를 절레절레 흔들며 말했다.

"맙소사."

"저 사람이 누구죠?"

"노먼 호프먼 교수예요. 들어본 적 있어요?"

"아뇨, 왜요?"

"생각의 생태학, 몰라요? 호프먼 교수는 유명한 사회학자예요. 아니, 악명 높다고 해야 하나. 아무튼 환경론자들의 주장에 대해 굉장히 비판적이죠. 미친 개 같다고나 할까. 저 사람은 도무지 입을 다물 줄 몰라요. 쉴새없이 지껄이면서 사방팔방 곁길로 빠지는데 그 입을 도저히 막을 수가 없는 거예요. 텔레비전이 몇 초마다 한 번씩 채널이 바뀌는데 리모컨이 없어서 꺼버릴 수도 없다, 그런 상황이죠."

"저렇게 안 들여보내려고 하는 것도 무리가 아니군요."

"네, 말썽을 일으킬 게 뻔하니까요. 벌써 그러고 있잖아요."

한편 회의장 입구 쪽에서는 노인과 경비원들의 승강이가 계속되고 있었다.

"이거 놔! 어디다 손을 대는 거야! 나도 초대를 받았다구! 조지 모턴이 직접 초대했단 말이야! 모턴과 나는 막역한 사이야. 조지 모턴이 초대했다니까!"

조지 모턴이라는 이름이 에번스를 움직이게 만들었다. 그는 노인이 있는 쪽으로 걸음을 옮겼다.

제니퍼가 말했다.

"후회하실 텐데……"

에번스는 어깨를 으쓱거리고 경비원들에게 다가갔다.

"실례합니다. 모턴 회장님의 변호사입니다. 도와드릴까요?"

노인이 경비원들에게 붙잡힌 채 몸부림쳤다.

"난 노먼 호프먼 교수고, 조지 모턴이 나를 초대했어!"

가까이서 보니 노인은 면도 상태도 엉망이었고, 옷차림도 너저분했고, 머리도 온통 산발이었다.

"내가 뭘 얻어먹겠다고 이렇게 한심한 모임을 보러 왔겠나? 이유는 하나뿐이야. 조지가 와달라고 해서 온 거야. 내 '감상'이 궁금하다고 했단 말이야. 사실 그거야 몇 주 전에도 얼마든지 말해줄 수 있었지. 내가 장담하는데, 여기서 새롭고 놀라운 얘기는 하나도 안 나올 거야. 싸구려 장례식처럼 엄숙한 행사만 줄줄이 이어질 거라고."

에번스는 벌써 이 노인에 대한 제니퍼의 경고가 옳았다는 생각을 하고 있었다. 그래도 정중하게 물었다.

"초대권은 갖고 계십니까?"

"아니, '초대권'은 없어. 초대권 따위는 '필요도' 없고. 도대체 뭘 알아듣지 못한 거야, 젊은이? 난 노먼 호프먼 교수고 조지 모턴의 개인적인 친구라고. 그건 그렇고, 초대권은 이놈들이 가져가버렸어."

"누가 말입니까?"

"경비원 한 놈이."

에번스는 경비원들에게 물었다.

"이분 초대권을 가져가셨어요?"

"초대권은 없었는데요."

에번스는 다시 호프먼에게 물었다.

"나머지 반쪽이라도 갖고 계십니까?"

"없어, 젠장, '반쪽'도 없어. 난 정말 '반쪽'이고 뭐고 다 필요없는 사람이야."

"죄송하지만 교수님, 아무래도……"

"그래도 요건 안 뺏겼지."

호프먼은 에번스에게 찢어진 초대권 한 귀퉁이를 내밀었다. 진짜 초대권이었다.

"나머지는 어디 있습니까?"

"말했잖아, 이놈들이 가져갔다고."

그러자 한쪽에 비켜 서 있던 경비원이 에번스에게 손짓을 했다. 에번스는 그쪽으로 다가갔다. 경비원이 주먹 쥔 손을 슬쩍 뒤집어 초대권의 나머지 부분을 보여주었다.

"죄송하지만 드레이크 이사장님이 저분만은 절대로 들여보내지 말라고 특별 지시를 내리셨습니다."

"그래도 초대권을 가져왔잖아요."

"이 문제는 이사장님께 직접 말씀하시는 게 좋겠습니다."

그때쯤에는 이 소동에 이끌려 텔레비전 촬영팀 하나가 가까이 와 있었다. 호프먼이 카메라를 보자마자 다시 격렬하게 버둥거리며 에번스에게 소리쳤다.

"드레이크 같은 놈은 상대할 필요도 없어! 드레이크는 이 회의에서 진실을 용납하지 않을 테니까!"

그러더니 카메라를 바라보며 이렇게 말했다.

"니콜라스 드레이크는 파렴치한 사기꾼이고 이번 회의는 전 세계의 가난한 사람들을 기만하는 수작입니다. 나는 아프리카와 아시아에서 죽어가는 어린이들을 대신하여 증언합니다! 그들은 바로 이런 회의 때문에 속절없이 죽어갑니다! 공포심을 조장하는 놈들! 공포심을 조장하는 파렴치한 놈들!"

그는 미치광이처럼 몸부림쳤다. 두 눈에 광기가 서려 있었다. 입가에는 침이 줄줄 흘러내렸다. 영락없이 미친 사람의 행태였다. 카메라들이 하나둘 꺼졌고, 촬영팀은 곤혹스러운 표정으로 발길을 돌렸다. 그러자 호프먼은 즉각 몸부림을 멈추었다.

"그만두자. 나도 할 말 다했으니까. 언제나 그렇듯이 어차피 아무도 관심 없고."

그는 경비원들을 돌아보았다.

"이제 그만 놔주게. 이런 야바위 노름엔 나도 질렸으니까. 여긴 일 분도 더 있기 싫어. 이거 놔!"

에번스가 말했다.

"보내드려요."

경비원들이 호프먼을 놓아주었다. 그러자 호프먼은 다짜고짜 회의장 한복판으로 뛰어들었다. 그곳에는 한 촬영팀이 테드 브래들리를 인터뷰하는 중이었는데, 호프먼은 브래들리의 앞을 가로막고 서서 이렇게 외쳤다.

"이 작자는 뚜쟁이입니다! 돈벌이를 위해 근거 없는 공포를 퍼뜨리는 썩어빠진 단체의 앞잡이가 된 환경 뚜쟁이입니다! 그래도 모르시겠습니까? 근거 없는 공포야말로 전염병, 현대의 전염병입니다!"

그 순간 경비원들이 다시 호프먼을 붙잡고 개처럼 질질 끌며 회의장 밖으로 향했다. 이번에는 호프먼도 저항하지 않았다. 그는 온몸의 힘을 빼고 축 늘어져버렸고, 양쪽 발뒤꿈치가 바닥에 질질 끌리고 있었다. 그는 다만 이렇게 말했을 뿐이었다.

"난 허리가 안 좋으니까 조심들 하게. 다치는 날엔 폭행죄로 고소해버릴 테니까."

경비원들은 건물 밖으로 나가서야 비로소 호프먼을 내려놓고 먼지를 털어준 후 놓아주었다.

"좋은 하루 보내십시오."

"그럴 생각이야. 어차피 남은 날도 얼마 안 되니까."

에번스는 제니퍼 곁에 남아 호프먼을 지켜보고 있었다. 제니퍼가 말했다.

"그것 보라는 말은 안 할게요."

"도대체 어떤 사람이에요?"

"남가주대(USC) 명예교수예요. 매스컴과 그것이 사회에 미치는 영향에 대해 처음으로 정밀한 통계학적 연구 방법을 사용했던 몇몇 학자들 중 하나죠. 꽤 흥미로운 인물이지만 방금 본 것처럼, 뭐랄까, 견해가 좀 과격한 편이라서요."

"모턴 회장님이 정말 저 사람을 초대하셨을까요?"

그때 누가 불렀다.

"피터, 자네가 해줄 일이 있어."

에번스가 고개를 돌려보니 드레이크가 성큼성큼 걸어오고 있었다.

"뭔데요?"

드레이크는 턱짓으로 호프먼을 가리켰다.

"저 미친놈이 아마 곧장 경찰서에 가서 폭행을 당했다고 주장할 거야. 그런데 오늘 아침에 그런 일이 벌어지면 곤란하거든. 그러니까 자네가 가서 말 좀 잘해봐. 어떻게 좀 진정시켜보라구."

에번스는 조심스럽게 말을 꺼냈다.

"제가 무슨 수로……"

그러자 드레이크가 말했다.

"그 정신병자 같은 이론을 설명하게 만들어봐. 그렇게만 하면 몇 시간 정도는 거뜬히 지나갈 테니까."

"그럼 저는 회의에 참석할 수가……"

"자네가 필요한 곳은 여기가 아니라 저기야. 저 미치광이 옆자리."

회의장 건물 앞에는 많은 군중이 모여 있었다. 회의장에 들어가지 못한 사람들이 대형 TV 스크린으로 행사 장면을 지켜보는 중이었다. 화면 속의 발언자 아래쪽으로 자막이 지나가고 있었다. 에번스는 사람들을 헤치며 앞으로 나아갔다. 호프먼이 에번스를 발견하고 이렇게 말했다.

"왜 따라오는지 다 알아. 그래봤자 소용없어."

"교수님……"

"자넨 니콜라스 드레이크가 내 뜻을 꺾으라고 보낸 '헛똑똑이' 말재주꾼이야."

"아닙니다, 교수님."

"아니긴 뭐가 아니야. 거짓말하지 마. 거짓말은 딱 질색이니까."

"좋습니다. 사실입니다. 드레이크가 보내서 왔어요."

그러자 호프먼이 걸음을 멈추었다. 뜻밖의 정직한 대답에 놀란 모양이었다.

"내 그럴 줄 알았어. 그놈이 자네한테 시킨 일이 뭐지?"

"경찰서에 가지 못하게 하라고 하더군요."

"그럼 성공한 거야. 가서 그렇게 전해. 경찰서엔 안 간다고."

"가실 것처럼 보이는데요."

"오호. 가실 것처럼 '보인다'? 자네도 겉으로 '보이는' 것만 죽어라 하고 믿는 친구였군."

"그건 아니지만 교수님께서……"

"난 뭐가 어떻게 '보이는지'는 관심 없어. '사실'에만 관심이 있지. 자넨 사실이 뭔지 알고나 있나?"

"무슨 말씀인지 모르겠습니다."

"자네 직업이 뭔가?"

"변호사입니다."

"맞힐 수 있었는데 아깝구만. 요즘은 너나없이 변호사 천지니까. 법조계의 통계학적 성장 속도를 기준으로 추산하면 2035년쯤엔 미국 국민 전체가 변호사일 거야. 거기엔 신생아도 포함되니까 애들이 아예 변호사로 '태어나는' 거지. 자네 생각엔 그런 사회에서 사는 인생이 어떨 것 같나?"

"교수님, 아까 회의장에서 흥미로운 말씀을 하시던데……"

"흥미롭다? 난 그놈들의 극악무도한 파렴치함을 꾸짖었는데 고작 한다는 말이 흥미롭다?"

에번스는 호프먼의 견해에 대한 방향으로 대화 내용을 유도하려 했다.

"죄송합니다. 왜 그렇게 생각하시는지 설명을 안 해주셔서……"

"난 단순히 그렇게 '생각'하는 게 아니야, 젊은이. 사실을 '알고' 있는 거지. 바로 그게 내 연구의 목적이야. 사실을 알아내는 것. 추측하는 것도 아니고, 이론화하는 것도 아니고, 가설을 세우는 것도 아니고, 다만 직접적인 현장 조사를 통해 사실을 '알아내는' 것 말일세. 요즘은 학계에서도 이미 잊혀져버린 방식이지. 그런데 젊은이, 뭐 그리 젊어 보이진 않지만, 아무튼 자네 이름이 뭔가?"

"피터 에번스입니다."

"그런데 드레이크를 도와주고 있다고?"

"아뇨, 조지 모턴 회장님을 도와드리고 있습니다."

그러자 호프먼이 말했다.

"아니, 그럼 '진작에' 그렇다고 말할 것이지! 조지 모턴은 아주아주 '위대한' 인물이었어. 자, 따라오게, 에번스 군, 내가 커피 한 잔 살 테니까 가서 얘기나 좀 하세. 자네 내가 하는 일이 뭔지는 알고 있나?"

"잘 모릅니다, 교수님."

"난 생각의 생태학을 연구한다네. 그리고 그게 어떻게 공포의 제국을 만들어내는지를."

샌타모니카

10월 13일 수요일
9:33 AM

그들은 회의장으로부터 도로 건너편에 있는 벤치에 앉아 있었다. 입구 부근에서 북적거리는 사람들로부터 조금 떨어진 곳이었다. 주변이 꽤 소란스러웠지만 호프먼 교수는 조금도 신경 쓰지 않았다. 그는 활기가 넘쳤다. 빠른 속도로 말을 늘어놓으며 팔을 마구 휘두르다가 에번스의 가슴을 탁탁 때리기 일쑤였지만 본인은 그 사실을 전혀 알아차리지 못하는 듯했다.

"난 10년 전에 유행과 속어를 연구하기 시작했네. 물론 속어도 일종의 언어적 유행이라고 볼 수 있지. 난 유행과 언어에 변화를 일으키는 결정 인자들을 확인하고 싶었네. 그런데 머지않아 특별한 결정 인자들이 따로 없다는 걸 알게 됐지. 유행은 제멋대로 달라지는 거였어. 물론 규칙성도 없진 않지만—이를테면 순환성, 주기성, 상관성 등인데—이런 것들은 변화의 원인을 규명하기보다 변화의 양상을 설명하는 용어에 불과하지. 내 말 알아듣겠나?"

"알 것 같습니다."

"아무튼 난 그런 주기성과 상관성 자체를 하나의 체계로 생각할 수 있다는 걸 깨달았다네. 일종의 생태계라고 해도 좋겠지. 이 가설을 검증해보니 이거 아주 중요한 발견이더군. 자연계에 숲이나 산, 바다 등의 환경이 있듯이 인간이 만들어낸 세계에도 정신적 추상 개념이나 생각이나 사상 같은 환경이 있다는 걸세. 내가 연구한 게 바로 그거야."

"그렇군요."

"현대 문화 속에서 사람들의 생각은 끊임없이 부침(浮沈)을 거듭하고 있네. 한동안은 모든 사람이 어떤 것을 믿고 있다가 조금씩 그 믿음을 버리게 되지. 결국엔 아무도 옛날의 그 생각을 기억하지 못하는 거야. 아무도 오래된 속어들을 기억하지 못하는 것과 마찬가지지. 생각도 일종의 유행이거든."

"그건 알겠습니다만, 교수님, 어째서……"

"어째서 어떤 생각이 버려지게 되는지 궁금하다는 거지?"

호프먼은 마치 혼잣말을 하고 있는 것 같았다.

"내 대답은 바로 그게 생각의 운명이라는 거야. 자연계에서처럼 유행에도 환경 파괴가 있는 거지. 기존 질서를 일시에 무너뜨리는 사건 말일세. 이를테면 벼락이 떨어져 숲이 홀랑 타버리고, 그렇게 타버린 땅에서 다른 식물들이 싹트듯이. 우발적인, 우연한, 돌발적인, 뜻밖의 변화. 우리가 이 세상에서 수없이 목격할 수 있는 게 바로 그거야."

"교수님……"

"그런데 사람들의 생각은 이렇게 갑작스럽게 변하기도 하는 반면에 때로는 늦게까지 끈질기게 버티기도 하지. 가령 과학자들이 어떤 생각을 버린 뒤에도 대중은 오랫동안 그 생각을 그대로 끌어안고 있는 거야. 좌뇌와 우뇌에 대한 개념이 좋은 예라네. 이 개념은 1970년대에 캘리포니아 공과대학의 스페리(Roger Wolcott Sperry, 미국 신경생물학자. 1981년 노벨 의학상 수상. 1913~1994) 때문에 인기를 얻게 됐지. 스페리는 뇌수술 환자들의 특정 집단을 연구했는데, 여기서 얻은 결과는 그

환자들에게만 국한되는 거였어. 스페리 자신도 일반화시킬 수 없다고 인정했지. 그러다가 1980년쯤에는 좌뇌와 우뇌에 대한 개념 자체가 틀렸다는 게 분명해졌어. 건강한 사람의 경우에는 양쪽 두뇌가 따로따로 활동하질 않는다는 거지. 그런데도 일반인들은 그 후 20년 동안이나 이 잘못된 상식을 버리지 못했어. 과학자들이 폐기처분을 한 뒤에도 몇십 년 동안이나 그 얘기를 하고, 그 말을 믿고, 그것에 대해 책까지 썼지."

"네, 아주 흥미진진하긴 한데요……"

"환경에 대한 개념도 마찬가지라네. 1960년에는 소위 '자연의 평형(balance of nature)'이라는 것이 존재한다는 게 일반적인 생각이었어. 자연을 건드리지 않고 그대로 놓아두기만 하면 스스로 평형 상태를 유지한다는 거지. 매력적이고 유서 깊은 개념이지. 3천년 전의 그리스인들도 그렇게 믿었으니까. 아무 근거도 없지만 왠지 멋있어 보이잖아. 그런데 1990년쯤부터 과학자들은 아무도 자연의 평형을 믿지 않게 됐어. 생태학자들이 폐기해버린 거지. 그 개념은 틀렸으니까, 허위였고 환상이었으니까. 그래서 지금은 역동적 불균형(dynamic disequilibrium)이나 다원적 균형(multiple equilibrium)에 대해 얘기하고 있어. 어쨌든 이젠 자연 속에 평형 상태란 '절대로' 존재하지 않는다는 걸 알게 된 걸세. 전에도 없었고, 앞으로도 없을 테고. 오히려 반대로 자연은 언제나 '불균형' 상태인데, 그렇다면……"

"교수님, 제가 여쭤보고 싶은 건요……"

"그렇다면 종전의 생각과 달리 인류는 자연의 질서를 파괴하는 존재가 아니라는 거야. 모든 환경은 어차피 끊임없이 변화하고 있으니까."

"그런데 모턴 회장님이……"

"그래, 그래, 내가 조지 모턴과 무슨 얘기를 했는지 궁금하다는 거지? 금방 말해주려고 했어. 우린 지금 엉뚱한 얘기를 하고 있는 게 아니야. 당연한 일이지만 모턴은 환경에 대한 개념들을 알고 싶어했으니까. 특히 환경 위기에 대해서 말이야."

"그래서 뭐라고 대답하셨죠?"

"내가 대학원생들을 데리고 언론을 연구해봤는데 말이야, 표준적 개념의 변천 과정을 살펴보다가 굉장히 흥미로운 사실을 알게 됐다네. 우린 NBC, ABC, CBS 등 주요 방송사의 뉴스 녹취록을 검토했지. 그리고 뉴욕, 워싱턴, 마이애미, 로스앤젤레스, 시애틀 등지의 신문 기사도 전부 검토했어. 언론사들이 사용하는 특정 개념이나 용어들의 빈도수를 조사한 거야. 그 결과는 대단히 인상적이었네."

그는 거기서 말을 끊었다. 에번스는 교수의 의중을 알아차렸다.

"뭘 알아내신 거죠?"

"1989년 가을에 중대한 변화가 일어났다는 걸세. 그 이전에는 언론사들이 '위기'나 '재앙', '격변', '참사' 같은 용어를 별로 많이 쓰지 않았어. 예를 들자면 1980년대에는 뉴스 보도에서 '위기'라는 말은 '예산'이라는 말과 비슷한 정도로 사용됐을 뿐이지. 그리고 1989년 이전엔 텔레비전이든 신문 헤드라인이든 '비참한', '전례 없는', '무시무시한' 같은 형용사도 자주 사용하지 않았어. 그러다가 모든 게 달라진 거지."

"어떻게 달라졌는데요?"

"그런 용어들이 점점 더 자주 나타나기 시작한 거야. 1995년에는 '재앙'이라는 말을 1985년보다 다섯 배나 많이 사용했어. 2000년에는 거기서 다시 두 배로 늘어났지. 그리고 기사 내용도 달라졌어. 두려움, 근심, 위험, 불확실성, 공포 따위를 더욱더 강조하게 된 거야."

"하필 1989년부터 그렇게 달라진 이유가 뭐죠?"

"아하. 좋은 질문일세. '결정적' 질문이야. 사실 1989년은 거의 모든 면에서 평범한 해였어. 노르웨이에서 소련 잠수함이 침몰했고, 중국의 천안문 사건, 엑슨 발데스 호 사건(1989년 3월 24일 알래스카에서 대형 유조선이 좌초하여 막대한 양의 원유가 누출된 사건)이 일어났고, 살만 루슈디가 사형 선고를 받았고, 제인 폰다, 마이크 타이슨, 브루스 스프링스틴이 모두 이혼했고, 성공회가 여자 주교를 선출했고, 폴란드가 파업 노조를 합법화했고, 보이저 호가 해왕성에 도착했고, 샌프란시스코 대지진으로 고가도로가 무너졌고, 러시아, 미국, 프랑스, 영국이 핵실험을 실시했지. 다시 말해서 여느 해와 하나도 다를 게 없는 해였어. 그런데도 '위기'라는 용어의 사용 빈도가 증가한 시점이 1989년 가을로 좁혀졌단 말이야. 이건 상당히 정확한 결과인데, 베를린 장벽의 붕괴 시기와 거의 일치한다는 것이 좀 수상쩍더라구. 그게 그해 11월 9일의 일이었거든."

호프먼은 다시 입을 다물고 의미심장한 얼굴로 에번스를 바라보았다. 대단히 만족스러운 표정이었다.

"죄송합니다, 교수님. 이해할 수가 없군요."

"우리도 그랬어. 우리도 처음엔 이런 관련성이 사실무근이라고 생각했지. 그런데 그게 아니었어. 베를린 장벽은 소련 제국의 몰락을 의미하지. 그리고 서구 세계에서 반세기 동안 유지됐던 냉전 체제의 종말을 의미하기도 하고."

다시 침묵. 다시 그 만족스러운 표정.

에번스는 결국 이렇게 말할 수밖에 없었다.

"죄송합니다. 그때 저는 겨우 열세 살이었고, 그래서……"

그는 어깨를 으쓱거렸다.

"무슨 말씀을 하시려는 건지 잘 모르겠네요."

"내가 하려는 말은 사회적 통제에 대한 얘기일세, 피터. 모든 주권국이 국민의 행동을 통제한다는 얘기야. 질서를 준수하는 국민, 적당히 온순한 국민으로 만들기 위해서 말이지. 모든 국민이 우측 차선으로 통행하도록 하기 위해서…… 아, 물론 좌측 차선으로 통행하는 나라도 더러 있지만. 그리고 세금을 꼬박꼬박 내도록 하기 위해서. 그리고 누구나 알다시피 사회적 통제의 최선책은 바로 공포를 이용하는 거지."

"공포라구요?"

"그래. 서방 국가들은 50년 동안이나 국민들을 지속적인 공포 상태로 몰아넣었지. 적국에 대한 공포. 핵전쟁의 공포. 공산주의의 위협. 철의 장막. 악의 제국. 공산 국가들도 똑같은 상황이었어. 우리에 대한 공포. 그러다가 1989년 가을에 그 모든 것이 달라진 거야. 최후, 종언, 끝. 베를린 장벽이 무너지는 바람에 공포의 공백이 생겨버린 거지. 그런데 자연은 공백을 혐오하고, 그래서 뭔가 다른 것으로 채워야만 한다네."

에번스는 눈살을 찌푸렸다.

"환경 위기가 냉전을 대신하게 되었다는 말씀인가요?"

"그렇게 판단할 만한 근거가 있어. 물론 9·11 이후 우리는 과격파 근본주의와 테러를 두려워하게 됐고, 그건 충분히 두려워할 만한 것들이지. 하지만 내 얘기는 그게 아니야. 내가 하려는 말은, 공포를 느낄 이유는 항상 존재한다는 걸세. 때에 따라 이유는 달라질 수 있겠지만 공포 그 자체는 언제나 우리 곁에 있다는 거야. 테러 이전에는 공해를 두려워했고, 그 전에는 공산주의의 위협을 두려워했지. 간단히 말하자면, 우리가 두려움을 느끼는 구체적인 이유는 시시때때로 달라지지만 공포 그 자체는 끊임없이 존재한다는 거야. 우리 사회의 모든 국면에 공포가 만연돼 있어. 언제나 변함없이."

그는 콘크리트 벤치 위에서 몸을 틀어 다른 사람들을 아예 외면해버렸다.

"자네 혹시 서구 사회의 문화가 놀랍다고 생각해본 적 없었나? 산업화된 나라들은 국민들에게 전에 없던 안전과 건강과 안락을 제공하고 있네. 지난 한 세기 동안에 평균 수명이 50퍼센트나 늘었지. 그런데도 현대인들은 무시무시한 공포 속에서 살고 있어. 다들 낯선 사람을, 질병을, 범죄를, 환경을 두려워하지. 자기가 살고 있는 집을, 자기가 먹는 음식을, 자기 주변에 존재하는 각종 기술을 두려워해. 게다가 눈으로 볼 수 없는 것들에 대해서까지 터무니없는 두려움을 갖고 있어. 세균, 화학 약품, 식품 첨가물, 오염 물질 등등. 그래서 모두 하나같이 겁많고 소심하고 안절부절못하고 우울하기만 하지. 그런데 더욱더 어처구니가 없는 건 현대인들이 지구 전체의 환경이 파괴되어간다고 굳게 믿고 있다는 사실일세. 정말 놀라워! 마녀들에 대한 믿음처럼 이것도 터무니없는 망상일 뿐인데 말이야. 중세 시대에나 어울릴 만한 전 세계적 환상이지. 모든 것이 악화일로로 치닫는다, 그러니까 우리는 모두 공포 속에서 살아야 한다. 이거야말로 기막힌 일이지. 어떻게 그런 세계관이 만인에게 주입되었을까? 우린 저마다 다른 나라에 산다고 생각하는데, 프랑스, 독일, 일본, 미국 등등, 그렇지만 사실은 모두가 한 나라에 살고 있는 거라구. '공포의 제국.' 어쩌다가 이런 일이 벌어졌을까?"

에번스는 아무 말도 하지 않았다. 굳이 일일이 대꾸하지 않아도 된다는 것을 알았기 때문이다.

"자, 어찌된 영문인지 내가 말해주지. 옛날엔 말이야, 피터, 자네가 태어나기도 전이지만, 서방 세계의 시민들은 이른바 군산(軍産) 복합체라는 것이 국가를 지배한다고 믿었다네. 1960년대에 아이젠하워가 미국인들에게 그것에 대해 경고했고, 두 차례의 세계대전을 겪은 뒤에는 유럽인들도 각자 자기 나라에서 그것이 어떤 존재인지 잘 알게 됐지. 그렇지만 이 군산 복합체는 이제 더 이상 우리 사회의 일차적 추진 세력이 아니야. 지난 15년 동안 우리는 실제로 전혀 다른 복합체, 훨씬 더 강력하고 훨씬 더 광범위한 복합체의 지배를 받아왔어. 난 그걸 '정치사법언론 복합체(politico-legal-media complex)'라고 부른다네. 약칭 PLM이지. 그리고 이 복합체는 안전 의식을 고취시킨다는 미명하에 국민들에게 공포심을 전파하는 일에 몰두하고 있어."

"안전도 중요한 거잖아요."

"집어치우게. 서방 국가들은 대단히 안전한 곳이야. 다만 PLM 때문에 사람들이 그걸 실감하지 못할 뿐이지. PLM은 아주 강력하고 튼튼하다네. 사회 내부의 수많은 조직들을 통합했기 때문이지. 정치가들이 국민들을 통제하려면 공포가 필요하고, 변호사들이 소송을 통해 돈을 벌려면 위험이 필요하고, 언론이 대중들을 사로잡으려면 무서운 이야기가 필요한 법이지. 이 세 부류가 하나로 뭉치게 되면 전혀 근거 없는 공포라도 거뜬히 밀어붙여 자기들의 잇속을 차릴 수 있을 만큼 막강해지는 걸세. 사실과는 전혀 무관한 공포라 해도 말이야. 예를 들자면, 유방 이식용 실리콘처럼."

에번스는 한숨을 쉬며 고개를 저었다.

"실리콘이라구요?"

"그래. 실리콘이 암을 유발하고 자가 면역 질환(체내의 면역 체계가 정상적이고 건강한 조직이나 기관 또는 기타 체내 성분 등을 공격하게 되는 질환의 총칭)을 일으킨다는 주장이 있었잖아. 사실이 아니라는 통계학적 증거가 제시됐는데도 수많은 뉴스나 기사, 소송 사건, 정치 청문회 따위로 세상이 온통 떠들썩했지. 실리콘을 제조한 다우 코닝 사(社)는 32억 달러를 배상한 뒤 파산해버렸고, 배심원들은 원고 측과 변호사들에게 엄청난 거액을 안겨줬어. 그리고 4년이 지났을 때, 실리콘이 질병을 일으키지 않는다는 걸 확실하게 밝혀주는 결정적인 역학 연구 결과가 나왔지. 하지만 그때는 이미 그 위기의식의 목적이 달성되었고 PLM은 다음 목표물로 넘어가버린 뒤였어. 끊임없이 새로운 공포, 새로운 두려움을 찾아나서는 탐욕스러운 집단이니까. 실제로 현대 사회는 이렇게 움직이고 있는 거라구. 부단히 공포를 창조하면서 말이야. 그런데 대항 세력은 전혀 없어. 끊임없이 공포, 공포, 공포를 조장하는 그 세력을 저지하고 균형을 잡아주는 시스템, 즉 억제 수단이 없다는 건데……"

"우리에겐 언론의 자유, 출판의 자유가 있으니까요."

"그거야말로 전형적인 PLM식 답변이야. 바로 그것 때문에 그들이 존속할 수 있는 거지. 하지만 생각해보게. 사람들로 가득 찬 극장 안에서 거짓말로 '불이야!' 하고 소리치는 게 옳은 일이 아니라면 어째서 《뉴요커》 지면에서 '암이야!' 하고 소리치는 건 옳다는 건가? 그 말이 전혀 사실이 아닌데도? 우린 고압선이 암을 유발한다는 어처구니없는 주장에 대처하느라고 자그마치 250억 달러를 허비했어.* 자넨 '그래서 어쨌다는 거냐?'고 하겠지. 표정만 봐도 알 만해. 자네 생각은 이럴 거야. '우린 돈이 많아서 그 정도의 여유는 있다. 그까짓 250억 달러가 무슨 대수라고.' 그런데 사실 그 250억 달러는 세계 최빈국 50개 국의 국내 총생산(GDP)을 모두 합친 것보다도 많은 금액이라네. 지금 전 세

---

* 이는 백악관 과학기술 정책실의 평가액으로, 고압선 공포로 인한 자산 가치의 저하와 고압선 재배치 비용 등을 포함한 총비용이다. Park, *Voodoo Science*, p. 161. (이 책의 저자도 당시의 논쟁에 참여했다.)

계 인구의 절반이 하루 2달러로 생활하고 있어. 그러니까 250억 달러
만 있으면 3,400만 명을 1년 동안 먹여 살리고도 남아. 아니면 그 돈으
로 아프리카에서 에이즈로 죽어가는 사람들을 도와줄 수도 있었어. 그
런데 우린 독자들이 신뢰하는 한 잡지에 실린 허무맹랑한 환상 때문에
그런 돈을 아낌없이 써버렸다고. 정말이지 어마어마한 낭비였어. 다른
세상이었다면 가히 범죄라고 할 만한 낭비였지. 뉘른베르크 재판
(1945~1946년 서독 바이에른 주의 뉘른베르크 시에서 열린 전범 재판)을 재
현한다고 상상해봐. 다만 이번엔 하찮은 일에 서구의 부를 무지막지하
게 허비한 죄목으로 말이야. 그 결과로 죽어간 아프리카와 아시아 아
이들의 사진을 곁들여서."

그는 숨 돌릴 겨를도 없이 말을 이었다.

"윤리적인 면에서만 보더라도 이건 어처구니없는 범죄가 아닐 수 없
네. 그렇다면 종교 지도자들이나 위대하신 인도주의자들이 나서서 이
런 낭비에 대해, 그리고 그 때문에 전 세계에서 헛되이 죽어간 사람들
에 대해 맹렬히 규탄해야 마땅하지. 그런데 종교 지도자들 중에서 그
런 발언을 하는 사람이 있나? 없지. 오히려 자기들까지 덩달아 아우성
이야. '예수님이라면 어떤 차를 타실까요?' 하면서 선전에 몰두하는
거야. 정말 예수님이라면 차를 몰기보다 거짓 선지자들과 공포를 조장
하는 자들을 성전에서 몰아내셨을 텐데 말이야."

이제 그는 몹시 흥분한 상태였다.

"이건 대단히 부도덕한 상황일세. 정말 구역질이 날 정도야. PLM은
지구상에서 가장 가난하고 가장 절망적인 사람들의 곤경을 냉담하게
무시하고 있네. 살찐 정치가들이 지위를 보존할 수 있도록, 돈 많은 뉴
스 앵커들이 방송을 계속할 수 있도록, 그리고 음모나 꾸미는 변호사
들이 메르세데스벤츠 컨버터블을 타고 다닐 수 있도록 하기 위해서 말

이야. 아, 그리고 대학 교수들이 볼보를 탈 수 있도록 하기 위해서. 교수들을 빠뜨리다니 안 될 말이지."

"그건 또 왜죠? 대학 교수들이 이 일과 무슨 상관이 있는데요?"

"글쎄, 그건 설명이 좀 길다네."

"줄여서 말씀해주실 수는 없나요?"

"그건 좀 곤란해, 피터. 뉴스의 헤드라인만 보고 내용을 다 알 수는 없는 노릇이잖아. 어쨌든 최대한 간단히 얘기해보겠네. 요점은 이거야. 세계는 지난 50년 사이에 많이 달라졌어. 지금 우리는 지식 사회랄까, 정보 사회랄까, 아무튼 그런 사회에 살고 있네. 그건 대학에도 막대한 영향을 미쳤지. 50년 전에는 말이야, 당시의 표현대로 '지적인 삶'을 살고 싶은 사람, 다시 말해서 지식인이 되어 머리로 벌어먹고 싶은 사람은 반드시 대학에서 일해야 했어. 일반 사회엔 설 자리가 없었으니까. 물론 몇몇 신문 기자나 잡지 기자도 머리로 벌어먹는다고 말할 수 있겠지만 예외는 그 정도가 고작이었지. 대학은 젊은 세대에게 영원한 가치를 가르치기 위해 세속적 행복을 기꺼이 포기하고 지식인의 은둔 생활을 선택한 자들을 한 자리에 끌어모았다네. 지적인 활동은 전적으로 대학의 고유 영역이었어. 그런데 오늘날에는 사회 전체가 지적인 삶을 살고 있네. 지금은 경제 전체가 지적인 삶에 기반을 두고 있어. 노동자의 36퍼센트가 지식 노동자야. 제조업 종사자들보다 더 많은 거지. 그리고 교수들이 더는 젊은이들을 가르치지 않게 됐을 때, 그 대신 자기들보다 아는 것도 훨씬 적고 영어도 제대로 하지 못하는 대학원생들에게 그 일을 떠맡기기 시작했을 때, 바로 그 순간부터 대학들은 위기에 봉착했지. 이제 대학이 무슨 쓸모가 있겠나? 지적인 삶에 대한 독점권을 잃어버린 마당에 말이야. 더는 청년들을 가르치지도 않고, 해마다 푸코의 기호학에 대한 이론서나 줄줄이 펴내는 게 고작이고. 그러니 이제 대학은 어디로 가야 할까? 이 시대에 대학이 어떤 존재 의미를 가질 수 있을까?"

그는 이 물음에 힘을 얻은 듯 벌떡 일어섰다. 그러고는 별안간 도로 앉았다.

"어떻게 됐느냐 하면 말이지, 대학들은 1980년대에 완전히 탈바꿈을 했다네. 예전에는 이 속물적인 세상에서 지적 자유를 수호하는 요새였는데, 성적 자유와 실험의 현장이었는데, 지금은 현대 사회에서 가장 답답한 환경이 되고 만 걸세. 왜냐하면 이젠 새로운 역할을 맡게 됐거든. 대학은 PLM을 대신하여 새로운 공포를 창조하기 시작한 거야. 오늘날의 대학들은 공포를 제조하는 공장이라네. 새로운 두려움과 새로운 사회적 불안을 속속 만들어내는 거지. 사람을 구속하는 새로운 규칙들, 말해서는 안 되는 말들, 생각해서는 안 되는 생각들. 대학은 정치가들과 변호사들과 기자들이 이용할 수 있도록 새로운 불안과 위험과 사회적 공포를 끊임없이 생산하고 있어. 사람에게 안 좋은 음식들, 용납할 수 없는 행동들. 담배 피우지 마라, 욕하지 마라, 성교하지 마라, 생각하지 마라. 한 세대 사이에 그렇게 완전히 뒤집어진 거야. 정말 놀라운 변신이지. 끊임없이 공포를 공급해주는 대학들이 없었다면 오늘날과 같은 '공포의 제국'은 결코 존재할 수 없었을 걸세. 이런 상황을 지탱해주는 것은 괴상한 신(新)스탈린주의적 사고방식인데, 그 사고방식은 제한적인 환경에서만 살아남을 수 있지. 닫힌 방 안에서, 정당한 절차를 무시하면서 말이야. 우리 사회에서는 오직 대학만이 그런 환경을 만들어냈다네. 적어도 지금까지는. 그런 곳이 자유주의적이라고 보는 발상은 지독한 웃음거리가 아닐 수 없네. 사실은 속속들이 파시스트들인데 말이야."

그는 문득 말을 멈추고 인도 쪽을 가리켰다.

"사람들 사이를 비집고 우리 쪽으로 오는 저 친구, 누구지? 어쩐지 낯이 익은데."

"배우 테드 브래들리예요."

"어디선가 본 얼굴인데?"

"텔레비전에 대통령으로 출연했죠."

"아, 그래. 그 친구였군."

테드가 두 사람 앞에서 걸음을 멈추고 숨을 몰아쉬었다.

"피터, 사방으로 찾아다녔네. 휴대폰은 켜놓은 거야?"

"아뇨, 왜냐하면······"

"사라가 계속 자네한테 연락하려고 했네. 중요한 일이래. 우린 당장 출발해야 해. 자네 여권도 가져오라구."

"우리라뇨? 테드도 이번 일에 관련이 있나요?"

"나도 같이 갈 테니까."

그들이 걸음을 옮기기 시작할 때 호프먼이 에번스의 옷소매를 붙잡고 늘어졌다. 새로운 생각이 떠오른 것이었다.

"역전(逆轉) 현상에 대한 얘기를 아직 못했군."

"교수님······"

"바로 그게 국가 발전의 다음 단계라네. 벌써 시작되고 있지. 이 얼마나 얄궂은 일인가? 10년 전엔 고압선이 암을 유발한답시고 250억 달러를 쏟아부었던 돈 많고 겁 많은 엘리트들이 지금은 오히려 자석을 사들여 발목에 휘감고 다니거나 매트리스에 줄줄이 붙인단 말씀이야. 자석은 일제가 제일 고급이고 제일 비싼데, 그걸로 자기장의 유익한 효과를 보겠다는 거지. 예나 지금이나 똑같은 자기장인데 이번엔 좋아서 환장하는 거야!"

"교수님, 저는 이만 가봐야겠습니다."

"차라리 텔레비전에 기대고 누워 있는 게 낫지 않겠나? 아예 주방용 전기제품을 껴안고 살지? 예전엔 무서워서 쩔쩔매던 그것들을 말이야."

에번스는 붙잡힌 팔을 잡아당기며 말했다.

"나중에 다시 말씀하시죠."

"건강 잡지에서까지 자석을 선전한다네! 자기장으로 건강한 생활을! 미친놈들! 겨우 몇 년 전 일을 기억하는 놈이 하나도 없어! 조지 오웰의《동물농장》이지. 모두 기억력이 없다구!"

간신히 호프먼을 떼어놓고 돌아서자 브래들리가 말했다.

"저 사람 누구지? 약간 맛이 간 거 같은데?"

샌타모니카

10월 13일 수요일
10:33 AM

발표자가 강연대에서 단조로운 어조로 말하고 있었다.

"빙핵 속에는 대이변의 기록이 담겨 있습니다."

그는 러시아인이었고 영어 발음이 서툴렀다.

"그린란드에서 채취한 이 빙핵들은 지난 10만 년 사이에 모두 네 차례의 기후 급변 현상이 있었다는 걸 말해줍니다. 어떤 경우엔 불과 몇 년 사이에 빠르게 진행되기도 했습니다. 이런 현상의 발생 과정은 아직 연구 중이지만 기후에도 '방아쇠 효과'가 작용한다는 것을 확인했습니다. 인간이 일으킨 변화를 포함한 아주 작은 변화가 가히 재앙이라고 할 만큼 크나큰 결과를 촉발시킬 수도 있다는 것입니다. 우리는 그런 결과의 몇몇 사례를 직접 목격했습니다. 최근 며칠 사이에 세계에서 가장 큰 빙산이 떨어져 나왔고, 미국 남서부에서는 돌발홍수로 무서운 참사가 벌어졌습니다. 앞으로도 이런 일들이 속출할 것을 쉽사리 예측할 수 있으며……"

그때 드레이크가 황급히 연단 위로 올라오자 발표자는 잠시 말을 멈추었다. 드레이크는 그의 귓가에 뭐라고 속삭인 후 손목시계를 들여다보며 도로 내려갔다.

"저어, 여러분께 사과 말씀을 드려야겠습니다. 제가 실수로 그만 수정하기 전에 썼던 원고를 가져온 모양입니다. 워드프로세서라는 게 이렇다니까요! 방금 말씀드린 부분은 제가 2001년에 발표했던 내용입니다. 제가 말씀드리려고 한 것은 2001년에 미국의 여러 주보다 규모가 큰 빙하가 떨어져 나왔던 일, 그리고 늘 화창했던 미국 남서부를 비롯하여 세계 각지에서 계절에 맞지 않게 발생하고 있는 위험한 기상 현상들이 결국 기후 불안정 상태의 징후라는 것입니다. 이 정도는 시작에 불과합니다."

사라 존스는 회의장 뒤쪽에 서서 유명한 변호사의 아내이며 NERF의 중요한 기부자인 앤 가너와 이야기를 나누는 중이었다. 앤은 평소처럼 확고한 자기 주장을 내세우며 끊임없이 재잘거리고 있었다.

"내가 어떤 얘기를 들었는지 말해줄까? 산업계의 후원을 받아 비정부기구(NGO)들을 깎아내리려는 움직임이 있다는 거야. 환경운동이 점점 힘을 더해가니까 기업들이 겁을 먹고 필사적으로, 그야말로 '필사적으로' 막으려 하는 거지. 요 몇 년 사이에 우리가 상당한 성공을 거뒀기 때문에 기업들이 똥줄이 타서……"

그때 사라가 말했다.

"죄송해요, 앤. 잠깐만요."

사라는 돌아서서 강연대의 발표자를 바라보았다. '저 사람이 방금 뭐라고 했지?'

그녀는 재빨리 기자석으로 걸어갔다. 그곳에는 취재기자들이 나란히 앉아 테이블 위에 노트북 컴퓨터를 펼쳐놓고 있었다. 그들은 회의록을 실시간으로 받아보는 중이었다.

사라는 《로스앤젤레스 타임스》기자 벤 로페즈의 어깨 너머로 컴퓨터 화면을 들여다보았다. 벤은 조금도 귀찮아하지 않았다. 그는 몇 달

동안이나 사라를 쫓아다닌 적도 있었다.

"안녕, 예쁜이."

"안녕, 벤. 내가 뭐 좀 봐도 되죠?"

그녀는 마우스를 움직여 화면을 위로 스크롤했다.

"그래, 얼마든지 봐. 향수 냄새 좋네."

사라는 화면의 글을 읽어보았다.

기후에도 '방아쇠 효과'가 작용한다는 것을 확인했습니다. 인간이 일으킨 변화를 포함한 아주 작은 변화가 가히 재앙이라고 할 만큼 크나큰 결과를 촉발시킬 수도 있다는 것입니다. 우리는 그런 결과의 몇몇 사례를 직접 목격했습니다. ~~최근 며칠 사이에 세계에서 가장 큰 빙산이 떨어져 나왔고, 미국 남서부에서는 돌발홍수로 무서운 참사가 벌어졌습니다. 앞으로도 이런 일들이 속출할 것을 쉽사리 예측할 수 있으며~~

그녀가 보고 있는 동안에 화면이 달라지고 있었다. 선을 그은 부분이 지워지고 다른 문장이 나타나는 것이었다.

기후에도 '방아쇠 효과'가 작용한다는 것을 확인했습니다. 인간이 일으킨 변화를 포함한 아주 작은 변화가 가히 재앙이라고 할 만큼 크나큰 결과를 촉발시킬 수도 있다는 것입니다. 우리는 그런 결과의 몇몇 사례를 직접 목격했습니다. 2001년에 미국의 여러 주보다 규모가 큰 빙하가 떨어져 나왔던 일, 그리고 늘 화창했던 미국 남서부를 비롯하여 세계 각지에서 계절에 맞지 않게 발생하고 있는 위험한 기상 현상들이 결국 기후 불안정 상태의 징후라는 것입니다.

"이럴 수가."

그러자 벤이 물었다.

"왜 그래?"

"방금 저 사람이 뭐라고 했는지 봤어요?"

"그래. 불쌍한 친구. 시차 때문에 제정신이 아닌가봐. 게다가 영어도 서툴러서 쩔쩔매고……"

발표자가 처음에 했던 말은 사라져버렸다. 기록이 정정된 것이다. 그러나 의문의 여지가 없었다. '저 러시아인은 빙산과 돌발홍수에 대해 미리 알고 있었다.' 그의 발표 원고에는 분명히 그런 내용이 적혀 있었다. 그런데 그가 비행기에서 내린 뒤에 누군가 그에게 그 사건들이 실패로 끝났다고 귀띔해주는 것을 깜박 잊었던 것이다.

'미리 알고 있었다.'

그러나 이미 기록이 정정되었고 그 부분은 모두 삭제되었다. 사라는 뒤쪽에서 진행 상황을 녹화하고 있는 비디오카메라들을 돌아보았다. 보나마나 녹화 영상에서도 그 부분이 지워질 것이 분명했다.

'저 망할 자식은 미리 알고 있었어.'

그때 벤이 말했다.

"이봐. 왜 그렇게 놀란 표정인지 모르겠는데, 나도 좀 가르쳐줄래?"

"나중에요. 꼭 약속할게요."

사라는 벤의 어깨를 두드려주고 앤이 있는 곳으로 돌아갔다.

앤이 말했다.

"그러니까 우린 지금 기업들이 조종하는 방해 작전을 보고 있는 거라구. 넉넉한 자금을 바탕으로 광범위하게 펼쳐지는 작전, 자기들을 방해하는 환경운동을 분쇄하려고 혈안이 된 극우파들의 작전 말이야."

그러나 방금 그 일을 목격한 사라는 이런 헛소리를 잠자코 들어줄

기분이 아니었다.

"혹시 피해망상이라는 생각은 안 들어요?"

"전혀. 그리고 피해망상증 환자에게 실제로 적이 있을 수도 있는 거 잖아."

"지금 NERF 이사회에 기업 경영자가 몇 명이죠?"

"글쎄, 몇 명 안 되지."

그러나 사라는 NERF의 이사가 모두 서른 명이며 그중 열두 명이 기업인이라는 사실을 알고 있었다. 이런 사정은 요즘 모든 환경단체의 공통점이었다. 지난 20여 년 동안 모든 단체가 기업 대표를 이사로 두고 있는 것이다.

"이사로 있는 기업인들에게도 기업들의 이 비밀 작전에 대해 얘기해 보셨어요?"

"아니."

앤은 이상하다는 표정으로 사라를 쳐다보고 있었다.

"혹시 비밀 작전을 벌이는 건 오히려 NERF 같은 비정부기구일 수도 있다는 생각은 안 해보셨어요?"

그러자 앤의 표정이 굳어졌다.

"도대체 그게 무슨 소리야? 사라, 우린 선(善)의 편이잖아."

"그럴까요?"

"그렇고말고. 도대체 왜 이래, 사라?"

산종은 회의장 밖의 주차장에 세워둔 차 안에 앉아 있었고, 그의 무릎 위에는 노트북 컴퓨터가 놓여 있었다. 그는 기자들이 이용하는 와이파이(WiFi, 전파나 적외선 전송 방식을 이용하는 근거리 통신망. '무선랜') 네트워크를 간단히 해킹하여 회의록을 수신하는 중이었다. 회의록의 내용은 시시각각 저장되고 있었는데, 굳이 그렇게 해놓은 이유는 언제 해킹 사실이 발각되어 차단될지 모르기 때문이었다. 어쨌든 그렇게 한 덕분에 그는 방금 정정된 부분을 포함하여 회의록 전체를 온전히 확보할 수 있었다. 케너 교수가 이걸 보면 뛸 듯이 기뻐할 터였다.

산종은 다른 스크린으로 플로리다 연안의 서대서양에서 촬영한 인공위성 사진들을 모니터링하고 있었다. 그곳에는 거대한 고기압 덩어리가 서서히 회전하면서 깔쭉깔쭉한 모양의 허리케인을 형성해가고 있었다. 놈들은 틀림없이 허리케인을 이용하려는 계획이었는데 무엇 때문인지 막판에 취소해버렸다.

그리고 지금 그는 다른 단서들도 추적하고 있었다. 케너가 특히 우려하고 있는 것은 DOEV/2라는 소형 탐사용 잠수함과 그것의 모선(母船) AV 스콜피오 호였다. 이 잠수함과 모선은 캘거리의 천연가스 회사인 카누코(CanuCo)가 남태평양에서 해저 가스층을 찾기 위한 탐사용으로 빌린 것이었다. 모선은 두 달쯤 전에 뉴기니의 포트모르즈비로 갔다가 항구를 떠난 후 솔로몬 제도의 부건빌 섬 근처에서 발견되었다.

거기까지는 관심을 끌 만한 것이 없었는데, 이 카누코라는 회사가 캐나다 정부에 등록된 기업도 아니고 더구나 자산이라고는 달랑 웹사이트와 웹 주소뿐이라는 사실이 드러났다. 웹사이트 소유자는 카누코 임대회사로 되어 있었지만 그것 역시 유령회사였다. 잠수함 임대료는 케이맨 제도의 은행계좌에서 유로화로 지급되었다. 이 계좌는 역시 캘거리에 있는 사이즈믹 서비스라는 회사 명의로 되어 있었지만 이 회사는 사서함을 카누코와 함께 쓰고 있었다.

결국 두 회사의 실체는 하나였던 것이다. 처음에 잠수함을 빌리려고 했던 것도 바로 사이즈믹 서비스였다. 그리고 밴쿠버에서 냇 데이먼을 죽게 한 것도 아마 그들이었을 것이다.

지금 워싱턴의 정보기관들이 솔로몬 제도 어딘가에 있을 AV 스콜피오 호를 찾으려고 위성 지도를 샅샅이 뒤지는 중이었다. 그러나 솔로몬 제도 상공은 여기저기 구름에 덮인 상태였고 위성들의 통과 범위 안에서는 아직 이 배의 위치가 발견되지 않고 있었다.

바로 그 점이 걱정스러웠다. 이 배가 이미 모종의 방법으로 모습을 감추었다는 뜻이기 때문이다. 어쩌면 지붕이 있는 계선장에 들어갔는지도 모른다.

아마 남태평양 어딘가에 있을 것이다.

그러나 바다는 넓은 곳이다.

똑같이 걱정스러운 것은 이 모선이 제일 먼저 밴쿠버에 들러 '산업용 장비'가 들었다는 5톤짜리 상자를 30톤이나 선적했다는 사실이었다. 캐나다 정부는 이 회사가 불법으로 자동차를 운반하려는 것이라고 판단하여 상자 하나를 열어보았다. 그러나 세관원들이 발견한 것은 아주 복잡하게 생긴 장비였고, 그들의 기록에 의하면 '디젤 발전기'라는 것이었다.

발전기라니!

산종은 그 상자에 무엇이 들어 있었는지는 몰라도 디젤 발전기는 절대로 아닐 거라고 확신했다. 발전기 몇 대를 사겠다고 굳이 밴쿠버까지 갈 필요는 없기 때문이다. 그래서 걱정스러운 일인데……

"어이! 거기!"

고개를 들어보니 주차장 건너편에서 두 명의 경비원이 다가오고 있었다. 와이파이 해킹 사실이 발각된 것이 분명했다. 이제 이곳을 떠야 했다. 그는 얼른 시동을 걸고 주차장을 벗어났다. 경비원들 앞을 지나갈 때는 밝은 얼굴로 손을 흔들어주었다.

"사라? 왜 그래? 멍하니 허공만 보고 있잖아?"

사라는 머리를 흔들었다.

"아무것도 아니에요, 앤. 그냥 생각 좀 하느라구요."

"무슨 생각을 했는데? 그리고 내가 피해망상이라는 건 또 무슨 소리 야?"

앤은 사라의 팔에 손을 얹었다.

"정말이야. 난 사라가 좀 걱정스러워."

사라는 속으로 이렇게 생각했다. '난 당신이 더 걱정스러워요.'

사실 피해망상에 가까울 만큼 뚜렷한 두려움을 느끼는 사람은 오히려 사라 자신이었다. 그녀는 회의장 안을 둘러보았다. 그러다가 문득 드레 이크와 눈이 마주쳤다. 그는 회의장 저쪽에서 그녀를 바라보고 있었다. 언제부터 지켜보았을까? 혹시 기자석으로 달려가는 것도 보았을까? 그 이유도 짐작하고 있을까? 내가 알아차렸다는 것을 알아차렸을까?

앤이 사라의 팔을 흔들었다.

"사라."

"저기요, 정말 죄송한데요, 이제 가봐야겠어요."

"난 사라가 걱정스러워서 이러는 거야."

"전 괜찮아요."

그녀는 회의장을 떠나려고 걸음을 옮겼다.

"그럼 나도 따라가줄게."

앤도 사라와 같은 속도로 걷기 시작했다.

"아뇨, 그러지 마세요."

"정말 별일 없는 건지 걱정스러워서 그래."

"전 그냥 한동안 혼자 있고 싶어요."

"친구한테 이래도 되는 거야? 사라, 내 말 들어. 사라는 지금 보살핌

이 필요해. 내가 척 보면 알아. 나만 믿으라구."

사라는 한숨을 쉬었다.

니콜라스 드레이크는 사라가 회의장을 나설 때까지 지켜보았다. 그의 부탁대로 앤이 그녀를 따라가고 있었다. 앤은 헌신적이고 집요한 여자였다. 사라는 절대로 앤의 상대가 아니었다. 냅다 뛰어 도망친다면 또 모를까. 그러나 혹시 정말 도망쳐버린다면…… 그때는 좀더 확실한 방법을 써야 할 것이다. 지금은 대단히 중대한 시기인데, 이런 시기에는 간혹 강력한 조치가 불가피할 때도 있다. 전시와 마찬가지다.

그러나 드레이크는 굳이 극단적인 행동까지 갈 필요는 없을 거라고 생각했다. 케너가 처음의 두 계획을 무산시킨 것은 사실이지만 그것은 ELF가 아마추어 집단이기 때문이었다. 아이들의 놀이처럼 각자 알아서 하라는 식으로 자율성을 주는 행동 방식은 현대의 미디어에 적합한 것이 아니었다. 드레이크는 그 점을 헨리에게 수없이 지적했지만 헨리는 번번이 무시해버렸다. 사건에 연루되었다는 사실을 부인할 수 있어야 한다는 것이었다. 헨리의 뜻대로 NERF는 그 어릿광대 같은 녀석들과의 관계를 딱 잡아뗄 수 있다. 멍청하고 한심한 것들!

그러나 이 마지막 사건은 전혀 다르다. 처음부터 훨씬 더 신중하게 계획을 세웠고—그럴 수밖에 없었으니까—실행은 전문가들에게 맡겼다. 이번만은 케너도 방해하지 못할 것이다. 드레이크는 케너가 현장에 제때 도착하지도 못할 거라고 생각했다. 게다가 테드 브래들리와 앤 가너를 붙여놓았으니 일행의 일거수일투족을 빈틈없이 감시할 수 있는 눈과 귀가 생긴 셈이다. 그리고 만일의 사태에 대비하여 케너를 위한 몇 가지 깜짝 선물까지 준비해둔 터였다.

드레이크는 휴대폰을 열고 헨리의 전화번호를 찍었다.

"놈들한테 감시자를 붙여놨어."

"잘됐군."

"자넨 어디 있나?"

"V.에게 소식을 전하려는 참이야. 지금 막 집 앞에 도착했어."

케너는 은색 포르셰 한 대가 비치하우스의 진입로에 들어서는 것을 쌍안경으로 지켜보고 있었다. 파란색 골프 셔츠와 황갈색 슬랙스 차림의 남자가 차에서 내렸다. 키가 크고 가무잡잡한 이 남자는 야구 모자와 짙은 선글라스를 끼고 있었지만 케너는 그가 NERF의 홍보부장 존 헨리라는 것을 한눈에 알아볼 수 있었다.

'이제야 모든 게 들어맞는군.'

케너는 쌍안경을 울타리 위에 내려놓고 잠시 이 상황의 의미를 생각해보았다.

옆에 서 있던 젊은 FBI 요원이 물었다.

"저게 누군지 아십니까?"

스물다섯 살도 안 되어 보이는 풋내기였다.

"그래, 누군지 알지."

그들은 샌타모니카 해변과 바다가 한눈에 내려다보이는 절벽 위에 서 있었다. 이곳의 해변은 기슭에서부터 자전거 전용도로까지의 폭이 몇백 야드 정도였고, 거기서부터 서로 다닥다닥 붙은 집들이 길가에 한 줄로 늘어서 있었다. 그 다음은 차들이 쌩쌩 달리는 6차선 해안 고속도로였다.

이 집들은 고속도로 바로 옆에 있는데도 놀랄 만큼 비쌌다. 한 채 가격이 2천만이나 3천만 달러 또는 그 이상이라고 했다. 캘리포니아에서도 손꼽히는 부촌이었다.

헨리가 포르셰의 직물 지붕을 올리는 중이었다. 까탈스러워 보일 만큼 꼼꼼한 동작이었다. 그 일을 끝마친 그는 대문 앞으로 가서 초인종을 눌렀다. 그가 들어가려는 집은 곡면 형태로 설계된 초현대식 유리 건물이었는데, 아침 햇살을 받아 보석처럼 반짝거리고 있었다.

헨리가 안으로 들어가고 곧 대문이 닫혔다.

"그런데 사람들이 저 집에 들어가는 건 신경 쓰지 않으시는군요."

"맞아. 신경 쓸 필요가 없으니까."

"출입자 명단이나 기록도 필요 없고……"

"그래."

"하지만 적어두면 증거가……"

"아니야."

이 풋내기는 도와주려고 하는 소리였지만 케너에게는 귀찮을 뿐이었다.

"그런 거 다 필요 없어. 난 저놈들이 언제 떠나는지만 알면 되니까."

"이를테면 휴가 여행을 가거나 그런 거 말입니까?"

"그래."

"가정부를 남겨두면 어떡하죠?"

"그런 일은 없을 거야."

"제 생각엔 틀림없이 그럴 겁니다. 저런 집에 사는 놈들은 언제나 집을 지켜줄 사람을 남겨두거든요."

"아니라니까. 이 집은 완전히 비게 될 거야. 한 명도 빠짐없이 나갈 거라구."

그러자 풋내기가 얼굴을 찡그렸다.

"그건 그렇고, 저게 누구 집입니까?"

케너는 미리 말해주는 게 좋겠다고 생각했다.

"V. 앨런 윌리라는 자선가의 집이야."

"으흠. 그 사람이 범죄 집단에 연루되기라도 한 겁니까?"

"그렇다고 할 수 있지. 일종의 보호비를 내고 있으니까."

"그럴 줄 알았어요. 저렇게 큰돈을 거머쥐려면 평범한 방법으론 어림도 없죠. 무슨 뜻인지 아시죠?"

케너는 잘 안다고 대답했다. 사실 V. 앨런 윌리의 인생은 호레이쇼 앨저(Horatio Alger, 미국 아동문학가. 가난한 소년이 자수성가하는 과정을 주로 다뤘다. 1832~1899)의 소설 못지않은 아메리칸 드림의 전형이었다. 앨런 윌리는 저렴한 옷가게 체인을 설립했고, 노동자를 착취하는 제3세계 공장에서 옷을 만들어 서구의 여러 도시에서 원가의 30배를 받고 팔았다. 그렇게 10년이 흐른 후 회사를 4억 달러에 매각했다. 그리고 그 직후부터 (본인의 주장에 의하면) 급진적 사회주의자로 돌변하여 자연 보호와 환경 정의에 헌신하기 시작했다.

자신도 노동자를 착취하여 떼돈을 벌었으면서 그렇게 모은 돈으로 자신과 똑같은 짓을 하는 기업들을 공격하기 시작한 것이다. 그는 사납고 독선적이었으며 이름에 V.를 덧붙인 뒤에는 명성까지 얻게 되었다. 그러나 그의 공격 때문에 결국 여러 기업이 제3세계 공장에서 철수할 수밖에 없었는데, 그 공장은 곧 중국계 회사에 인수되었고 현지 노동자들은 전보다 더 적은 임금을 받게 되었다. 그러므로 이치를 따져 본다면 V. 앨런 윌리는 노동자들을 두 번이나 착취하는 셈이었다. 처음엔 돈을 벌기 위해 그들을 착취했고, 이번엔 양심의 가책을 덜기 위해 착취하고 있는 것이다. 그는 대단한 미남이었고 머리도 그리 나쁜 편이 아니었다. 다만 이기적이며 비현실적인 사회 개혁가일 뿐이었다. 요즘은 사전예방의 원칙(precautionary principle, 특정 물질 또는 특정 행위가 환경과 인체에 나쁜 영향을 미친다는 과학적 증거가 없더라도 심각한 비가역적 피해가 예상되는 경우에는 이를 사전에 방지하는 방향으로 정책을 결정해야 한다는 원칙)에 대한 책을 집필 중이라는 말도 있었다.

그는 또한 V. 앨런 윌리 재단을 설립하고 NERF를 포함한 수십 개의 단체를 후원하면서 환경 정의를 외치고 있었다. 아무튼 헨리가 몸소 집으로 찾아올 만큼 중요한 인물이었다.

FBI 풋내기가 물었다.

"그러니까 돈 많은 환경론자라는 거죠?"

"맞았어."

풋내기는 고개를 끄덕였다.

"알았어요. 그래도 잘 이해가 안 되네요. 그런 부자가 집을 완전히 비울 거라고 생각하시는 이유가 뭡니까?"

"그건 말해줄 수 없어. 어쨌든 틀림없이 그럴 거야. 그리고 그때는 즉시 나한테 그 사실을 알려줘야 하네."

그는 풋내기 요원에게 명함 한 장을 건넸다.

"이 번호로 연락하게."

풋내기가 명함을 들여다보았다.

"그뿐입니까?"

"그뿐이야."

"그런데 그게 언제쯤이죠?"

"금방."

그때 케너의 휴대폰이 울렸다. 휴대폰을 열어보니 산종의 문자 메시지였다.

'AV 스콜피오를 찾았다고 합니다.'

케너가 말했다.

"난 이만 가봐야겠네."

405번 고속도로

10월 13일 수요일
12:22 PM

에번스는 밴너이스 공항으로 달려가는 중이었다. 테드 브래들리가 조수석에 등을 기대면서 말했다.

"어림없는 소리. 자네 혼자만 재미보게 놔둘 순 없지. 자네가 지난주에 이런 비밀 나들이를 자주했다는 거 나도 다 알고 있어. 이번엔 나도 따라가야겠네."

"그건 곤란해요, 테드. 그 사람들이 허락하지 않을 거라구요."

그러나 브래들리는 빙그레 웃었다.

"그 문제는 나한테 맡기라구."

에번스는 속으로 생각했다. '도대체 이게 무슨 일이지?' 브래들리가 갑자기 손이라도 잡을 듯이 찰싹 달라붙어 한시도 떨어지려고 하지 않는 것이었다.

에번스의 휴대폰이 울렸다. 사라였다.

"지금 어디야?"

"공항에 거의 다 왔어. 테드도 같이 있어."

"으흠."

사라의 불분명한 어조는 그녀 역시 마음 놓고 말할 수 없는 형편이라는 것을 말해주고 있었다. 그녀는 이렇게 말을 이었다.

"우리도 방금 공항에 도착했는데 문제가 생긴 것 같아."

"어떤 문젠데?"

"법적인 문제."

"그건 또 무슨 소리야?"

그러나 그렇게 묻는 순간 에번스는 도로를 벗어나 활주로 출입구 쪽으로 접어들었고, 그곳에서 자기 눈으로 확인할 수 있었다.

허브 로웬스타인이 여덟 명의 경비원을 거느리고 서 있었다. 그들은 모턴의 전용기를 봉인하는 중인 것 같았다.

에번스는 출입구를 통과한 후 차에서 내렸다.

"무슨 일입니까, 허브?"

"법규대로 이 비행기를 봉인하고 있네."

"무슨 법규 말입니까?"

"자네가 깜박 잊은 모양인데, 지금 조지 모턴의 유언검인(사망자의 유언이라고 주장되는 문서가 법적으로 유효한 것인지 여부를 결정짓는 영미법상의 사법절차) 절차를 밟는 중일세. 그러니까 연방 법원의 자산 평가와 상속세 사정이 끝날 때까지 은행 계좌와 부동산을 포함한 모든 자산을 봉인해둬야지. 그래서 이 비행기도 결론이 나올 때까지 봉인해두려는 걸세. 아마 6개월이나 9개월쯤 걸리겠지."

바로 그때 케너가 타운카를 타고 나타났다. 그는 로웬스타인에게 자신을 소개하고 악수를 나눴다.

"그러니까 유언검인 때문이라는 거죠?"

"그렇소."

"그런 말씀을 하시다니 좀 뜻밖이군요."

"뭐가 말이오? 조지 모턴은 사망했잖소."

"정말입니까? 금시초문인데요."

"어제 모턴의 시신이 발견됐소. 에번스와 브래들리가 가서 신원을 확인했소."

"검시관도 같은 결론을 내렸습니까?"

그러자 로웬스타인이 순간적으로 머뭇거렸다.

"아마 그럴 거요."

"아마 그럴 거라뇨? 검시관으로부터 소견서를 받으셨을 텐데요. 어젯밤에 부검을 했잖습니까."

"소견서는 아마…… 아니, 틀림없이 받았을 거요."

"제가 좀 봐도 되겠습니까?"

"그래봤자 불필요하게 내 일만 지연될 뿐이오."

로웬스타인이 에번스를 돌아보았다.

"자네, 모턴 회장의 시신을 보고 신원을 분명히 확인했나, 못했나?"

"확인했습니다."

"그럼 테드 자네는?"

"나도 확인했네. 틀림없어. 조지가 맞더라구. 불쌍한 친구."

그러자 케너가 로웬스타인에게 말했다.

"그래도 검시관의 통지서를 봐야겠습니다."

그러나 로웬스타인은 코웃음을 칠 뿐이었다.

"당신은 그런 요청을 할 자격이 없으니 정식으로 거절하겠소. 난 모턴 회장의 자산 관리를 맡은 수석 변호사요. 게다가 유언 집행자로 지명된 사람이기도 하고. 이미 말했듯이 내 사무실에 가면 그 서류가 있으니까 그냥 그런 줄 아시오."

"그 말씀은 저도 들었습니다. 하지만 제가 기억하기엔 허위로 유언 검인을 빙자하는 건 사기행위에 해당할 겁니다. 변호사님 같은 법조인에게는 아주 심각한 문제가 될 텐데요."

"이것 보시오. 지금 무슨 수작인지 모르겠지만……"

그러자 케너가 차분하게 말했다.

"저는 단지 그 서류를 보고 싶다는 것뿐입니다. 저기 저 비행 관리실에 가면 팩스머신이 있습니다."

케너는 비행기에서 그리 멀지 않은 건물을 가리켰다.

"그러니까 서류를 보내달라고만 하시면 몇 초 만에 이 문제를 깨끗이 매듭지을 수 있을 겁니다. 그게 싫으시다면 샌프란시스코 검시관실에 연락해서 정말 신원을 분명히 밝혀냈는지 확인해달라고 하셔도 됩니다."

"하지만 지금 이 자리에 증인이 두 명이나……"

그러자 케너가 시계를 들여다보면서 말했다.

"지금은 DNA 검사 시대입니다. 어서 연락해보시죠."

그는 경비원들을 향해 돌아섰다.

"자네들은 비행기나 열어주게."

경비원들은 난처한 표정이었다.

"로웬스타인 씨?"

그러자 로웬스타인이 말했다.

"잠깐, 젠장, 잠깐만 기다리시오."

그는 휴대폰을 귀에 대면서 비행 관리실 쪽으로 걸어갔다.

케너가 말했다.

"어서 비행기를 열게."

그는 지갑을 꺼내 경비원들에게 배지를 보여주었다.

"알겠습니다."

그때 다시 차 한 대가 도착했고 사라가 앤 가너와 함께 내렸다. 앤이 물었다.

"이건 또 무슨 일이죠?"

케너가 대답했다.

"사소한 오해가 있었을 뿐입니다."

그는 앤에게 자신을 소개했다.

"당신이 누군지 알아요."

앤은 적대감을 감추려고 하지 않았다.

케너가 빙그레 웃었다.

"아실 거라고 생각했습니다."

앤은 이렇게 말을 이었다.

"그리고 솔직히 말하겠는데, 바로 당신 같은 사람들, 당신처럼 똑똑하긴 하지만 부도덕하고 파렴치한 사람들 때문에 지금 우리 환경이 이렇게 엉망진창으로 오염돼버린 거예요. 난 당신이 싫어요, 케너 씨. 인간적으로도 싫고, 당신이 이 세상에서 하고 있는 일도 싫고, 아무튼 당신에 관한 거라면 뭐든지 다 싫어요."

"그거 흥미롭군요. 언젠가 둘이서 자세하고 구체적인 대화를 한번 해보는 것도 좋겠습니다. 우리 환경이 정확히 뭐가 잘못됐는지, 그렇게 엉망진창으로 오염돼버린 게 정확히 누구 책임인지 말입니다."

그러자 앤이 성난 어조로 대꾸했다.

"언제라도 좋아요."

"다행입니다. 혹시 법률을 공부하셨습니까?"

"아뇨."

"과학 쪽은요?"

"아뇨."

"그럼 전문 분야가 뭡니까?"

"다큐멘터리 프로듀서로 일하다가 아이들을 키우느라 그만뒀어요."

"아."

"그래도 환경 문제엔 아주 적극적인 편이에요. 옛날부터 그랬죠. 요즘도 모든 걸 읽고 있어요. 화요일마다 《뉴욕 타임스》 '과학' 섹션을 '처음부터 끝까지' 샅샅이 읽고, 물론 《뉴요커》와 《뉴욕 리뷰》도 항상 읽어요. 환경에 대해서는 모르는 게 없다구요."

"그렇다면 더더욱 우리 대화가 기대되는군요."

조종사들이 출입구 앞에 도착하여 문이 열리기를 기다리고 있었다. 케너가 말했다.

"이제 몇 분 안에 출발할 수 있겠군."

그는 에번스를 돌아보았다.

"자네가 로웬스타인 씨한테 가서 출발해도 되겠느냐고 물어보게."

"알았어요."

에번스는 비행 관리실 쪽으로 향했다.

앤이 말했다.

"미리 말해두겠는데, 우리도 같이 갈 거예요. 나도 가고 테드도 가요."

그러자 케너가 대답했다.

"그것 참 반가운 일이군요."

에번스가 비행 관리실에 들어가보니 로웬스타인은 조종사들만 들어갈 수 있는 안쪽 방에서 등을 구부리고 전화 통화를 하는 중이었다.

"그런데 그 작자가 곧이듣질 않는다니까. 서류를 꼭 봐야겠다는 거야."

그러더니 잠시 멈췄다가 이렇게 말했다.

"이봐, 닉, 이 일 때문에 면허를 취소당하긴 싫다구. 그 작자는 하버드 법대에서 박사학위를 받았단 말이야."

에번스가 문을 노크했다.

"우리가 이륙해도 되겠습니까?"

"잠깐 기다려봐."

로웬스타인은 수화기에 대고 그렇게 말한 후 수화기를 손으로 가렸다.

"지금 이륙하겠다는 거야?"

"그렇습니다. 그 서류를 제시하지 않으시면……"

"모턴 회장의 재산이 정확히 어떤 상태인지가 좀 불확실한 모양일세."

"그럼 우린 갑니다, 허브."

"알았어, 알았어."

그는 다시 수화기에 대고 말했다.

"닉, 이 친구들이 지금 이륙한다는군. 못 가게 하고 싶으면 자네가 직접 하라구."

객실 안에서 그들은 모두 좌석에 앉아 있었다. 케너가 이리저리 돌아다니며 사람들에게 종이를 한 장씩 나눠주었다. 브래들리가 앤을 슬쩍 쳐다보면서 케너에게 물었다.

"이게 뭐요?"

"합의서입니다."

앤이 문서를 소리 내어 읽었다.

"'……사망에 대하여 책임지지 않으며 그 밖의 중대한 신체적 상해, 장애, 신체 일부의 상실……' 신체 일부의 상실이라구요?"

케너가 대답했다.

281

"그렇습니다. 지금 우리가 가려는 곳은 대단히 위험한 곳이라는 사실을 명심하셔야 합니다. 저로서는 두 분 다 따라오지 마시길 강력히 권해드리고 싶군요. 그래도 제 충고를 무시하시겠다면 이 서류에 서명해주셔야겠습니다."

그러자 브래들리가 물었다.

"우리가 가려는 곳이 대체 어디요?"

"그건 이륙하기 전에는 말씀드릴 수 없습니다."

"뭐가 위험하다는 거요?"

"이 서류에 서명하기가 곤란해서 그러십니까?"

"아니오. 젠장."

브래들리가 서명을 휘갈겨 썼다.

"앤?"

앤은 잠시 머뭇거리더니 곧 입술을 깨물며 서명했다.

조종사가 문을 닫았다. 엔진 소리가 커지면서 비행기가 활주로를 달리기 시작했다. 객실 승무원이 승객들에게 마실 것을 원하느냐고 물었다.

에번스가 대답했다.

"뭘리니몽트라셰."

앤이 물었다.

"우리가 가려는 데가 어디죠?"

"뉴기니 연안에 있는 어떤 섬입니다."

"거긴 왜 가죠?"

케너가 대답했다.

"해결해야 할 문제가 있거든요."

"좀더 자세히 말해줄 수 없어요?"

"아직 좀 곤란합니다."

비행기가 로스앤젤레스의 구름층을 뚫고 날아오르더니 서쪽으로 선회하여 태평양 상공을 날아가기 시작했다.

기내에서

10월 13일 수요일
4:10 PM

제니퍼 헤인즈가 낮잠을 자겠다면서 객실 앞쪽으로 가더니 곧바로 곯아떨어졌고, 사라는 그제야 마음이 좀 편안해졌다. 그러나 앤과 테드가 함께 있는 것이 좀 거북스러웠다. 객실 안에서는 어색한 대화가 오갈 뿐이었고 케너는 별로 말이 없었다. 테드는 폭음을 하고 있었다. 그가 앤에게 말했다.

"미리 말해두겠는데, 케너 씨는 일반인들이 믿고 있는 것들을 전혀 안 믿소. 지구 온난화도, 그리고 교토 의정서도 말이오."

"교토 의정서를 안 믿는 거야 당연한 일이죠. 저 사람은 기업들이 고용한 폭력배니까요. 석탄이나 석유 산업의 이익을 위해 일한다구요."

케너는 아무 대꾸도 없이 그녀에게 명함을 건넸다.

앤이 소리 내어 읽었다.

"위험분석센터. 처음 들어보네요. 우익 사이비 단체 목록에 이것도 추가해놔야겠어요."

케너는 아무 말도 하지 않았다.

앤이 말했다.

"왜냐하면 세상엔 허위 정보가 널렸으니까요. 연구논문, 보도자료,

전단지, 웹사이트, 조직적인 캠페인, 거액을 펑펑 쓰는 중상모략 등등. 미국이 교토 의정서 비준을 거부했을 때 기업들은 좋아서 어쩔 줄 몰랐다구요."

케너는 턱만 문지르면서 여전히 아무 말도 하지 않았다.

"우린 전 세계에서 오염 물질을 제일 많이 배출하고 있는데도 우리 정부는 나 몰라라 하고 있어요."

케너는 온화한 미소를 지을 뿐이었다.

"그래서 지금 미국이 국제 사회에서 따돌림을 받고 있는 거예요. 그렇게 전 세계에서 우리만 고립되어 경멸당하는 것도 당연한 일이죠. 우린 지구 전체의 문제를 해결하려는 교토 의정서를 비준하지 않았으니까."

그녀는 그런 식으로 계속 케너를 찔러대고 있었다. 마침내 케너도 더는 참을 수 없었던 모양이다.

"교토 의정서에 대해 설명 좀 해주세요, 앤. 우리가 왜 그걸 비준해야 한다는 거죠?"

"왜냐구요? 그야 문명 세계의 다른 나라들처럼 우리도 이산화탄소 배출량을 1990년 수준보다 낮춰야 할 윤리적 의무가 있으니까요."

"그 의정서가 어떤 결과를 가져올까요?"

"그건 세상 사람들이 다 아는 거예요. 2100년쯤엔 지구의 기온을 내리게 되는 거죠."

"얼마나 내린다는 거죠?"

"당신이 무슨 말을 하려는 건지 모르겠군요."

"정말입니까? 제 질문의 답은 이미 널리 알려진 내용인데요. 교토 의정서의 목표는 2100년까지 지구 온난화에 따른 온도 변화를 섭씨 0.04도 감소시키자는 겁니다. 1도의 100분의 4죠. 이 목표치에 대해 혹시 이의가 있습니까?"

"물론 있죠. 몇 분의 4라구요? 1도의 100분의 4? 정말 어처구니가 없네요."

"그럼 그게 교토 의정서의 목표치라는 걸 믿지 않으신다는 겁니까?"

"글쎄요, 그건 미국이 비준하지 않았기 때문인지도……"

"아뇨, 우리가 비준했을 경우의 목표치가 그거였습니다. 1도의 100분의 4."

그러자 앤은 고개를 가로저었다.

"아니에요. 그럴 리가 없어요."

"이 수치는 과학 잡지에도 여러 번 게재됐습니다. 구체적인 참고문헌도 제시할 수 있습니다."*

그러자 브래들리가 술잔을 들어올리며 앤에게 말했다.

"참고문헌을 아주 좋아하는 친구요."

케너는 고개를 끄덕였다.

"맞습니다. 입씨름보다 참고문헌이 낫죠."

브래들리가 꺼억 트림을 했다.

"1도의 100분의 4? 100년 동안에? 정말 웃기는군."

"누구나 그렇게 말하겠죠."

"나도 방금 그렇게 말했잖소."

그러자 앤이 말했다.

"하지만 교토 의정서는 첫걸음일 뿐이에요. 그게 중요한 거죠. 나처

---

* 가장 최근의 자료(Nature 22, October 2003: 395~741)에 의하면, 러시아가 비준할 경우 교토 의정서로 인한 온도 변화의 폭은 2050년까지 -0.02°C일 것이라고 한다. IPCC의 컴퓨터 모델들은 그 이상의 효과를 예상했지만 모두 0.15°C 미만이었다. Lomborg, p. 302. Wigley, 1998: "지구 온난화 억제 효과는 0.08~0.28°C로 미미한 수준이다."

럼 사전예방의 원칙을 믿는 사람이라면⋯⋯"

"교토 의정서의 목적이 첫걸음을 떼어놓는 것인 줄은 몰랐는데요. 저는 지구 온난화 속도를 늦추는 게 목적이라고 생각했습니다만."

"네, 그건 맞아요."

"그렇다면 그 목적을 달성하지도 못할 조약을 왜 만든 겁니까? 사실상 아무 효과도 없을 텐데 말입니다."

"방금 말했듯이 첫걸음이라니까요."

"말씀해보세요. 이산화탄소를 줄이는 게 가능하다고 보십니까?"

"물론이죠. 대체 에너지는 얼마든지 있어요. 풍력, 태양열, 폐기물, 지열(地熱)⋯⋯"

"톰 위글리(미국 기후학자)와 세계 각지의 과학자와 기술자 열일곱 명으로 구성된 조사단이 면밀히 연구해보고 결국 불가능하다는 결론을 내렸습니다. 그 논문은 《사이언스》에 발표됐어요. 지금까지 알려진 기술 중에는 이산화탄소 배출량을 줄이기는커녕 지금보다 몇 배나 높은 수준에서 유지할 수 있는 기술도 없다는 겁니다. 풍력, 태양열, 심지어는 핵에너지조차도 이 문제를 해결하기엔 역부족이라고 했죠. 결국 아직 발견되지 않은 새로운 기술을 찾아내야 한다는 거예요."[*]

"그건 말도 안 돼요. 그 문제에 대해서는 벌써 20년 전에 에이머리 러빈스(미국 환경문제 전문가. 1947~)가 다 설명했어요. 풍력, 태양력, 자연보호, 에너지 효율. 어려울 거 없다구요."

"분명히 어려운 일입니다. 러빈스는 2000년쯤엔 미국이 동력의 35퍼센트를 대체 에너지로 충당하게 될 거라고 예측했죠. 그런데 실제로는

---

[*] Martin Hoffert, et al., "Advanced Technology Paths to Global Climate Stability: Energy for a Greenhouse Planet," *Science* 298 (Nov. 1, 2002): 981~87. "온실 가스를 배출하지 않으면서 현재의 전 세계 동력 소비량의 100~300퍼센트를 생산할 수 있는 에너지원은 아직 존재하지 않는다."

6퍼센트에 그쳤어요."

"정부의 장려금이 충분하지 않았던 거죠."

"재생 가능한 에너지를 35퍼센트나 생산하는 나라는 전 세계에 하나도 없습니다, 앤."

"하지만 일본 같은 나라는 우리보다 훨씬 잘하고 있잖아요."

"일본은 재생 가능한 에너지의 비율이 5퍼센트예요. 독일도 5퍼센트, 영국은 2퍼센트."

"덴마크."

"8퍼센트."

"글쎄, 그렇다면 우리가 더 열심히 노력해야 한다는 거겠죠."

"그야 물론입니다. 그런데 풍력 발전소는 새들을 토막내버리기 때문에 별로 인기가 없을 겁니다. 하지만 태양열 집열판이라면 괜찮을 수도 있겠죠. 조용하고, 효율적이고……"

"태양열 좋아요."

"네. 2만 7천 평방킬로미터 넓이의 집열판만 설치하면 다 해결됩니다. 매사추세츠 주를 집열판으로 덮어버리면 되는 거죠. 물론 2050년 쯤엔 에너지 수요가 세 배로 뛸 테니까 뉴욕 주가 나을지도 모르겠네요."

"아니면 텍사스. 내가 아는 사람들 중에 텍사스를 좋아하는 사람은 아무도 없어요."

"네, 그렇게 하면 되겠네요. 텍사스 주의 10퍼센트만 덮어버리면 깨끗이 끝나는 거죠. 그런데, 텍사스 사람들은 로스앤젤레스를 먼저 덮어버리자고 할지도 모르죠."

"지금 농담하자는 거예요?"

"절대로 아닙니다. 그냥 네바다로 합시다. 거긴 어차피 사막뿐이니까요. 그건 그렇고, 저는 대체 에너지에 대한 앤의 개인적인 경험을 듣고 싶네요. 앤 자신은 어때요? 대체 에너지를 사용하고 계십니까?"

"네. 우리 집 수영장엔 태양열 난방 시설을 해놨어요. 가정부도 하이브리드 자동차를 타고 다니구요."

"앤이 타는 차는 뭐죠?"

"음, 난 아이들 때문에 좀더 큰 차가 필요해서요."

"얼마나 크죠?"

"음, 난 SUV를 몰아요. 가끔은요."

"주택은 어떻습니까? 주택에서도 태양열 집열판으로 전기를 해결하나요?"

"음, 상담원들을 집으로 불러보긴 했어요. 그런데 남편 제리가 설치 비용이 너무 비싸다고 하더라구요. 그래도 지금 설득하는 중이에요."

"그럼 가전제품은……"

"전부 에너지스타[Energystar, 미국 환경보호청(EPA)이 에너지 효율이 높은 제품에 부여하는 마크] 인증을 받은 제품이에요. 하나도 빠짐없이."

"잘하셨습니다. 그런데 가족이 몇 명이죠?"

"아들만 둘이에요. 일곱 살, 아홉 살."

"멋지군요. 집 크기는 어느 정돕니까?"

"정확히는 몰라요."

"몇 평방피트죠?"

앤이 머뭇거리자 브래들리가 말했다.

"아, 젠장, 그까짓 거 그냥 말해버려요. 앤이 사는 집은 그야말로 거대하지. 아마 1만이나 1만 5천 평방피트는 족히 될 거요. 게다가 '굉장히' 아름답지. 그리고 그 집터! 아마 1에이커나 1에이커 반 정도일 거요. 스프링클러가 밤낮으로 물을 뿜어대지. 그리고 조경도 아주 근사

289

하게 해놔서…… 아무튼 모금 담당자들이 쉴새없이 들락거린다구. 신나는 파티도 자주 열고."

케너는 앤을 물끄러미 바라보았다.

앤이 말했다.

"1만 2천이에요. 평방피트."

"겨우 4인 가족인데 말입니까?"

"음, 가끔 시어머님이 오셔서 한동안 함께 지내기도 하죠. 물론 뒷방엔 가정부도 있구요."

"혹시 별장도 갖고 계십니까?"

브래들리가 다시 끼어들었다.

"젠장, 하나도 아니고 둘이오. 아스펜(미국 콜로라도 주의 스키 휴양지)에 '엄청난' 별장이 있고, 메인 주에도 멋진 별장이 또 있지."

그러자 앤이 말했다.

"그건 상속받은 거예요. 우리 남편이……"

그러나 브래들리의 말은 아직 끝난 것이 아니었다.

"런던에 있는 그 아파트는 당신 소유였나, 아니면 남편 회사 소유였나?"

"회사 거예요."

케너는 다른 질문을 던졌다.

"여행은 어떻게 하시죠? 전용기를 이용하십니까?"

"음, 전용기는 없지만 대개는 얻어 타거나 하죠. 우린 주로 남들이 어차피 가려고 할 때 함께 타고 가요. 빈 자리를 채워주는 거죠. 그건 좋은 일이잖아요."

"물론이죠. 솔직히 말씀드리자면 그런 사고방식은 좀 헷갈리긴 합니다만……"

그러자 앤이 벌컥 화를 냈다.

"이봐요. 내가 사는 환경에선 일정한 수준에 맞춰줘야 한다구요. 남편에게도 직업상 필요하고 게다가…… 어쨌든 당신은 어디서 살죠?"

"케임브리지에 아파트가 있습니다."

"얼마만한 집이죠?"

"900평방피트. 자동차는 없습니다. 비행기는 일반석을 이용하죠."

"믿을 수 없어요."

그러자 브래들리가 또 나섰다.

"믿어도 될 거요. 이런 쪽엔 빈틈없는 친구라서……"

앤이 톡 쏘아붙였다.

"입 좀 다물어요, 테드. 너무 취했어요."

테드는 억울하다는 표정을 지었다.

"아직 안 취했소."

그때 케너가 조용히 말했다.

"저는 앤을 비난하려는 게 아닙니다. 자연보호에 헌신적인 분이라는 것도 알고 있구요. 다만 환경 문제에 대한 진짜 생각을 알고 싶었을 뿐이죠."

"내 생각은 인간들이 지구를 점점 덥게 만들고 점점 오염시키고 있으니까 모든 생물에게 윤리적 책임을 져야 한다는 거예요. 지금 죽어가는 모든 동식물을 위해서, 그리고 아직 태어나지 않은 우리 후손들을 위해서 이렇게 심각한 변화가 일어나지 않도록 우리가 막아야 한다는 거라구요."

그렇게 말하고 앤은 고개를 끄덕이며 의자에 등을 기댔다.

"그렇다면 우리의 윤리적 책임은 남들을 위한 책임이군요. 다른 동물들, 식물들, 그리고 인간들."

"바로 그거예요."

"다시 말해서 남들에게 이로운 일을 해야 한다는 거죠?"

"우리 모두에게 이로운 일이죠."

"그들의 이익과 우리의 이익이 일치하지 않을 수도 있죠. 대개는 이해가 엇갈리게 마련인데요."

"모든 생물이 지구상에 존재할 권리를 갖고 있어요."

"설마 정말 그렇게 믿으시는 건 아니겠죠."

"정말 믿어요. 난 생물 차별주의자가 아니에요. 모든 생물에게 해당되는 말이라고 믿어요."

"말라리아원충까지 말입니까?"

"음, 그것도 자연의 일부니까요."

"그렇다면 소아마비와 천연두를 퇴치하는 것도 반대하십니까? 그것들도 자연의 일부인데요."

"음, 세상을 자기들 편한 대로 바꾸려고 드는 건 인류의 오만이라고 생각해요. 그건 남성 호르몬에 의한 충동일 뿐이고, 여자들은 전혀……"

"제 질문에 아직 대답하지 않으셨습니다. 소아마비와 천연두를 퇴치하는 것도 반대하십니까?"

"말장난하지 말아요."

"말장난이 아닙니다. 자기들 자신을 위해 세상을 바꾸려고 하는 건 부자연스러운 일입니까?"

"물론이죠. 자연을 간섭하는 짓이잖아요."

"혹시 흰개미탑을 보신 적이 있습니까? 비버들의 댐은요? 그 동물들은 환경을 크게 변화시켜 다른 수많은 생물들에게도 영향을 줍니다. 그놈들도 자연을 간섭하는 건가요?"

"흰개미탑 때문에 전 세계가 위험해지진 않아요."

"가능성이 아주 없진 않죠. 지구상에 존재하는 흰개미 전체의 무게는 인류 전체의 무게보다 더 무겁습니다. 사실은 천 배나 무겁죠. 흰개미들이 메탄가스를 얼마나 많이 배출하는지 아십니까? 메탄은 이산화탄소보다 더 심각한 온실 가스인데 말입니다."

그러자 앤이 말했다.

"이런 대화는 더 이상 계속하기 싫어요. 당신은 논쟁을 즐기지만 난 아니라구요. 난 그저 이 세상을 좀더 나은 곳으로 만들고 싶을 뿐이에요. 이젠 잡지나 읽어야겠어요."

그녀는 객실 앞쪽으로 가서 케너를 등지고 앉았다.

사라는 자기 자리에 그냥 남았다.

"의도는 좋은 분이에요."

그러자 케너가 말했다.

"정보가 부정확해서 탈이지. 이건 재앙을 부르는 조합이라구."

테드 브래들리는 분기를 억누를 수 없었다. 그는 케너와 앤의 논쟁을 유심히 지켜보고 있었다. 그리고 그는 앤을 좋아했다. 그는 자기가 아마 그녀와 동침한 적이 있었을 거라고 거의 확신했는데, 술에 취했을 때의 일인지 잘 생각나진 않지만 앤에 대해 희미하게나마 호감어린 기억이 남아 있는 것도 그 경험 때문일 거라고 믿었다.

브래들리는 대통령의 어조로 이렇게 말했다.

"그건 좀 심한 말인 것 같소. 앤 같은 사람이 어째서 '재앙을 부르는 조합'이라는 거요? 앤은 이런 문제에 아주 깊은 관심을 갖고 있소. 사실상 평생을 바치다시피 했지. 진심으로 환경을 염려하고 있단 말이오."

그러자 케너가 말했다.

"그래서 어쨌다는 겁니까? '염려'는 쓸모가 없어요. 좋은 일을 하려는 의욕도 쓸모가 없구요. 여기서 중요한 건 오로지 '지식'과 '결과'란 말입니다. 앤은 그런 지식을 갖추지 못했어요. 더 심각한 건 자기가 아무것도 모른다는 사실조차 모르고 있다는 겁니다. 지금 인류는 앤이 기대하는 일들을 실현시킬 수 있는 방법을 아직 몰라요."

"예를 들자면?"

"예를 들자면 환경을 관리하는 방법. 우린 아직 그 방법을 모르고 있어요."

그러자 브래들리가 두 손을 번쩍 들었다.

"도대체 그게 무슨 소리요? 어처구니가 없군. 우린 얼마든지 환경을 관리할 수 있소."

"정말 그럴까요? 옐로스톤의 역사를 아십니까? 최초의 국립공원 말입니다."

"거긴 나도 가본 적 있소."

"그걸 묻는 게 아닙니다."

"그냥 요점만 얘기할 수 없겠소? 한가롭게 질의응답이나 하고 있기엔 좀 늦은 시간이오, 교수님. 내 말 알아듣겠소?"

"좋습니다. 그럼 제가 그냥 말씀드리죠."

케너는 이렇게 설명했다. 옐로스톤 국립공원은 세계 최초로 자연 보호 구역으로 지정된 곳이다. 와이오밍 주의 옐로스톤 강 일대는 오래전부터 놀라운 절경으로 유명했다. 루이스와 클라크(1804~1806년 토머스 제퍼슨 대통령의 명령에 따라 미국 최초로 태평양 연안까지 육로로 다녀온 탐험가들)도 그곳을 찬미했다. 비어스타트(Albert Bierstadt, 독일 태생의 미국 풍경화가. 1830~1902)와 모런(Thomas Moran, 미국 화가. 1837~1926)은 그곳을 그림으로 그렸다. 그리고 새로 생긴 노던퍼시픽 철도는 관광객들을 서부로 유인할 수 있는 매력을 가진 자연 경관을 원했다. 그리하여 1872년 율리시스 그랜트 대통령이 2백만 에이커의 땅을 옐로스톤 국립공원으로 지정했다. 그렇게 되기까지는 철도회사의 입김도 적잖이 작용했다.

그런데 한 가지 문제가 있었다. 국립공원 지정 당시에도, 그리고 그 이후에도 오랫동안 깨닫지 못했지만 자연을 보존하는 일에 경험을 가진 사람이 아무도 없었던 것이다. 그 이전에는 애당초 그런 일을 할 필요가 없었기 때문이다. 그래서 누구나 별로 어렵지 않을 거라고 생각했지만 현실은 그렇지 않았다.

1903년 시어도어 루스벨트 대통령이 공원을 방문했을 때 그는 수많은 동물들이 우글거리는 풍경을 보았다. 수천 마리의 엘크, 아메리카들소, 아메리카큰곰, 사슴, 퓨마, 회색곰, 코요테, 이리, 빅혼산양 등이 있었다. 그 무렵에 모든 것을 현재 상태로 유지하기 위한 각종 규정이 마련되었다. 그리고 얼마 후 국립공원관리청이 신설되었다. 국립공원을 원래의 상태 그대로 유지하는 일만 전담하는 새로운 관청이었다.

그런데 그로부터 채 10년도 지나기 전에, 루스벨트가 보았던 그 풍요로운 광경은 영영 사라지고 말았다. 그 이유는 공원을 원형 그대로 보존하는 일을 맡은 관리인들이 공원과 동물들을 보호하기 위해 나름대로 최선의 방법이라고 생각한 일련의 조치를 취했기 때문이었다. 그들의 판단이 틀렸던 것이다.

브래들리가 말했다.

"하지만 시간이 흐를수록 지식도 발전하니까……"

"아뇨, 그렇지 않아요. 그게 제 얘기의 요점입니다. 우린 언제나 옛날보다 지금 더 많은 걸 알고 있다고 주장하는데, 실제로 일어난 일들을 보면 그 주장은 사실무근이에요."

전후 사정은 다음과 같았다. 초기의 공원 관리인들은 엘크들이 절멸 직전이라고 오해했다. 그래서 공원 내의 엘크 수를 불리기 위해 포식자들을 제거하기로 했다. 그들은 공원 내의 이리들을 모조리 사살하거나 독살했다. 그리고 인디언들이 공원에서 사냥을 하지 못하게 했다. 옐로스톤 일대는 원래 인디언들의 유서 깊은 사냥터였다.

관리인들의 보호를 받은 엘크들은 그 수가 폭발적으로 증가하여 특정한 나무와 풀들을 너무 많이 먹어치웠고, 그 결과로 공원 내의 생태계가 변하기 시작했다. 비버가 댐을 만드는 데 이용하는 나무들을 엘크들이 다 먹어버리는 바람에 비버들이 자취를 감추었다. 관리인들은 그제야 비버들이 공원 내의 전반적인 수자원 관리에 핵심적인 요소였다는 사실을 깨닫게 되었다.

비버들이 사라지자 초원이 말라버렸고, 송어와 수달도 자취를 감추었고, 토양 침식이 심해졌고, 결국 공원 생태계는 더욱더 많은 변화를 겪었다.

1920년대쯤에는 엘크의 수가 너무 많다는 것을 한눈에 알 수 있을 정도였고, 그래서 관리직원들은 엘크들을 수천 마리나 사살했다. 그러나 식물 생태계의 변화는 이미 돌이킬 수 없는 일인 듯했다. 나무와 풀의 자생 양상은 예전의 그 모습을 되찾지 못했다.

그리고 예전에 활동했던 인디언 사냥꾼들도 엘크와 큰사슴과 들소의 수를 억제함으로써 공원 일대에서 중요한 생태학적 요소로 작용했다는 사실이 점점 뚜렷해졌다. 뒤늦게나마 이 점을 인식하게 된 것은 더 나아가 신세계에 도착한 최초의 백인들이 보았던—혹은 보았다고 착각했던—그 '처녀지'가 실은 아메리카 원주민들이 적극적으로 만

들어놓은 풍경이었다는 사실을 이해하는 한 계기가 되기도 했다. 그것은 결코 '처녀지'가 아니었다. 북아메리카 대륙의 인간들은 이미 수천 년 동안 풀밭을 불태우고 숲을 변화시키고 특정 동물의 수를 줄이거나 아예 멸종시키기도 하면서 환경에 지대한 영향을 주고 있었던 것이다.

과거를 되돌아본 사람들은 비로소 인디언들의 사냥을 금지한 규정이 실수였다고 생각하게 되었다. 그러나 그것은 공원 관리인들이 끊임없이 저지른 수많은 실수 중의 하나에 불과했다. 회색곰들을 보호하다가 다시 죽이기도 했고, 이리들을 몰살시킨 후 다시 들여오기도 했다. 현장 조사와 무선 목걸이를 이용한 동물 연구를 한동안 중단했다가 어떤 종이 멸종 위기에 처했다는 발표가 나오면 다시 시작하기도 했다. 산불의 재생 효과를 이해하지 못한 채 화재 예방 정책을 도입했고, 결국 이 정책을 폐지하더니 이번에는 수천 에이커를 고열로 불태워 새로 씨를 뿌려주지 않으면 숲이 다시 자라날 수 없는 불모지로 만들어버렸다. 1970년대에는 무지개송어를 들여왔고, 머지않아 토종 컷스로트송어가 절멸되고 말았다.

이런 사례는 수두룩하다.

헤아릴 수도 없다.

"그러니까 옐로스톤의 역사를 요약하자면 이렇습니다. 무지하고 무능한 사람들이 주제넘게 간섭했다가 불행한 결과를 초래하고, 그 다음엔 그 간섭의 결과를 바로잡으려 하고, 그 다음엔 다시 그 복구 노력 때문에 생긴 피해를 복구하려고 노력했던 거죠. 그때마다 원유 누출이나 독극물 누출 못지않게 심각한 피해가 잇따랐어요. 다만 이 경우엔 부도덕한 기업이나 화석연료에 의존하는 경제 형태를 원망할 수도 없었죠. 이런 재앙은 자연 보호를 책임진 환경론자들이 연거푸 한심한 실수를 저질렀기 때문에 생긴 일이니까요. 그리고 그 과정에서 그들은 자기들이 보호하려는 환경을 제대로 이해하지도 못하고 있다는 사실이 드러나게 된 겁니다."

"이건 말도 안 되는 소리요. 자연을 보존하려면 그냥 보존하면 되잖소. '자연의 평형'이 자리 잡을 때까지 그냥 내버려두기만 하면 저절로 해결될 일인데 말이오."

"정확히 틀리셨습니다. 그냥 내버려두는 식의 소극적인 보호 방법으로는 자연 환경의 현 상태를 유지할 수 없어요. 이건 국립공원이든 어느 집 뒤뜰이든 마찬가지예요. 이 세계는 살아 있어요, 테드. 모든 것이 끊임없이 변화하죠. 수많은 동식물이 서로 이기고 지고, 번창하거나 쇠퇴하고, 남의 땅을 차지하거나 자기 땅에서 쫓겨나는 겁니다. 단순히 자연 환경을 건드리지 않고 내버려둔다고 해서 지금의 상태 그대로 동결되진 않아요. 아이들을 방 안에만 가둬놓아도 성장이 멈추는 건 아니죠. 우리가 사는 이 세계는 변화하는 세계예요. 그러니까 땅덩어리 하나를 특정 상태로 보존하고 싶다면 우선 우리가 원하는 상태가 어떤 건지를 정하고 나서 적극적으로, 심지어는 공격적으로 관리해야 하는 겁니다."

"하지만 우린 그렇게 관리하는 방법을 모른다고 했잖소."

"맞습니다. 우린 몰라요. 왜냐하면 우리가 어떤 행동을 취할 때마다 반드시 환경에 변화가 일어나기 때문이죠. 그리고 변화가 일어날 때마다 어떤 동물이나 식물이 피해를 입게 되죠. 그건 불가피한 일이에요. 점박이올빼미를 보호한답시고 노령림(老齡林)을 보존하면 커틀랜드솔새처럼 유령림(幼齡林)을 좋아하는 새들은 서식지를 빼앗기는 거죠. 세상에 공짜는 없어요."

"그렇지만……"

"그렇지만이고 뭐고, 테드, 지금까지 바람직한 결과만 가져왔던 행동이 있었다면 하나만 대보세요."

"좋아, 말해주지. 오존층을 보호하기 위해 프레온 가스를 금지한 일."

"제3세계 사람들이 피해를 입었어요. 값싼 냉매를 쓸 수 없게 되면서 음식이 상하는 일이 많아졌고, 그래서 식중독 사망자가 늘어났죠."

"그래도 오존층이 더 중요하니까……"

"테드에겐 그렇겠죠. 그쪽 사람들은 안 그럴걸요. 어쨌든 지금 우리가 하고 있는 얘기는 과연 해로운 결과를 동반하지 않는 행동이 있느냐 없느냐 하는 거예요."

"좋소. 태양열 집열판. 가정용 오폐수 정화 시설."

"예전에는 물과 동력이 부족해서 사람이 살 수 없었던 외딴곳에도 이젠 집을 지을 수 있게 됐어요. 자연 환경이 훼손되고 자기들끼리 평온하게 살던 동물들이 멸종 위기에 처했죠."

"DDT를 금지한 일."

"어쩌면 그거야말로 20세기 최대의 비극일지도 몰라요. DDT는 모기를 박멸하는 최고의 살충제였죠. 누가 뭐래도 그것만큼 효과적이고 안전한 살충제가 없었으니까요. 그런데 그게 금지되는 바람에 매년 200만 명이 말라리아에 걸려 헛되이 죽어갔죠. 대부분은 아이들이었구요. 그 금지 조치 때문에 통산 5천만 명 이상이 목숨을 잃은 거예요.[*] DDT 금지 조치가 히틀러보다 더 많은 사람을 살해했단 말입니다. 그런 조치를 강력하게 요구했던 건 바로 환경운동이었구요."[**]

"하지만 DDT는 발암 물질이었소."

---

[*] 일부 문헌은 사망자 3천만 명으로 추산하기도 한다.
[**] DDT에 대한 자세한 논의는 다음 문헌을 참조하라. Wildavsky, 1994, pp. 55~80.

"그렇지 않습니다. 그리고 DDT가 금지될 당시에도 모두 그 사실을 알고 있었죠."[*]

"안전하지 않았소."

"사실은 먹어도 될 만큼 안전했어요. 어떤 실험에서는 사람들이 실제로 2년 동안이나 그걸 먹어보기도 했어요.[**] DDT가 금지된 뒤에는 파라티온이 대용품으로 사용됐는데, 그거야말로 '정말' 위험한 물질이었죠. DDT 금지 조치 후 불과 몇 달 사이에 백 명도 넘는 농부들이 사망했어요. 정말 독성이 강한 농약을 다루는 데 서툴렀던 거죠."[***]

"계속 의견이 엇갈리는군."

"그건 테드가 관련 사실들을 잘 모르기 때문이거나 자신이 지지하는 단체들이 저지른 행동의 결과를 차마 인정하지 못하기 때문입니다. DDT를 금지한 일도 언젠가는 수치스러운 대실책의 하나로 간주될 겁니다."

"사실 DDT는 금지된 게 아니었소."

"맞습니다. DDT를 사용하는 나라는 해외 원조를 포기하라고 협박했을 뿐이죠."

케너는 고개를 절레절레 흔들더니 다시 이렇게 말을 이었다.

"아무튼 반론의 여지도 없는 사실은 이겁니다. UN 통계에 의하면 DDT가 금지되기 전까지만 하더라도 말라리아는 사라져가는 질병이었다는 거죠. 전 세계 사망자수가 5만 명에 불과했으니까요. 그런데 몇 년

---

* Sweeney Committee, 25 April 1972, "DDT는 인간에게 암을 유발하지 않는다." 그러나 그로부터 2개월 후 러클스하우스(1972년 당시 환경보호청장)는 DDT가 '인간에게 암을 유발한다'는 이유로 사용 금지 조치를 내렸다. 그는 스위니 보고서를 읽어보지도 않았던 것이다.

** Hayes, 1969.

*** John Noble Wilford, "Deaths from DDT Successor Stir Concern," *New York Times*, 21 August 1970, p. 1; Wildavsky, 1996, p. 73.

뒤에는 다시 세계적인 고민거리로 떠올랐어요. 그 금지 조치 이후 5천만 명이 사망했으니 말입니다. 역시 무해한 행동은 없는 겁니다."

긴 침묵이 흘렀다. 테드는 앉은 자리에서 들썩거리더니 입을 열었다가 도로 다물었다. 그러고는 마침내 이렇게 말했다.

"그래, 좋소이다."

진짜 대통령처럼 한없이 오만한 태도였다.

"충분히 알아들었소. 선생 말이 옳다고 인정하겠소. 그래서 어쨌다는 거요?"

"그래서 모든 환경적 행위에 해당되는 진짜 문제는 바로 이거라는 얘깁니다. 과연 이로움이 해로움을 능가하는가? 왜냐하면 반드시 해로움도 있게 마련이니까."

"좋아요, 좋아. 그래서요?"

"그런데 환경단체가 언제 그런 식으로 말하는 거 보신 적 있습니까? 한 번도 없죠? 환경단체는 모두 절대론자들이에요. 판사들 앞에만 가면 어떤 대가를 치르더라도 반드시 이런저런 규정을 조속히 시행해야 한다고 주장하죠.* 그래서 한동안 한심하기 짝이 없는 규정들이 남발됐고, 법원은 결국 모든 규정에는 반드시 이로움과 해로움을 함께 제시해야 한다는 조건을 달았어요. 환경론자들은 이 손익 조건에 대해 노발대발해서 일제히 들고 일어났고 아직도 그렇게 항의하고 있죠. 그 사람들은 자기들이 주도한 규정들이 실제로 우리 사회와 전 세계에 얼마나 큰 피해를 입히는지 국민들에게 알리고 싶지 않은 겁니다. 그중에서도 가장 어처구니가 없는 사례는 1980년대 말엽의 벤젠 규제책이었죠. 그때 시행된 규정들은 보잘것없는 이익에 비해 비용이 너무 막

---

* 다음 자료에 인용된 사건들을 참조하라. Sunstein, pp. 200~1.

대했어요. 결과적으로 보면 한 사람의 수명을 1년 연장할 때마다 200억 달러를 들인 셈이죠.* 그런 규정에 찬성하십니까?"

"글쎄, 그런 식으로 표현한다면 물론 찬성할 수 없소."

"진실 말고 다른 식으로 표현할 수도 있습니까? '한 사람의 수명을 1년 연장하는 데' 200억 달러가 들었단 말입니다. 그게 이 규정의 대가였다구요. 이렇게 비경제적인 규정을 요구하는 단체들을 지지하시겠습니까?"

"아니오."

"당시 국회에서 벤젠 로비활동을 주도했던 단체가 바로 NERF였습니다. 이제 이사직을 사임하시겠습니까?"

"물론 그럴 순 없소."

그러자 케너는 천천히 고개를 끄덕였다.

"그것 보세요."

산종이 컴퓨터 화면을 가리키고 있었다. 케너는 그쪽으로 가서 옆자리에 앉았다. 화면에는 열대의 섬을 찍은 항공사진이 떠 있었다. 섬에는 울창한 숲과 푸른 물, 그리고 활처럼 휘어진 넓은 만이 있었다. 저공비행을 하면서 촬영한 듯했다. 해변에는 낡은 목조 오두막집 네 채가 여기저기 흩어져 있었다.

산종이 말했다.

"이 집들은 새로 생긴 거예요. 여기 나타난 지 24시간도 안 됐거든

---

* 하버드 위험분석센터의 연구 결과를 보라. Tengs, et al., 1995. 구체적인 논의는 다음 자료를 참조하라. Lomborg, p. 338ff. 저자는 다음과 같은 결론을 내렸다. "우리가 환경 문제에 대하여 어떤 결정을 내릴 때 그것이 다른 분야에 미치는 영향을 무시해버리는 것은 사실상 살인 행위와 다름없다." 그는 미국에서만 매년 6만 명이 헛되이 죽어갔다고 추산했다.

요."

"오래된 건물처럼 보이는데."

"네, 그런데 아니에요. 자세히 들여다보면 가짜라는 걸 알 수 있어요. 나무가 아니라 플라스틱으로 만든 것 같아요. 제일 큰 건물은 주거용, 나머지 세 채는 장비 보관용인 듯싶구요."

"장비라면 어떤 것들이지?"

"사진에선 아무것도 안 보여요. 아마 밤중에 옮겼겠죠. 하지만 제가 홍콩 세관에서 쓸 만한 명세서를 찾아냈어요. 장비 중엔 극초음파 공동(空洞) 발생기가 석 대나 있었어요. 카본매트릭스 공명충격 어셈블리 프레임에 장착돼 있죠."

"극초음파 공동 발생기를 파는 데가 있단 말이야?"

"어쨌든 놈들은 그걸 구했어요. 어떻게 구했는지야 저도 모르죠."

케너와 산종은 머리를 맞대고 작은 소리로 속닥거리고 있었다. 에번스도 어슬렁어슬렁 그쪽으로 가서 고개를 들이밀었다. 그러고는 조용히 물었다.

"극초음파 어쩌구 하는 게 뭐예요?"

케너가 대답했다.

"공동 발생기. 소형 트럭만한 고(高)에너지 음파 장치야. 방사상 대칭형 공동장을 만들어내지."

그러나 에번스는 멀뚱멀뚱 쳐다보기만 했다.

산종이 좀더 자세히 설명해주었다.

"공동이라는 건 물질 속에 형성된 기포를 말하는 거예요. 물을 끓일 때 생기는 것도 공동이죠. 소리를 가지고도 물을 끓일 수 있는데, 여기서 말하는 공동 발생기는 고체 속에 공동장을 만들어낼 수 있도록 설계된 기계예요."

303

"고체라면 어떤 것들이죠?"

케너가 대답했다.

"땅."

"무슨 소린지 모르겠네요. 놈들이 지하에 기포를 만들려고 한다는 거예요? 물을 끓이듯이?"

"그래, 비슷하지."

"그런데 왜요?"

그때 앤 가너가 다가오는 바람에 대화가 중단되었다.

"남자들끼리만 얘기하는 자리예요? 아니면 아무나 낄 수 있나요?"

그러자 산종이 키보드를 두드리며 말했다.

"물론이죠."

화면 가득히 수많은 도표가 나타났다.

"우린 지금 보스토크 기지와 그린란드의 노스그립〔North GRIP (Greenland Ice Core Project), '그린란드 빙핵 프로젝트.' 유럽 8개 국과 유럽연합(EU)의 후원으로 그린란드 빙상에서 빙핵을 채취하는 다국적 연구 프로젝트〕에서 채취한 빙핵의 이산화탄소 함량을 검토하는 중입니다."

그러자 앤이 말했다.

"언제까지 이렇게 나만 따돌릴 생각이죠? 이 비행기도 언젠가는 착륙할 테고, 그때는 당신들의 진짜 목적이 뭔지 나도 다 알게 될 텐데 말예요."

케너가 말했다.

"그건 그렇습니다."

"그럼 지금 말해주는 게 어때요?"

그러나 케너는 고개를 가로저을 뿐이었다.

그때 조종사의 안내 방송이 들려왔다.

"안전벨트를 확인해주십시오. 곧 호놀룰루에 착륙합니다."

그러자 앤이 말했다.

"호놀룰루!"

"그럼 어디로 가는 줄 아셨습니까?"

"내가 알기론⋯⋯"

그러다가 말을 뚝 끊는 것이었다.

사라는 속으로 생각했다. '앤은 우리가 어디로 가는지 알고 있었어.'

호놀룰루에서 연료를 보충하고 있을 때 세관원이 기내로 올라와 일행에게 여권을 요구했다. 그는 테드 브래들리를 보고 반가워하며 '대통령 각하'라고 불렀다. 브래들리도 제복을 입은 사람이 관심을 가져주니 흐뭇한 모양이었다.

이윽고 여권을 모두 확인한 세관원이 일행에게 말했다.

"여러분의 행선지는 솔로몬 제도의 가레다 섬으로 기록돼 있더군요. 그런데 가레다는 여행자 경고 조치가 내려진 지역이라는 사실을 알고 계시는지 모르겠습니다. 현지 사정 때문에 각국 대사관이 그곳에 가지 말라고 경고했거든요."

그러자 앤이 물었다.

"현지 사정이 어떤데요?"

"그 섬은 반군이 활동하는 곳입니다. 살인 사건도 많이 발생했죠. 작년에 오스트레일리아 군대가 진입해서 반군 대부분을 검거하긴 했지만 전부 다 잡아내진 못했거든요. 지난주에도 외국인을 포함해서 세 명이 살해됐습니다. 그중 시체 한 구는, 뭐랄까, 훼손된 상태였습니다. 목도 잘렸구요."

"뭐라구요?"

"목이 잘렸습니다. 살아 있을 때 잘린 건 아니지만요."

앤이 케너를 돌아보았다.

"우리가 가려는 데가 거기예요? 가레다?"

케너는 천천히 고개를 끄덕였다.

"목이 잘리다니, 이게 무슨 소리예요?"

"아마 두개골이 목적이었을 겁니다."

"두개골이 목적이었다면…… 그럼 사람 사냥꾼이라는 얘긴데……"

케너는 다시 고개를 끄덕였다.

"난 여기서 내릴래요."

앤은 핸드백을 챙겨들고 계단을 내려가버렸다.

그때 막 눈을 뜬 제니퍼가 물었다.

"저 여자는 왜 저래요?"

산종이 대답했다.

"작별 인사를 싫어하나봐요."

테드 브래들리는 턱을 쓰다듬고 있었다. 자기 딴에는 생각에 잠긴 모습으로 보일 거라고 믿는 모양이었다.

"외국인이 목을 잘렸다고 했소?"

세관원이 대답했다.

"그 정도는 아무것도 아니죠."

그러자 브래들리가 웃으며 말했다.

"나 원 참. 그것보다 더 심한 일도 있소?"

"현지 상황이 자세히 확인된 건 아닙니다. 보고 내용도 뒤죽박죽이구요."

그러자 브래들리는 웃음을 거두고 정색을 했다.

"아니, 농담이 아니고 정말 알고 싶어서 묻는 거요. 목이 잘리는 것보다 더 심한 일이라는 게 도대체 뭐요?"

잠시 침묵이 흘렀다.

마침내 산종이 말했다.

"놈들이 먹어버렸죠."

브래들리는 깜짝 놀라 몸을 뒤로 젖혔다.

"먹어버렸다구?"

세관원이 고개를 끄덕였다.

"신체 일부였어요. 어쨌든 보고된 내용은 그렇습니다."

"맙소사. 그게 어느 부분이었소? 아니, 알고 싶지도 않소. 젠장. 사람을 잡아먹다니."

케너가 브래들리를 바라보며 말했다.

"테드, 가기 싫으면 안 가셔도 됩니다. 여기서 내리시면 돼요."

브래들리는 대통령의 슬기로운 어조로 말했다.

"솔직히 말하자면 그러고 싶은 생각도 없지 않소. 잡아먹히다니, 그건 결코 화려한 죽음이 아니지. 위대한 인물들을 한번 생각해보시오. 엘비스가 잡아먹혔다? 존 레논이 잡아먹혔다? 어느 누가 그런 식으로 기억되고 싶겠느냔 말이오."

그는 입을 다물고 턱이 가슴에 닿도록 고개를 푹 숙인 채 깊은 생각에 잠겼다가 이윽고 다시 고개를 들었다. 그것은 그가 텔레비전에서 몇백 번이나 되풀이한 몸짓이었다. 그는 마침내 이렇게 말했다.

"위험을 감수하지. 당신들이 간다면 나도 가겠소."

케너가 대답했다.

"우린 갑니다."

가레다행 기내

10월 13일 수요일
9:30 PM

가레다의 콘타그 비행장까지는 비행기로 아홉 시간 걸리는 거리였다. 객실 안은 어두컴컴했고 일행은 대부분 자고 있었다. 그러나 케너는 평소처럼 여전히 깨어 있었다. 그는 산종과 함께 객실 뒤쪽에 앉아 조용히 이야기를 나누는 중이었다.

피터 에번스는 이륙 후 네 시간쯤 지났을 때 잠에서 깨어났다. 남극 대륙에서의 일 때문에 아직도 발가락이 화끈거렸고 돌발홍수 때 이리저리 부딪힌 탓으로 등이 몹시 아팠다. 그러나 발가락의 통증 덕분에 날마다 잊지 않고 그곳을 살펴볼 수 있으니 다행이었다. 혹시 염증이 생기진 않았는지 확인해봐야 하는 것이다. 그는 자리에서 일어나 케너가 앉아 있는 곳으로 갔다. 그리고 양말을 벗고 발가락을 하나하나 살펴보았다.

케너가 말했다.

"킁킁거려보게."

"네?"

"냄새도 맡아보라구. 괴저(壞疽, 혈액 공급이 되지 않거나 세균 때문에 비교적 큰 덩어리의 조직이 죽는 현상)가 생기면 우선 냄새가 날 테니까.

많이 아픈가?"

"화끈거려요. 주로 밤에만."

케너는 고개를 끄덕거렸다.

"별일 없겠군. 발가락을 잘라낼 일은 없겠어."

의자에 등을 기대면서 에번스는 살다살다 별 희한한 대화를 다 해본다고 생각했다. 발가락을 자르느니 마느니. 그 대화 때문에 왠지 등이 더 쑤시는 것 같았다. 그는 비행기 뒤쪽의 화장실에 들어가서 혹시 진통제가 없는지 서랍들을 뒤져보았다. 진통제라고는 애드빌뿐이었다. 그는 그것을 가지고 자리로 돌아갔다.

"아까 호놀룰루에서 꾸며낸 얘기는 아주 그럴싸했어요. 테드가 속아 넘어가지 않아서 좀 아쉽긴 하지만요."

케너는 에번스의 말을 듣고도 물끄러미 바라보기만 했다.

산종이 말했다.

"그건 꾸며낸 얘기가 아니었어요. 어제 정말 세 명이 살해됐다구요."

"아. 그럼 놈들이 사람을 잡아먹었다는 얘기도 사실이에요?"

"보고 내용에 의하면 그래요."

"아."

에번스는 캄캄한 객실 앞쪽으로 걸어가다가 사라가 똑바로 앉아 있는 것을 보았다. 그녀가 속삭였다.

"잠이 안 와?"

"그래. 좀 아파서. 넌 좀 어때?"

"마찬가지야. 발가락이 아파. 동상 때문에."

"나도 그래."

사라는 턱짓으로 취사실 쪽을 가리켰다.

"저기 가면 먹을 게 좀 있을까?"

"아마 그럴 거야."

사라는 자리에서 일어나 뒤쪽으로 걸어갔고 에번스도 그녀를 따라 갔다. 사라가 말했다.

"양쪽 귀 윗부분도 아파."

"난 괜찮은데."

사라는 여기저기 뒤져보다가 식은 파스타를 발견했다. 그녀가 에번 스에게 접시 한 개를 내밀었다. 그는 고개를 저었다. 사라는 파스타 한 접시를 퍼 담아 먹기 시작했다.

"그건 그렇고, 제니퍼하고는 언제부터 아는 사이야?"

에번스가 대답했다.

"잘 아는 사이는 아니야. 최근에 변호사 사무실에서 만나봤을 뿐이 지."

"그런데 여긴 왜 따라온 거야?"

"케너 교수님을 잘 아는 것 같더라."

그러자 케너가 자기 자리에서 말했다.

"사실일세."

"어떤 사이죠?"

"내 조카."

그러자 사라가 말했다.

"정말이에요? 언제부터 조카…… 아니, 죄송해요. 늦은 시간이라 제정신이 아닌가봐요."

"누님의 딸이야. 열한 살 때 비행기 사고로 부모를 한꺼번에 잃었 지."

"아."

"그때부터 오랫동안 혼자 살았어."

"아."

그러나 에번스는 사라를 보면서 아무래도 무슨 비결이 있는 게 분명하다는 생각을 하고 있었다. 자다가 일어났는데도 어떻게 이토록 아름답고 완벽할 수 있을까? 게다가 지금 그녀의 몸에서 나는 향기는 에번스가 처음 맡아보는 순간부터 내심 돌아버릴 것 같다고 생각했던 바로 그 향수였다.

사라가 말했다.

"어쨌든 좋은 사람인 것 같아."

"글쎄, 난 전혀, 그러니까, 아무것도……"

"괜찮아, 피터. 나한테까지 아닌 척할 필요 없잖아."

에번스는 그녀 쪽으로 몸을 살짝 기울이며 향수 냄새를 맡았다.

"아닌 척하는 게 아니야."

"아니긴 뭐가 아니야."

그러더니 당장 에번스 곁을 떠나 케너의 맞은편 좌석에 가서 앉는 것이었다.

"가레다에 도착한 다음엔 어떻게 되는 거죠?"

에번스는 그렇게 순식간에 돌변하여 마치 그가 존재하지도 않는 것처럼 행동하는 사라의 재주가 참 신기하다고 생각했다. 지금도 그녀는 에번스를 거들떠보지도 않았다. 마치 그 자리에 케너 말고는 아무도 없다는 듯이 케너만 바라보고 케너에게만 얘기하는 것이었다.

에번스는 이런 생각을 했다. '저건 나를 약올리기 위한 행동일까? 나를 자극하고 흥분시켜 허겁지겁 자기를 쫓아다니게 만들려고 일부러 저러는 것일까?' 그러나 그는 그런 기분을 전혀 느낄 수 없었다. 분통이 터질 뿐이었다.

그는 취사실 카운터를 탕탕 두드리며 이렇게 소리치고 싶었다. '여보세요! 여기는 지구! 사라 나와라!' 대충 그런 말을 하고 싶었다.

그러나 왠지 그렇게 하면 상황이 더 나빠질 것 같았다. 그녀의 불쾌한 표정이 눈에 선했다. '넌 정말 어린애 같아.' 대충 그런 말을 듣게 될 것 같았다. 그래서 문득 그렇게 복잡하지 않은 여자를 만나고 싶다는 생각이 들었다. 이를테면 재니스 같은 여자, 근사한 몸과 무시해버리면 그만인 목소리를 가진 여자. 지금 그에게 필요한 것은 바로 그런 여자였다.

그는 긴 한숨을 내쉬었다.

사라가 그 소리를 듣고 돌아보더니 자기 옆자리를 툭툭 두드렸다.

"이리 와서 앉아, 피터. 같이 얘기하자."

그러면서 눈부시게 활짝 웃는 것이었다.

피터는 생각했다. '뭐가 뭔지 정말 헷갈린다.'

산종이 컴퓨터 화면을 내보이며 말했다.

"여기가 레절루션 만입니다."

화면에는 그 만의 사진이 떠 있다가 곧 줌아웃되면서 섬 전체의 지도가 나타났다.

"레절루션 만은 이 섬의 북동쪽에 있죠. 공항은 서해안에 있구요. 거리는 25마일쯤 됩니다."

가레다는 반쯤 물에 잠긴 거대한 아보카도처럼 생긴 섬이었는데 해안선은 제법 들쭉날쭉했다.

"섬의 중심부를 따라 이렇게 산줄기가 뻗어 있습니다. 몇 군데는 해발 3천 피트쯤 되죠. 내륙은 밀림이 너무 울창해서 기존 도로나 오솔길을 따라가지 않으면 사실상 통과가 불가능합니다. 그렇다고 우회할 수도 없구요."

그러자 사라가 말했다.

"그럼 길로 가면 되잖아요."

"그렇죠. 그런데 여긴 반군이 있는 곳으로 확인된 지역입니다."

그는 섬 한복판에 손가락으로 동그라미를 그렸다.

"반군은 2개 또는 3개 집단으로 분리된 상태인데, 각각의 정확한 위치는 아직 확인되지 않았어요. 다만 북쪽 해안 근처에 있는 이 파부투라는 작은 촌락은 반군이 점령하고 있습니다. 바로 여기가 반군의 본거지로 보입니다. 그리고 아마 여기저기서 도로를 봉쇄해놓고 밀림 속의 오솔길도 순찰하고 있을 겁니다."

"그럼 레절루션 만까지 어떻게 가야 하죠?"

그러자 케너가 대답했다.

"가능하면 헬리콥터로 가야지. 한 대 불러놓긴 했는데, 이 근방은 별로 믿을 만한 동네가 아니라서 말이야. 혹시 헬리콥터를 이용할 수 없게 되면 자동차로 가야겠지. 갈 수 있는 데까지 가보는 수밖에. 아무튼 지금으로서는 어떻게 될지 확실치 않아."

이번엔 에번스가 물었다.

"레절루션 만에 도착한 다음에는요?"

"해변가에 집 네 채가 새로 생겼어. 우린 그것들을 헐어버리고 그 속에 있는 기계들도 박살내야 돼. 못 쓰게 만드는 거지. 그리고 놈들의 잠수함 모선을 찾아내서 잠수함도 부숴버리고."

사라가 물었다.

"잠수함이라뇨?"

"놈들이 2인승 탐사 잠수함을 빌려왔어. 그게 지난 2주 동안 그 지역에 있었지."

"거기서 뭘 한 거죠?"

"이젠 거의 확실해졌어. 솔로몬 제도엔 900여 개의 섬이 모여 있는데, 판구조론에 의하면 그 지역은 전 세계에서도 손꼽힐 만큼 지각 활동이 활발한 곳이야. 한마디로 말해서 지각판들이 맞부딪치는 곳이지. 그래서 화산도 많고 지진도 자주 발생하는 아주 불안정한 지역이야. 태평양 판이 올도완자바(Oldowan Java) 해판과 충돌하면서 그 밑으로 파고드는 거지. 그 결과로 생겨난 게 바로 솔로몬 해구(海溝)인데, 그건 솔로몬 제도 북쪽에 활 모양으로 길게 가로놓인 거대한 해저 지형이야. 깊이도 굉장해서 2천 피트 내지 6천 피트쯤 되지. 그런데 이 해구가 있는 곳이 레절루션 만에서 북쪽으로 바로 코앞이란 말이야."

그 말을 듣고 에번스가 말했다.

"그러니까 깊은 해구가 있고 지각 활동이 활발한 지역이란 말이죠? 그래도 뭐가 뭔지 잘 모르겠는데요."

"해저 화산이 많으면 사면암설(斜面巖屑, 비탈에 쌓인 돌부스러기)도 많고, 따라서 산사태가 날 가능성도 높지."

"산사태라……"

에번스는 눈을 비볐다. 밤이 깊어가고 있었다.

"해저 산사태 말이야."

그러자 사라가 물었다.

"그자들이 해저 산사태를 일으키려 한다는 거예요?"

"우린 그렇게 생각하고 있어. 솔로몬 해구의 비탈 어딘가에서. 깊이는 아마 500 내지 1천 피트일 테고."

이번엔 에번스가 물었다.

"해저 산사태가 나면 뭐가 어떻게 되는 건데요?"

그러자 케너가 산종에게 말했다.

"큰 지도를 보여주게."

산종이 시베리아에서 칠레까지, 그리고 오스트레일리아에서 알래스카까지를 모두 아우르는 태평양 해분(海盆) 전체의 지도를 불러왔다.

"좋아. 이제 레절루션 만에서 직선을 그으면 어디로 가는지 보라구."

"캘리포니아!"

"그래. 열한 시간쯤 걸리겠지."

에번스는 눈살을 찌푸렸다.

"해저 산사태가 나면……"

"순식간에 엄청난 양의 물이 밀려나게 되지. 쓰나미가 발생하는 가장 일반적인 원인이 바로 그걸세. 산사태로 밀려난 물이 파도를 일으키고, 그게 시속 500마일의 속도로 태평양을 건너가는 거지."

"맙소사. 그 파도의 규모가 어느 정도죠?"

"파도는 하나가 아니라 여러 개야. 파열(波列)이라고 하지. 1952년 알래스카에서 발생한 해저 산사태는 47피트 높이의 파도를 일으켰어. 하지만 이번에 일어날 파도의 높이는 예상조차 할 수 없다구. 왜냐하면 파고(波高)는 파도가 도달하는 해안의 형태에 따라 결정되는 거니까. 캘리포니아 일부 지역에서는 60피트까지 치솟을 거야. 6층 건물과 맞먹는 높이지."

사라가 말했다.

"세상에!"

에번스가 물었다.

"놈들이 그 일을 저지를 때까지 시간이 얼마쯤 남은 거죠?"

"회의는 이틀 더 계속되지. 파도가 태평양을 건너가는 데 하루, 그러니까……"

"하루 남았군요."

"그래, 길어봤자 하루야. 겨우 하루 동안에 그 섬에 도착해서, 레절루션 만까지 가서, 놈들을 막는 일까지 다 해치워야 하는 거지."

"놈들이라니 누구 말이오?"

테드 브래들리가 하품을 하며 다가왔다.

"젠장! 머리가 깨지는 것 같네! 해장술이나 마셔볼까?"

그러더니 곧 말을 멈추고 일행의 얼굴을 번갈아 바라보았다.

"아니, 이거 무슨 일 있소? 어째 다들 똥 씹은 표정들이야?"

세 시간 후 해가 떠올랐고 비행기는 하강하기 시작했다. 지금은 울창한 녹색의 섬 위를 저공비행하는 중이었다. 이 세상 같지 않을 만큼 연푸른 바다가 내려다보였다. 그들은 몇 가닥의 길과 몇 개의 마을을 볼 수 있었다. 대개는 소규모 촌락이었다.

테드 브래들리가 창밖을 내다보며 말했다.

"아름답지 않소? 이거야말로 훼손되지 않은 낙원이지. 이 세상에서 점점 사라져가는 지상낙원."

브래들리의 맞은편에 앉아 있는 케너는 아무 말도 하지 않았다. 그 역시 창밖을 내다보고 있었다.

"문제는 우리가 자연을 가까이 접하지 못하게 된 거라고 생각하지 않소?"

그러자 케너는 이렇게 대꾸했다.

"그것보다 지금 중요한 문제는 길이 별로 안 보인다는 점이죠."

"그야 백인들과 달리 원주민들은 자연을 정복하고 굴복시키는 걸 별로 좋아하지 않기 때문이 아니겠소?"

"제 생각은 좀 다릅니다."

317

"아무튼 내 생각은 그렇소. 저렇게 대지와 살을 맞대고 사는 사람들, 작은 마을에서 자연에 둘러싸여 살아가는 사람들이야말로 자연스럽게 환경 의식을 터득하고 만물과 조화롭게 공존할 줄 아는 사람들이라고 말이오."

"저런 마을에 많이 가보신 모양이죠?"

"아닌 게 아니라 그렇소. 짐바브웨에서 영화를 한 편 찍었고 보츠와나에서도 하나 찍었지. 나도 나름대로 아는 게 있으니까 하는 얘기요."

"네에. 그런데 그때 줄곧 마을에서 지내셨나요?"

"아니, 나야 호텔에 묵었지. 보험 문제 때문에 어쩔 수 없었으니까. 하지만 마을에서도 많은 걸 경험했소. 확실히 촌락 생활이야말로 최고의 삶이고 환경면에서도 가장 건강한 삶이더군. 솔직히 말하자면 지구상의 모든 사람이 그런 식으로 살아야 한다고 믿소. 물론 저런 마을 사람들한테 산업화 따위를 권장해서도 안 될 일이고. 바로 그게 문제란 말이오."

"알겠습니다. 다시 말해서 테드는 호텔에 묵지만 남들은 모두 마을에서 살아야 한다는 말씀이군요."

"아니, 선생은 내 말을 제대로……"

"지금 사시는 곳이 어디죠, 테드?"

"셔먼오크스(로스앤젤레스 샌퍼난도밸리의 부촌)요."

"거기도 저런 소규모 촌락인가요?"

"아니오. 글쎄, 뭐 일종의 촌락이라고 말할 수도 있겠지만…… 아무튼 난 직업상 LA에서 지낼 수밖에 없는 처지요. 선택의 여지가 없는 거지."

"테드, 혹시 제3세계 마을에서 묵어보신 적이 있습니까? 단 하룻밤이라도?"

그러자 브래들리는 불편한 듯 엉덩이를 들썩거렸다.

"아까도 말했듯이 촬영 중엔 저런 마을에서 많은 시간을 보냈소. 나도 마을 사정을 다 안단 말이오."

"촌락 생활이 그렇게 좋은 거라면 다들 떠나고 싶어하는 이유는 뭐라고 생각하십니까?"

"그러니까 떠나지 말아야지. 내가 하고 싶은 말이 바로 그거요."

"촌락 생활에 대해서 테드가 마을 사람들보다 더 잘 아신다는 겁니까?"

그러자 브래들리는 입을 다물었다가 불쑥 이렇게 말했다.

"꼭 대답을 들어야겠다면, 솔직히 그렇소. 내가 더 잘 알지. 교육도 받았고, 경험도 그 사람들보다 많으니까. 그리고 산업 사회의 온갖 병폐를 직접 체험했고, 그것 때문에 온 세상이 병들어가는 것도 보았소. 그러니까 그 사람들한테 뭐가 바람직한지 내가 더 잘 안다고 생각하는 거요. 적어도 난 지구를 위해 무엇이 더 바람직한지 알고 있으니 말이오."

"하지만 누가 나한테 이래라 저래라 간섭한다면 기분 나쁠 것 같은데요. 내가 사는 곳에 살지도 않으면서, 내가 그곳에서 겪고 있는 여러 문제점이나 상황들을 잘 알지도 못하면서, 아니, 내가 사는 나라에 살지도 않으면서, 자기는 서양의 어느 머나먼 도시에서, 가령 브뤼셀이나 베를린이나 뉴욕 같은 도시의 유리로 된 고층빌딩에서 책상머리에 편안히 앉아 있으면서 마치 내가 날마다 당하는 온갖 어려움을 다 안다는 듯이 나한테 이렇게 살아라, 저렇게 살아라 하고 잔소리를 한다면 말입니다. 저라면 그거 틀림없이 기분 나쁠 겁니다."

"도대체 왜 이러는 거요? 아니, 이것 보시오. 설마 지구상에 사는 사람들이 모두 자기가 원하는 대로 살아야 한다는 말은 아니겠지? 정말 그렇게 된다면 끔찍한 일이 벌어질 거요. 저런 사람들은 누군가 도와주고 이끌어줘야 한단 말이오."

"그걸 테드가 해야 한다는 말씀인가요? '저런 사람들' 한테?"

"물론 그 말이 정치적으로 올바른 표현이 아니었다는 건 나도 인정하겠소. 그렇지만 선생은 저런 사람들까지 우리 미국인들처럼, 그리고 조금 덜 심각하긴 하지만 유럽인들처럼, 그렇게 흥청망청 낭비하는 한심한 생활을 하게 됐으면 좋겠소?"

"테드 자신도 그런 생활을 포기하신 것 같진 않은데요."

"그건 그렇지만 나도 자연 보호를 위해 노력하는 사람이오. 재활용도 하고, 탄소중립적(carbon-neutral, 기업이나 개인의 활동으로 인해 발생하는 탄소량을 0으로 유지하는 것을 뜻하는 용어. 구체적 실천 방법은 실제 탄소 발생량을 줄이는 것, 그리고 발생된 탄소량만큼을 상쇄하는 녹지화 또는 대체 에너지 프로그램에 참여하는 것 등이다) 생활방식도 지키고 있소. 아무튼 중요한 건, 저런 사람들까지 산업화되는 날에는 지구 환경의 오염 수준이 정말 무섭게 악화될 거라는 사실이오. 그런 일은 절대로 없어야겠지."

"나는 내 몫을 누리지만 네가 네 몫을 누리는 건 안 된다?"

"내 말은 현실을 직시하자는 거요."

"그건 테드가 생각하는 현실이죠. 저 사람들의 생각은 달라요."

그때 산종이 손짓으로 케너를 불렀다. 케너가 자리에서 일어났다.

"실례하겠습니다."

그러자 브래들리가 말했다.

"그래, 도망치고 싶으면 도망치시오. 어쨌든 내 말이 사실이라는 건 선생도 잘 알 거요!"

그는 객실 승무원에게 손짓을 하고 술잔을 들어올렸다.

"한 잔 더 줘, 아가씨. 작별의 건배를 해야지."

산종이 말했다.

"헬리콥터가 아직 안 왔대요."

"무슨 일이래?"

"다른 섬에서 오기로 했는데, 반군이 지대공 미사일을 갖고 있을지도 모른다는 이유로 가레다 상공이 봉쇄됐답니다."

케너는 얼굴을 찡그렸다.

"우린 언제 착륙하지?"

"10분 남았어요."

"그럼 행운을 빌어보는 수밖에."

혼자 남은 테드 브래들리는 다른 곳에 앉아 있는 피터 에번스 곁으로 자리를 옮겼다.

"정말 근사하지 않나? 저 물빛 좀 보라구. 수정처럼 맑고 투명하잖아. 저 깊디깊은 푸른색 좀 봐. 그리고 대자연의 품에 안긴 저 아름다운 마을들."

에번스도 창밖을 내다보고 있었지만 보이는 것이라고는 가난의 흔적뿐이었다. 물결무늬 양철판으로 지은 허름한 오두막집 몇 개가 옹기종기 모인 마을들, 시뻘건 황토길, 남루한 행색으로 느릿느릿 걸어다니는 사람들. 에번스에게는 그 모든 것이 울적하고 쓸쓸해 보일 뿐이었다. 그래서 머리에 떠오르는 것도 고통, 질병, 유아 사망률 따위가 고작이었는데……

"정말 근사해! 순박한 풍경이야! 빨리 내려가보고 싶구만. 이거 꼭 휴가라도 온 것 같잖아! 솔로몬 제도가 이렇게 아름다울 줄이야 누가 알았나?"

그때 앞쪽에서 제니퍼가 말했다.

"사람 사냥꾼들이 판치던 곳이죠. 유사 이래 최근까지."

"그렇지만 그건 다 과거사잖소. 게다가 사실도 아니고. 식인 풍습에 대한 얘기 말이오. 그게 사실이 아니라는 건 누구나 알고 있으니까. 나도 어느 교수가 쓴 책을 읽어봤소.* 세계 어디에도 식인종은 없었다고 하더군. 모두 황당한 전설에 불과하다는 거지. 백인들이 유색 인종을 악마로 여긴 또 하나의 사례가 바로 그거라구. 서인도 제도를 찾은 콜럼버스도 그곳 사람들이 식인종 얘기를 한다고 생각했지만 그건 사실이 아니었소. 구체적인 내용은 잊어버렸지만. 아무튼 식인종은 어디에도 없었소. 전설에 불과하단 말이오. 자넨 뭘 그렇게 보나?"

에번스가 고개를 돌려보니 브래들리의 그 말은 산종에게 한 것이었다. 아닌 게 아니라 산종은 브래들리를 뚫어져라 바라보고 있었다.

"왜 그러나? 그렇게 보지만 말고 어디 좀 말해보게. 그 표정은 내 말에 찬성하지 않는다는 뜻인가?"

그러자 산종은 놀랍다는 듯이 이렇게 말했다.

"이제 보니 정말 바보였군요. 수마트라에 가보신 적 있습니까?"

"못 가본 것 같은데."

"뉴기니는요?"

"못 가봤네. 옛날부터 가보고 싶긴 했지. 민속 공예품을 사고 싶었거든. 대단한 작품들일세."

"그럼 보르네오는요?"

"못 가봤지만 거기도 가보고 싶었어. 그 술탄 아무개가 런던의 도체스터 호텔을 멋지게 개조했는데……"

"보르네오에 가서 다야크족의 롱하우스에 들어가보시면 자기들이

---

* William Arens, *The Man-Eating Myth*.

죽인 자들의 두개골을 아직도 진열해놓은 걸 볼 수 있습니다."

"에이, 그거야 관광객을 끌어모으려는 수작이고."

"뉴기니엔 쿠루병(뉴기니 고지인들의 치명적인 바이러스성 뇌신경병)이라는 게 있었어요. 사람이 적의 두뇌를 먹을 때 전염되는 질병이죠."

"그건 사실이 아닐세."

"가이듀섹 박사가 그 연구로 노벨상을 받았어요. 거기 사람들이 인간의 두뇌를 먹은 건 엄연한 사실이라구요."

"하지만 그건 아주 오래된 일이잖나."

"60년대. 70년대."

"자네들은 괴담 나부랭이를 너무 좋아하는군. 순박한 원주민들을 식인종으로 몰아붙이면서 말이야. 자, 그러지 말고 사실을 인정하게. 인간은 식인종이 아니라구."*

그러자 산종은 눈만 껌벅거렸다. 그러다가 케너를 돌아보았다. 케너가 어깨를 으쓱거렸다.

브래들리는 창밖을 내다보며 이렇게 말했다.

"정말 기막히게 아름다운 섬이야. 이제 곧 착륙할 모양이군."

---

* 미국 남서부의 식인 풍습: http://www.nature.com/nature/fow/000907.html. Richard A. Marlar, Leonard L. Banks, Brian R. Billman, Patricia M. Lambert, and Jennifer Marlar, "Biochemical evidence of cannibalism at a prehistoric Puebloan site in southwestern Colorado, Nature 407, 74078 (7 Sept. 2000). 영국 켈트족의 경우: http://www.bris.ac.uk/Depts/Info-Office/news /archive/cannibal.htm. 네안데르탈인의 경우: http://news.bbc.co.uk/1/hi/sci/tech/ 462048.stm. 위의 잡지에는 재레드 다이아몬드의 다음 글도 함께 실렸다. Jared M. Diamond, "Archeology, talk of cannibalism" : "미국 남서부의 900년 전 유적에서도 식인 풍습의 명백한 증거가 발견되었다. 그런데 어째서 비판자들은 이렇게 많은 사회 집단이 식인 풍습을 채택했다는 사실에 진저리를 치며 한사코 부인하는 것일까?"

그러나 이미 늦었다. 제어판 윗부분에서 빨간 불이 하나씩 깜박거리기 시작했다. 해저 폭파가 진행되고 있는 것이다.

자동적으로 잠수함 경적처럼 요란한 경보음이 울려퍼지기 시작했다. 갑판 건너편에 있는 사람들이 고함을 질렀다. 모두 겁에 질린 목소리였다. 산종은 당연한 일이라고 생각했다.

'쓰나미가 시작됐으니까.'

이제 몇 초만 지나면 산더미 같은 파도가 덮쳐올 터였다.

7

레절루션
R E S O L U T I O N

STATE OF FEAR

가레다

10월 14일 목요일
6:40 AM

콘타그 비행장은 후덥지근한 더위로 끈적거렸다. 일행은 사방이 트인 작은 오두막을 향해 걸어갔다. 그곳에는 '새간(KASTOM)'이라는 말이 페인트로 아무렇게나 적혀 있었다. 건물 한쪽에는 나무 울타리가 있었고, 빨간 손도장이 찍힌 출입구에 '노곳 롯(NOGOT ROT)'이라는 팻말이 걸려 있었다.

브래들리가 말했다.

"아, 누가사탕 충치(nougat rot). 이 지역에만 있는 치과 질환인 모양이군."

그러자 산종이 말했다.

"그게 아니구요, 저 빨간 손바닥은 카푸(kapu)라는 뜻입니다. '금지'를 의미하죠. 그리고 간판에 적힌 말은 피진어(두 개 이상의 언어가 섞여서 된 보조적 언어로, 주로 서유럽 언어를 바탕으로 어휘수를 크게 줄이고 문법을 단순화한 것이 특징)로 '노 갓 라이트(No Got Right)', 즉 허가받지 않은 사람은 들어오지 말라는 뜻이구요."

"허. 그랬구만."

에번스는 이 무더위를 견디기가 너무 힘들었다. 오랜 비행으로 지친

데다 앞으로 일행에게 닥칠 일도 걱정스럽기만 했다. 그러나 옆에 있는 제니퍼는 오히려 상쾌하다는 듯 활기찬 걸음걸이였다. 에번스는 그녀에게 말을 걸었다.

"피곤하지 않아요?"

"비행기에서 잤어요."

에번스는 뒤따라오는 사라를 돌아보았다. 그녀도 기운이 넘치는 듯 성큼성큼 걷고 있었다.

"난 좀 피곤하네요."

"차 안에서 자면 되죠."

제니퍼는 그의 몸 상태에 별로 관심이 없는 듯했다. 에번스는 그녀의 그런 태도가 좀 못마땅했다.

아무튼 맥이 탁 풀릴 만큼 후덥지근한 날씨였다. 일행이 세관 건물에 도착했을 때 에번스의 셔츠는 벌써 흠뻑 젖었고 머리카락도 축축했다. 수속 서류를 작성하는 동안에도 코와 턱에서 종이 위로 땀이 뚝뚝 떨어졌다. 땀방울 때문에 글씨가 자꾸 번졌다. 에번스는 고개를 들고 세관원을 보았다. 가무잡잡한 피부와 곱슬머리를 가진 근육질의 남자였는데, 잘 다린 흰색 바지와 흰색 셔츠를 입고 있었다. 그의 몸은 땀 한 방울 없이 보송보송했다. 오히려 시원해 보일 정도였다. 에번스와 눈이 마주치자 세관원이 빙그레 웃었다.

"오, 와이트만, 디스 노 타임 빌롱 산. 유 투마스 홋펠라(Oh, waitman, dis no taim bilong san. You tumas hotpela)."

에번스는 고개를 끄덕거렸다.

"네, 맞아요."

그러나 그는 사내가 한 말을 전혀 알아듣지 못했다.

산종이 통역을 해주었다.

"지금은 한여름도 아닌데 피터가 너무 더워한다고 말한 거예요. 유
투마스 홋. 알겠죠?"

"저 사람이 제대로 봤네요. 그런데 피진어는 어디서 배웠어요?"

"뉴기니. 거기서 일 년쯤 일했죠."

"무슨 일을 했는데요?"

그러나 산종은 이미 케너와 함께 바삐 걸어가고 있었다. 케너가 지
금 막 랜드로버를 몰고 온 청년에게 손을 흔들었다. 청년이 차에서 뛰
어내렸다. 어깨가 온통 문신으로 뒤덮여 있었다. 젊은 사내의 환한 미
소는 보는 사람들까지 덩달아 미소 짓게 만들었다.

"어이, 존 카너! 하마마스 클록(Hamamas klok)!"

그는 자신의 가슴을 주먹으로 탁탁 두드리고 케너를 얼싸안았다.

산종이 설명했다.

"만나서 반갑다는 겁니다. 둘이 아는 사이거든요."

새로 온 사내가 일행에게 소개되었다. 간단히 헨리라고 부르면 된다
고 했다.

"한리!"

사내가 활짝 웃으며 일행과 힘찬 악수를 나눴다. 그리고 케너를 향
해 돌아섰다.

케너가 말했다.

"헬리콥터를 가져오는 데 문제가 생겼다고 하던데."

"네? 노 트라벨(No trabel). 메 곳 클로스투 롱(Me got klostu long)."

그러면서 헨리는 웃음을 터뜨렸다.

"그거 저쪽에 있어요, 친구."

이번엔 흠잡을 데 없이 완벽한 영국식 영어였다.

"걱정했는데 잘됐군."

"그렇긴 한데요, 존, 아무래도 서두르는 게 좋겠어요. 미 옛 하림 플란티 양펠라스, 크로심, 파심 비루아, 곳 플렌티 마스켓, 노켄 스탑 굿, 야(Mi yet harim planti yangpelas, krosim, pasim birua, got plenti masket, noken stap gut, ya)?"

에번스는 헨리가 나머지 일행이 못 알아듣게 하려고 일부러 피진어를 쓰고 있다는 인상을 받았다.

케너가 고개를 끄덕였다.

"그 얘기도 들었어. 여긴 반군이 많다 이거지? 주로 아이들인데 성깔도 고약한데다 중무장을 했다? 그래, 알 만해."

"헬리콥터 때문에 걱정이에요, 친구."

"왜? 자네 혹시 조종사에 대해 뭐 아는 거라도 있나?"

"네, 알죠."

"그런데 왜 그래? 조종사가 누군데?"

그러자 헨리는 쿡쿡 웃으며 케너의 등을 탁 쳤다.

"바로 나예요!"

"그럼 가자구."

일행은 모두 도로를 따라 비행장 밖으로 걸어나갔다. 도로 양쪽에 울창한 밀림이 절벽처럼 버티고 있었다. 사방에서 매미들이 시끄럽게 울어댔다. 에번스는 푸른 하늘을 배경으로 활주로에 서 있는 하얗고 아름다운 걸프스트림 제트기를 뒤돌아보며 아쉬워했다. 그 비행기를 다시 볼 수 있을지 모르겠다는 생각이 들었다.

케너가 말했다.

"그리고 말이야, 헨리, 몇 명이 죽었다는 얘기도 들리던데?"

그러자 헨리는 눈살을 찌푸렸다.

"그냥 죽은 것도 아니에요, 존. 올펠라(Olpela) 말예요."

"우리도 들었어."

"야(Ya). 디스트루(Distru)."

그 얘기가 사실이었던 모양이다.

"반군들이 한 짓이야?"

헨리는 고개를 끄덕였다.

"아, 새로 두목이 된 삼부카라는 놈, 술 이름과 똑같죠(삼부카는 아니스 열매로 만든 이탈리아 술). 이름이 왜 그따위냐고 묻지 마세요. 그거 완전히 미친놈이라구요. 롱롱 만 트루(Longlong man tru). 그 인간은 뭐든지 올펠라(olpela)예요. 옛날식이 더 좋다는 거죠. 알라타임 알라타임(Allatime allatime)."

그러자 뒤따라가던 테드 브래들리가 말했다.

"그래, 내 생각에도 옛날식이 더 좋았지."

그러자 헨리가 고개를 돌렸다.

"그 나라엔 휴대폰도 있고, 컴퓨터도 있고, 항생제, 의약품, 병원도 있잖아요. 그런데도 옛날식이 더 좋다는 거예요?"

"그래, 그게 사실이니까. 옛날식이 더 인간적이었지. 좀더 인간미가 있는 삶이었다는 걸세. 내가 장담하는데, 자네도 막상 현대의 기적이라고 하는 것들을 직접 경험해보면 별로 대단치도 않다는 걸 알게 될 거라구."

"저는 멜버른 대학에서 학위를 받았어요. 웬만큼은 경험해봤죠."

"아, 그렇다면야 뭐."

브래들리는 그렇게 말하고 작은 소리로 중얼거렸다.

"진작 말해줄 것이지. 망할 자식."

그러자 헨리가 말했다.

"그건 그렇고, 충고 하나 해드리죠. 여기선 그러지 마세요. 작은 소리로 중얼거리지 마시라구요."

"그건 또 왜?"

"그런 짓을 하는 사람은 마귀가 씐 거라고 믿는 사람들도 있거든요. 겁이 나서 아저씨를 죽일지도 몰라요."

"알았네. 재미있군."

"그러니까 이 나라에선 할 말이 있으면 큰 소리로 말해야죠!"

"기억해두겠네."

사라는 브래들리와 나란히 걷고 있었지만 대화를 귀담아듣지는 않았다. 헨리는 독특한 인물이었다. 두 세계 사이에 끼어 있는 존재, 그래서 때로는 명문대생 같은 영어를 쓰고 때로는 피진어를 쓴다. 그러나 사라는 그런 문제에 신경 쓸 여유가 없었다.

그녀는 지금 밀림을 보고 있었다. 도로 위의 공기는 도로 양쪽에 우뚝 솟은 거대한 나무들 사이에 갇혀 바람 한 점 없이 고요하고 뜨거웠다. 나무들의 높이는 40피트나 50피트 정도였고 구불구불한 덩굴 식물로 뒤덮여 있었다. 그리고 지상부, 즉 임관층(林冠層) 아래의 어둠 속에는 거대한 양치식물이 빽빽하게 우거져 도저히 뚫고 들어갈 수 없는 완강한 녹색 장벽을 이루고 있었다.

사라는 생각했다. 저 속으로 5피트만 들어가면 영영 못 나올 수도 있겠다. 빠져나오는 길을 못 찾을 테니까.

길가에는 오래전에 버려진 녹슨 자동차들이 있었다. 앞 유리는 깨져버리고 차대(車臺)는 찌그러지고 부식되어 갈색과 누런색으로 얼룩덜룩했다. 사라는 그 옆을 지나가면서 시계와 속도계를 떼어내 구멍이 뻥 뚫린 계기판과 찢어진 시트커버 따위를 보았다.

이윽고 일행은 샛길로 접어들었고, 사라는 앞쪽에 있는 헬리콥터를 발견하고 깜짝 놀라 숨을 헉 들이마셨다. 녹색 바탕에 흰색 줄무늬가 선명하게 그려진 아름다운 헬리콥터였다. 금속이 드러난 회전날개와 뼈대 부분이 눈부시게 빛나고 있었다. 다들 헬리콥터에 대해 한마디씩 거들었다.

헨리가 말했다.

"네, 겉모습은 꽤 좋아 보이죠. 그런데 속은, 엔진은 별로 좋지 않을 거예요."

그러면서 손을 아래위로 흔들었다.

"그저 그렇다는 거죠."

그들은 문을 열고 헬리콥터에 올랐다. 뒤쪽에 톱밥과 함께 나무 상자 몇 개가 쌓여 있었다. 윤활유 냄새가 났다. 헨리가 케너에게 말했다.

"말씀하신 보급품을 가져왔어요."

"탄약도 충분하고?"

"아, 그럼요. 부탁하신 건 전부 가져왔죠."

"그럼 이제 출발하지."

사라는 뒷좌석에 앉아 안전벨트를 맸다. 그리고 헤드폰을 썼다. 엔진이 윙윙거리고 회전날개가 점점 더 빠르게 돌았다. 헬리콥터가 떠오르기 시작할 때 기체가 덜덜 떨렸다. 헨리가 말했다.

"사람이 너무 많이 탔어요. 행운을 빌어보는 수밖에 없죠! 다들 기도나 하세요!"

그러더니 미치광이처럼 낄낄거리며 푸른 하늘로 날아올랐다.

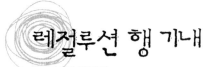

레절루션 행 기내

10월 14일 목요일
9:02 AM

저 밑에는 울창한 밀림이 끝없이 이어지고 있었다. 간혹 가느다란 안개가 나무를 휘감고 있기도 했는데, 특히 지대가 높은 곳에서 자주 눈에 띄는 현상이었다. 사라는 이 섬에 산이 발달하고 지세가 꽤 험한 것을 보고 놀랐다. 도로는 전혀 보이지 않았고, 밀림 속의 공터에 자리 잡은 작은 마을이 이따금 나타날 뿐이었다. 그 이외에는 가도가도 나무들뿐이었다. 헨리는 북쪽으로 가다가 레절루션 만에서 서쪽으로 몇 마일 떨어진 해안에 일행을 내려줄 예정이었다.

어느 마을 하나를 지나갈 때 테드 브래들리가 말했다.

"아름다운 마을이군. 여기 사람들은 뭘 재배하나?"

헨리가 대답했다.

"아무것도 못 키워요. 여긴 쓸모없는 땅이거든요. 다들 구리 광산에서 일하죠."

"아, 그거 안타까운 일이군."

"여기 사람들에겐 그렇지 않습니다. 그만한 돈은 처음 만져봤으니까요. 광산에서 일하기 위해서라면 살인도 마다하지 않을 정도죠. 제 말은 정말 사람을 죽인다는 겁니다. 해마다 살인 사건이 몇 번씩 일어나죠."

브래들리는 고개를 절레절레 흔들었다.

"끔찍하군. 정말 끔찍해. 그건 그렇고, 저기 좀 보게."

그는 아래를 가리켰다.

"저 마을은 진짜 초가지붕을 덮었군. 저게 옛날식인가? 옛날 방식이 아직도 유지되고 있는 거야?"

"아닙니다. 저건 반군 마을이에요. 오히려 최신식이죠. 초가지붕을 덮은 큰 집, 아주 거창한 집, 바로 두목이 지은 집입니다."

헨리는 삼부카가 사람들을 시켜 마을마다 그렇게 커다란 3층집을 짓게 했다고 설명했다. 이 집은 이엉을 엮어 지었고 까마득한 3층 통로까지 사다리를 놓았다. 오스트레일리아 군대가 쳐들어올 때 반군들이 미리 발견할 수 있도록 밀림을 한눈에 내려다볼 수 있는 감시탑을 설치한 것이었다.

그러나 옛날에는 가레다에서 아무도 그런 집을 짓지 않았다. 모든 건물은 나지막하고 사방이 탁 트인 형태로 지었다. 비는 막고 연기는 내보내는 것이 주목적이었기 때문이다. 높은 건물은 지을 필요도 없었다. 어차피 사이클론이 몰려오면 쓰러져버리기 때문에 너무 비실용적이었다.

"그런데 삼부카는 저런 집을 원하는 겁니다. 그래서 양펠라(yangpela)들, 즉 어린애들을 시켜 저렇게 만들어놨어요. 지금 이 섬의 반군 지역에 저런 집이 아마 여섯 채나 여덟 채쯤 될 겁니다."

그러자 브래들리가 물었다.

"그럼 지금 우리가 반군 지역 상공을 날고 있다는 건가?"

"아직은 별일 없네요."

헨리는 다시 낄낄 웃었다.

"이제 얼마 안 남았으니까 한 4, 5분만 가면 해변이 보이고…… 이런 빌어먹을!"

"왜?"

헬리콥터는 나무 우듬지를 스치듯이 날고 있었다.

"제가 큰 실수를 했네요."

"무슨 실수?"

"투마스 롱웨 에스(Tumas longwe es)."

그러자 케너가 입을 열었다.

"동쪽으로 너무 많이 왔다구?"

"젠장. 벼락 맞을. 꽉 잡아요!"

헨리는 헬리콥터를 급히 선회시켰다. 그러나 그 직전에 일행은 아주 넓은 공터를 볼 수 있었다. 그 거대한 초가집이 네 채나 있었고, 그 밖에도 나무와 양철판으로 지은 평범한 집들이 여기저기 흩어져 있었다. 그리고 공터 한복판의 진흙땅에 대여섯 대의 트럭이 모여 있었다. 그중 몇 대는 짐칸에 기관총을 장착한 상태였다.

브래들리가 아래를 내려다보며 물었다.

"이건 또 뭐야? 여긴 다른 데보다 훨씬 넓은데……"

"여기가 파부투예요! 반군들의 본거지라구요!"

다음 순간 공터가 시야에서 사라졌고 헬리콥터는 빠르게 날아갔다. 헨리는 거칠게 숨을 몰아쉬고 있었다. 일행 모두가 이어폰으로 그의 숨소리를 들을 수 있었다.

케너는 아무 말도 하지 않았다. 그는 헨리를 유심히 지켜보고 있었다.

브래들리가 말했다.

"아무튼 이젠 별일 없겠지. 놈들이 우릴 못 본 모양이니까."

그러자 헨리가 대꾸했다.

"네, 희망 사항이죠."

"왜? 혹시 우릴 봤더라도 제깟 놈들이 뭘 어쩌겠나?"

"놈들에겐 무전기가 있어요. 저 양펠라들도 바보는 아니라구요."

"그건 또 무슨 소리야?"

"놈들은 이 헬리콥터를 갖고 싶어해요."

"왜? 조종도 못할 텐데?"

"오라잇 오라잇(Orait orait)! 그래요! 놈들은 나까지 잡으려고 하는 거예요."

헨리는 벌써 몇 달 전부터 이 섬에는 헬리콥터가 출입할 수 없었다고 설명했다. 이 헬리콥터가 들어올 수 있었던 것은 케너가 대단히 막강한 연줄을 동원한 덕분이었다. 그러나 이것이 반군의 손에 들어가는 일만은 무조건 피해야 했다.

브래들리가 말했다.

"어쨌든 놈들은 아마 우리가 남쪽으로 간다고 생각할 거야. 사실 지금 남쪽으로 가는 중이잖나?"

"저 녀석들은 다 알고 있어요."

"알다니 뭘?"

그러자 케너가 말했다.

"ELF가 이 섬에 상륙하려고 반군들에게 뇌물을 줬을 겁니다. 그러니까 레절루션 만에서 무슨 일이 벌어지고 있다는 정도는 반군들도 알고 있죠. 이 헬리콥터를 봤을 때 벌써 우리 목적지를 알아차렸을 거예요."

헨리가 다시 말했다.

"저 녀석들도 바보가 아니란 말예요."

그러자 브래들리가 이렇게 항변했다.

"난 그런 말 안 했어."

"네, 말은 안 했지만 그렇게 생각했잖아요. 아저씨 같은 백인들을 잘 알아요. 지금도 혀끝에서 그 말이 뱅뱅 돌죠? 속으론 그렇게 생각하니까."

"아니라니까. 정말이야. 난 그런 편견을 가진 사람이 아니라구. 자네가 나를 오해한 거야."

"다 알아요."

사라는 두 번째 줄의 테드와 제니퍼 사이에 끼어 앉아 있었다. 피터와 산종은 더 뒤쪽에 쌓여 있는 상자들 틈에서 작은 의자에 앉아 있었다. 사라는 창밖을 제대로 내다볼 수 없어 남자들의 대화 내용을 알아듣기가 힘들었고, 그래서 왜들 그러는지 이해할 수가 없었다.

그녀는 제니퍼에게 물어보기로 했다.

"뭐가 어떻게 돌아가는지 알아요?"

제니퍼가 고개를 끄덕였다.

"이 헬리콥터를 보자마자 반군들은 우리가 레절루션으로 간다는 걸 알아차렸어요. 이제부터 우리가 무슨 짓을 하더라도 놈들은 우리가 결국 그 근처에 나타날 걸 예상하고 있을 거예요. 놈들에겐 무전기도 있고, 게다가 몇 개 집단으로 분산돼 있어요. 우리를 계속 감시할 수 있는 거죠. 그러니까 우리가 착륙하면 놈들이 기다리고 있을 거예요."

헨리가 말했다.

"죄송해요. 정말 죄송해요."

그러자 케너가 말했다.

"신경 쓰지 마."

담담한 목소리였다.

"이젠 어쩌죠?"

"계획대로 밀고 나가야지. 북쪽으로 가서 해변에 내려줘."

케너의 목소리에 다급한 기색이 역력했다.

뒷좌석에서 산종과 몸을 비비면서 기관총에 바른 윤활유 냄새를 맡고 있던 피터 에번스는 케너가 왜 그렇게 다급해하는지 모르겠다고 생각했다. 손목시계를 보니 오전 9시였다. 간밤에 이야기했던 24시간 중에서 겨우 20시간 정도가 남은 것이다. 그러나 이 섬은 그리 크지 않으니까 아직도 충분한 시간이……

그 순간 어떤 생각이 떠올랐다.

"잠깐. 로스앤젤레스는 지금 몇 시죠?"

산종이 대답했다.

"거긴 날짜 변경선 너머예요. 여기보다 27시간이 늦죠."

"그게 아니라 경과 시간 말예요. 실제 시차."

"여섯 시간."

"도달 시간은 몇 시간으로 계산했죠?"

"열세 시간."

"그럼 우리가 착각한 거예요."

에번스는 그렇게 말하다가 입술을 깨물었다. 헨리도 듣고 있는데 어디까지 말해야 좋을지 확신이 안 섰기 때문이다. 아니나 다를까, 산종이 지금은 말할 때가 아니라는 듯이 고개를 가로젓고 있었다.

어쨌든 그들이 큰 착각을 했다는 것은 의문의 여지도 없는 사실이었다. 그들은 드레이크가 회의 마지막 날에 맞춰 해일이 로스앤젤레스를 강타하도록 일을 꾸밀 거라고 추측했다. 그리고 틀림없이 아침 시간을 선택할 거라고 생각했다. 그래야 그 천재지변을 최대한 돋보이게 만들 수 있고 오후 내내 토론과 언론사 인터뷰를 진행할 수 있기 때문이다. 그렇게 되면 미국의 모든 텔레비전 카메라가 때마침 과학자들이 모여 있는 회의장으로 우루루 몰려들어 매스컴의 대사건으로 기록될 것이 분명했다.

에번스는 이렇게 생각했다. 그러니까 해일이 로스앤젤레스에 도달하는 것은 아무리 늦어도 내일 정오 이전일 것이다.

거기서 해일이 태평양을 건너가는 데 필요한 열세 시간을 빼야 한다.

그렇다면 로스앤젤레스 시간으로 오후 11시 이전에 해일을 발생시켜야 한다. 가레다 현지 시간으로는…… 오후 5시다.

오늘 오후 5시.

에번스 일행이 그 일을 막을 수 있는 시간은 하루가 남은 게 아니었다. 이제 여덟 시간밖에 안 남은 것이다.

케너가 다급해하는 이유가 바로 그것이었다. 그래서 새로운 문제가 생겼는데도 계획대로 밀어붙이려 하는 것이다. 이미 선택의 여지가 없었고, 케너도 그 사실을 알고 있었다. 결국 레절루션 만에서 아주 가까운 해변에 착륙하는 수밖에 없었다. 다른 방도를 찾기에는 시간이 너무 부족했다.

곧장 함정으로 걸어 들어가게 될 수도 있겠지만 어쩔 수 없는 일이었다.

갑자기 밀림이 뚝 끊어지고 새파란 수면이 나타났다. 헬리콥터는 방향을 돌려 동쪽으로 향했다. 에번스는 울퉁불퉁한 화산암이 여기저기 드러나 있는 좁다란 모래 해변을 볼 수 있었다. 맹그로브(mangrove, 아열대나 열대의 해변이나 하구의 습지에서 자라는 관목이나 교목을 통틀어 이르는 말)가 자라는 습지도 군데군데 눈에 띄었다. 헬리콥터는 해변을 따라 저공비행을 하면서 동쪽으로 날아갔다.

케너가 입을 열었다.

"레절루션까지 얼마나 남았나?"

헨리가 대답했다.

"오륙 킬로미터."

"여기서 파부투까지는 얼마나 되지?"

"흙길로 가면 10킬로미터쯤 될 거예요."

"좋아. 착륙할 만한 곳을 찾아보자구."

"한 1킬로미터만 더 가면 내가 아는 좋은 곳이 있어요."

"좋아. 그리로 가지."

에번스는 생각했다. 5킬로미터라면 약 3마일인데, 해변을 따라 걸어 간다면 한 시간 반이면 충분하다. 정오가 되기 훨씬 전에 레절루션 만에 도착할 수 있을 것이다. 그렇다면 남은 시간은……

그때 헨리가 말했다.

"바로 여기예요."

울퉁불퉁한 화산암이 마치 긴 손가락처럼 바다 속으로 뻗어 있었다. 그러나 이 바위는 몇천 년 동안 파도에 깎여 헬리콥터가 착륙해도 좋을 만큼 반반해진 것 같았다.

케너가 말했다.

"내려가자구."

헬리콥터가 공중을 선회하며 하강할 준비를 했다. 에번스는 장벽처럼 울창한 밀림과 해변이 만나는 곳을 내다보았다. 그러다가 모래밭에 찍혀 있는 타이어 자국을 보았고, 숲 속에는 오솔길로 보이는 약간의 틈새가 있었다. 그리고 그 타이어 자국은……

에번스가 말했다.

"잠깐만요. 내 생각엔……"

그때 산종이 그의 옆구리를 쿡 찔렀다. 아주 세게.

에번스는 신음 소리를 냈다.

케너가 물었다.

"왜 그래, 피터?"

"저어, 아무것도 아니에요."

헨리가 말했다.

"이제 착륙합니다."

헬리콥터는 부드럽게 하강하여 천천히 화산암 위에 내려앉았다. 밀려오는 파도가 바위 언저리에 찰싹찰싹 부서지고 있었다. 평화로운 광경이었다. 케너가 돔형 조종실에서 바깥을 살펴보았다.

헨리가 물었다.

"어때요? 이만하면 괜찮은 곳이죠?"

그는 이렇게 지상에 착륙한 것이 불안한 모양이었다.

"여기서 너무 오래 있긴 싫어요, 존. 놈들이 금방 몰려올지도 모르는데……"

"그래, 나도 이해하네."

케너가 문을 조금 열다가 동작을 멈추었다.

"그럼 이제 된 거죠, 존?"

"그래, 좋아, 헨리. 아주 좋은 곳이야. 자네가 내려서 이쪽 뒷문 좀 열어주겠나?"

"네, 그건 안에서 열어도 되는데……"

"빨리 내려!"

그러면서 순식간에 헨리의 머리에 권총을 들이대는 것이었다. 헨리는 더듬더듬 문을 열면서 겁에 질려 정신없이 지껄였다.

"하지만 존, 나는 안에 타고 있어야 하는데요, 존……"

"자넨 못된 짓을 했어, 헨리."

"지금 나를 쏴죽일 거예요, 존?"

"지금은 아니야."

케너는 그 말을 하자마자 별안간 헨리를 밖으로 확 밀어버렸다. 헨리는 뽀족한 화산암 모서리에 떨어져 고통스러운 비명을 질렀다. 케너가 조종석으로 옮겨 앉아 문을 닫았다. 그러자 헨리가 벌떡 일어나 조종실 문을 마구 두드렸다. 혼비백산한 표정, 공포에 사로잡힌 눈빛이었다.

"존! 존! 제발, 존!"

"미안해, 헨리."

케너가 조종간을 앞으로 밀었다. 헬리콥터가 공중으로 떠오르기 시작했다. 그들이 채 20피트도 올라가지 못했을 때 해변 곳곳의 밀림 속에서 여남은 명의 사내가 달려나와 그들에게 소총을 발사하기 시작했다. 케너는 재빨리 바다가 있는 북쪽으로 기수를 돌려 섬에서 멀리 벗어났다. 일행이 뒤를 돌아보니 혼자 남은 헨리가 바위 위에 힘없이 서 있었다. 몇 사람이 헨리 쪽으로 달려가고 있었다. 그가 두 손을 번쩍 들었다.

브래들리가 말했다.

"나쁜 자식. 저놈 때문에 몽땅 죽을 뻔했잖아."

그러자 케너가 말했다.

"안심하기엔 아직 일러요."

그들은 망망대해를 가로질러 북쪽으로 비행했다.

사라가 말했다.

"그럼 이젠 어떡하죠? 레절루션 너머 저쪽에 착륙하나요? 거기서 다시 이쪽으로 걸어오는 거예요?"

케너가 대답했다.

"아니야. 그건 놈들이 예상하고 있을 거야."

"그럼……"

"몇 분 있다가 아까처럼 레절루션 서쪽으로 다시 가야지."

"그것도 예상하고 있지 않을까요?"

"그렇겠지. 그러니까 다른 곳에 내려야지."

"레절루션에서 더 먼 곳?"

"아니야. 더 가까운 곳."

"ELF 사람들이 헬리콥터 소리를 들을 텐데요?"

"상관없어. 어차피 지금쯤 우리가 온다는 걸 알고 있을 테니까."

뒷좌석에서 산종이 나무 상자를 열고 총을 꺼내려 했다. 그러다가 갑자기 동작을 멈추었다.

"문제가 생겼어요."

"뭔데?"

"총이 없어요."

산종은 뚜껑을 더 높이 들어올렸다.

"상자 속엔 탄약이 들어 있어요. 그런데 총은 없다구요."

그러자 브래들리가 말했다.

"그 망할 자식."

사라가 물었다.

"이제 어쩌죠?"

케너가 대답했다.

"그래도 가야지."

그는 곧 기수를 돌리고 수면을 스치듯이 다시 가레다 쪽으로 날아 갔다.

레절루션

　활처럼 휘어진 레절루션 만의 서쪽 해변은 바다 쪽으로 불쑥 튀어나온 울창한 산자락이었고 그 끄트머리는 뾰족한 바위곶이었다. 산자락의 건너편 비탈은 곧 평평해지면서 바위 마당으로 이어졌고, 거기서 50피트쯤 아래에는 다시 서쪽으로 둥글게 휘어진 해변이 있었다. 그리고 키가 우뚝한 나무들이 바위 마당을 지키려는 듯이 가지를 길게 뻗고 있었다.

　지금 헬리콥터가 서 있는 곳이 바로 해변이 내려다보이는 그 평평한 마당이었다. 에번스는 위장포를 씌워놓은 헬리콥터를 돌아보며 부디 그것이 눈에 잘 띄지 않기를 바랐다. 그러나 아무리 보아도 너무 확연히 두드러졌고, 특히 위에서 내려다보니 더욱더 그랬다. 일행은 벌써 헬리콥터보다 50피트쯤 높은 곳에 올라와 있었다. 그들은 해변으로부터 가파르게 경사져 올라가는 밀림 속의 산비탈을 기어오르는 중이었다. 놀랄 만큼 힘겨운 일이었다. 그들은 일렬종대로 나아갔는데, 땅이 진흙이라서 각별히 조심해야 했다. 브래들리는 벌써 한 번 미끄러져 단숨에 10야드나 도로 내려갔다. 그래서 그의 몸은 왼쪽 절반이 온통 시꺼먼 진흙투성이였다. 에번스는 그의 목덜미에 살찐 거머리 한 마리

345

가 붙어 있는 것도 보았지만 지금 당장 가르쳐주긴 싫었다.

아무도 입을 열지 않았다. 그들 일행 여섯 명은 말없이 산비탈을 기어오르면서 될 수 있는 대로 소리를 내지 않으려고 노력했다. 그러나 아무리 노력해도 상당히 시끄러울 수밖에 없었다. 키 작은 떨기나무들이 발에 밟힐 때마다 우둑우둑 소리가 났고, 몸을 끌어올리려고 붙잡은 작은 가지가 뚝뚝 부러지기도 했다.

앞장을 선 케너는 벌써 저 위쪽 어딘가에 있었지만 에번스는 그의 모습을 볼 수 없었다. 산종은 맨 뒤에서 따라오고 있었다. 그는 소총 한 자루를 어깨에 메고 있었다. 그것은 그가 가져온 총이었는데, 원래는 작은 서류가방에 들어 있었지만 헬리콥터 안에서 조립한 것이었다. 케너는 권총을 지니고 있었다. 나머지 사람들은 비무장 상태였다.

공기는 바람 한 점 없이 고요하고 축축했으며 무시무시하게 뜨거웠다. 밀림 속은 어디선가 곤충들이 끊임없이 윙윙거리는 소리로 부산스러웠다. 산비탈을 오르는 도중에 비가 내리기 시작했다. 처음에는 가볍게 몇 방울씩 떨어지더니 곧 엄청난 열대성 호우로 변해버렸다. 일행은 순식간에 물에 빠진 생쥐꼴이 되고 말았다. 빗물이 산비탈을 따라 줄줄 흘러내렸다. 땅바닥이 아까보다 더 미끄러워졌다.

이제 그들은 해변으로부터 200피트쯤 높은 곳에 올라와 있었다. 여기서 발을 헛디딘다는 것은 생각만 해도 아찔한 일이 아닐 수 없었다. 피터는 고개를 들고 바로 앞에 가는 사라를 올려다보았다. 그녀는 평소와 다름없이 민첩하고 우아하게 움직이고 있었다. 마치 춤을 추듯이 산비탈을 오르는 것이었다.

에번스는 가쁜 숨을 몰아쉬면서 가끔 사라가 정말 얄미울 때가 있다고 생각했다.

사라 앞에 있는 제니퍼도 역시 어렵잖게 산을 오르고 있었다. 에번스는 끊임없이 나무를 붙잡아야 했고 나무껍질에 낀 곰팡이 때문에 손이 미끄러질 때마다 가슴이 철렁했지만 제니퍼는 나무에 손을 대는 일이 거의 없었다. 제니퍼를 지켜보던 에번스는 그녀가 이런 일에 너무 능숙해 보인다고 생각했다. 이렇게 위험천만한 밀림 속의 산비탈을 기어오르는 중인데도 그녀는 마치 예상했던 일처럼 대수롭지 않게 여기는 듯했다. 마치 강인하고 노련한 특수부대원이나 정예요원 같은 태도였다. 에번스는 그녀가 변호사 치고는 좀 독특하다고 생각했다. 아니, 좀 독특한 정도가 아니다. 그러나 케너의 조카라는 점을 감안하면 별로 놀라울 것도 없었다.

그리고 제니퍼 앞에는 목덜미에 거머리를 붙인 브래들리가 있었다. 그는 걸음을 옮길 때마다 툴툴거리거나 욕설을 내뱉거나 끙끙거렸다. 마침내 제니퍼가 한 대 쥐어박고 조용히 하라는 뜻으로 손가락을 입술에 갖다댔다. 브래들리는 고개를 끄덕였고, 그녀의 충고에 따르기 싫은 기색이 역력하면서도 더는 떠들지 않았다.

이윽고 300피트쯤 올라갔을 때 가벼운 산들바람이 느껴졌고, 오래잖아 산등성이에 올라설 수 있었다. 울창한 숲 때문에 그 아래의 레절루션 만은 보이지 않았지만 일에 몰두한 사람들의 고함 소리가 들려왔고 이따금 부르릉거리는 기계 소리가 들리기도 했다. 그리고 잠깐이었지만 일종의 전자음처럼 웅웅거리는 소리도 있었는데, 처음에는 나지막했지만 불과 몇 초 사이에 급속히 커지면서 곧 문자 그대로 허공을 가득 채우는 듯했고 에번스는 고막에서 통증을 느꼈다.

그 순간 소리가 뚝 끊어졌다.

에번스는 케너를 바라보았다.

케너는 고개만 끄덕거렸다.

산종이 신속한 동작으로 나무줄기를 타고 올라갔다. 그 위에서는 계곡을 훤히 내려다볼 수 있기 때문이다. 산종이 도로 내려오더니 레절루션 만 쪽으로 내려가는 산비탈을 가리켰다. 그러고는 고개를 가로저었다. 그쪽은 너무 가파르다는 것이었다. 그는 그곳을 우회하여 좀더 완만한 산비탈로 내려가야 한다는 것을 손짓으로 설명했다.

그리하여 그들은 레절루션 만을 감싸고 있는 능선을 따라 걷기 시작했다. 그러는 동안 빗물이 뚝뚝 떨어지는 6피트 높이의 양치식물 이외에는 거의 아무것도 볼 수 없었다. 그렇게 반시간쯤 지났을 때 갑자기 숲이 뚝 끊어지면서 저 아래 파노라마처럼 펼쳐진 레절루션 만의 풍경이 한눈에 들어왔다.

만의 길이는 1마일 정도였고 군데군데 모래밭에 건물이 하나씩 서 있었다. 제일 큰 집은 오른쪽으로 멀리 떨어진 곳, 즉 만의 동쪽 끄트머리에 있었다. 그리고 나머지 세 채는 같은 크기였는데, 만의 서쪽 부분에 일정한 간격을 두고 삼각형 모양으로 배치되어 있었다.

그러나 에번스는 이 집들이 어딘가 좀 이상하다는 느낌을 받았다. 집에 사용된 목재 부분이 왠지 색다른 인상을 주었다. 에번스는 눈을 가늘게 떴다.

산종이 에번스를 툭 건드렸다. 그러고는 손을 들어 너울너울 흔들었다.

에번스는 다시 건물들 쪽을 보았다. 사실이었다. 목조 건물들이 움직였다. 바람결에 펄럭거리고 있었다.

'텐트였구나.'

목조 건물처럼 보이도록 만들어진 텐트였다. 그것도 아주 잘 만든 물건이었다. 에번스는 그것들이 항공 감시망을 감쪽같이 속인 것도 무리가 아니라고 생각했다.

일행이 지켜보고 있는 동안 이따금 텐트 하나에서 사람들이 밖으로 나와 해변 저쪽에 있는 다른 사람들에게 뭐라고 소리치곤 했다. 영어를 쓰고 있었지만 거리가 너무 멀어 대화 내용까지 알아들을 수는 없었다. 다만 대부분이 과학 기술에 대한 내용인 것 같았다.

산종이 다시 에번스를 툭 건드렸다. 에번스가 돌아보자 산종은 손가락 세 개로 피라미드 같은 모양을 만들었다. 그러더니 그 손가락들을 흔들기 시작했다.

텐트 속에서 공동 발생기를 작동시켜 세부적인 조정 작업을 하고 있다는 뜻인 것 같았다. 아무튼 에번스는 대충 그런 의미로 이해했다.

그러나 일행 중 다른 이들은 그렇게 구체적인 부분에는 별로 관심이 없는 듯했다. 그들은 부드러운 산들바람을 맞으며 가쁜 숨을 가다듬고 있었다. 그러면서 아마 에번스와 똑같은 생각을 하고 있을 터였다. 해변에는 사람들이 너무 많았다. 적어도 여덟 명이나 열 명은 족히 될 것 같았다. 모두 청바지와 투박한 워크셔츠 차림이었다.

브래들리가 중얼거렸다.

"젠장, 망할 놈들이 많이도 모여 있네."

제니퍼가 그의 옆구리를 힘껏 찔렀다.

브래들리가 소리 없이 입만 움직이면서 말했다. 아, 미안.

제니퍼는 고개를 절레절레 흔들었다. 그러고는 소리 없이 말했다. 아저씨 때문에 다 죽겠어요.

브래들리는 우스꽝스러운 표정을 지었다. 제니퍼가 너무 유난스럽게 군다고 생각하는 것이 분명했다.

그때였다. 일행의 아래쪽에 있는 밀림 속에서 기침 소리가 들려왔다.

모두 그 자리에 얼어붙고 말았다.

그들은 조용히 기다렸다. 매미 소리가 들리고 이따금 새들의 울음소리도 들려왔다.

그 소리가 다시 들렸다. 아까와 똑같이 나지막한 기침 소리였다. 그 사람은 너무 큰 소리를 내지 않으려고 조심하는 것 같았다.

산종이 몸을 숙이고 열심히 귀를 기울였다. 세 번째 기침 소리가 들려왔을 때 에번스는 왠지 이상하게 귀에 익은 소리라고 생각했다. 에번스가 어렸을 때 심장마비로 쓰러졌던 할아버지가 떠올랐다. 그때 할아버지도 병원에서 그런 식으로 기침을 하곤 했다. 힘없는 잔기침.

이제 적막이 계속되고 있었다. 기침을 한 사람이 움직이는 소리는 못 들었지만—만약 움직였다면 정말 소리 없이 움직이는 재주를 가진 사람일 터였다—기침 소리는 더 이상 들려오지 않았다.

케너가 시계를 보았다. 그리고 5분쯤 지났을 때 케너가 일행에게 해안선과 나란히 동쪽으로 계속 이동하자는 신호를 보냈다.

일행이 막 출발하려고 할 때 다시 기침 소리가 났다. 이번에는 세 번 연달아서였다. '음 음 음.' 그리고 다시 조용해졌다.

케너가 신호를 보냈다. '이동.'

100야드쯤 갔을 때 작은 길이 나타났다. 머리 위에 나뭇가지들이 낮게 드리워지긴 했지만 잘 다져진 오솔길이었다. 에번스는 아마 짐승들이 다니는 통로일 거라고 생각했다. 어떤 짐승인지 막연한 궁금증이 들기도 했다. 이 지역에도 야생 돼지들이 있을 것 같았다. 돼지는 없는 곳이 없으니까. 사람들이 멧돼지에게 기습당했다는 몇몇 이야기가 어렴풋이 떠올랐다. 사나운 멧돼지가 덤불 속에서 달려나와 그 날카로운 엄니로 들이받으면……

그러나 에번스가 들은 소리는 멧돼지 소리가 아니라 '철컥' 하는 기계음이었다. 그는 단번에 그 소리의 정체를 알아차렸다. 공이치기를 당기는 소리였다.

한 줄로 걷고 있던 일행이 모두 얼어붙었다. 아무도 움직이지 않았다.

다시 '철컥.'

한 번 더. '철커덕!'

에번스는 재빨리 뒤를 돌아보았다. 아무도 없었다. 밀림 속에는 일행 이외에는 아무도 없는 것 같았다.

그때 목소리가 들려왔다.

"다이(Dai). 노곳 속, 와이트만(Nogot sok, waitman). 인다이(Indai). 스토핌(Stopim)!"

에번스는 그 말을 전혀 알아들을 수 없었지만 그 말의 의미는 일행 모두가 충분히 알아들었다. 아무도 움직이지 않았다.

이윽고 앞쪽의 덤불 속에서 어린 소년이 나타났다. 양말도 없이 부츠만 신었고, 녹색 반바지와 '마돈나 월드투어' 티셔츠를 입었고, '퍼스 글로리(Perth Glory, 오스트레일리아 축구팀)'라고 적힌 야구모자를 쓰고 있었다. 입가에는 피우다 만 담배꽁초를 물고 있었다. 한쪽 어깨에는 탄띠를 둘렀고 반대쪽 어깨에는 기관총을 메고 있었다. 키는 5피트 정도였고 나이는 기껏해야 열 살이나 열한 살쯤으로 보였다. 그는 무심하고 오만한 태도로 총을 겨누며 이렇게 말했다.

"오카이, 와이트만(Okay, waitman). 유 프리스너 빌롱 메, 사베(You prisner bilong me, savve)? 부킴 다노(Bookim dano)!"

그러더니 일행에게 먼저 앞장서라는 신호로 엄지손가락을 홱 젖혔다.

"고헷(Gohet)!"

일행은 너무 놀란 나머지 일시적으로 움직일 수가 없었다. 그러자 오솔길 양쪽의 밀림 속에서 다른 아이들이 나타났다.

브래들리가 말했다.

"이건 또 뭐야? 피터팬 패거리?"

그러자 한 아이가 무표정한 얼굴로 브래들리의 배를 개머리판으로 찍었다. 브래들리는 헉 소리를 내며 고꾸라졌다.

"스토핌 와이트만 빌롱 톡톡(Stopim waitman bilong toktok)."

브래들리가 땅바닥에 뒹굴며 말했다.

"아, 젠장."

그러자 아이가 이번에는 그의 머리를 후려갈기고 힘껏 발길질을 했다. 브래들리가 신음 소리를 냈다.

"안탑(Antap)! 안탑!"

아이는 브래들리에게 일어나라고 손짓했다. 그러고는 브래들리가 얼른 반응을 보이지 않자 다시 걷어찼다.

"안탑!"

사라가 그쪽으로 가서 브래들리를 부축해 일으켰다. 브래들리는 콜록거리고 있었다. 영리한 사라는 한마디도 입을 열지 않았다.

아이가 말했다.

"오, 나이스 메리(Oh, nais meri)."

그러더니 사라를 브래들리 곁에서 밀어냈다.

"안탑!"

일행이 터벅터벅 걷기 시작했을 때 아이들 중 하나가 브래들리에게 다가가더니 그의 팔 뒤쪽의 삼두근 부분을 꼬집으며 웃었다.

"타이스 굿(Taiis gut)!"

에번스는 그 말의 의미를 깨닫고 등골이 오싹했다. 이 소년들은 변형된 영어를 사용했다. 그래서 머릿속으로 그들의 말을 되뇌면서 조금만 생각해보면 대강의 의미를 짐작할 수 있었다. '나이스 메리'는 '나이스 메리(Nice Mary)'였다. 메리는 아마 여자를 뜻하는 단어일 것이다. '안탑'은 '앤드 업(And up)'이었다.

그리고 '타이스 굿'은 '테이스트 굿(Taste good)', 즉 맛있겠다는 뜻이었다.

그들은 한 줄로 늘어서서 밀림 속을 걸어갔다. 아이들이 양옆에 따라붙었다. 케너가 맨 앞에 있었고, 그 다음은 머리에서 피가 흐르는 테드, 그리고 사라와 제니퍼 순이었다. 그 다음이 에번스였다.

에번스는 어깨 너머로 뒤를 돌아보았다.

산종이 뒤에 있을 줄 알았는데 보이지 않았다.

누더기 차림에 소총을 들고 있는 소년이 따라오고 있을 뿐이었다.

"안탑! 안탑!"

소년이 소총으로 위협하는 동작을 취했다.

에번스는 얼른 고개를 돌리고 걸음을 재촉했다.

이렇게 아이들에게 가축처럼 끌려가는 것은 어쩐지 소름끼치는 일이었다. 그러나 그들은 평범한 아이들이 아니었다. 에번스는 줄곧 그들의 싸늘한 눈빛을 의식하지 않을 수 없었다. 짧은 생애 동안 너무 많은 것들을 보고 경험한 아이들이었다. 그들은 전혀 다른 세계에서 살고 있었다. 그곳은 에번스가 살던 세계와는 전혀 달랐다.

그러나 지금 그는 그들의 세계에 들어와 있었다.

앞쪽을 보니 진창길 옆에 지프 두 대가 서 있었다.

에번스는 시계를 보았다. 10시였다.

일곱 시간 남았다.

그러나 지금은 그 문제가 별로 중요하게 여겨지지 않았다.

아이들이 일행을 떠밀어 지프에 태우고 진창길을 따라 달리기 시작했다. 그들은 사람의 흔적도 없는 캄캄한 밀림 속으로 점점 더 깊이 들어가고 있었다.

파부투

사라는 가끔 여자라는 사실이 정말 싫을 때가 있다고 생각했다. 바로 지금이 그랬다. 그들은 지붕 없는 지프의 뒷자리에 실려 이제 막 파부투에 들어서는 참이었다. 이 질척질척한 마을은 반군들의 본거지였다. 마을에는 거의 남자들만 살고 있는 듯했다. 누가 왔는지 보려고 공터로 몰려나온 남자들이 환호성을 질렀다. 그러나 여자들도 아주 없는 것은 아니었다. 늙은 여자 몇 명이 놀란 눈으로 사라의 키와 머리카락을 빤히 쳐다보더니 마치 사람인지 아닌지 확인하려는 듯 그녀에게 다가와 쿡쿡 찔러보는 것이었다.

바로 옆에 제니퍼도 있었지만 사라보다 키도 작고 머리도 흑발인 그녀에게 관심을 갖는 여자는 아무도 없었다. 그러나 결국에는 둘 다 거대한 초가집 중 하나로 끌려갈 수밖에 없었다. 그 집의 중심부에는 3층 높이의 넓고 탁 트인 공간이 있었다. 그리고 중간 중간에 쉴 곳이 마련된 나무 사다리가 꼭대기 층까지 이어져 있었고, 그곳에는 일종의 비계식 통로와 전망대가 설치되어 있었다. 방 한복판에서 불이 타오르고 있었다. 불가에는 창백한 얼굴에 검은 턱수염을 기른 뚱뚱한 사내가 앉아 있었다. 그는 선글라스를 끼었고 자메이카 국기가 그려진 베레모

비슷한 모자를 쓰고 있었다.

그 사내가 바로 삼부카인 듯했다. 그들은 등을 떠밀려 사내 앞으로 다가갔고, 그는 짓궂은 눈으로 두 여자를 바라보았다. 그러나 이 분야에 대한 육감이 발달한 사라는 그가 여자들에게 별로 관심이 없는 것 같다고 판단했다. 그는 오히려 함께 끌려온 테드와 피터에게 더 큰 관심을 보였다. 그리고 케너는 잠깐 쳐다보기만 하고 곧 눈길을 돌리는 것이었다.

"킬림(Killim)."

아이들이 소총 개머리판으로 케너를 툭툭 치면서 밖으로 몰고 나갔다. 케너를 처형하게 되어 흥분한 기색이 역력했다.

그때 삼부카가 호통 치듯이 말했다.

"노 나우(No nau). 베하인(Behain)."

사라는 그의 말을 금방 알아들었다. 지금 말고(Not now). 뒤에(Behind). 아마 나중에 죽이라는 뜻일 터였다. 잠시나마 처형이 연기된 것이다.

삼부카가 고개를 돌리고 방 안의 다른 사람들을 노려보더니 귀찮다는 듯 손을 내저었다.

"메리스(Meris). 고아핌 메리 베하인(Goapim meri behain)."

아이들이 싱글싱글 웃는 것을 보고 사라는 그들이 두 여자를 마음대로 해도 좋다는 허락을 받은 것이 분명하다고 생각했다. '고 업 엄(Go up'em)', 올라타라. 사라와 제니퍼는 곧 뒷방으로 끌려갔다.

사라는 침착성을 잃지 않고 있었다. 물론 상황이 별로 안 좋다는 것은 알고 있었지만 아직 최악의 사태가 벌어진 것은 아니었다. 그녀는 제니퍼도 동요한 기색이 전혀 없는 것을 보았다. 마치 회사 회식 자리에 나가는 사람처럼 무덤덤하고 무관심한 표정이었다.

아이들은 큰 건물의 뒤쪽에 있는 방으로 두 여자를 데려갔다. 역시 이엉으로 지은 방이었고 흙바닥에 두 개의 말뚝이 박혀 있었다. 한 아이가 수갑을 꺼내더니 제니퍼의 양손을 등 뒤로 돌려 말뚝 하나에 묶어놓았다. 그러고는 사라도 같은 방식으로 다른 말뚝에 밀어놓고 수갑을 채웠다. 그러자 다른 아이가 손을 내밀어 사라의 젖가슴을 움켜쥐고 음흉한 미소를 지은 후 밖으로 나갔다.

단둘이 남게 되자 제니퍼가 말했다.

"웃기는군. 괜찮아요?"

"아직은 그래요."

바깥 어딘가에서 북소리가 들리기 시작했다. 초가집과 초가집 사이의 마당쯤인 듯싶었다.

제니퍼가 말했다.

"다행이네요. 아직 끝난 게 아니니까요."

"산종이……"

"그래요. 맞아요."

"하지만 우린 지프를 타고 꽤 멀리 왔잖아요."

"네. 적어도 이삼 마일은 왔을 거예요. 아까 거리계를 보려고 했지만 진흙이 묻어 있더군요. 아무튼 산종이 여기까지 걸어오려면, 아니, 뛰어오더라도 시간이 좀 걸릴 거예요."

"산종은 총을 갖고 있어요."

"그래요."

"수갑에서 손을 뺄 수 있겠어요?"

제니퍼는 고개를 저었다.

"너무 꽉 조여놨어요."

그때 다른 방으로 끌려가는 브래들리와 에번스가 열린 문 앞을 지나갔다. 사라와 제니퍼가 두 남자를 볼 수 있었던 시간은 아주 짧았다. 그리고 얼마 지나지 않아 케너도 지나갔다. 그는 지나가면서 두 여자 쪽을 잠깐 돌아보았다. 사라는 그가 의미심장한 표정을 지어 보인 것 같다고 생각했다.

그러나 확신할 수는 없었다.

제니퍼가 맨땅에 주저앉아 말뚝에 등을 기댔다.

"앉아 있는 게 좋을 거예요. 힘든 밤이 될지도 모르니까."

사라도 바닥에 앉았다.

잠시 후 어린 소년 하나가 방 안을 들여다보다가 두 여자가 앉아 있는 것을 발견했다. 그는 방 안으로 들어와 그들의 수갑을 확인해보고 도로 나갔다.

바깥의 북소리가 더 요란해졌다. 사람들이 모여들기 시작한 모양이었다. 고함 소리와 웅성거리는 소리가 들려왔다.

제니퍼가 말했다.

"의식을 치를 모양이네요. 어떤 의식인지 짐작이 가요."

한편 옆방에서는 에번스와 케너도 수갑을 차고 각각 말뚝에 묶여 있었다. 말뚝이 두 개뿐이었으므로 테드 브래들리는 수갑만 채워 땅바닥에 앉혀놓은 상태였다. 머리에서 흐르던 피는 멈췄지만 왼쪽 눈가에는 큼직한 피멍이 들어 있었다. 겁에 질린 표정이 역력했다. 그러나 눈꺼풀을 내리깔고 있어 금방이라도 곯아떨어질 것처럼 보였다.

케너가 말했다.

"지금까지 촌락 생활을 직접 보신 감상이 어때요, 테드? 아직도 이게 최선의 삶이라고 생각하세요?"

"이건 촌락 생활이 아니오. 야만적인 생활이지."

"이것도 촌락 생활의 한 부분인데요."

"아니, 그렇지 않소. 저 어린애들, 그리고 그 징그러운 뚱보…… 이건 광기일 뿐이오. 모든 게 정상이 아니라구."

"아직도 뭐가 뭔지 모르시는군요. 테드는 문명이라는 것이 자연을 오염시키고 결국 우리를 자연으로부터 격리시키는 인간의 한심한 발명품이라고 생각하시죠? 그런데 사실 문명은 우리를 자연으로부터 격리시키는 게 아니에요. 오히려 우리를 자연으로부터 '보호'하는 거죠. 왜냐하면 지금 우리가 보고 있는 것들, 지금 우리 눈앞에서 벌어지는 일들, 이게 바로 자연이니까요."

"아, 천만에. 아냐, 아냐. 인간은 원래 인정 많고 사려 깊은……"

"헛소리예요."

"인간에겐 이타주의의 유전자가 있소."

"희망 사항이죠."

"잔인한 행동은 모두 나약함에서 나오는 거요."

"잔인한 행동을 '즐기는' 인간도 많아요."

그때 에번스가 말했다.

"그냥 좀 놔두세요."

"내가 왜? 자, 어서요, 테드. 내 질문에 대답하기 싫어요?"

그러자 테드가 불쑥 내뱉었다.

"젠장, 이거나 먹어! 우린 지금 저 소름끼치는 애새끼들한테 꼼짝없이 죽게 될 판국이지만, 죽기 전에 너한테 이것만은 꼭 말해줘야겠다. 넌 정말 지독한 개자식이야, 케너. 사람 성질 긁는 데는 아주 비상한 재주를 가진 놈이지. 염세주의자에다, 훼방꾼에다, 발전이라면 무조건 반대하는 놈, 바람직하고 고귀한 것들을 모조리 깎아내리는 놈이라구. 너야말로 그…… 그…… 아무튼 돼지 같은 우익 보수주의자란 말이야. 젠장. 게다가 옷 입은 꼬락서니하고는. 그나저나 총은 어디다 뒀어?"

"떨어뜨렸어요."

"어디서?"

"아까 그 밀림에서."

"산종이 그걸 주웠을까?"

"그랬기를 바라야죠."

"우릴 구하러 와줄까?"

케너는 고개를 저었다.

"산종은 우리가 하려던 일을 하고 있을 겁니다."

"그럼 레절루션 만으로 갔겠군."

"맞아요."

"그럼 우릴 구해줄 사람이 아무도 없다는 거야?"

"그래요, 테드. 아무도 없어요."

"그럼 우린 끝났군. 빌어먹을, 우린 끝난 거야. 어처구니가 없군."

테드는 울기 시작했다.

두 소년이 들어왔다. 굵은 삼밧줄을 하나씩 들고 있었다. 그들은 브래들리의 양쪽 손목을 각각 밧줄로 묶고 단단히 매듭을 지었다. 그러고는 다시 나가버렸다.

북소리가 점점 커져갔다.

마을 중심부에서 사람들이 중얼거리는 듯한 노래를 부르기 시작했다.

제니퍼가 말했다.

"그쪽에선 문밖이 내다보여요?"

"네."

"그럼 망을 좀 봐요. 누가 오면 말해줘요."

"알았어요."

사라가 힐끔 돌아보니 제니퍼는 등을 구부려 두 손으로 말뚝을 움켜쥐고 있었다. 그 자세에서 두 다리를 구부려 발바닥을 말뚝에 붙이더니 곡예사처럼 놀라운 속도로 말뚝을 타고 올라가는 것이었다. 이윽고 꼭대기에 도달하자 수갑이 채워진 두 손을 말뚝 위로 빼내고 가볍게 바닥으로 뛰어내렸다.

"본 사람 없죠?"

"없는데…… 그런 건 어디서 배웠어요?"

"계속 망이나 보세요."

제니퍼는 다시 말뚝에 등을 기대고 스르르 내려앉아 마치 아직도 말뚝에 묶여 있는 것처럼 보이게 했다.

"아직 아무도 안 보여요?"

"네, 아직."

그러자 제니퍼가 한숨을 쉬었다.

"애 녀석 하나가 빨리 와줘야 하는데. 너무 늦기 전에."

한편 바깥에서는 삼부카가 연설을 하고 있었다. 그가 짤막한 구절을 외칠 때마다 군중은 일제히 함성을 질렀다. 두목은 그들을 선동하여 차츰 광란의 도가니로 몰아가고 있었다. 방 안에 있는 케너와 에번스까지 점점 고조되어가는 분위기를 느낄 수 있을 정도였다.

그러나 브래들리는 태아처럼 몸을 웅크린 채 조용히 울고 있었다.

두 남자가 들어왔다. 소년들보다 훨씬 더 나이가 많았다. 그들은 브래들리의 수갑을 풀고 그를 일으켜 세웠다. 그러고는 각자 밧줄 한 가닥을 집어들고 브래들리를 밖으로 끌고 나갔다.

잠시 후 군중의 우렁찬 환호성이 터져나왔다.

파부투

마침내 한 소년이 문간에 고개를 들이밀었을 때 제니퍼가 말했다.

"어이, 귀여운 꼬마."

그러고는 빙그레 웃었다.

"내가 마음에 드니, 귀염둥이?"

그러면서 선정적으로 골반을 움직여 보였다.

소년은 처음에는 의심하는 기색이었지만 곧 방 안으로 좀더 들어왔다. 다른 아이들에 비해 나이가 많은 편이었다. 아마 열네 살이나 열다섯 살쯤으로 보였고 몸집도 더 컸다. 그는 소총을 들고 있었으며 허리띠에는 칼 한 자루가 꽂혀 있었다.

"재미 좀 보지 않을래? 나 좀 화끈하게 보내줄래?"

제니퍼는 입을 삐죽 내밀고 미소를 던졌다.

"내 말 알아들었니? 자기야, 나 지금 팔 아프단 말이야. 재미 좀 보자니까?"

그러자 소년이 웃음을 터뜨렸다. 목구멍 깊숙한 곳에서 꾸르륵거리는 듯한 웃음 소리였다. 그러고는 제니퍼 쪽으로 다가오더니 그녀의 두 다리를 벌리고 그녀 앞에 쭈그려 앉았다.

"아잉, 우선 나 좀 풀어주고……"

그러나 소년은 웃으면서 고개를 가로저었다.

"노 메리(No meri)."

그는 그녀가 말뚝에 묶여 있는 상태에서도 얼마든지 그녀를 범할 수 있다는 것을 알고 있었다. 이윽고 그가 제니퍼의 다리 사이에 무릎을 꿇더니 반바지를 내리려고 더듬거리기 시작했다. 그러나 한 손으로는 여의치 않아서 총을 바닥에 내려놓았다.

그 다음에 벌어진 일은 순식간에 끝나버렸다. 우선 제니퍼가 등을 뒤로 젖히면서 모둠발로 소년의 턱을 걷어찼고 소년의 머리가 뒤로 홱 넘어갔다. 그녀는 걷어차는 동작을 그대로 계속하여 몸을 공처럼 둥글게 말았고, 그와 동시에 두 손을 엉덩이 너머로 내렸다가 다리 위로 번쩍 들어올렸다. 이제 그녀의 손은 등 뒤가 아니라 앞으로 나와 있었다. 소년이 비틀거리며 일어나려 할 때 제니퍼가 양손을 모아쥐고 그의 옆머리를 모질게 후려갈겼다. 소년은 다시 털썩 무릎을 꿇었고, 제니퍼는 몸을 던져 그를 쓰러뜨리고 그의 머리를 땅바닥에 쾅 내리찍었다. 그러고는 소년의 허리띠에서 칼을 뽑아 단숨에 그의 목을 그어버렸다.

소년이 와들와들 떨면서 경련을 일으키고 목에서 피가 콸콸 쏟아져 맨땅을 적시는 동안 제니퍼는 그대로 그의 몸뚱이를 깔고 앉은 채 버텼다. 그 시간이 한없이 길게만 느껴졌다. 마침내 소년의 움직임이 완전히 멈추자 그녀는 비로소 일어나서 그의 호주머니를 뒤지기 시작했다.

사라는 입을 딱 벌리고 이 모든 과정을 지켜보고 있었다.

제니퍼가 말했다.

"젠장. 젠장."

"왜 그래요?"

"열쇠가 없어!"

제니퍼는 끄응 소리를 내면서 시체를 뒤집었다. 소년의 목에서 흐르는 피로 두 팔이 피투성이가 되었지만 제니퍼는 전혀 아랑곳하지 않았다.

"도대체 열쇠는 어디 있는 거야?"

"다른 애가 갖고 있나봐요."

"우리한테 수갑을 채운 게 어떤 애였죠?"

"생각이 안 나요. 그땐 너무 당황해서요."

사라는 유혈이 낭자한 시체를 뚫어져라 응시하고 있었다.

제니퍼가 말했다.

"이봐요, 정신 차려요. 저놈들이 무슨 짓을 하려는 건지 알아요? 우릴 두들겨패고 윤간한 다음에 결국 죽일 거예요. 나쁜 새끼들. 그러니까 우린 한 놈이라도 더 죽이고 여길 살아서 빠져나가야 한다구요. 그런데 열쇠가 없으니 빌어먹을!"

사라는 버둥거리며 힘겹게 일어섰다.

제니퍼가 말했다.

"잘 생각했어요."

그녀는 사라 앞으로 다가와 쪼그리고 앉았다.

"어쩌라구요?"

"내 등을 밟고 올라가요. 말뚝에서 빠져나오라구요. 서둘러요."

바깥에서 군중이 절규하듯 함성을 지르고 있었다. 끊임없이 이어지는 추악한 소리였다.

테드 브래들리는 눈부신 햇살 아래서 눈을 껌벅거렸다. 그는 고통과 두려움, 그리고 눈앞에 보이는 광경 때문에 얼떨떨한 상태였다. 늙은 여자들이 두 줄로 늘어서서 길을 열어놓고 테드에게 어서 지나가라고 열광적인 박수갈채를 보내고 있었다. 그 여자들 너머에도 수많은 얼굴들이 있었다. 검은 피부의 남자들, 키가 어른 허리에도 못 미칠 만큼 어린 소년들, 소녀들. 그들 모두가 고함을 지르며 응원하고 있었다. 수십 명이 한 자리에 모여 있었다.

그들은 테드에게 박수갈채를 보냈다.

테드는 자기도 모르게 미소를 지었다. 너무 아프고 피곤했지만, 그래서 어렴풋하고 힘없는 미소에 불과했지만, 그는 경험을 통하여 이 정도의 반응으로도 충분히 그들에게 흡족한 마음을 전할 수 있다는 것을 알고 있었다. 두 남자에게 끌려 앞으로 걸어가면서 테드는 고개를 끄덕이며 미소를 지었다. 그리고 좀더 밝게 웃어주었다.

여자들의 끄트머리에는 삼부카도 서 있었는데, 그 역시 두 손을 공중에 치켜들고 열광적으로 박수를 치며 활짝 웃고 있었다.

테드는 지금 무슨 일이 벌어지고 있는지 알 수 없었다. 그러나 지금까지의 생각은 모두 오해였던 것이 분명했다. 혹은 저들이 그의 신분을 알게 되어 원래의 계획을 취소한 것일 수도 있었다. 테드로서는 종종 겪어본 일이었다. 테드가 점점 다가오자 여자들은 일제히 큰 소리로 환호하면서 흥분을 못 이겨 입을 딱딱 벌렸고, 그래서 그는 자신을 붙잡고 있는 남자들을 뿌리치고 스스로 걸어가려고 했다. 그랬더니 남자들도 그냥 내버려두는 것이었다.

그러나 여자들 앞으로 더 가까이 다가간 테드는 환호하는 여자들이 허리춤에 묵직한 몽둥이를 하나씩 걸쳐놓고 있는 것을 보게 되었다. 야구 방망이도 있었고 길쭉한 쇠파이프도 있었다. 테드가 다가서자 여자들은 계속 소리를 지르면서 저마다 방망이와 막대기를 집어들고 그를 때리기 시작했다. 얼굴과 어깨와 몸통에 강력한 타격이 소나기처럼 쏟아졌다. 그는 그 엄청난 고통을 견디지 못하고 털썩 쓰러지고 말았다. 그러나 밧줄을 쥐고 있는 두 남자가 즉시 그를 일으켜 세우고 질질 끌며 앞으로 나아갔고, 여자들은 고래고래 악을 쓰면서 그를 때리고 또 때렸다. 무서운 고통이 온몸을 휘감았고, 그는 곧 자신의 몸으로부터 분리된 듯 허탈하고 멍한 상태가 되었다. 그러나 무자비한 매질은 여전히 계속되고 있었다.

마침내 그는 간신히 의식이 붙어 있는 상태로 여자들 사이를 벗어나 한 쌍의 말뚝을 보게 되었다. 두 남자가 재빨리 테드의 양쪽 팔을 말뚝에 묶어 그가 선 채로 쓰러지지 않도록 했다. 그러자 곧 군중이 조용해졌다. 테드는 고개를 푹 숙인 채 자신의 머리에서 땅바닥으로 뚝뚝 떨어지는 피를 내려다보고 있었다. 그러다가 벌거벗은 한 쌍의 발이 시야를 가리는 것을 보았고, 그 발에 핏방울이 떨어져 튀는 것을 보았다. 그리고 누군가 그의 머리를 들어올렸다.

삼부카였다. 그러나 테드는 삼부카의 얼굴에 제대로 초점을 맞출 수가 없었다. 세상이 온통 희미한 잿빛으로 보였다. 그러나 삼부카가 씩 웃으면서 누렇고 뾰죽한 이를 드러내는 것까지는 알 수 있었다. 그때 삼부카가 칼을 들어 테드에게 보여주면서 다시 빙그레 웃더니 두 손가락으로 테드의 볼살을 쥐고 단숨에 쓰윽 잘라냈다.

고통은 없었다. 놀랍게도 고통은 없었지만 삼부카가 자신의 볼살을 높이 치켜들고 빙그레 웃으며 입을 벌려 한 입 물어뜯는 것을 지켜보면서 테드는 아찔한 현기증을 느꼈다. 줄곧 싱글싱글 웃으면서 질겅질겅 살점을 씹고 있는 삼부카의 턱에서 핏물이 줄줄 흘러내렸다. 테드는 머리가 빙빙 도는 것을 느꼈다. 메스껍고 무섭고 역겨웠다. 그리고 가슴 언저리에서 통증이 느껴졌다. 아래를 내려다보니 여덟 살이나 아홉 살쯤 된 소년이 주머니칼로 겨드랑이의 살점을 도려내고 있었다. 그때 한 여자가 다른 사람들에게 비키라고 고함을 지르며 달려오더니 그의 팔뚝 바깥쪽을 뭉텅 잘라냈다. 그러자 모여 있던 사람들이 모두 한꺼번에 덤벼들었고, 사방에서 칼날이 번뜩였고, 일제히 칼질을 하며 소리치고 또 칼질을 하며 소리치고, 그 와중에 테드는 칼 하나가 자신의 눈을 향해 다가오는 것을 보았고, 누군가 바지를 끌어내리는 것을 느꼈고, 다음 순간 의식을 잃고 말았다.

파부투

10월 14일 목요일
12:22 PM

에번스는 군중의 환호성과 함성 소리를 들었다. 그리고 지금 무슨 일이 벌어지고 있는지 짐작할 수 있었다. 그는 케너를 돌아보았다. 그러나 케너는 고개를 가로저을 뿐이었다.

아무것도 할 수 없다. 도움의 손길도 기대할 수 없다. 여기서 빠져나갈 방법이 없다.

그때 문이 열리고 두 소년이 나타났다. 그들은 굵은 삼밧줄을 하나씩 들고 있었다. 밧줄은 피로 물들어 있었다. 그들이 에번스에게 다가와 양쪽 손목에 밧줄을 단단히 묶었다. 에번스는 심장이 두근거리는 것을 느꼈다.

두 소년이 할 일을 마치고 방에서 나갔다.

바깥에서는 군중이 아우성치고 있었다.

케너가 말했다.

"걱정 말게. 한동안은 그대로 내버려둘 거야. 아직 희망이 있어."

에번스는 벌컥 화를 냈다.

"대체 무슨 희망이 있다는 거예요?"

케너는 고개를 저었다.

"그냥…… 희망."

　제니퍼는 다른 아이가 들어오기를 기다리고 있었다. 마침내 한 소년
이 들어오다가 쓰러진 소년을 발견하고 달아나려 했다. 그러나 어느새
제니퍼가 두 팔로 그의 목을 휘감고 있었다. 그녀는 소년이 소리 지르
지 못하도록 두 손으로 입을 틀어막고 확 잡아당겨 다시 방 안으로 끌
어들였다. 그러고는 별안간 소년의 머리를 홱 비틀었다. 그리고 손을
떼자 소년이 땅바닥에 털썩 쓰러졌다. 아직 죽지는 않았지만 더는 움
직일 수 없을 터였다.

　방금 순간적으로 바깥을 내다보았을 때 제니퍼는 열쇠를 발견했다.

　열쇠 꾸러미는 이엉으로 벽을 엮은 복도 건너편의 긴 의자에 놓여
있었다.

　이제 방 안에는 총이 두 자루나 있었지만 지금 그 총을 쏘아대는 것
은 무의미한 짓이었다. 그래봤자 사람들이 모두 이곳으로 몰려올 뿐이
다. 제니퍼는 바깥을 다시 내다볼 엄두가 나지 않았다. 어디선가 중얼
거리는 소리가 들렸다. 옆방인지 복도 쪽인지 알쏭달쏭했다. 여기서
실수하면 돌이킬 수 없을 터였다.

　그녀는 문가의 벽에 등을 기대고 신음 소리를 흘렸다. 처음에는 아
주 조그맣게, 그러나 곧 좀더 크게 소리를 냈다. 군중이 아직도 몹시
소란스럽게 떠들고 있었기 때문이다. 그녀는 계속 신음 소리를 냈다.

　그러나 아무도 오지 않았다.

　한 번 더 내다봐도 괜찮을까?

　그녀는 숨을 고르며 기회를 엿보았다.

　에번스는 떨고 있었다. 손목을 묶은 밧줄이 피에 젖어 싸늘했다. 그
는 이렇게 속수무책으로 기다리는 시간을 견딜 수가 없었다. 금방이라

도 기절해버릴 것만 같았다. 바깥에서는 군중이 서서히 조용해지고 있었다. 흥분이 가라앉고 있는 것이다. 에번스는 그것이 무엇을 의미하는지 알았다. 곧 다음 희생자가 필요할 터였다.

그때 나지막한 소리가 들렸다.

남자의 기침 소리였다. 조용하지만 의도적인 기침 소리였다.

케너가 먼저 알아듣고 큰 소리로 말했다.

"여기예요."

픽 하는 소리와 함께 벌목도의 칼날이 이엉으로 만든 벽을 뚫고 들어왔다. 에번스도 그쪽으로 고개를 돌렸다. 벽에 생긴 칼자국이 넓어지더니 두툼한 구릿빛 손이 쑥 들어와 틈새를 더 넓게 벌렸다. 그러고는 그 사이로 수염이 텁수룩한 얼굴이 나타나 두 사람을 들여다보았다.

에번스는 그를 얼른 알아보지 못했다. 그러나 그 남자가 손가락을 입술에 갖다대는 동작이 어쩐지 낯익은 듯했고, 다음 순간 에번스는 수염 속에 감춰진 얼굴을 알아볼 수 있었다.

"회장님!"

조지 모턴이었다.

'살아 계셨구나.'

모턴이 방 안으로 들어서면서 다급하게 속삭였다.

"목소리 좀 낮춰!"

케너가 말했다.

"아주 느긋하게 오셨네요."

케너가 몸을 돌리자 모턴이 수갑을 풀어주었다. 모턴은 케너에게 권총 한 자루를 건넸다. 다음은 에번스 차례였다. 철커덕 하는 소리와 함께 두 손이 자유로워졌다. 에번스는 손목에 묶인 밧줄을 풀려고 잡아당겨보았지만 매듭이 너무 단단했다.

모턴이 속삭였다.

"다른 사람들은 어디 있나?"

케너가 옆방 쪽을 가리켰다. 그러고는 모턴에게서 벌목도를 받아쥐었다.

"회장님은 피터를 데려가세요. 여자들은 제가 맡죠."

케너는 벌목도를 치켜들고 복도로 나갔다.

모턴이 에번스의 팔을 붙잡았다. 에번스는 머리를 홱 돌렸다.

"어서 가세."

"그렇지만……"

"케너 말대로 하라구, 애송이."

그들은 벽에 뚫린 틈새로 빠져나갔다. 벽 너머는 곧바로 밀림이었다.

케너는 아무도 없는 복도를 지나갔다. 복도 양쪽 끝에 출입구가 있었다. 언제 누가 나타날지 모르는 상황이었다. 지금 비상경보가 울리면 일행은 모두 죽은 목숨이었다. 케너는 긴 의자에 놓인 열쇠 꾸러미를 발견하고 그것을 챙겨 여자들이 갇힌 방으로 갔다. 방 안을 들여다보았지만 말뚝 앞에는 아무도 없었다. 여자들이 둘 다 보이지 않았다.

케너는 바깥에 서서 열쇠를 방 안으로 던져넣고 이렇게 속삭였다.

"나야."

그러자 문짝 뒤에 숨어 있던 제니퍼가 달려나와 열쇠를 집어들었다. 그녀와 사라는 불과 몇 초 사이에 서로 수갑을 풀어주었다. 그러고는 소년들의 총을 하나씩 집어들고 문 쪽으로 다가왔다.

그러나 이미 늦어버렸다. 모퉁이 뒤에서 건장한 청년 세 명이 케너 쪽으로 걸어오고 있었다. 모두 기관총을 들고 있었다. 그러나 자기들끼리 웃고 떠드느라고 아직 이쪽을 눈여겨보지 않고 있었다.

케너는 재빨리 여자들이 있는 방으로 뛰어들었다. 그러고는 벽에 찰싹 달라붙어 두 여자에게 기둥 앞으로 돌아가라고 신호했다. 그들이 기둥에 다가서기가 무섭게 청년들이 들어섰다. 제니퍼가 활짝 웃으며 말했다.

"안녕, 얘들아."

그 순간 청년들이 쓰러져 있는 두 소년과 흙바닥에 흥건한 피를 발견했지만 그때는 이미 늦은 뒤였다. 케너가 한 명을 해치웠고, 또 한 명은 제니퍼가 칼로 쓰러뜨렸다. 세 번째 청년이 거의 문밖까지 나갔을 때 케너가 권총 손잡이로 머리를 내리쳤다. 빠악 하고 두개골이 깨지는 소리가 났고, 청년은 그대로 콰당 쓰러졌다.

이제 도망쳐야 했다.

마당에 모인 사람들이 점점 참을성을 잃어갔다. 삼부카는 눈을 가늘게 떴다. 첫 번째 '와이트만'은 이미 오래전에 숨이 끊어져 삼부카의 발치에서 식어가고 있었다. 그는 이제 아까처럼 먹음직스러워 보이지 않았다. 그리고 아직 진미를 맛보지 못한 사람들이 자기 몫을 요구하면서 다시 기회를 달라고 아우성치고 있었다. 여자들은 방망이와 쇠파이프를 어깨 위에 걸쳐놓고 삼삼오오 모여 잡담을 나누면서 놀이가 계속되기를 기다렸다.

두 번째 놈은 왜 안 오는 거야?

삼부카는 버럭 소리쳐 명령을 내렸다. 세 남자가 초가집 쪽으로 달려갔다.

그들은 질척질척하고 가파른 산비탈을 한참 동안 미끄러져 내려가야 했다. 그러나 에번스는 조금도 싫지 않았다. 그는 모턴의 뒤를 따라가고 있었다. 모턴은 밀림 속의 지리를 잘 아는 듯했다. 이윽고 그들은 비탈길의 끝에 도달하여 야트막한 시냇물에 풍덩 빠졌다. 토탄(土炭) 때문에 물이 연갈색이었다. 모턴이 에번스에게 따라오라고 손짓하더니 시냇물을 따라 하류 쪽으로 첨벙첨벙 달려갔다. 모턴은 살이 많이 빠져 날렵하고 건강해 보였고, 얼굴도 팽팽해져 더욱 강인해 보였다.

에번스가 말했다.

"우린 회장님이 돌아가신 줄 알았어요."

"말하지 말고 걷기나 하게. 놈들이 금방 쫓아올 거야."

그 말이 끝나기도 전에 에번스는 누군가 미끄럼을 타면서 산비탈을 내려오는 소리를 들었다. 그는 당장 돌아서서 하류 쪽으로 냅다 뛰었다. 물에 젖은 돌을 밟고 미끄러져 넘어지기도 했지만 그때마다 벌떡 일어나 다시 달렸다.

케너는 산비탈을 미끄러져 내려갔다. 두 여자가 바싹 따라오고 있었다. 그들은 울퉁불퉁한 나무뿌리와 길게 뻗은 가시나무에 부딪히곤 했다. 그러나 마을을 벗어나기 위해서는 이 길이 제일 빨랐다. 누군가 앞서 지나간 흔적이 있는 것으로 보아 모턴도 이 길을 택한 것이 분명했다. 그리고 케너는 자기들이 출발한 후 1분도 지나기 전에 마을에서 비상경보가 발령될 거라고 확신했다.

그들은 와작와작 하는 소리와 함께 막바지의 잡목숲을 뚫고 시냇물에 떨어졌다. 비탈길 위의 마을 쪽에서 몇 발의 총성이 들렸다. 벌써 탈출 사실이 발각된 모양이었다.

케너는 레절루션 만이 왼쪽에 있다는 것을 알고 있었다. 그는 여자들에게 시냇물을 따라 먼저 내려가라고 말했다.

사라가 물었다.

"교수님은 어쩌시려구요?"

"나도 금방 따라갈게."

여자들이 지체 없이 출발했다. 달려가는 발걸음이 놀랄 만큼 빨랐다. 케너는 비탈길 쪽으로 돌아가서 권총을 치켜들고 기다렸다. 불과 몇 초 만에 반군들이 산비탈을 내려오기 시작했다. 그는 신속하게 세 발을 쏘았다. 시체들이 울퉁불퉁한 나뭇가지에 걸렸다. 한 명은 데굴데굴 구르면서 곧장 시냇물까지 내려왔다.

케너는 다시 기다렸다.

위에 있는 놈들은 그가 이제 도망칠 거라고 예상할 터였다. 그래서 그는 기다렸다. 아니나 다를까, 2분쯤 지났을 때 놈들이 다시 내려오기 시작하는 소리가 들렸다. 그들은 꽤나 소란스러웠다. 겁먹은 아이들에 불과했기 때문이다. 케너는 다시 총을 쏘았고 비명 소리를 들었다. 그러나 한 명도 명중시키지 못했다고 생각했다. 그 소리는 공포의 비명 소리일 뿐이었다.

그러나 케너는 이제 그들이 다른 길로 내려올 거라고 생각했다. 그리고 그 길은 시간이 좀더 오래 걸릴 터였다.

케너는 돌아서서 뛰기 시작했다.

사라와 제니퍼가 시냇물을 따라 빠르게 내닫고 있을 때 사라의 귓가에 총알 하나가 핑 지나갔다. 사라가 소리쳤다.

"어이! 우리예요!"

모턴이 말했다.

"아, 미안."

그들은 곧 모턴에게 달려갔다.

제니퍼가 물었다.

"어느 쪽이죠?"

모턴이 하류 쪽을 가리켰다.

그들은 다시 뛰기 시작했다.

에번스는 손목시계를 보려고 했다. 그런데 아까 그 아이들 중 하나가 그의 시계를 가져가버렸고, 지금 그의 손목에는 아무것도 없었다. 그러나 모턴이 시계를 차고 있었다. 에번스가 물었다.

"지금 몇 시죠?"

"3시 15분."

이제 두 시간도 안 남았다.

"레절루션 만까지는 얼마나 걸리죠?"

"밀림을 뚫고 가려면 한 시간쯤 더 가야 할 거야. 어차피 그럴 수밖에 없어. 저 애 녀석들은 무시무시한 사냥꾼들이거든. 나도 몇 번이나 잡힐 뻔했지. 놈들은 내가 여기 있다는 걸 알고 있지만 지금까지는 잘 따돌릴 수 있었어."

"여기서 얼마나 오래 계신 거예요?"

"9일. 그런데 9년은 지난 것 같은 기분이야."

그들은 시냇물을 따라 달리다가 늘어진 나뭇가지 밑으로 지나갈 때마다 몸을 굽혀야 했다. 에번스는 허벅지가 불타는 것 같았다. 그러나 왠지 달리는 데는 전혀 지장이 없었다. 무슨 까닭인지 몰라도 고통이 오히려 긍정적으로 느껴졌다. 그는 무더위에도 아랑곳하지 않았고, 발목과 다리에 온갖 벌레와 거머리가 잔뜩 달라붙은 것을 알면서도 전혀 신경 쓰지 않았다. 그저 살아 있다는 사실이 고마울 따름이었다.

모턴이 말했다.

"이쯤에서 빠져나가세."

그는 시냇물을 벗어나 오른쪽으로 방향을 틀고 커다란 바위 위로 올라갔다가 허리 높이까지 우거진 양치류 덤불 속으로 뛰어들었다.

사라가 물었다.

"여기 뱀도 있어요?"

모턴이 대답했다.

"그래, 많지. 하지만 뱀은 별로 걱정할 문제가 아니야."

"그럼 뭐가 더 걱정인데요?"

"플렌티 푹푹(Plenti pukpuk)."

"그게 뭐죠?"

"악어 떼."

모턴은 그 말을 남기고 냉큼 앞으로 달려가 울창한 수풀 속으로 자취를 감추었다.

에번스가 중얼거렸다.

"그거 신나는 일이군."

케너는 시냇물 한복판에서 걸음을 멈추었다. 뭔가 이상했다. 지금까지는 시냇물을 따라 내려오면서 앞서 달려간 사람들의 흔적을 계속 발견할 수 있었다. 바위에 떨어진 진흙 부스러기, 젖은 손자국이나 발자국, 혹은 흐트러진 물풀 따위였다. 그런데 지난 몇 분 동안은 아무것도 보지 못했던 것이다.

다른 사람들은 시냇물을 벗어난 것이 분명했다.

그런데 그 지점을 그냥 지나쳐버린 것이다.

케너는 모턴의 솜씨일 거라고 생각했다. 모턴은 눈에 띄지 않도록 시냇물을 빠져나갈 수 있는 좋은 장소를 알고 있었을 것이다. 아마 양치류가 우거지고 바위틈에 물풀이나 습지 식물이 많은 곳이었을 것이다. 그런 풀은 밟으면 푹신푹신하지만 금방 도로 일어선다.

그 지점을 지나쳐버렸다.

그는 돌아서서 상류 쪽으로 천천히 되돌아갔다. 그들의 흔적을 발견하지 못한다면 이 시냇물을 벗어날 수 없을 것이 뻔했다. 십중팔구 길을 잃고 헤매게 될 것이다. 그리고 시냇물에서 너무 많은 시간을 빼앗기면 결국 아이들에게 들켜 살해될 터였다.

레절루션

10월 14일 목요일

4:02 PM

이제 한 시간 남았다. 모턴은 맹그로브와 바위 사이에 몸을 웅크리고 있었다. 그곳은 레절루션 만의 중간 부분이었다. 다른 사람들도 그의 주위에 모여 있었다. 몇 피트 앞의 모래밭에 바닷물이 나지막이 찰싹거리고 있었다.

모턴이 조용히 말했다.

"내가 아는 내용을 설명해주겠네. 잠수함 모선은 이 만의 동쪽 끝에 위장포로 가려놨어. 여기선 안 보이지. 놈들은 지난 일주일 동안 날마다 잠수함을 내려 보냈어. 그 잠수함은 배터리 성능이 부족해서 잠수 시간이 한 번에 한 시간밖에 안 돼. 아무튼 확실한 건 놈들이 원뿔 모양의 폭약을 설치하고 있다는 거야. 폭파 시간을 정밀하게 조절하는 건데……"

그때 사라가 말했다.

"그자들이 남극에서도 그런 걸 쓰더라구요."

"좋아, 그럼 자네들도 알겠군. 놈들이 여기서 하려는 일은 해저 산사태를 일으키는 거야. 잠수함이 내려가 있는 시간을 기준으로 판단하자면 아마 수심 90미터쯤에 폭약을 설치하는 것 같은데, 그건 산사태로

379

쓰나미를 일으키기에 가장 효과적인 깊이이기도 하지."

에번스가 물었다.

"해변에 있는 텐트들은 뭐죠?"

"만일의 경우에 대비하자는 거겠지. 아마 원뿔형 폭약이 충분하지 않거나 그것만으로는 성공하기 어렵다고 생각하는 모양이야. 그래서 텐트 속에 극초음파 공동 발생기라는 물건을 배치해놨어. 소형 트럭만큼 커다란 기계들이지. 디젤 엔진을 사용하는데, 놈들이 발사 실험을 할 때마다 굉장한 소음을 내더라구. 벌써 며칠째 그런 실험을 하고 있어. 그러면서 텐트 위치를 몇 번 옮겼는데, 매번 겨우 1, 2피트 정도였어. 그걸로 봐서는 정확한 위치 설정이 결정적 요소인 것 같아. 음파인지 뭔지, 아무튼 그 기계로 만들어내는 뭔가를 한 곳에 집중시키려는 거겠지. 놈들이 무슨 짓을 하고 있는지 나도 자세한 건 잘 몰라. 어쨌든 산사태를 일으키는 데 중요한 일인 건 분명해."

사라가 물었다.

"그럼 우리가 할 일은 뭐죠?"

"놈들을 막을 방법은 없어. 우린 겨우 네 명이고…… 케너가 무사하다면 다섯 명이지만 지금으로 봐서는 별로 가망이 없는 것 같고…… 저쪽은 열세 명이야. 모선에 일곱 명, 해변에 여섯 명. 모두 자동 화기로 무장했고."

그때 에번스가 말했다.

"하지만 산종도 있잖아요. 그 친구를 잊어버리면 안 되죠."

"그 네팔 친구? 아마 반군들 손에 죽었을 거야. 자네들이 놈들한테 잡혔던 그 능선 부근에서 한 시간쯤 전에 총소리가 들렸어. 자네들이 잡히기 직전에 나도 거기서 몇 야드 아래쪽에 있었지. 내가 기침 소리로 신호를 해줬는데……"

모턴은 어깨를 으쓱거리고 다시 해변 쪽으로 고개를 돌렸다.

"그건 그렇고, 공동 발생기 석 대를 동시에 사용해야만 수중 경사면에 어떤 효과를 일으킬 수 있다고 가정할 때, 우리가 취할 수 있는 최선의 방법은 발생기 한 대를 망가뜨리는 거야. 두 대라면 더 좋겠지. 그렇게 할 수만 있다면 놈들의 음모를 차단하거나 적어도 효과를 약화시킬 수 있을 테니까."

제니퍼가 물었다.

"동력선을 끊어버리면 안 될까요?"

모턴이 고개를 저었다.

"자체 동력으로 작동하는 기계야. 본체에 내장된 디젤 엔진이지."

"배터리 점화장치는요?"

"안 돼. 태양열 집열판이 달렸어. 기계 안에서 모든 걸 해결한다구."

"그럼 기계를 작동하는 놈들을 해치우는 수밖에 없군요."

"맞아. 그런데 놈들은 우리가 이 섬에 왔다는 걸 알고 있어. 보다시피 텐트마다 바깥에 한 명씩 서서 지키고 있어. 그리고 저 능선 어딘가에도 보초가 한 명 더 있고."

그는 서쪽 산비탈을 가리켰다.

"우리 쪽에서는 그놈이 어디 있는지 안 보이지만 그놈은 만 전체를 내려다보고 있을 거라구."

그러자 제니퍼가 말했다.

"그래서요? 그래봤자죠. 볼 테면 보라죠 뭐. 텐트 안에 있는 놈들을 모조리 해치우고 기계들을 때려부수면 그만이잖아요. 무기도 충분하니까 얼마든지 가능할 테고……"

그러다가 갑자기 말을 끊었다. 자기가 가진 소총에서 탄창을 꺼내보았는데 속이 텅 비어 있었던 것이다.

"각자 탄약을 확인해보는 게 좋겠어요."

잠시 동안 모두 총을 만지작거렸다. 그리고 모두 고개를 가로저었다. 에번스에게는 탄알 네 발이 남아 있었다. 사라는 두 발이었다. 모턴의 소총에는 한 발도 없었다.

"반군놈들, 탄약도 거의 없는 상태였잖아……"

그러자 제니퍼가 말했다.

"지금 우리도 마찬가지예요."

그러더니 숨을 깊이 들이마셨다.

"무기가 없으니 약간 어려워지겠네요."

그녀는 살금살금 앞으로 나아가 눈부신 햇빛 아래서 눈을 가늘게 뜨고 해변을 살펴보았다.

"이 밀림에서 텐트까지는 10야드쯤 되겠어요. 탁 트인 해변이라 엄폐물도 전혀 없구요. 텐트 쪽으로 돌진하는 방법으론 가망이 없겠는데요."

"다른 데로 주의를 돌리게 하는 건 어떨까?"

"그럴 방법이 있을까요? 텐트마다 밖에도 한 놈 있고 안에도 한 놈 있잖아요. 둘 다 무장 상태죠?"

모턴이 고개를 끄덕였다.

"자동 화기라니까."

"상황이 안 좋네요. 아주 안 좋아요."

케너는 시냇물 속에서 첨벙첨벙 걸으며 좌우를 열심히 살펴보았다. 그렇게 100야드쯤 갔을 때 바위 위에 희미하게 남아 있는 손자국 하나가 눈에 띄었다. 물기가 거의 다 말라버린 상태였다. 그는 좀더 자세히 둘러보았다. 물가의 풀줄기가 짓밟힌 것이 보였다.

일행은 바로 이곳에서 시냇물을 벗어났던 것이다.

케너는 만이 있는 방향으로 걸어가기 시작했다. 역시 모턴은 이 일대의 지리를 잘 알고 있는 것이 분명했다. 이곳에도 시냇물이 있었지만 규모는 아까보다 훨씬 작았다. 케너는 이 지역의 경사가 상당히 가파른 것을 보고 약간의 불안감을 느꼈다. 나쁜 징조였다. 그러나 이곳에는 밀림 속을 지나가는 제법 쓸 만한 오솔길이 있었다. 그때 앞쪽 어딘가에서 개 짖는 소리가 들렸다. 그런데 그 개는 목이 쉬거나 병에 걸린 것 같았다.

케너는 허리를 굽혀 나뭇가지를 피해가며 황급히 앞으로 달려갔다. 너무 늦기 전에 일행을 찾아내야 했다.

모턴이 개 짖는 소리를 듣고 얼굴을 찡그렸다.

제니퍼가 물었다.

"왜 그러세요? 반군들이 개를 데리고 쫓아오는 건가요?"

"아니야. 저건 개소리가 아니라구."

"진짜 개가 아닌 것 같긴 했어요."

"실제로 아니야. 이 근방에 사는 놈들이 한 가지 재주를 배운 거라구. 그게 바로 개처럼 짖는 거지. 그러다가 진짜 개들이 나타나면 잡아먹는 거야."

"뭐가 말예요?"

"악어. 방금 그건 악어가 낸 소리야. 우리 뒤쪽 어딘가에서."

그때 해변에서 갑자기 부르릉거리는 자동차 엔진 소리가 들려왔다. 일행이 맹그로브 사이로 내다보니 만의 동쪽에서 지프 석 대가 나타나 모래밭 위를 요란하게 달려오고 있었다.

에번스가 물었다.

"저건 또 뭐죠?"

모턴이 설명했다.

"놈들이 계속 저런 연습을 하더군. 일주일 내내 저랬어. 잘 보게. 텐트마다 한 대씩 가서 멈추는 거야. 봤지? 1번 텐트…… 2번 텐트…… 3번 텐트. 모두 멈춰 섰어. 모두 엔진을 그대로 켜놓고 있지. 모두 서쪽을 향한 상태로."

"서쪽에 뭐가 있는데요?"

"흙길이 하나 있어. 그 길을 따라 언덕을 100야드쯤 올라가면 막다른 곳이 나오지."

"거기에 뭔가 있었던 거예요?"

"아니야. 그 길은 놈들이 직접 뚫어놓은 거야. 놈들이 여기 오자마자 처음에 한 일이 바로 그거였지."

모턴은 만의 동쪽 해안선 쪽을 바라보았다.

"보통은 지금쯤 배가 나타나서 깊은 곳으로 이동하지. 그런데 아직 안 나오는군."

그때 에번스가 말했다.

"이런 맙소사."

"왜 그러나?"

"우리가 깜박 잊은 게 있는 것 같아서요."

"그게 뭔데?"

"지금까지 우린 이 쓰나미가 캘리포니아 해변으로 밀려가는 것만 걱정했어요. 그런데 산사태는 물을 아래로 빨아들이는 거죠? 그랬다가 그 물이 다시 솟구치구요. 그건 이 도랑에 조약돌을 떨어뜨리는 것과 비슷한 현상이죠."

에번스는 그들의 발치에 있는 흙탕물 웅덩이에 조약돌 한 개를 퐁 떨어뜨렸다.

"그러면 조약돌이 물결을 일으키는데 그게…… 원형이라구요."

"물결은 사방으로 퍼져나가고……"

그러자 사라가 말했다.

"이럴 수가. 말도 안 돼."

"아니, 말 되는 거지. 사방으로 퍼져나가는 거야. 이 해안 쪽으로도 밀려오는 거라구. 그 쓰나미는 이쪽도 덮칠 거란 말이야. 그것도 아주 순식간에. 솔로몬 해구가 여기서 얼마나 되죠?"

모턴이 어깨를 으쓱했다.

"몰라. 한 2마일쯤 될까. 정확한 건 나도 몰라, 피터."

"그 파도가 시속 500마일로 이동한다면 이 해변에 도착하는 시간 은……"

그러자 사라가 말했다.

"24초."

"맞아. 일단 해저 산사태가 시작되면 우리가 여기서 도망칠 수 있는 시간은 그것뿐이라구. 24초."

그때 갑자기 칙칙거리는 소리가 들려왔다. 첫 번째 디젤 발전기가 가동되는 소리였다. 이윽고 두 번째, 그리고 세 번째 발전기가 차례로 켜졌다. 석 대가 모두 움직이고 있었다.

모턴이 시계를 들여다보았다.

"바로 지금이야. 놈들이 드디어 시작한 거라구."

곧이어 전자음처럼 잉잉거리는 소리도 들려왔다. 처음에는 아주 희미했지만 곧 급속히 커지면서 후웅후웅 하는 묵직한 소리가 허공을 가득 채웠다.

"저게 바로 공동 발생기가 작동하는 소리야."

그러자 제니퍼가 소총을 어깨에 멨다.

"준비들 하시죠."

산종은 아래로 늘어진 나뭇가지에서 스르르 미끄러져 AV 스콜피오의 갑판 위에 소리 없이 내려섰다. 40피트급인 이 배는 흘수선이 매우 낮은 것이 분명했다. 그래서 이렇게 만 동쪽의 반도에 바싹 붙어 밀림의 나무들 밑으로 들어올 수 있었을 것이다. 해변 쪽에서는 이 배가 전혀 눈에 띄지 않았다. 산종이 이 배가 이곳에 있다는 것을 알아차린 것도 밀림 쪽에서 들려온 무전기 소음 덕분이었다.

산종은 뱃고물에 설치되어 잠수함을 들어올리는 권양기 뒤쪽에 몸을 웅크리고 숨어 귀를 쫑긋 세웠다. 사람들의 목소리는 마치 사방에서 들려오는 것 같았다. 그는 승선 인원이 예닐곱 명쯤 될 거라고 짐작했다. 그러나 그가 원하는 것은 기폭 타이머를 찾아내는 일이었다. 그는 그것이 조타실에 있을 거라고 짐작했지만 확신할 수는 없었다. 그리고 지금 그가 숨어 있는 곳에서 조타실까지 가려면 사방이 확 트인 갑판 위를 한참 지나가야 했다.

그는 머리 위에 매달려 있는 소형 잠수함을 올려다보았다. 잠수함은 선명한 파란색이었고, 길이는 7피트 가량, 조종실은 돔형이었다. 지금은 끌어올린 상태였다. 잠수함을 물속으로 내리거나 끌어올리는 일은 권양기로 해야 한다.

그리고 그 권양기는……

산종은 제어판을 찾아보았다. 틀림없이 가까운 곳에 있을 터였다. 잠수함을 내릴 때 권양기 운전자가 잠수함을 볼 수 있어야 하기 때문이다. 그는 결국 제어판을 찾아냈다. 갑판 건너편에 밀폐된 금속 상자가 있었다. 그는 그쪽으로 기어가서 상자를 열고 단추들을 살펴보았다. 단추는 모두 여섯 개였고 사방으로 화살표 표시가 되어 있었다. 마치 커다란 키패드 같은 형태였다.

그는 아래쪽 화살표를 눌렀다.

드르르 하는 소리와 함께 권양기가 잠수함을 수면으로 내려보내기 시작했다.

그리고 경보음이 울리기 시작했다.

이쪽으로 후다닥 달려오는 발소리가 들렸다.

산종은 재빨리 어느 문으로 숨어들어 때를 기다렸다.

한편 해변에서는 에번스 일행이 공동 발생기의 소음에 섞여 희미하게 들려오는 경보음에 귀를 기울이고 있었다. 에번스가 주위를 두리번거렸다.

"저게 어디서 나는 소리죠?"

"배에서 나는 소리일 거야. 저기."

해변에 있는 자들도 그 소리를 들은 모양이었다. 그들은 텐트 출입구 근처에 두 명씩 서서 손가락질을 하며 대책을 의논하고 있었다.

바로 그때였다. 일행 뒤쪽의 밀림 속에서 갑자기 기관총을 난사하는 소리가 들려왔다. 그러자 해변에 있는 자들이 놀라서 총을 이리저리 겨누며 사방을 경계했다.

제니퍼가 에번스의 소총을 낚아채면서 말했다.

"제기랄. 바로 지금이에요. 더 좋은 기회는 없을 거예요."

그러더니 다짜고짜 총을 쏘면서 해변으로 달려나갔다.

악어는 무서운 속력으로 케너를 향해 돌진해왔다. 케너는 허옇고 거대한 아가리가 쩍 벌어지고 물줄기가 사방으로 튀는 것을 얼핏 보자마자 기관총을 발사하기 시작했다. 다음 순간 그의 다리 바로 옆에서 아가리가 콱 닫혔다. 악어는 꿈틀꿈틀 몸을 비틀며 다시 공격해왔고, 악어의 아가리는 낮게 늘어진 나뭇가지를 낚아챘다.

총탄은 아무 효과도 없었다. 케너는 재빨리 돌아서서 시냇물을 따라 허둥지둥 도망쳤다.

등 뒤에서 악어가 으르렁거렸다.

제니퍼는 제일 가까운 텐트를 향해 모래밭 위를 달려갔다. 10야드쯤 갔을 때 두 발의 총탄이 왼쪽 다리에 박혀 그녀를 쓰러뜨렸다. 그녀는 쓰러지는 동안에도 계속 총을 쏘면서 뜨거운 모래밭에 나뒹굴었다. 텐트 출입구 앞에 서 있던 보초가 쓰러지는 것이 보였다. 그녀는 그가 이미 사망했다는 것을 알았다.

뒤따라 달려온 에번스가 허리를 굽히려 했다. 제니퍼는 소리쳤다.

"계속 가요! 빨리!"

에번스는 첫 번째 텐트 쪽으로 달려갔다.

한편 배 위에서는 사람들이 권양기를 정지시켜 잠수함의 하강을 멈추게 했다. 이제 그들은 해변 쪽에서 들려오는 총성을 들을 수 있었다. 모두 우현으로 달려갔다. 그들은 무슨 일이 벌어지는지 확인하려고 난간 너머로 해변 쪽을 바라보고 있었다.

산종은 좌현 갑판을 따라 달려갔다. 그쪽에는 아무도 없었다. 이윽고 조타실 앞에 이르렀다. 그곳에는 커다란 제어판이 있었고 그 위에는 전자 장치가 가득했다. 반바지와 티셔츠 차림의 한 사내가 제어판

앞에 서서 이것저것 조절하고 있었다. 제어판 윗부분에는 번호가 표시된 전등들이 세 줄로 배열되어 있었다.

해저 폭파를 위한 기폭장치였다.

사라와 모턴은 밀림과 가까운 거리를 유지하면서 해변 가장자리를 따라 두 번째 텐트 쪽으로 질주하고 있었다. 텐트 바깥에 서 있던 사내가 곧바로 그들을 발견하고 기관총을 난사하기 시작했다. 그러나 너무 긴장한 탓인지 한 발도 명중시키지 못했다. 두 사람의 주위에서 애꿎은 나뭇가지와 나뭇잎들만 우수수 떨어졌다. 그들이 한 걸음을 내디딜 때마다 사라도 응사할 수 있는 거리에 그만큼 더 가까워지고 있었다. 사라는 모턴의 권총을 들고 있었다. 이윽고 그녀는 20야드 거리에서 걸음을 멈추고 제일 가까운 나무줄기에 등을 기댔다. 그리고 팔을 꼿꼿이 펴고 조준했다. 첫발은 빗나갔다. 그러나 두 번째는 텐트 바깥에 있는 사내의 오른쪽 어깨에 명중했고, 그는 총을 모래밭에 떨어뜨렸다. 그것을 본 모턴이 숲 근처를 벗어나 텐트 쪽으로 달려갔다. 사내가 일어나려고 버둥거렸다. 사라가 얼른 한 발 더 쏘았다.

그때 모턴이 텐트 속으로 사라졌다. 그리고 연달아 두 발의 총성이 들리고 고통스러운 비명 소리가 터져나왔다.

사라도 황급히 그쪽으로 달려갔다.

에번스는 첫 번째 텐트 안에서 칙칙거리는 기계의 한쪽 벽면을 마주보고 있었다. 크고 복잡하게 생긴 이 기계에는 구불구불한 파이프와 환기구들이 즐비했고, 끄트머리에는 직경 8피트 가량의 둥글넓적한 판이 매달려 있었는데, 위치는 모래밭 표면으로부터 2피트 정도였다. 금속 부분을 만져보니 몹시 뜨거웠다. 소음 때문에 고막이 터질 것 같았다. 텐트 안에는 아무도 보이지 않았다. 에번스는 사격 자세를 취하고 —그러나 탄창이 비어 있다는 사실을 사무치게 의식하면서—기계의 첫 번째 모퉁이를 돌고 다시 두 번째 모퉁이를 돌았다.

그 순간 사내를 발견했다.

바로 남극 대륙에서 만났던 볼든이었다. 그는 가리개가 달린 LCD 스크린과 한 줄로 늘어선 계량기들을 지켜보면서 제어판의 커다란 다이얼들을 조절하고 있었다. 그는 일에 너무 열중해서 에번스가 나타난 것을 금방 알아차리지 못했다.

에번스는 갑자기 분노가 치밀어 오르는 것을 느꼈다. 탄창에 총탄이 있었다면 당장 쏘아 죽였을 것이다. 볼든의 총은 텐트벽에 비스듬히 기대어 세워둔 상태였다. 제어판을 작동하려면 양손이 다 필요했기 때문이다.

에번스는 버럭 고함을 질렀다. 볼든이 고개를 돌렸다. 에번스는 그에게 손을 들라는 몸짓을 했다.

볼든이 와락 덤벼들었다.

모턴이 텐트 안으로 들어서는 순간 첫 번째 총알이 그의 귀를 꿰뚫었고 두 번째는 어깨에 명중했다. 그는 고통의 비명을 지르며 털썩 무릎을 꿇었다. 그 덕분에 목숨을 건질 수 있었다. 그 순간 세 번째 총알이 그의 이마 위로 핑 지나가 텐트벽을 뚫고 나갔던 것이다. 그가 칙칙거리는 기계 옆의 모래땅에 쓰러져 있을 때 총을 쏜 자가 사격 자세로 나타났다. 이십대로 보이는 사내였다. 턱수염을 길렀는데 험상궂고 냉혹한 얼굴이었다. 사내가 모턴을 겨냥했다.

그러더니 갑자기 기계 쪽으로 쓰러져버렸다. 뜨거운 금속에 핏물이 튀어 치익 소리가 났다. 어느새 사라가 텐트 안에 들어와 있었다. 그녀는 사내가 쓰러지는 속도에 맞춰 팔을 조금씩 내리면서 권총을 한 발, 두 발, 세 발 쏘았다. 그리고 모턴을 돌아보았다.

모턴이 말했다.

"자네가 명사수라는 사실을 잊고 있었군."

"괜찮으세요?"

모턴은 고개를 끄덕였다.

"그럼 이 물건을 어떻게 꺼야 되죠?"

볼든이 몸으로 부딪쳐오는 순간 에번스는 끄응 하고 신음 소리를 터뜨렸다. 두 남자는 텐트벽까지 밀려갔다가 다시 앞으로 튕겨나왔다. 에번스는 개머리판으로 볼든의 등을 내리쳤지만 아무 효과도 없었다. 몇 번이나 머리를 때리려고 했지만 번번이 등에 맞을 뿐이었다. 그리고 볼든 쪽에서는 에번스를 텐트 밖으로 밀어내려는 것 같았다.

두 사람은 결국 땅바닥에 쓰러졌다. 그들의 머리 위에서 기계가 웅웅거리고 있었다. 에번스는 비로소 볼든의 의중을 알아차렸다.

그는 에번스를 그 원반 밑으로 밀어넣으려는 것이었다. 원반 근처에 있는 것만으로도 에번스는 공기가 심하게 진동하는 것을 느낄 수 있었다. 공기의 온도도 여기가 훨씬 더 뜨거웠다.

볼든이 에번스의 머리를 후려갈겼다. 에번스의 선글라스가 휘익 날아가서 그 납작한 원반 아래로 들어가버렸다. 그 즉시 렌즈가 산산이 부서졌다. 그 다음에는 테가 찌그러졌다.

그리고 곧 가루가 되어버렸다.

'깨끗이 사라져버렸다!'

에번스는 그 장면을 보고 경악했다. 그러나 볼든은 조금씩 그를 원반 쪽으로 점점 더 가까이 밀어붙이고……

에번스는 갑자기 필사적인 힘으로 몸부림을 쳤다. 그러다가 별안간 발길질을 했다.

볼든의 얼굴이 뜨거운 금속 부분에 부딪혔다. 볼든이 외마디 소리를 질렀다. 한쪽 뺨이 까맣게 타서 연기가 피어오르고 있었다. 에번스는 다시 발길질을 하고 볼든의 밑에서 빠져나왔다. 벌떡 일어섰다. 그러고는 볼든을 내려다보며 그의 갈비뼈를 있는 힘껏 걷어찼다. 단숨에 죽여버리고 싶었다.

'이건 남극에서 당한 일에 대한 복수다!'

그러나 에번스가 다시 볼든을 걷어찼을 때 볼든이 그의 다리를 붙잡았고, 에번스는 뒤로 벌렁 넘어지고 말았다. 그러나 넘어지는 순간에 한 번 더 걷어찼고, 그 일격은 머리에 명중했고, 볼든은 그 충격으로 한 바퀴 더 굴렀다.

그래서 원반 아래로 들어가버렸다.

몸의 절반은 원반 밑에 있었고 나머지 절반은 바깥에 있었다. 그의 몸이 부르르 떨며 진동하기 시작했다. 볼든은 비명을 지르려고 입을 벌렸지만 아무 소리도 나오지 않았다. 에번스는 마지막으로 한 번 더 걷어차서 볼든의 몸 전체를 원반 아래로 들여보냈다.

그리고 에번스가 무릎을 꿇고 엎드려 원반 아래를 들여다보았을 때는 이미 아무것도 남아 있지 않았다. 다만 매캐한 연기가 안개처럼 흩어져갈 뿐이었다.

그는 곧 일어나서 바깥으로 나갔다.

제니퍼는 어깨 너머로 뒤를 돌아보면서 블라우스를 이로 물고 가늘게 찢어 지혈대를 만들었다. 동맥이 끊어진 건 아니라고 생각했지만 한쪽 다리가 피투성이였고 모래밭에도 피가 홍건했다. 조금 어지럽기도 했다.

그녀는 한시도 경계를 게을리 할 수 없었다. 아직 텐트가 하나 더 남았는데 거기 있는 놈들이 지금 나타난다면……

그녀는 몸을 홱 돌리면서 총구를 들어올렸다. 숲 속에서 누군가 달려나온 것이었다.

존 케너였다. 그녀는 총구를 도로 내렸다.

케너가 그녀에게 달려왔다.

산종은 조타실 앞 유리에 총을 쏘았다. 그러나 아무 변화도 없었다. 유리엔 실금 하나 가지 않았다. 산종은 깜짝 놀랐다. 방탄 유리였구나! 조타실 안의 기술자도 놀라서 고개를 들었다. 그러나 산종은 벌써 문 쪽으로 이동하고 있었다.

기술자가 제어판을 향해 손을 뻗었다. 산종은 두 발을 발사했다. 한 발은 기술자를 쓰러뜨렸고 한 발은 제어판을 겨냥한 것이었다.

그러나 이미 늦었다. 제어판 윗부분에서 빨간 불이 하나씩 깜박거리기 시작했다. 해저 폭파가 진행되고 있는 것이다.

자동적으로 잠수함 경적처럼 요란한 경보음이 울려퍼지기 시작했다. 갑판 건너편에 있는 사람들이 고함을 질렀다. 모두 겁에 질린 목소리였다. 산종은 당연한 일이라고 생각했다.

'쓰나미가 시작됐으니까.'

이제 몇 초만 지나면 산더미 같은 파도가 덮쳐올 터였다.

허공에 소음이 가득했다.

에번스는 텐트에서 달려나갔다. 정면 쪽에서 케너가 제니퍼를 안아 올리고 있었다. 케너가 뭐라고 소리쳤지만 에번스에게는 아무것도 들리지 않았다. 제니퍼가 피투성이가 된 것도 얼핏 보았을 뿐이었다. 에번스는 지프 쪽으로 달려가서 훌쩍 올라타고 케너가 있는 곳으로 몰고 갔다.

케너가 제니퍼를 뒷좌석에 태웠다. 그녀는 호흡이 가늘었다. 정면 쪽에서 사라가 모턴을 부축하여 다른 지프에 태우고 있었다. 케너는 소음 때문에 목청껏 소리쳐야 했다. 그래도 에번스는 얼른 알아듣지 못했다.

그러다가 마침내 케너의 말을 겨우 이해할 수 있었다.

"산종! 산종은 어디 있냐구!"

에번스는 고개를 저었다.

"회장님이 그러시던데 아마 죽었을 거래요! 반군들 손에!"

"그거 확실한 얘기야?"

"아뇨!"

케너가 해변을 둘러보았다.

"출발해!"

차에 올라탄 사라는 운전을 하는 동안에도 모턴이 쓰러지지 않도록 붙잡고 있어야 했다. 그러나 기어를 바꾸려면 모턴에게서 손을 뗄 수밖에 없었고, 그때마다 그는 그녀의 어깨로 푹 쓰러졌다. 그는 쌕쌕거리며 힘겹게 숨을 쉬고 있었다. 사라는 그의 폐에 구멍이 뚫린 것 같다고 생각했다. 그녀는 몹시 혼란스러운 상태였지만 머릿속으로는 숫자를 헤아리려고 노력했다. 해저 산사태가 일어난 뒤 벌써 10초는 족히 지났을 거라고 생각했다.

그렇다면 15초 이내에 언덕을 올라가야 했다.

산종은 배 위에서 해안의 나무를 향해 홀쩍 뛰어올랐다. 나뭇가지와 나뭇잎이 한 손에 잡혔다. 그는 나무를 타고 지상으로 내려와 미친 듯이 언덕을 오르기 시작했다. 배 위에 있는 자들이 산종을 보고 똑같이 따라하려고 펄쩍펄쩍 뛰기 시작했다.

산종은 첫 번째 파도가 덮쳐올 때까지 30초쯤 남았을 거라고 판단했다. 제일 작은 파도이겠지만 그래도 높이 5미터는 거뜬히 넘을 것이다. 상승폭, 즉 파도가 경사면을 타고 올라가는 높이도 5미터쯤 될 것이다. 그렇다면 앞으로 30초 안에 이 질척질척한 산비탈을 따라 적어도 30피트 이상 높은 곳까지 기어올라가야 한다는 계산이 나온다.

그는 절대로 성공할 수 없다는 것을 알고 있었다.

도저히 불가능했다.

그래도 죽자 사자 올라갔다.

사라는 진창길을 따라 차를 몰고 있었다. 경사면이 나오자마자 지프가 위태롭게 미끄러지기 시작했다. 옆자리의 모턴은 아무 말도 하지 않았다. 어느새 안색이 기분 나쁘게 푸르뎅뎅한 빛깔로 변해 있었다. 사라가 소리쳤다.

"참으세요, 회장님! 조금만 참으세요!"

그 순간 지프가 진흙에 미끄러지면서 뒷부분이 옆으로 휙 돌았고, 사라는 놀라 외마디 소리를 질렀다. 그녀는 곧 기어가 갈리는 소리를 내면서 저속 기어로 바꾸고 차체를 바로잡아 다시 비탈길을 올라갔다. 백미러를 보니 에번스가 따라오고 있었다.

사라는 마음속으로 헤아렸다.

'18초.'

'19초.'

'20초.'

해변의 세 번째 텐트에서 기관총을 든 두 남자가 마지막 지프에 뛰어올랐다. 그들은 에번스를 따라 산비탈을 오르면서 총을 쏘아댔다. 케너가 응사하고 있었다. 에번스의 앞 유리에 몇 발이 명중하자 유리가 쩍쩍 갈라졌다. 에번스는 엉겁결에 속력을 늦추었다.

케너가 고함을 질렀다.

"계속 달려! 빨리!"

그러나 에번스는 앞을 제대로 볼 수 없었다. 앞 유리는 금이 가지 않은 부분도 온통 진흙투성이였다. 그는 앞을 내다보려고 이리저리 머리를 움직였다.

케너가 소리쳤다.

"달려!"

총알이 빗발치듯 쏟아졌다.

케너는 뒤따라오는 지프의 타이어를 노리고 있었다. 마침내 총알이 명중하자 지프가 한쪽으로 기우뚱 쓰러졌다. 두 남자가 진흙땅으로 굴러떨어졌다. 그들은 절뚝거리며 몸을 일으켰다. 그들이 있는 곳의 높이는 해변으로부터 겨우 15피트였다.

그 정도로는 부족했다.

케너는 바다 쪽을 건너다보았다.

해안으로 밀려오는 파도가 보였다.

엄청난 파도였다. 시야를 가득 채우고 물거품을 일으키며 밀려오는 파도의 선, 해변에 가까워질수록 점점 더 넓게 퍼져가는 그 허연 곡선. 그다지 높은 파도는 아니었지만 해변에 접근하면서 점점 더 높아지고, 점점 더 높아지고……

그때 지프가 덜컥 멈춰 섰다.

케너가 고함을 질렀다.

"왜 세우는 거야?"

그러자 에번스도 소리쳤다.

"젠장, 길이 끝났다구요!"

파도의 높이는 이제 15피트 정도였다.

그때 파도가 해변에 부딪히더니 굉음과 함께 하얗게 부서지면서 일행이 있는 내륙 쪽으로 밀려 올라왔다.

에번스는 이 모든 상황을 마치 슬로모션으로 보는 듯한 느낌이었다. 허옇게 소용돌이치며 모래밭 위로 끓어 넘치는 거대한 파도, 해변을 가로지르고 곧 밀림을 덮쳐 녹색의 풍경을 온통 허옇게 가려버리면서도 전혀 수그러들지 않고 꼿꼿한 물마루, 부글거리며 산비탈을 올라오는 물의 벽.

에번스는 도저히 그 파도에서 눈을 뗄 수가 없었다. 파도는 조금도 힘을 잃지 않고 한결같은 기세로 계속 밀려오는 듯했기 때문이다. 진창길 아래쪽에서 쓰러진 지프를 버리고 허둥지둥 올라오던 두 남자가 허연 파도에 휩쓸려 순식간에 자취를 감추었다.

파도는 거기서 다시 4, 5피트쯤 더 올라오다가 갑자기 속력이 줄어들더니 곧 허물어져 아래로 밀려 내려갔다. 파도가 지나간 자리에는 사람도 차도 온데간데없었다. 밀림의 나무들도 너덜너덜 처참한 몰골이었고 아예 뿌리째 뽑혀버린 것도 많았다.

파도는 다시 바다로 밀려나가 점점 멀어져갔고, 그 서슬에 아까보다 더 깊은 곳까지 해변이 훤히 드러났다. 그리고 마침내 파도가 가라앉으면서 바다는 다시 잔잔해졌다.

케너가 말했다.

"저건 첫 번째였어. 다음에 오는 것들은 더 클 거야."

사라는 모턴을 부축하여 앉은 자세일망정 조금이라도 편하게 해주려고 했다. 그의 입술이 무시무시하게 시퍼렇고 피부도 차가웠지만 의식은 아직 남아 있는 듯했다. 말을 하지는 않았지만 바다를 바라보고 있었다.

"조금만 참으세요, 조지."

모턴이 고개를 끄덕였다. 그는 입술만 움직여 뭔가 말하고 있었다.

"뭐라구요? 뭐라고 하셨어요?"

그녀는 힘없는 미소를 머금고 있는 그의 입술을 지켜보았다.

'죽을 땐 죽더라도 저걸 놓칠 순 없다구.'

두 번째 파도가 밀려왔다.

멀리 있을 때는 첫 번째 파도와 똑같은 듯싶었지만 막상 해변 근처
에 당도했을 때는 아까보다 훨씬 더 크다는 것을 알 수 있었다. 첫 번
째에 비해 한 배 반은 족히 될 만한 규모였다. 파도가 해변을 강타할
때 마치 폭발음 같은 소리가 쩌렁쩌렁 울려퍼졌다. 엄청난 양의 물이
산비탈을 타고 올라왔다. 이번엔 아까보다 훨씬 더 높은 곳까지였다.

일행이 있는 곳은 해변보다 100피트 가까이 높은 곳이었다. 이번 파
도는 경사면을 따라 족히 60피트는 솟구친 것이었다.

케너가 말했다.

"다음 파도는 더 클 거야."

몇 분 동안 바다가 잠잠했다. 에번스는 제니퍼를 돌아보았다.

"저기요, 혹시 내가 뭐라도 좀……"

제니퍼가 보이지 않았다. 처음에는 지프에서 떨어진 줄 알았다. 그
러다가 자동차 바닥에 쓰러져 있는 그녀를 발견했다. 제니퍼는 몸을
웅크린 채 괴로워하고 있었다. 얼굴과 어깨가 피투성이였다.

"제니퍼?"

케너가 에번스의 손을 잡고 가만히 밀어냈다. 그러고는 고개를 저었다.

"아까 지프를 몰고 따라오던 놈들 때문이야. 그때까진 멀쩡했거든."

에번스는 큰 충격을 받았다. 머리가 어질어질했다. 그는 제니퍼를
내려다보았다.

"제니퍼?"

그녀는 눈을 감고 있었다. 호흡도 거의 없었다.

케너가 말했다.

"고개 돌려. 살면 살고 죽으면 죽는 거야."

세 번째 파도가 밀려오고 있었다.

도망칠 곳은 어디에도 없었다. 일행은 이미 길 끝에 도달했고 주위는 온통 밀림뿐이었다. 산더미처럼 크고 무시무시한 파도가 쏴아 밀려오고 있는데도 일행은 그저 속수무책으로 지켜보며 기다리기만 할 뿐이었다. 파도는 이미 해변에 부딪혀 허옇게 부서졌고, 지금 산비탈을 올라오는 것은 그 여파에 불과했다. 그러나 그것조차도 높이 9피트나 10피트쯤 되는 거대한 물의 벽이었다.

사라는 이번에야말로 틀림없이 파도가 일행을 모두 삼켜버릴 거라고 생각했다. 그러나 파도는 바로 몇 야드 앞에서 힘을 잃고 스르르 무너져 다시 바다로 흘러내려가기 시작했다.

케너가 시계를 들여다보았다.

"아직 시간이 몇 분쯤 있어. 할 수 있는 데까진 해보자구."

사라가 물었다.

"뭘 하자는 거예요?"

"최대한 높은 데로 올라가자는 거지."

"파도가 또 올까요?"

"적어도 한 개는 남았을 거야."

"더 큰 거?"

"그래."

5분이 지나갔다. 일행은 산비탈을 따라 20야드쯤 더 올라간 곳에 있었다. 케너는 피를 흘리는 제니퍼를 안아들고 있었다. 그녀는 이제 의식이 전혀 없었다. 에번스와 사라는 몹시 힘들어하며 겨우겨우 움직이는 모턴을 부축해주고 있었다. 결국 에번스가 모턴을 들쳐 업었다.

에번스가 말했다.

"살이 좀 빠지셔서 다행이네요."

모턴은 말없이 그의 어깨를 툭툭 두드렸다.

에번스는 비틀거리며 산비탈을 올라갔다.

다음 파도가 밀려왔다.

파도가 물러갔을 때는 일행이 타고 온 지프가 둘 다 온데간데없었다. 차를 세워두었던 자리에는 뿌리째 뽑힌 나무들만 즐비하게 널려 있었다. 일행은 기진맥진하여 멍하니 바라보고 있을 뿐이었다. 그러다가 논쟁을 벌였다. 방금 그 파도가 네 번째였나, 다섯 번째였나? 아무도 정확히 기억하지 못했다. 그들은 결국 네 번째였을 거라고 잠정적인 결론을 내렸다.

사라가 케너에게 물었다.

"이젠 어쩌죠?"

"또 올라가야지."

8분 후, 다음 파도가 밀려왔다. 이번엔 먼젓번 파도보다 작았다. 에번스는 너무 지쳐 아무것도 못하고 그저 멍하니 파도를 지켜보기만 했다. 케너가 제니퍼의 출혈을 막으려고 했지만 그녀는 벌써 안색이 창백한 잿빛이었고 입술도 새파랬다. 해변에는 인간이 지나간 흔적이라고는 아무것도 남아 있지 않았다. 텐트도 사라졌고 공동 발생기도 사라졌다. 그곳에 남은 것은 잔뜩 쌓여 있는 쓰레기뿐이었다. 온갖 파편들, 나뭇가지, 나무토막, 해초, 물거품.

그때 사라가 말했다.

"저게 뭐죠?"

"뭐가?"

"누가 소리치는데요."

일행은 만 건너편 쪽을 살펴보았다. 누군가 손을 흔들고 있었다.

케너가 말했다.

"산종이야. 망할 자식."

그러더니 빙그레 웃으며 이렇게 말을 이었다.

"머리가 있는 친구라면 그냥 그 자리에서 기다리겠지. 저 쓰레기더미를 뚫고 여기까지 오려면 두어 시간은 걸릴 테니까. 이제 헬리콥터가 아직도 그 자리에 있는지 파도에 쓸려갔는지 한번 가보자구. 그리고 산종을 데리러 가는 거야."

태평양 해분(海盆)

10월 15일 금요일
5:04 PM

　동쪽으로 8천 마일 떨어진 콜로라도 주 골든 시는 지금 한밤중이었다. 전국지진정보센터(NEIC)의 컴퓨터들이 태평양 해분의 솔로몬 제도 바로 북쪽에서 발생한 특이한 지진 활동을 기록하기 시작했다. 진도(震度) 6.3. 상당히 강한 지진이었지만 대단한 것은 아니었다. 그러나 이 지진 활동의 색다른 특성 때문에 컴퓨터는 그것을 '이례적 현상'으로 분류했다. 세 개의 지각판이 기이하게 맞물려 있는 그 지역에서는 그렇게 부를 수밖에 없는 지진 활동이 꽤 자주 발생했다.

　NEIC의 컴퓨터들은 이 지진에서 쓰나미와 관련된 비교적 느린 움직임을 발견하지 못했고, 따라서 '쓰나미 유발 활동'으로 분류하지 않았다. 그러나 남태평양 쪽에서는 이 같은 분류를 재검토하고 있었다. 20세기 중 가장 파괴적인 쓰나미를 일으켰던 1988년 뉴기니 지진도 쓰나미 유발 활동의 전형적인 특징을 나타내지 않았다는 이유에서였다. 그래서 만일의 경우에 대비하여 컴퓨터는 하와이의 힐로 시에서 관리하는 MORN, 즉 미드오션 릴레이 네트워크(Mid-Ocean Relay Network)의 각 센서에 이 지진을 입력시켰다.

　그리고 여섯 시간 후, 대양 한복판의 부표들이 해수면이 9인치 상승한 것을 감지했다. 쓰나미 파열(波列)이 통과하고 있는 것이었다. 대양의 엄청난 깊이 때문에 쓰나미가 지나가더라도 해수면은 몇 인치밖에 상승하지 않는 경우가 많았다. 그날 저녁에 이 해역을 지나가던 배들은 수면 아래로 거대한 파도가 밀려가는데도 전혀 알아차리지 못했다. 그러나 부표들은 그것을 감지하고 경보기를 작동시켰다.

컴퓨터들이 땡땡거리고 화면이 번쩍번쩍 켜졌을 때 하와이는 한밤중이었다. 네트워크 관리자 조 오하이리는 꾸벅꾸벅 졸다가 잠이 깨어 커피 한 잔을 따라놓고 자료를 훑어보았다. 틀림없는 쓰나미였다. 그러나 바다를 가로지르면서 차츰 힘을 잃어가는 듯했다. 물론 하와이도 이 쓰나미가 지나가는 경로에 있었다. 그런데 이번 파도는 하와이 제도의 남해안에 상륙할 예정이었고, 그것은 비교적 드문 일이었다. 오하이리는 재빨리 파도의 추진력을 계산해보았지만 별로 인상적인 결과가 나오지 않아서 사람이 살고 있는 모든 섬의 민방위 부서에 일상적인 통지만 해두었다. 그 통지문은 '해양 정보입니다……'로 시작되었고, 이번 통지가 기초 정보에 의한 절차일 뿐이라는 것을 설명하는 틀에 박힌 문장으로 끝났다. 오하이리는 아무도 이런 통지문을 눈여겨보지 않으리라는 것을 알고 있었다. 그는 또한 미국 서해안과 알래스카의 경보센터에도 각각 통지문을 보내두었다. 이 쓰나미 파열은 이튿날 아침 그곳 해안에 상륙할 예정이었기 때문이다.

그리고 다섯 시간 후, 캘리포니아와 알래스카 연안의 DART(Deep-ocean Assessment and Reporting of Tsunamis, 해일 경보 시스템) 부표들이 쓰나미 파열의 통과를 감지했을 때는 그 세력이 더욱더 약해져 있었다. 컴퓨터는 파도의 속력과 추진력을 계산해본 후 아무런 후속 조치도 필요 없다고 평가했다. 그래서 각 지역의 기지국에 전달된 것은 쓰나미 경보가 아니라 단순한 정보 안내문이었다.

금번 지진의 위치와 규모로 볼 때 캘리포니아 오리건 워싱턴 브리티시컬럼비아 및 알래스카 일대에 피해를 줄 만한 쓰나미를 유발할 정도는 아니다. 다만 일부 지역은 약간의 해수면 변화가 예상된다.

컴퓨터로 이 안내문을 읽고 있던 케너가 고개를 가로저었다.

"닉 드레이크가 오늘 기분이 별로 좋지 않겠군."

케너의 추측에 의하면 그들 일당은 예정대로 해저 폭파의 효과를 공동 발생기로 증폭시켜 비교적 오랫동안 지속되는 산사태를 일으켜야 했다. 그랬다면 바다를 힘차게 건너갈 수 있는 정말 막강한 쓰나미가 발생했을 것이다. 그런데 그 계획이 좌절되었다.

90분 후, 훨씬 더 약해진 쓰나미 파열이 캘리포니아 해변에 당도했다. 다섯 번에 걸쳐 평균 높이 6피트의 파도가 차례로 밀려들어 파도타기를 즐기던 사람들을 잠시 흥분시켰지만 그 밖에는 아무도 그 일을 눈여겨보지 않았다.

케너에게 뒤늦은 연락이 왔다. 지난 열두 시간 동안 FBI가 계속 그를 찾고 있었는데, V. 앨런 윌리가 현지 시각으로 새벽 2시경 비치하우스를 비우고 나갔다는 것이었다. 그때는 레절루션 만의 사건들이 일어난 후 미처 한 시간도 안 지났을 때였고, 쓰나미 통지문이 전달된 것보다 무려 열 시간 이상 앞선 시각이었다.

케너는 윌리가 중간에 겁이 나서 더는 기다리지 못하고 일찌감치 도망친 거라고 생각했다. 그것은 뭔가 내막이 있음을 말해주는 중대한 실수였다. 케너는 FBI 요원에게 연락하여 윌리의 통화 내역을 확인하기 위한 절차를 밟게 했다.

에번스 일행은 그 후 사흘 동안이나 섬을 떠날 수 없었다. 수속 절차, 각종 서류, 증인 심문 등이 줄줄이 이어졌다. 그리고 폐가 찌부러져버린 모턴과 엄청난 피를 흘린 제니퍼도 응급조치가 필요했다. 모턴은 시드니로 가서 수술을 받고 싶어했지만 미국에서 행방불명자로 보고된 신분이라서 허가가 떨어지지 않았다. 그는 주술사 같은 돌팔이 의사들에 대해 온갖 독설을 늘어놓았지만 결국 멜버른에서 교육받은 가레다타운의 아주 유능한 의사가 그의 폐를 손봐주었다. 그러나 제니퍼는 그 의사를 기다릴 만한 상태가 아니었다. 다섯 시간에 걸쳐 상체에 박힌 총알들을 제거하는 동안 세 번이나 수혈을 받아야 했고, 그 이후에도 48시간 동안은 인공호흡기에 의존하면서 삶과 죽음 사이를 오락가락했다. 그러나 둘째 날이 끝나갈 무렵 그녀가 눈을 뜨고 산소마스크를 벗더니 침대 옆에 앉아 있던 에번스에게 말을 걸었다.

"인상 좀 펴요. 젠장, 내가 죽은 것도 아니잖아요."

힘없는 목소리였지만 얼굴은 미소를 짓고 있었다.

반군들과 접촉한 일도 문제였다. 일행 중 한 명이 사라져버렸고 그가 바로 유명한 배우 테드 브래들리라는 사실도 문제였다. 일행이 브래들리가 당한 일을 증언했지만 그들의 말을 뒷받침할 증거는 아무것도 없었다. 그래서 경찰은 그들에게 증언을 다시 해보라고 요구했다.

그러다가 갑자기, 느닷없이, 아무 설명도 없이 출발 허가가 떨어졌다. 모든 서류가 완비되었고, 일행의 여권도 모두 반환되었다. 이젠 아무런 문제도 없고 일행이 떠나고 싶으면 아무 때나 떠나도 좋다는 것이었다.

에번스는 호놀룰루에 도착할 때까지 거의 계속 잠만 잤다. 비행기가 연료를 보충하고 다시 이륙한 후 그는 비로소 일어나 앉아 모턴을 비롯한 일행과 이야기를 나누었다. 모턴은 자동차 사고가 났던 그날 밤의 일을 설명하고 있었다.

"닉도 그렇고, 닉이 돈을 쓰는 용도도 그렇고, 분명히 문제가 있었어. NERF는 좋은 일을 하고 있는 게 아니었다는 거지. 그런데 닉이 굉장히 화를 내더군. 무서울 정도로 노발대발하더라구. 그러면서 나를 협박했고, 난 그 말을 액면 그대로 믿을 수밖에 없었지. 내가 NERF와 ELF의 관계를 확인했기 때문에 닉으로서는 불안해하는 게 당연했어. 물론 이건 완곡한 표현이지. 그래서 케너와 나는 닉이 나를 죽이려 할 거라고 판단했어. 아닌 게 아니라 실제로 그런 시도를 하기도 했지. 그 날 아침에 비벌리힐스 커피숍에 그 여자를 보냈던 거 말이야."

그 일은 에번스도 알고 있었다.

"아, 그래요. 그런데 그 자동차 사고는 어떻게 된 거죠? 그건 너무 위험한 짓이었는데……"

"뭐야, 내가 그렇게 미친놈인 줄 알아? 난 그날 사고를 당하지도 않았어."

"그게 무슨 말씀이죠?"

"그날 밤에 난 그냥 계속 달려갔을 뿐이라는 거지."

"하지만……"

에번스는 입을 다물고 고개를 저었다.

"뭐가 뭔지 모르겠네요."

그러자 사라가 말했다.

"아니, 너도 알 거야. 왜냐하면 내가 하지 말아야 할 얘기를 우연히 해버렸거든. 나중에 회장님이 연락해서 그 문제에 대해서는 아무 말도 하지 말라고 하시기 전에 말이야."

그제야 기억이 되살아났다. 꽤 오래전에 두 사람이 나눈 대화였다.

그 당시에는 별로 주의 깊게 듣지 않았지만 그때 사라가 이런 말을 했었다.

'몬터레이에 있는 어떤 남자한테서 중고 페라리를 사서 샌프란시스코로 보내게 하라고 시키셨어.'

그리고 모턴이 페라리를 또 산다는 말에 에번스가 놀라움을 표시하자 그녀는 이렇게 말했다.

'그러게 말이야. 도대체 한 사람한테 페라리가 몇 대나 필요한 거지? 더구나 이번 것은 회장님의 평소 기준에도 못 미치더라구. 이메일 사진을 봤는데 꽤 낡은 것 같더라.'

그리고 이런 말도 했다.

'이번에 구입하신 페라리는 1972년식 365 GTS 데이토나 스파이더야. 그건 회장님이 벌써 갖고 계신 차라구. 피터, 회장님은 그 사실도 모르시는 것 같더라니까.'

두 사람의 대화를 듣고 있던 모턴이 말했다.

"아, 나야 당연히 알고 있었지. 그건 정말 한심한 돈 낭비였어. 그 차는 완전히 쓰레기였거든. 아무튼 그 일 때문에 할리우드 소품 전문가를 두 명이나 소노마로 공수했지. 신나게 때려부숴 충돌 사고를 당한 것처럼 꾸며야 했으니까. 그리고 그날 밤에 그 사람들이 차를 트럭에 싣고 가서 도로 위에 내려놓고 연기를 피우고……"

"그리고 회장님은 사고 현장처럼 꾸며놓은 곳을 그냥 지나쳐가신 거군요."

모턴이 고개를 끄덕였다.

"맞았어. 그대로 계속 달려 커브를 돌았지. 그리고 길가에 차를 세워놓고 언덕 위로 올라가서 자네들을 지켜봤어."

"어떻게 그러실 수가 있습니까?"

"미안해. 하지만 경찰이 여러 가지 문제를 알아차리지 못하게 하려면 실감나는 감정 표현이 중요했거든."

"문제라뇨?"

그러자 케너가 대신 대답했다.

"우선 차디찬 엔진. 그 엔진은 오랫동안 시동을 걸어본 적도 없었어. 그래서 그 차를 트럭에 올려놓을 때 엔진이 식어 있는 걸 경찰관 한 명이 알아차렸지. 그래서 자네한테 다시 가서 사건 발생 시각을 물어보라고 했던 거라구. 그러다가 다 눈치챌까봐 나도 조마조마하더군."

그러자 모턴이 말했다.

"하지만 결국 못 알아냈지."

"네, 그랬죠. 경찰도 뭔가 좀 이상하다는 건 알고 있었어요. 그렇지만 똑같이 생긴 페라리가 두 대일 거라고는 상상도 못했을 거예요."

"정신이 제대로 박힌 놈이라면 1972년식 365 GTS를 일부러 박살낼 리가 없으니까. 아무리 고물이라도 말이야."

모턴은 웃고 있었지만 에번스는 화가 날 뿐이었다.

"그래도 누가 나한테 귀띔이라도 해줬어야……"

그러자 케너가 말했다.

"그건 안 되지. 누군가 드레이크를 속여줘야 했으니까. 이를테면 그 휴대폰 같은 거 말이야."

"그게 어쨌다는 거죠?"

"그 휴대폰엔 형편없는 저질 도청기가 들어 있었어. 우린 드레이크가 자네도 수사팀의 일원이라고 믿게 되길 바랐던 걸세. 압박감을 주려고 말이야."

"그럼 성공하셨네요. 그래서 내가 하마터면 내 집에서 독살당할 뻔했잖아요? 이제 보니 다들 내 목숨을 가지고 멋대로 도박을 벌이셨군요."

"어쨌든 무사했잖아."

"그 자동차 사고도 드레이크를 압박하기 위한 거였나요?"

이번에는 모턴이 대답했다.

"그리고 나도 자유롭게 움직이기 위해서였지. 난 솔로몬 제도에 가서 놈들이 무슨 짓을 하는지 내 눈으로 직접 확인하고 싶었어. 닉은 제일 엄청난 사건을 마지막까지 아껴둘 게 뻔했으니까. 물론 놈들이 세 번째 계획대로 그 허리케인을 증폭시킬 수 있었다면, 그래서 그게 마이애미를 강타했다면 그것도 꽤 볼 만한 장관이었겠지만 말이야."

에번스가 말했다.

"젠장, 이거나 잡수시죠, 회장님."

그러자 케너가 말했다.

"그런 식으로 할 수밖에 없어서 미안하게 됐네."

"당신도 이거나 먹어."

에번스는 자리를 박차고 일어나 기내 앞쪽으로 걸어갔다. 그곳에는 사라가 혼자 앉아 있었다. 그러나 에번스는 너무 화가 나서 그녀에게조차 한마디도 하지 않았다. 그리고 한 시간 내내 창밖만 내다보고 있었다. 이윽고 그녀가 조용히 말을 걸었고, 그렇게 반시간이 지났을 때 두 사람은 포옹을 나누고 있었다.

에번스는 다시 한동안 어수선한 잠 속으로 빠져들었다. 온몸이 다 쑤셨다. 아무리 뒤척거려도 편안하게 쉴 수 있는 자세를 찾을 수가 없었다. 그러다가 이따금 깨어났지만 그때마다 녹초가 되어 있었다. 한번은 케너가 사라에게 하는 말을 어렴풋이 들은 것 같기도 했다.

'우선 우리가 살고 있는 곳이 어떤 곳인지 다시 상기해보자구. 우린 중간 크기의 태양으로부터 세 번째 행성에 살고 있어. 우리 행성은 지금 50억 살인데, 그 기나긴 세월 동안 끊임없이 변화를 거듭했지. 지금 지구에 있는 대기는 세 번째로 생긴 대기야.

최초의 대기는 헬륨과 수소였어. 그런데 그건 일찌감치 사라져버렸지. 그때는 지구가 너무 뜨거웠거든. 그러다가 차츰 지구가 식어가면서 화산 폭발로 두 번째 대기가 만들어졌는데, 그게 바로 수증기와 이산화탄소였어. 그리고 나중에 그 수증기가 응결되면서 지금 지구의 대부분을 뒤덮고 있는 바다가 생겨난 거야. 그러다가 30억 년쯤 전에 어떤 박테리아가 진화해서 이산화탄소를 흡수하고 맹독성 기체를 배출하기 시작했는데, 그게 바로 산소였지. 그리고 다른 박테리아들은 질소를 배출했어. 그래서 대기 중에 이런 기체들의 함량이 서서히 증가하게 됐지. 그 대기에 적응하지 못한 생물들은 멸종할 수밖에 없었어.

한편 거대한 지각판 위에 떠다니던 땅덩어리들이 차츰 합쳐져 형태를 잡아가면서 해류의 순환을 방해하기 시작했지. 그때부터 처음으로 지구가 차가워지기 시작한 거야. 그리고 20억 년 전에 최초의 얼음이 나타났어.

그리고 지난 70만 년 동안 우리 행성은 빙하가 전진과 후퇴를 되풀이하는 지질학적 빙하기였어. 정확한 이유는 아무도 모르지만 10만 년마다 한 번씩 얼음이 지구 전체를 뒤덮고, 2만 년마다 한 번씩 소규모 팽창 현상이 발생하고 있지. 마지막으로 빙하가 팽창했던 게 2만 년쯤 전이었으니까 이제 다음 차례가 가까워진 거야.

그런데 50억 년이 지난 오늘날까지도 우리 행성은 놀랄 만큼 활동적인 상태를 유지하고 있어. 지금도 500개의 화산이 있고 2주마다 한 번 꼴로 폭발하지. 지진은 거의 끊임없이 일어난다고 봐야 해. 매년 150만 번이니까. 어중간한 진도 5짜리 지진은 여섯 시간마다 한 번, 대규모

지진은 열흘에 한 번. 그리고 3개월마다 한 번씩 쓰나미가 태평양을 가로질러 밀려간다구.

대기도 지표면 못지않게 활동적이야. 아무 때나 골라잡아도 천둥번개를 동반한 폭풍우가 지구 전역에서 자그마치 1,500건, 지상에 떨어지는 벼락은 초당 11회, 여섯 시간마다 한 번씩 토네이도가 지표면을 할퀴며 지나가고, 나흘에 한 번꼴로 직경 수백 마일에 달하는 거대한 사이클론이 빙빙 돌면서 바다를 건너 육지를 초토화시키지.

인간을 자처하는 못된 유인원들은 그때마다 꽁지 빠지게 도망쳐 숨는 수밖에 없어. 그런 유인원들이 이 대기를 안정시키겠다고 나서는 건 정말 어처구니가 없을 정도로 오만방자한 생각이야. 기후는 인간들이 마음대로 다스릴 수 있는 게 아니니까, 폭풍이 몰려오면 허둥지둥 도망쳐야 하는 게 현실이니까.'

에번스가 물었다.

"이제 우린 뭘 하죠?"

모턴이 대답했다.

"우리가 할 일이 뭔지 말해주지. 자네도 나를 좀 도와줘야겠어. 내가 곧 새로운 환경단체를 창설하려고 하거든. 이름은 좀더 생각해봐야겠어. 그런데 '세계'나 '자원'이나 '보호'나 '보존'이나 '야생생물'이나 '기금'이나 '자연' 같은 말이 들어간 건방진 이름은 딱 질색이야. 사실 그런 말들을 조합하면 이름 따위는 얼마든지 만들 수 있지. '세계야생 생물보존기금', '자연자원보호기금', '세계자원보호기금' 등등. 어차 피 그런 허풍스러운 이름은 벌써 다 임자가 있어. 내가 원하는 건 아주 소박하고 신선한 이름이야. 정직한 이름. '문제를 연구해서 해결합시 다(Study the Problem And Fix It)'로 할까 생각해보기도 했는데 그건 머리글자가 마음에 안 들어서 말이야. 하지만 어쩌면 그게 오히려 도움이 될지도 모르지. 아무튼 우린 과학자들과 현장 연구자들과 경제학자들과 기술자들을 끌어모을 거야. 변호사도 한 명 필요하고."

"그 단체는 어떤 일을 하는 거죠?"

"할 일이야 너무 많아서 걱정이지! 예를 들자면 이런 거야. 자연 환경을 관리하는 방법은 지금 아무도 몰라. 우린 아주 다양한 자연 환경을 선정해서 각각 다른 관리 방식을 적용해볼 거야. 그리고 외부 팀에 의뢰해서 우리가 하고 있는 일을 객관적으로 평가하고 관리 방식을 수정하도록 하는 거지. 그리고 다시 해보는 거야. 외부로부터 평가를 받아야 진정한 개선이 가능하니까. 그런데 지금까지 아무도 그렇게 해본 적이 없었지. 아무튼 그러다 보면 나중에는 다양한 환경을 관리하는 방법에 대해 상당한 정보를 얻게 될 거야. 환경을 보존하자는 게 아니야. 보존한다는 건 불가능하지. 우리가 무슨 짓을 해도 환경은 계속 변하는 거니까. 하지만 관리는 가능하거든. 방법만 알게 되면 말이야. 아직은 아무도 모르니까 못하는 것뿐이지. 이게 한 가지 큰 목표야. 복잡한 환경 시스템을 관리하는 일."

"좋아요……"

"그 다음은 개발도상국 문제야. 환경 파괴의 최대 원인은 빈곤이지. 굶주린 사람들은 오염 따위를 걱정할 여유가 없으니까. 먹을 것이 더 급하거든. 지금 이 순간에도 전 세계에서 5억 명이 굶주림에 시달리고 있어. 깨끗한 물을 구할 수 없는 사람들도 5억 명이 넘고. 그래서 우린 아주 효율적인 운송 체계를 고안할 필요가 있어. 그걸 시험하고, 외부인을 통해 검증을 받고, 정말 효율적이라는 게 확인되면 그대로 실행하는 거지."

"그건 꽤 어려울 거 같은데요."

"정부 기관이나 이론가들에겐 어려운 일이겠지. 하지만 문제를 연구해서 해결하길 바랄 뿐이라면 그건 얼마든지 가능해. 그리고 이건 전적으로 민간사업이야. 민간 자본, 민간 토지. 관료들은 필요 없어. 운영은 임직원과 재원의 5퍼센트로 충분해. 나머지 사람들은 모조리 나가서 일하는 거야. 환경 연구를 사업처럼 운영하자는 거지. 쓸데없는 군더더기는 다 잘라버리고 말이야."

"그런데 왜 지금껏 아무도 그렇게 하지 않은 걸까요?"

"지금 농담하자는 거야? 그야 물론 급진적인 발상이기 때문이지. 현실을 직시하라구. 요즘 활동하는 환경단체는 모조리 30년, 40년, 50년이나 묵은 단체들이야. 거창한 건물, 거창한 임무, 거창한 임직원. 그런 단체들은 초창기에 품었던 꿈들을 아직도 내세우고 있지만 진실을 들여다보면 이젠 기득권 세력의 일부일 뿐이야. 그리고 기득권 세력은 현상 유지에 급급하게 마련이지. 그냥 현실이 그래."

"좋아요. 다음은 뭐죠?"

"기술 평가. 제3세계 국가들은 건너뛰기를 할 수 있어. 유선 통신은 생략하고 곧바로 이동 통신으로 넘어가는 거지. 그런데 어떤 기술이 더 효율적인지, 그리고 불가피한 결점들이 있을 때는 어떻게 균형을 잡아가야 하는지 제대로 기술 평가를 해본 사람이 아무도 없었어. 풍력 발전은 근사한 거지만 새들에겐 영 아니올시다란 말씀이야. 한마디로 풍력 발전기는 거대한 새잡이 단두대니까. 그래도 어쩔 수 없이 계속 만들어야 할지도 몰라. 어쨌든 사람들은 이런 문제에 대해서 뭘 기준으로 어떻게 판단해야 좋을지 전혀 모르고 있어. 그냥 아는 체하면서 거드름만 피우는 거지. 실험도 없고 현장 조사도 없어. 그 문제를 해결해보겠다고 당차게 나서는 사람이 아무도 없는 거야. 왜냐하면 그 해결책이 자신의 신념 체계에 어긋날 수도 있으니까. 그리고 대부분의 사람들에겐 자기 신념을 지키는 게 출세보다 더 중요하니까."

"정말 그럴까요?"

"내 말을 믿으라구. 자네도 내 나이쯤 되면 그게 사실이라는 걸 알게 될 테니까. 자, 다음은 토지를 재창조하는 문제야. 땅을 다용도로 이용하자는 거지. 이건 분쟁의 씨앗이야. 뭘 어떻게 해야 좋을지 아는 사람도 없고, 너무 아슬아슬하고 위험한 문제라서 선량한 사람들이 포기하고 나가떨어지거나 눈보라처럼 쏟아지는 소송에 휘말려 종적을 감춰버렸지. 하지만 그런 방식으론 아무것도 할 수 없어. 아마 다양한 해결책이 해답일 거야. 물론 특정 지역을 한 가지 용도에 한정해야 하는 경우도 있겠지. 하지만 따지고 보면 인류 전체가 하나의 행성에 살고 있는 거야. 어떤 사람들은 오페라를 좋아하고 어떤 사람들은 라스베이거스를 좋아하지. 라스베이거스를 좋아하는 사람들도 꽤 많단 말이야."

"또 다른 건 없나요?"

"있지. 연구 자금을 지원하는 새로운 방식이 필요해. 지금 상태에서는 과학자들이 르네상스 화가들과 똑같은 처지야. 당시 화가들은 후원자가 원하는 초상화를 그려줄 수밖에 없었지. 영리한 화가라면 교묘하게 후원자를 좀더 멋있는 모습으로 그려줬던 거야. 너무 노골적으로가 아니라 교묘하게. 정책에 영향을 미치는 과학 분야에선 별로 좋은 시스템이 아니지. 심한 경우엔 그 시스템이 오히려 문제 해결을 방해할 수도 있어. 왜냐하면 문제를 해결해버리면 자금 지원도 끊겨져버리니까. 이런 시스템도 이젠 바꿔야 해."

"어떻게요?"

"몇 가지 구상이 있어. 우선 과학자들이 자금 문제에 대해 아무것도 모르게 하는 거야. 연구 결과를 평가할 때도 연구자가 누군지 모르게 하고. 그리고 정책 결정에 영향을 주는 중요한 연구는 여러 팀이 똑같은 연구를 해보게 하는 거지. 정말 중요한 연구라면 얼마든지 그럴 수 있는 거잖아? 그리고 학술지에 연구 성과를 발표하는 방식도 바꿔버리는 거야. 연구 논문과 동료 과학자들의 비평을 한 권에 게재하는 거지. 그렇게만 된다면 비겁한 타협은 순식간에 사라질 거야. 학술지에서 정치를 배제하는 거지. 요즘 편집진은 특정 문제에 대해서 노골적으로 한쪽 의견만 편들고 있어. 못돼먹은 놈들."

"또 뭐가 있죠?"

"새로운 꼬리표. 가령 어떤 공저자들이 이렇게 썼다고 가정해보자구. '우리는 인간이 배출한 온실 가스와 각종 황산화물이 해수면에 가해지는 압력에 뚜렷한 영향을 미치고 있음을 확인했다.' 이런 말을 읽으면 꼭 그 사람들이 세상에 나가서 뭔가를 측정하고 온 것 같지? 그런데 사실은 시뮬레이션을 돌려봤을 뿐이란 말이야. 고작 시뮬레이션 결과를 가지고 마치 현실 세계에서 얻은 자료라는 듯이 떠들어대는 거라구. 하지만 그건 현실이 아니야. 이런 문제도 반드시 바로잡아야 해. 내 생각엔 경고문을 덧붙이는 방법이 좋을 것 같아. '경고: 컴퓨터 시뮬레이션—오류가 있거나 증명이 불가능할 수도 있습니다.' 담뱃갑에 적힌 경고 문구처럼 말이야. 신문 기사에도, 그리고 뉴스 프로그램에서도 한쪽 구석에 그런 경고문을 띄우는 거야. '경고: 추측성 발언—사실과 무관할 수도 있습니다.' 신문 일면에 온통 그런 문구가 찍혀 있는 광경을 상상해보게."

"또 없어요?"

에번스는 이제 빙그레 웃고 있었다.

"몇 가지 더 있지만 지금까지 말한 게 제일 중요한 것들이야. 아마 아주 어려운 싸움이 될 거야. 처음부터 끝까지 가시밭길의 연속일 수도 있어. 끊임없이 반론에 부딪치고 온갖 방해와 모욕을 감내해야겠지. 하지만 나중엔 결국 돈이 우리 쪽으로 펑펑 쏟아져 들어오게 될 거야. 우린 확실한 성과를 보여줄 수 있을 테니까. 그때는 다들 입을 다물 수밖에 없겠지. 그렇게 되면 사방에서 우리를 치켜세울 텐데, 바로 그때가 제일 위험한 시기야."

"그래서요?"

"그때쯤엔 내가 죽은 지도 한참 지났을 거야. 아마 자네와 사라가 단체를 운영한 것도 벌써 한 20년쯤 됐을 테고. 그때 가서 자네가 해야 할 마지막 임무는 단체를 해산시키는 일이야. 우리 단체가 케케묵은 지식을 전파하고 쓸데없이 재원만 낭비하고 득보다 해가 많은 또 하나의 구닥다리 환경단체로 전락해버리기 전에 말이야."

"그렇군요. 그럼 해체한 다음에는요?"

"자네들이 남자든 여자든 어느 똑똑한 젊은이를 찾아내서 다음 세대에 반드시 해야 할 일들을 하도록 격려해줘야겠지."

에번스는 사라를 돌아보았다.

그녀는 어깨를 으쓱거렸다.

"더 좋은 생각이 있으면 말해봐."

캘리포니아 해안에 도착하기 반시간쯤 전에 그들은 바다 위로 점점 퍼져가는 갈색 안개를 보았다. 그것은 그들이 육지에 가까워질수록 점점 더 짙어지고 어두워졌다. 오래지 않아 그들은 끝도 없이 뻗어나간 도시의 불빛들을 볼 수 있었다. 그러나 도시 상공의 대기 때문에 뿌옇게 보일 뿐이었다.

사라가 말했다.

"이렇게 보면 꼭 지옥 같지 않아? 우리가 저 속으로 착륙한다는 게 어처구니가 없기도 하고."

그러자 모턴이 말했다.

"우린 할 일이 많은 몸이야."

비행기는 로스앤젤레스를 향해 서서히 하강하기 시작했다.

    《공포의 제국》처럼 한 소설 속에 서로 다른 수많은 견해가 언급되는 경우, 독자들은 각각의 쟁점에 대하여 작가의 입장은 정확히 어느 쪽인지 궁금해하게 마련이다. 나는 3년 동안 환경에 대한 글들을 두루 섭렵했는데, 그것 자체가 위험천만한 일이었다. 어쨌든 나는 많은 양의 자료를 살펴보고 많은 의견들을 심사숙고할 수 있는 기회를 가졌다. 그리고 나의 결론은 다음과 같다.

● 우리는 환경의 모든 측면에 대하여 놀라울 만큼 무지하다. 과거의 역사, 현재의 상태, 환경을 어떻게 보호하고 보존해야 하는지 등. 그런데도 논쟁이 벌어지기만 하면 피아를 막론하고 모두 현대의 지식 수준을 과장하면서 모든 것이 틀림없는 사실이라는 듯이 떠들어댄다.

● 대기 중의 이산화탄소는 증가하고 있으며 아마도 인간의 활동이 그 원인일 것이다.

● 또한 우리는 소빙기[小氷期, Little Ice Age, 후빙기(後氷期) 이후 산악빙하(山岳氷河)가 신장하는 시기]라고 불리는 400년의 냉각기를 거쳐 지금은 1850년경부터 시작된 자연적 온난기를 경험하고 있다.

● 현재의 온난화 추세에서 얼마만큼이 자연적 현상인지는 아무도 모른다.

- 현재의 온난화 추세에서 얼마만큼이 인간의 영향인지도 역시 아무도 모른다.

- 앞으로 1세기 동안 온난화가 어디까지 진행될 것인지 아는 사람은 아무도 없다. 컴퓨터 모델에 따라 400퍼센트의 차이를 나타내는데, 이는 사실상 아무도 모른다는 뜻이다. 그러나 군이 추측해본다면—학자들의 연구 결과도 결국 추측에 불과한 것이지만—나는 섭씨 0.812436도쯤 상승할 것이라고 본다. 지금으로부터 100년 후의 세계에 대한 나의 이 같은 추측이 다른 사람들의 그것에 비해 더 정확하거나 부정확하다고 판단할 수 있는 근거는 아무것도 없다. (우리는 미래를 '추정'할 수도 없고 '예측'할 수도 없다. 그런 말들은 완곡어법에 불과하다. 우리는 다만 어림짐작할 뿐이다. 정보에 근거한 추측도 추측이다.)

- 나는 인간의 활동이 지표면에서 관측된 온난화 추세의 한 원인이라고 본다. 그리고 인간의 영향은 주로 토지 이용에 기인한 것이며 대기 중의 성분 비율에 따른 변화는 비교적 미미할 것이라고 본다.

- 나는 기후에 대한 컴퓨터 모델을 바탕으로 막대한 비용이 드는 정책상의 결정을 내리기 전에 우선 각각의 모델을 이용하여 향후 10년간의 기온 변화를 정확히 예측해보라고 요구하는 것이 합리적인 방법이라고 생각한다. 기왕이면 20년으로 하면 더 좋겠다.

- 나는 200년 동안이나 가짜 경보가 거듭되었는데도 여전히 자원 부족 사태가 임박했다고 믿는 사람들이 있다는 것은 불가사의한 일이라고 생각한다. 오늘날의 이런 믿음이 역사에 대한 무지 때문인지, 경직된

교조주의 때문인지, 맬서스(Thomas Robert Malthus, 영국 경제학자, 인구통계학자. 대표작《인구론》. 1766~1834)를 향한 병적인 애착 때문인지, 아니면 단순한 고집인지 나도 잘 모르겠다. 아무튼 확실한 것은 아직도 그 믿음이 뿌리 뽑히지 않고 인류의 뇌리에 남아 있다는 사실이다.

• 화석 연료를 버리고 다른 에너지원을 구해야 할 이유는 한두 가지가 아니다. 그것은 법률 제정이나 경제적 동기부여, 탄소보존 프로그램, 혹은 공포를 조장하는 자들의 끊임없는 입방아 따위가 없더라도 어차피 1세기 안에 실현될 일이다. 내가 알기로는 20세기 초가 되자 말을 교통수단으로 이용하는 일은 굳이 금지하지 않아도 저절로 없어졌다.

• 나는 2100년쯤에는 사람들이 우리보다 훨씬 더 부유해지고 더 많은 에너지를 소비하게 될 것이라고 본다. 세계인구는 감소할 것이며 그들은 지금의 우리보다 훨씬 더 풍부한 자연 환경을 즐길 수 있을 것이다. 그러므로 우리가 그들에 대해 걱정할 필요는 없다고 생각한다.

• 오늘날 히스테리에 가까울 만큼 극심해진 '안전에 대한 집착'은 아무리 좋게 보아도 자원 낭비이며 인간 정신을 위축시키는 요인이다. 그리고 최악의 경우에는 전체주의로 가는 지름길이다. 대중 교육이 절실히 필요하다.

• 대부분의 환경 '원칙'은 (이를테면 지속가능한 발전이나 사전예방의 원칙 따위도) 궁극적으로 서구 사회의 경제적 이익만 확보하는 결과를 낳고 있으며, 따라서 개발도상국들에게는 현대판 제국주의와 다름없다는 것이 내 결론이다. 선진국들은 번지르르한 말들을 늘어놓지만

그들의 속셈은 결국 다음과 같다. '우리는 우리 몫을 누리지만 너희가 너희 몫을 누리는 건 싫다. 왜냐하면 너희 때문에 환경오염이 너무 심해질 테니까.'

• '사전예방의 원칙'을 제대로 실천하려면 사전예방의 원칙을 포기해야 한다. 이 원칙이야말로 자가당착이기 때문이다. 그러므로 사전예방의 원칙은 아무리 호되게 비판해도 결코 지나친 것이 아니다.

• 나는 사람들이 대체로 좋은 의도를 가졌다고 믿는다. 그러나 마음을 좀먹는 편견의 영향, 인간의 사고를 왜곡시키려는 체계적 음모, 합리화의 힘, 가면을 쓴 이기심, 그리고 불가피하게 발생하는 뜻하지 않은 결과 따위도 결코 경시하지 않는다.

• 나는 30년 전의 견해를 여전히 고수하는 사람들보다는 새로운 정보를 얻은 후 견해를 바꾸는 사람들을 더 존경한다. 세상은 변화하고 있지만 이론가들과 광신자들은 그렇지 않다.

• 환경운동이 탄생한 후 35년 남짓한 세월이 흐르면서 과학은 중대한 변혁을 겪었다. 이 변혁은 비선형 동역학(nonlinear dynamics), 복잡계(complex system), 카오스 이론, 파국 이론 등의 새로운 깨달음을 불러왔고, 그로 인해 진화와 생태계에 대한 우리의 생각도 많이 달라졌다. 그러나 더 이상 새롭다고 말하기도 어려운 이 같은 개념들조차 행동과 환경론자들의 생각을 바꿔놓지는 못했다. 이상하게도 그들은 1970년대의 사고방식과 표현방식을 아직도 떨쳐버리지 못한 것 같다.

• 우리는 흔히 말하는 '대자연'을 보존할 수 있는 방법을 전혀 모르고 있다. 하루빨리 현장 조사를 통하여 방법을 찾아내야 한다. 나는 우리가 겸허하고 합리적이며 체계적인 방식으로 이 같은 연구를 진행하고 있다는 증거를 전혀 발견하지 못했다. 그러므로 21세기의 자연 관리 능력에 대해서도 큰 기대를 가질 수 없다. 나는 환경단체들의 잘못도 결코 개발업체나 광산업체의 잘못에 뒤지지 않는다고 생각한다. 탐욕 때문이든 무능 때문이든 결과는 매한가지이기 때문이다.

• 우리에게는 새로운 목표와 새로운 단체들로 구성된 새로운 환경운동이 필요하다. 현장에서, 즉 실제로 그 환경 속에서 일하는 사람들이 더 많이 필요하다. 컴퓨터 앞에 앉아 있는 사람들의 숫자는 축소시켜도 된다. 과학자들을 더 많이 기용하고 변호사들은 대폭 줄여야 한다.

• 소송을 통하여 환경과 같은 복잡계를 관리하기를 기대할 수는 없다. 우리는—대개 무엇인가를 사전에 차단함으로써—일시적 상태 변화를 일으킬 뿐이며, 그 같은 행동의 최종적인 결과는 우리가 예측할 수도 없거니와 궁극적으로 통제할 수도 없기 때문이다.

• 우리가 공유하고 있는 물리적 환경이야말로 본질적으로 가장 정치적인 것이다. 우리가 하나의 정당에만 매달릴 때 가장 큰 피해를 입는 것도 바로 우리의 환경이다. 환경은 우리 모두가 공유하는 것이며, 따라서 우리 사회의 어느 일부가 자기들만의 경제적 또는 심미적 취향에 따라 지속적으로 관리하는 것은 불가능하다. 조만간 반대파가 권력을 잡게 마련인데, 그렇게 되면 기존의 정책들이 번복되기 일쑤이기 때문이다. 그러므로 환경을 안정적으로 관리하기 위해서는 모

든 취향을 존중해야 한다는 인식이 필요하다. 설상차를 좋아하는 사람들과 제물낚시를 좋아하는 사람들, 산악 오토바이를 좋아하는 사람들과 등산을 좋아하는 사람들, 환경 개발론자들과 환경 보호론자들. 이 같은 취향들은 서로 상충하게 마련이므로 갈등도 불가피하다. 그러나 양립할 수 없는 목표들을 해결해가는 것이야말로 정치의 참된 기능이다.

- 우리에게 절실한 것은 당파를 초월한 공명정대한 자금 지원을 통하여 연구 조사를 실시하고 적절한 정책을 결정해가는 시스템이다. 과학자들은 돈줄을 쥐고 있는 자들을 지나치게 의식하고 있다. 연구비를 지원하는 이들은—제약회사이든, 정부 기관이든, 아니면 환경단체이든—항상 특정 결과를 염두에 두고 있다. 결과에 연연하지 않는 무조건적 연구비 지원은 거의 존재하지 않는다. 과학자들은 후원자들이 원하는 결과를 내놓아야만 연구비를 계속 받을 수 있다는 사실을 잘 알고 있다. 따라서 환경단체의 '연구'도 기업의 '연구'에 못지않게 편파적이며 정확성도 의심스러울 수밖에 없다. 마찬가지로 정부의 '연구'도 당시의 해당 부서나 기관을 이끄는 사람들이 누구냐에 따라 편파적으로 흐르기 십상이다. 그러므로 우리 사회의 어느 일부가 전권을 휘두르도록 허용해서는 안 된다.

- 나는 이 세상에 확신이 너무 많아서 탈이라고 확신한다.

- 개인적으로 나는 자연 속에 있을 때 크나큰 즐거움을 경험한다. 해마다 대자연의 품에서 지내는 며칠 동안이 가장 행복하다. 나는 미래의 세대들을 위하여 이 같은 자연 환경이 보존되기를 소망한다. 언젠가

는 충분한 수준의 기술이 확보되고 충분한 양의 자연 환경이 보존되겠지만 미래의 희망만으로는 만족할 수 없다. 내가 생각하기에 '환경 착취자들' 속에는 각종 환경단체, 정부 조직, 그리고 대기업들도 포함시켜야 한다. 그들 모두가 똑같이 한심한 경력을 가졌기 때문이다.

• 다들 속셈은 따로 있다. 나는 아니다.

| 부록 I |

정치에 물든 과학은 위험하다

    가령 어떤 위기가 임박했다고 경고하면서 그 해결 방안을 제시하는 새로운 과학 이론이 등장했다고 상상해보자.

    그 이론은 곧 전 세계의 지도적인 과학자, 정치가, 유명인들의 지지를 얻는다. 저명한 자선가들이 자금을 지원하고 명문 대학들이 연구에 몰두한다. 그 위기는 언론에도 자주 보도된다. 대학 강의실과 고등학교 교실에서도 그 과학 이론을 가르친다.

    이 이야기는 지구 온난화 이론이 아니라 한 세기 전에 주목을 받았던 다른 이론에 대한 것이다.

    시어도어 루스벨트, 우드로 윌슨, 그리고 윈스턴 처칠도 그 이론의 지지자였다. 연방 대법원 판사 올리버 웬들 홈스와 루이스 브랜디스도 찬성하여 그쪽에 유리한 판결을 내렸다. 그 이론을 지지했던 유명인사들은 전화기 발명자 알렉산더 그레이엄 벨, 여성운동가 마거릿 생어, 식물학자 루터 버뱅크, 스탠퍼드 대학 창립자 릴랜드 스탠퍼드, 소설가 H.G. 웰스, 극작가 조지 버나드 쇼 등등 수백 명을 헤아렸다. 노벨상 수상자들도 그 이론을 옹호했다. 카네기 재단과 록펠러 재단이 연구비를 지원했다. 그 연구 활동을 수행할 목적으로 콜드스프링하버 연구소가 설립되었지만 하버드, 예일, 프린스턴, 스탠퍼드, 존스 홉킨스 등에서도 중요한 연구가 진행되었다. 위기에 대처하기 위한 법안들이 뉴욕에서 캘리포니아까지 각 주에서 속속 통과되었다.

국립 과학원, 미국 의학 협회, 국립 연구 위원회 등도 이 같은 노력을 지지했다. 만약 예수가 살아 있다면 그 역시 이러한 노력을 지지할 것이라는 말까지 나돌 정도였다.

그 이론을 둘러싼 연구 활동, 입법 조치, 여론 형성 등의 과정은 전체적으로 거의 반세기 동안이나 계속되었다. 그 이론에 반대한 사람들은 비난의 대상이 되었고, 보수주의자, 현실을 모르는 자, 혹은 단도직입적으로 무식한 자 따위의 폭언을 들어야 했다. 그러나 지금 돌이켜 보면 오히려 반대자가 그렇게 드물었다는 사실이야말로 놀라운 일이 아닐 수 없다.

오늘날의 우리는 당시 그토록 전폭적인 지지를 받았던 이 유명한 이론이 사이비 과학이었다는 사실을 잘 알고 있다. 그 이론에서 주장했던 위기는 아예 존재하지도 않았다. 그리고 그 이론의 명목으로 시행되었던 모든 조치는 윤리적 과오를 넘어 범죄에 해당하는 것들이었다. 그로 인하여 결국 수백만 명이 목숨을 잃었기 때문이다.

그 이론은 바로 우생학이다. 우생학의 역사는 너무 끔찍해서—그리고 관련자들에게는 너무 부끄러운 일이라서—지금은 거론되는 일조차 드물어졌다. 그러나 이 같은 참사가 되풀이되지 않도록 하려면 모든 이들에게 그 이야기를 자세히 알려줄 필요가 있다.

우생학 이론은 유전자 풀(gene pool, 어떤 생물 종의 모든 개체가 가지고 있는 유전자 전체)이 인류를 쇠퇴시킨다는 내용의 위기설을 내세웠다. 우수한 인간들이 열등한 인간들만큼 빠른 속도로 번식하지 못하고 있다는 것이었다. 여기서 열등한 인간들이란 외국인, 이민자, 유대인, 성도착자, 허약자, '저능아' 등이었다. 이 분야에서 최초의 이론을 내놓은 사람은 영국의 저명 과학자 프랜시스 골턴이었지만 그의 발상은 본인이 의도했던 것보다 훨씬 더 극단적인 방향으로 발전했다. 미국의 과학자들도 그 생각을 받아들였고, 과학에는 관심도 없지만 20세기 초에 열등한 민족들이—즉 '폭증하는 백치들'에 속하며 인류 중 가장 우수한 민족들을 오염시키는 '위험천만한 인간 기생충들'이—국내로 쏟아져 들어오는 현상을 우려하고 있던 일반인들도 마찬가지였다.

그런 현상을 중단시키기 위해 우생학자들과 이민 반대론자들이 힘을 합쳤다. 그들의 계획은 저능아들—유대인들은 대부분 저능아라는 것이 중론이었지만 수많은 외국인들과 흑인들도 마찬가지였다—을 가려내어 수용소에 격리하거나 거세함으로써 번식을 막자는 것이었다.

마거릿 생어는 이렇게 말했다. "선량한 이들을 희생하면서까지 아무 짝에도 쓸모없는 자들을 보살피는 것은 지독한 만행이며…… 그 수가 점점 늘어만 가는 백치들을 후손에게 물려주는 것은 그야말로 최악의 저주가 아닐 수 없다." 그녀는 '이 짐덩어리 같은 인간 쓰레기들'을 돌보는 것은 너무 큰 부담이라고 설파했다.

이 같은 견해는 폭넓은 공감을 이끌어냈다. H.G. 웰스는 '제대로 교육받지 못한 열등 시민들의 무리'를 성토했다. 시어도어 루스벨트는 '우리 사회는 정신박약자들이 번식하는 것을 간과하지 말아야 한다'고 했다. 루터 버뱅크는 '범죄자들과 약골들이 번식하는 것을 허용하지 말라'고 요구했다. 그리고 조지 버나드 쇼는 우생학만이 인류를 구원할 수 있다고 말했다.

이 운동에는 노골적인 인종차별주의가 깃들어 있었는데, 그 대표적인 예가 미국 문필가 로스롭 스토다드의 저서 《백인의 세계 지배를 가로막는 유색 인종의 물결》이다. 그러나 당시 인종차별주의는 숭고한 목적을 이룩하기 위한 노력 중 지극히 사소한 일부분으로 간주될 뿐이었다. 그 목적은 다름 아닌 미래 인류의 개량이었기 때문이다. 바로 이 전위적 사고방식이 한 세대에서도 가장 개방적이고 진보적인 지성인들까지 매혹시켰던 것이다. 캘리포니아는 강제 불임시술을 허용하는 법안을 통과시킨 29개 주 가운데 하나에 불과했지만 그중에서도 가장 적극적이며 열성적인 곳이었고, 따라서 강제 불임시술을 시행한 숫자도 미국 내에서 제일 많았다.

카네기 재단이 우생학 연구를 후원했고, 나중에는 록펠러 재단도 자금을 지원했다. 후자의 경우는 특히 더 열성적이었는데, 우생학 운동의 중심이 독일로 이동하고 그곳에서 정신병원 환자들을 가스로 살해하기 시작한 뒤에도 독일 연구자들에게 엄청난 거액을 지원할 정도였다. (당시 재단 측은 이 사실을 비밀에 부쳤지만 2차대전이 발발하기 불과 몇달 전이었던 1939년까지도 여전히 연구비를 지급하고 있었다.)

1920년대 이후 미국 우생학자들은 이 운동의 주도권을 빼앗아간 독일인들을 시샘할 수밖에 없었다. 독일인들은 존경스러울 만큼 진취적이었다. 그들은 일견 평범해 보이는 집에 '정신 결함자'들을 데려다놓고 한 명씩 면접한 후 뒷방으로 데려갔다. 그 방은 다름 아닌 가스실이었다. 그곳에서 그들에게 일산화탄소를 마시게 했고, 시신은 관내 화장터에서 처리했다.

이 프로그램은 결국 방대한 강제수용소 네트워크로 확대되었다. 수용소는 주로 철도 부근에 설치되어 '부적격자' 천만 명을 능률적으로 수송하고 학살할 수 있었다.

그러나 2차대전이 끝난 후에는 우생학자도 전무했고 우생학자였던 사람도 전무했다. 유명인이나 권력자의 전기작가들도 자신의 주인공이 한때나마 그런 사상에 빠져든 적이 있었다는 사실을 굳이 길게 거론하지 않았고, 때로는 아예 언급조차 하지 않았다. 우생학은 대학 강의실에서도 자취를 감추었다. 다만 어떤 이들은 이 사상이 과거와 다른 모습으로 여전히 잔존한다고 주장하기도 한다.

아무튼 돌이켜 생각해보면 세 가지 사실이 두드러진다. 첫째, 콜드 스프링하버 연구소[미국의 대표적 우생학자 찰스 데이븐포트와 해리 러플린의 '우생학 기록 보관소'(1910~1940)가 있던 곳]의 설립에도 불구하고, 대학들의 연구 노력과 변호사들의 변론에도 불구하고, 우생학에는 아무런 과학적 근거도 없었다는 것이다. 사실 그 당시에는 유전자의 실체를 아는 사람도 없었다. 그런데도 이 운동이 번창할 수 있었던 것은 엄격하게 정의되지 않은 막연한 용어들을 채택했기 때문이다. '저능'이라는 말은 빈곤, 문맹, 간질병 등등 다양한 의미로 사용되었다. 마찬가지로 '정신박약'이나 '허약' 등의 용어도 명확한 정의가 없는 상태였다.

둘째, 우생학 운동은 과학 프로그램의 탈을 쓴 사회개혁 프로그램이었다는 것이다. 그것을 움직인 원동력은 이민자들과 다른 인종과 기타 달갑지 않은 사람들이 자신의 마을이나 국가로 들어오는 것을 경계하는 마음이었다. 이 부분에서도 막연한 용어들이 실제로 벌어지고 있는 일들을 감춰주는 역할을 했다.

셋째, 이것은 가장 참담한 사실이기도 한데, 미국과 독일의 기존 과학계가 지속적인 반론을 제기하지 않았다는 것이다. 오히려 정반대였다. 독일에서는 과학자들이 재빨리 우생학 프로그램에 동참했다. 현대의 독일 연구자들이 1930년대의 나치 문서들을 검토한 적이 있는데, 그들은 당시 과학자들에게 이런저런 연구를 진행하라고 지시했던 명령서를 발견하게 될 거라고 예상했다. 그러나 당시에는 그런 문서가 아예 불필요했다. 우테 다이히만은 이렇게 밝혔다. "나치당원이 아닌 과학자를 포함하여 당시 과학자들은 연구 자금을 확보하기 위해 태도를 바꾸거나 국가 시책에 적극 협력했다." 또한 다이히만에 의하면 "과학자들은 나치의 인종 정책에 능동적인 역할을 자청했으며…… 그들의 연구는 인종차별주의의 정당성을 입증하는 것이었고…… 외부의 강압을 받았음을 말해주는 문서는 확인되지 않았다." 독일 과학자들은 새로운 정책에 맞춰 관심 분야를 변경했다. 그리고 변경하지 않는 몇몇 과학자들은 어디론가 사라져버렸다.

정치화된 과학의 또 다른 사례는 그 성격이 매우 다르지만 이 사건 역시 정부의 이데올로기가 과학 연구를 통제하고 무비판적 언론이 잘못된 지식을 전파할 때의 위험성을 잘 보여주고 있다. 트로핌 데니소비치 리센코는 자화자찬을 일삼는 농부였는데, 그는 '비료나 각종 무기물을 사용하지 않고 토지를 비옥하게 만드는 문제를 해결했다'고 평가되었다. 1928년 그는 춘화처리(春化處理)라는 방법을 발명했다고 주장했다. 종자를 물에 적셔 냉각시키면 농작물의 성장을 촉진시킬 수 있다는 것이었다.

리센코의 방법은 한 번도 엄격한 실험을 거친 적이 없었고 자신이 그렇게 처리한 종자들의 우수한 형질이 다음 세대로 유전되었다는 그의 주장은 세계의 다른 국가들이 멘델의 유전학을 신봉하고 있을 때 라마르크 학설로 회귀한 것이었다. 그러나 요시프 스탈린도 미래가 유전적 한계에 구애받지 않는다고 암시하는 라마르크 학설에 매료되었고, 또한 농업 생산성의 개선도 원하고 있었다. 그런데 리센코는 그 두 가지를 모두 약속했고, 따라서 혁명적 생산 방식을 개발한 영리한 농부를 찾아내는 데 혈안이 되어 있던 소련 언론의 총아로 떠오를 수 있었다.

리센코는 천재로 묘사되었고, 그는 그 명성을 이용하여 얻을 수 있는 것은 모두 얻어냈다. 그는 특히 자신의 반대자들을 매도하는 데 탁월한 솜씨를 발휘했다. 농부들을 대상으로 설문조사를 하여 춘화처리법이 실제로 수확량을 증가시킨다는 증거로 내세웠고, 그것으로 직접적인 실험을 회피할 수 있었다. 그는 국가가 후원하는 열광적 반응을 등에 업고 눈부신 출세가도를 달렸다. 그리하여 1937년에는 소비에트 최고회의의 일원이 되었다.

그 무렵 리센코와 그의 이론들은 러시아 생물학계를 지배하고 있었다. 그러나 그 결과로 기근이 찾아와 수백만 명이 죽었고, 그에게 반대했던 수백 명의 소련 과학자가 숙청당하여 강제노동수용소로 끌려가거나 총살형을 당했다. 리센코는 유전학을 호되게 공격했고, 결국 1948년 유전학은 '부르주아적 사이비 과학'으로 낙인찍혀 금지되고 말았다. 리센코의 이론에는 아무런 근거도 없었지만 그는 30년 동안이나 소련 학계에 군림했던 것이다. 리센코 학설은 1960년대에 막을 내렸지만 러시아 생물학계는 아직도 그 시대의 충격에서 완전히 벗어나지 못하고 있다.

지금 우리는 또다시 새로운 대이론에 사로잡혀 있다. 이번에도 그 이론은 전 세계 정치가들과 과학자들과 유명인사들의 전폭적인 지지를 받고 있다. 이번에도 굵직굵직한 재단들이 후원하고 있다. 이번에도 명문 대학들이 앞 다투어 연구에 몰두하고, 이번에도 각종 법안이 통과되고, 이번에도 그 이론의 명목으로 사회개혁 프로그램들이 도입되고, 이번에도 몇 안 되는 비판자들은 가혹한 대접을 받고 있다.

이번에도 그들이 요구하는 각종 조치는 실제 사실과 다르고 과학적 근거도 희박하다. 이번에도 저마다 다른 속셈을 가진 단체들이 일견 고상해 보이는 운동을 등에 업고 자기들의 잇속만 차리고 있다. 이번에도 그 과정에서 몇몇 개개인이 피해를 입고 있지만 인간 개개인이 겪는 부수적 결과보다 추상적 대의명분이 더 중요하다는 미명하에 간단히 무시해버린다. 이번에도 '지속 가능한 발전'이나 '세대 간의 정의(正義)'처럼 애매모호한 용어들, 합의된 정의(定義)조차 없는 용어들이 새로운 위기에 대처하는 방안으로 거론되고 있다.

나는 지구 온난화도 우생학과 똑같다고 주장하려는 것이 아니다. 그러나 둘 사이의 유사성은 피상적인 선에서 그치지 않는다. 그리고 각종 자료와 쟁점에 대한 솔직하고 허심탄회한 토론이 억압되고 있는 것도 사실이다. 주도적인 학술지들은 확고한 편집 방침을 고수하며 일방적으로 지구 온난화를 편들고 있는데, 그것은 결코 학술지의 본령이 아니라고 본다. 이런 상황에서는 의혹을 품은 과학자들도 그것을 표출하지 않는 것이 현명하다는 것을 잘 알고 있기 때문이다.

이 같은 억압의 한 증거는 지구 온난화를 거리낌 없이 비판하는 학자들 중에 은퇴한 교수들이 유난히 많다는 사실에서도 잘 드러난다. 그들은 더 이상 연구비 지원을 받으려고 전전긍긍하지도 않고, 더 이상 자신의 비판 때문에 동료의 연구비 신청이 좌절될까봐 신경 쓸 필요도 없는 사람들이다. 과학 분야에서 노인의 말은 대개 오류이기 십상이다. 그러나 정치 분야에서 노인들은 대개 현명하고 언제나 조심하라고 조언하는 존재들이며 나중에 가서 보면 그들의 말이 옳았을 때가 많다.

인간의 신념이 거쳐 온 과거사 속에는 경고의 메시지가 담겨 있다. 우리는 어떤 이들이 악마와 계약을 맺고 마녀가 되었다는 믿음 때문에 수천 명의 동료 인간들을 살해했다. 아니, 오늘날까지도 우리는 마법을 이유로 매년 1천 명이 넘는 사람들을 죽음으로 몰아넣고 있다. 내가 보건대 인류가 일찍이 칼 세이건이 말했던 '악령이 출몰하는 세상'으로부터 벗어날 수 있는 희망은 하나뿐이다. 그 희망은 바로 과학이다.

그러나 앨스턴 체이스(미국 철학자, 문필가)가 말했듯이 "진실을 찾기 위한 탐색과 정치적 지지를 혼동할 때 지식욕은 권력욕으로 전락하게 마련이다."

바로 그것이 지금 우리가 직면한 위험이다. 바로 그것 때문에 과학과 정치의 결합은 불행한 결합이며, 따라서 불행한 역사를 남길 수밖에 없었던 것이다. 우리는 그 역사를 잘 기억해야 한다. 그리고 우리가 지식이라는 이름으로 세상 앞에 내놓는 것들은 반드시 불편부당하고 정직한 것이어야 한다.

도표에 사용된 자료의 출처

세계의 기온 변화에 대해서는 다음 자료들을 이용했다. ① 고다드 우주연구소(Goddard Institute for Space Studies), 컬럼비아 대학, 뉴욕 (**GISS**). ② 존스 자료: 기후 연구부(Climate Research Unit), 이스트앵글리아 대학, 노리치, 영국(**CRU**). ③ 국립기후자료센터(National Climatic Data Center: NCDC)와 테네시 주 오크리지의 오크리지 국립연구소 산하 이산화탄소 정보분석센터(Carbon Dioxide Information and Analysis Center: CDIAC)가 관리하는 세계역사기후학 네트워크 (Global Historical Climatology Network: **GHCN**).

GISS의 기상 관측소별 자료 페이지는 그들의 홈페이지에서 찾기가 쉽지 않으므로 다음 주소를 이용하라. http://www.giss.nasa.gov /data/update/gistemp/stationdata/

존스 자료의 출처는 다음과 같다. P. D. Jones, D. E. Parker, T. J. Osborn, K. R. Briffa, 1999. "Global and hemispheric temperature anomolies—land and marine instrument records". *Trends: A Compendium of Data on Global Change*. Carbon Dioxide

Information Analysis Center, Oak Ridge National Laboratory, US Department of Energy, Oak Ridge, Tennessee.

GHCN은 NCDC와 오크리지 국립연구소 산하 CDIAC가 관리하고 있다. GHCN의 홈페이지는 다음과 같다. http://cdiac.esd.ornl.gov/ghcn/ghcn.html.

미국의 기온 자료는 NCDC와 오크리지 국립연구소 산하 CDIAC가 관리하는 미국역사기후학 네트워크(United States Historical Climatology Network: USHCN)에서 구한 것이다. 그들은 이렇게 말하고 있다. '우리는 장기적 기후 분석이 필요할 때마다 USHCN을 이용하실 것을 권장하며⋯⋯' USHCN의 홈페이지는 다음과 같다. http://www.ncdc.noaa.gov/oa/climate/research/ushcn/ushcn.html.

참고문헌은 다음과 같다. D. R. Easterling, T. R. Karl, E. H. Mason, P. Y. Hughes, D. P. Bowman, R. C. Daniels, T. A. Boden (eds.). 1996. *United States Historical Climatology Network (US HCN) Monthly Temperature and Precipitation Data*. ORNL/CDIAC-87, NDP-019/R3. Carbon Dioxide Information Analysis Center, Oak Ridge National Laboratory, Oak Ridge, Tennessee.

모든 도표는 각각의 웹사이트에서 제공하는 자료표를 바탕으로 마이크로소프트 엑셀 프로그램을 이용하여 작성한 것이다.

인공위성 사진들은 NASA(http://datasystem.earthkam.ucsd.edu)에서 구한 것이다.

'이 책은 소설이다.' 마이클 크라이튼이 책머리에 붙여놓은 '일러두기'의 첫 문장이다. 책을 읽으면서 우리는 끊임없이 이 말을 상기하게 된다. 두말하면 잔소리겠지만 소설은 소설이니까. 그러나……

영어판 출간 당시 이 책은 세계적인 논란을 불러일으켰다. 지구 온난화 현상을 비롯한 '환경 상식' 들을 정면으로 비판했으니 무리도 아니다.

인간은 누구나 자연을 사랑한다. 그리고 좀 더 살기 좋은 환경을 만들고 유지하기 위해 노력한다. 그런데 그 노력이 부정확한 지식에서 비롯된 것이라면 필연적으로 부작용이 생기게 마련이다. 요즘 환경에 대한 잘못된 상식을 비판한 책들이 인기를 얻는 것도 따지고 보면 빗나간 '행위' 가 '무위' 보다 더 큰 피해를 입힌다는 인식 때문일 것이다. 두말할 나위도 없겠지만, 우리가 환경을 제대로 지켜내려면 우선 더 많이 알아야 한다. 마이클 크라이튼이 말하고 싶어하는 것도 바로 이 자명한 진리다.

그러나 또한 모든 실수는 노력에서 나온다. 노력이 없으면 실수도 없고, 실수가 없으면 발전도 없다.

이 책에 대해서는 과학계에서도 찬반양론이 거셌다. 과학자가 아닌 옮긴이로서는 여기서 거론된 이론들에 대하여 왈가왈부할 입장이 아니다. 물론 모든 명제가 진리는 아닐 것이다. 그러나 지은이가 '일러두기'에서 다시 '각주는 진짜다'라고 천명한 데서도 알 수 있듯이 이 책의 많은 부분이 과학적 근거를 갖추고 있다.

주인공들이 악덕 환경단체의 엄청난 음모를 막으려고 전 세계를 누비며 동분서주하는 동안, 우리는 마이클 크라이튼이 오랫동안 준비한 자료들을 통하여 지금까지 인류가 축적한 환경학 지식의 현실과 한계를 아주 쉽게 이해할 수 있다. 물론 '크라이튼은 역시 액션'이라고 부르짖는 독자들도 많겠지만, 적어도 이 책에서는 액션보다 과학 강의가 더 흥미진진하다고 말하는 독자들도 적지 않다.

최근 외신에서 에코테러(eco-terror)가 화제다. 이 말은 환경 보호를 명분으로 자행되는 테러를 가리키는데, 주로 환경을 오염시키거나 훼손하는 데 일조하는 (또는 그렇게 믿어지는) 개인이나 기업을 공격 대상으로 삼는다. 미국에서는 1990년대 후반부터 2004년까지 1200건 이상의 에코테러가 발생했으며 그로 인한 재산 피해액만 2억 달러가 넘었다고 한다. 이 책을 읽는 독자들은 '설마 그들이 이렇게까지?'라고 생각하겠지만, 실제로 일어났던 사건들에 비추어본다면 자연히 두려움을 느끼게 될 것이다.

다만 경계해야 할 것은 '지나친 일반화의 오류'다. 이 소설에 등장하는 악덕 환경단체 때문에 모든 환경단체를 백안시하는 일은 없었으면 좋겠다. 그리고 우리 환경단체들은 썩기 전에 미리미리 체질개선을 해줬으면 좋겠다. 그리고 우리 정부는 제발 행동하기 전에 미리미리 생각을 좀 해줬으면 좋겠다.

이 책의 마지막 장에서 작가는 등장인물의 입을 빌려 인류의 미래에 대한 희망을 표현하고 있다. 자못 '까칠한' 과학자로 보이는 그가 낙

천주의자라니 조금은 뜻밖이다. 그러나 마이클 크라이튼이 안심하라
고 말한다면 믿어도 좋으리라.

 어느새 봄이 왔다. 작고 여린 꽃들이 언 땅을 열어젖히고 일제히 피
어난다. 오랫동안 기다려주신 김영사 여러분께 깊이 감사하면서, 이
책이 독자들의 손에 쥐어질 때까지 잘 보살펴주실 것을 믿는다.

2008년 3월
김진준

STATE OF FEAR